# 万葉集の発明 新装版

国民国家と文化装置としての古典

品田悦一

新曜社

これでその短文は終っていたが、いま読み返してみても最初の印象が薄らがない。こんなものを書いた人たちに比べると、おれたちは背が低くなった感じだなと思ってしまう。かれこれ理窟はある。だが、理窟以前のところであの人たちは背が高かった……

——中野重治『甲乙丙丁』

万葉集の発明――目次

装幀——難波園子
新曜社デザイン室

# 凡例

資料の引用に際しては、読みやすさを考慮して、表記等を左記の方針によることとした。

一、常用漢字表・人名用漢字別表に掲げられている漢字は、原則として新字体を使用する。ただし、原文がことさら用いたと見なされる異体字（「體」に対する「躰」など）については、その字体を尊重する。

二、変体仮名は現行の字体に改める（助詞の表記に用いられた片仮名「ハ」「バ」も変体仮名の一種と見なす）。ただし、「こと」（こと）・「ヿ」（コト）・「〆」（シテ）・「𬼀」（トキ）・「𪜈」（トモ）など、二音を表わすもの、および「ゝ」「ゞ」「〱」などの踊り字は、原文のままとする。

三、仮名遣い、濁点の有無、および句読点は原文のままとし、歴史的仮名遣いに誤りがあっても訂正しない。ただし、明治期の印刷物では句読点を直前の文字のマスに繰り込むのが普通だが、本書では現在の慣行に従って一マス分取ることとする。

四、原文に付された圏点は原則として省略する（しばしば引用範囲の全体に及ぶこととなり、紙面がいたずらに煩雑になるため）。固有名詞に付された傍線も同じ扱いとするが、片仮名文はこの限りでない。また、文中の一部のみに付された圏点および傍線は保存する場合がある。これらの扱いについては逐一注記するものとする。なお、引用文中に、強調のために傍線を付したり、括弧〔　〕によって文意を補ったりした箇所、また途中を略して〔……〕としたり、〔／〕によって原文の改行を示したりした箇所があるが、特にことわりのない限り、これらはみな本書の行論上必要な措置として新たに施したものである。

五、原文に付されたルビは原則として保存するが、総ルビの場合は、その旨をことわって適宜省略する。読みにくい文字に新たにルビを施す場合には、〔　〕で括る。
六、原文の誤植・誤記は訂正しないが、必要な場合には〔　〕内に注記する。
七、改行二字下げとしない場合、引用を示す括弧には「　」を用いる。ただし、引用部に「　」または『　』が含まれる場合には、全体を《　》で括って原文の括弧を活かす。
八、次の個人全集所収の文章を利用した場合は、算用数字で全集所収巻を示し、必要に応じて初出誌名およびその発行年月、または初版本およびその発行年を注記する。ただし、初出を直接引用した場合は、初出誌の巻号および発行年月、または初版本の発行年および発行所名までを注記し、全集所収巻は示さない。
『左千夫全集』一九七六年・岩波書店、『定本上田敏全集』一九七八年・教育出版センター、『折口信夫全集』（新版）一九九五年・中央公論社、『白秋全集』一九八四年・岩波書店、『斎藤茂吉全集』一九七三年・岩波書店、『赤彦全集』再版一九六九年・岩波書店、『長塚節全集』一九七六年・春陽堂、『芳賀矢一選集』一九九二年・国学院大学、『萩原朔太郎全集』一九八六年・筑摩書房、『子規全集』一九七五年・講談社、『鷗外全集』一九七一年・岩波書店。
九、次の個人全集所収の文章については、算用数字で全集所収巻を示し、必要に応じて成立年または刊行年を示す。
『賀茂真淵全集』一九七七年・続群書類従完成会、『契沖全集』一九七三年・岩波書店、『本居宣長全集』一九六八年・筑摩書房。
十、『万葉集』からの引用には所収巻と国歌大観番号（旧番号）を示し、訓は私見による。

# はじめに

小学校の五年か六年のとき、母方の祖母とこういうやりとりをしたことがある。

そのころある出版社から、日本の古典を少年少女向きにリライトしたシリーズが出ていた。私はそれを学校の図書室から借り出しては、次々に読んでいた。ある日、お客に来ていた祖母がそんな孫の様子を見て、たぶん何かおだてるようなことを言ったのだろう、私は胸を張って応えた。「次はバンヨウシュウを読もうと思うんだ」。

『万葉集』の書名を独り合点していたのだ。それがつい口から漏れた。すると、祖母が——ふだんはいたって内気な人で、まぶたなど弱々しく垂れ下がっていたものだが——そのまぶたを釣り上げ、見たこともない形相でぎろりと睨んだのである。そしてきっぱりと言った。「ちょっと。それを言うならマンヨウシュウだよ。学のある人はマンニョウシュウが正しいとも言うがね。バンヨウシュウだなんて、人前で言うもんじゃないよ。恥ずかしいよ」。

祖母の最終学歴は高等小学校卒業だった。そのことを私は誰かから聞いて知っていた。当人がかなり迷信深いことや、愚痴っぽいことにも気づいていたし、おまけに分数の足し算ができないことまで見抜いていた。だから私は、たぶん彼女をいくらか侮っていたのだろう。書名を正されたとき、恥ずかしい以上に意外だという気がしたのを覚えている。

ところが事はそれだけでは済まなかった。祖母は続けて、「マンヨウシュウには仁徳天皇のお歌が載ってるのさ」と言い、一首の短歌をすらすら唱えてみせたのである。

高き屋にのぼりて見れば煙《けぶり》立つ民のかまどは賑はひにけり

という歌だ。そして、昔この慈悲深い天皇が、家々の屋根から煮炊きの煙が昇らない様子を見て、民草の困窮に心を痛め、租税の取り立てを停止したという話をした。かつては歴史の教材とされた有名な話だが、大阪万博のころの小学生にはこれも初耳だった。

右の歌の文献上の初出は、実は『和漢朗詠集』である。むろん平安時代の付会の産物だ。そして、当の『万葉集』には、仁徳の皇后、磐姫《いわのひめ》の歌と称するものはあるが（巻二・八五〜八八）、仁徳本人の作というのは存在しない。つまり、私の誤りを叱った祖母自身がもう一つの誤りを犯していたことになる。本人はとうに亡くなってしまったので、どこでどう取り違えたのかは確かめようがない。ただのうろ覚えではなかったと思えるふしもあるのだが、それについては本論中で触れることになるだろう（第二章第五節）。

一件にはまだ続きがある。無知を指摘された上に目の前で暗誦まで聞かされた私は、祖母の話をすっかり信じ込んでしまったのだ。そして有頂天になった。「仁徳天皇っていえば、世界一でっかいお墓に埋葬されてる人じゃないか。あの古墳は、なんでも高さではクフ王のピラミッドに負けるけれど、広さは何倍もあるとかいうぞ。たしか体積も上じゃなかったかな。そんな大昔のすごい人の詠んだ歌が伝わってるなんて」。

で、さっそく次の週に少年少女版『万葉集』を借りてきたわけだが、当然ながら、どこを捜しても目当ての歌がない。それでも私は、「これはダイジェスト版だから省かれたのかもしれない」と考えた。もっとも、雄略天皇の「籠《こ》もよ、み籠《こ》もち……」の歌はちゃんと載せてあるのに、もっと古いはずの仁徳天皇のが選に漏れたのは変な気もしたが、祖母の暗誦にはそんな疑念を掻き消すだけのリアリティーがあった。その後、高校時代に岩波文庫で『新古今和歌集』を読み、賀の部の冒頭に同じ歌を見つけたときでさえ、「なるほど『万葉集』からも歌を採択したと序文に断ってあったっけ」と勝手に納得したくらいで、他方、同じころ読んだ斎藤茂吉『万葉秀歌』（岩波新書）に載っていない点も、小学生以来の〝ダイジェストの仮説〟で切り抜けてしまったのだった。実に、『万葉集』の原典を通読することになる大学二年のころまで、うかつにも「仁徳御製」の実在を信じつづけていたのである。

さて、長々と私事を語ったのは、読者に三つのことがらを印象づけたかったからにほかならない。一つは、私の祖母のようなあまり教育のない人も『万葉集』にはたいそうな尊敬と愛着を抱いていたということ、二つめに、その尊敬と愛着は実物を読む経験とは別途に成立していたということ、三つめは、後に万葉学者になろうと志す少年ですらその例外ではなかったということである。

今日「日本の古典」と呼ばれる幾多の作品のなかで、『万葉集』はとりわけ高い評価を与えられている。大人なら誰でも、日本にそういう名の古い歌集があることくらいは承知しているし、注解付きのテキストや入門書・秀歌選のたぐいも各種出回っているから、なかには熱心な愛好家となって名歌を次々にそらんじてしまう人もいる。大衆化した古代憧憬のもと、各地の市民講座・カルチャーセンターにはたいてい万葉講読の講座が設けられているし、万葉の故地と名のつく場所には軒並み歌碑が建っている。春日大社の万葉植物園を模した施設も——植える草花や樹木が在来のもので間に合うせいだろうか——あちこちに作られ、『万葉集』とあまり縁のない土地にまでそれが拡がっている。

もっとも、文学的評価ということを言いだせば、『源氏物語』あたりの方が高く遇されているともいえるし、専門研究の分野では平安以降の和歌の再評価も進んできているのだが、それでも、かつて歌人たちの典範とされていた『古今和歌集』が過去の地位に返り咲くといった事態は、どう転んでも当分は生じそうにない。

こんなこともあった。一九九八年九月、国際児童図書評議会の世界大会がインドで開かれたとき、美智子皇后がビデオ・テープによる講演を寄せた。日本の報道各社は、英語で行なわれたその講演の内容を競って紹介したが、特に注目を集めたのは、少女時代の彼女が戦禍を避けて疎開していたころ、一首の歌と出会って読書の喜びに目覚めた、というくだりだった。その歌は、東京から父親が持って来てくれた「小型の本」に載っていたもので、「春の到来を告げる美しい歌で、五七五七七の定型で書かれて」おり、「古来、日本人が愛し、定型としたリズムの快さの中で、言葉がキラキラと光って喜んでいるように思われ」たというのだが、どういうわけか直接の引用は避けられていた（「子供時代の読書の思い出」『朝日新聞』東京本社版、一九九八年九月二十二日夕刊）。翌日の「天声人語」がこれを話題にしたところ、謎解きの興味も手伝ってか、朝日新聞社にはおびただしい投書が集まった。しかもその大部分が、問題の歌を『万葉集』巻八冒頭の、

石走《いはばし》る垂水《たるみ》の上のさわらびの萌《も》え出《い》づる春になりにけるかも　〔一四一八　志貴皇子《しきのみこ》〕

に比定するものだったという[1]（同一九九八年十月十一日「天声人語」）。

国民的な愛着を集めている『万葉集』は、まさに日本の「国民歌集」の名にふさわしい。しばしば〝日本人の心のふるさと〟とか〝日本文化の偉大な遺産〟などと形容されるのもそのためだが、しかし、多少反省してみれば分かるように、実は古代の貴族たちが編んだ歌集であって、奈良時代末期に成立して以来、一千年以上というもの、列島の住民の大部分とはまったく縁のない書物だったのである。平安時代の歌人・歌学者や、中世の学僧・連歌師、近世の国学者・民間歌人たちの活動にもかかわらず、一般には書名すら知られていないという状態が、まず明治の中頃までは続いていたと見なくてはならない。

『万葉集』が国民歌集の地位を獲得したのは近代のことがらに属する。では、なぜ、どのようにしてそうなったのか。

『朝日新聞』の一件は、万葉の歌々にもともと備わっていた魅力が広く受け入れられたというよ

うな解釈を導くかもしれない。だが、それは皮相な解釈でしかない。なぜなら、このとき志貴皇子の歌を指定した投書家の大部分を占めていたはずの、そして今このページを読んでいる人たちにもかなりの比率で含まれるはずの、万葉愛読者——もちろん私もその一人で、講演録を読んだときには茂吉の『万葉秀歌』を引っぱり出し、例の歌が下巻の最初のページに出ているのを確かめた者だが——は、日本の人口全体から見ればまったくの少数派にほかならないからだ。『万葉集』の全巻を通読するか、または一部を精読した経験をもつ人は、文学・語学・史学などの研究者や学生、国語教師、短歌実作者、およびカルチャーセンター受講者といった範疇に、ほぼ収まってしまうのが実情である。大多数の日本人にとっては、学校で習った柿本人麻呂や額田王の歌、その他もろもろを取り混ぜてもたかだか二、三十首といったところが『万葉集』のすべてなのだ。大学の国文科(日本文学科)の出身者でも、近代文学を専攻した人たちには、古めかしい歌集など敬して遠ざけるか、いっそ歯牙にもかけないといった向きが多い。

『万葉集』の原典を読みこなすには、当然ながら、上代語、つまり七・八世紀ごろの近畿地方の言語に通じている必要がある。ところが、現代の日本人が高校を出るまでに学習する古典語や古典文法は、平安貴族の言語を規範としたものであり、正規の課程で上代語が体系的に教授されることはない。だから大学の入試に『万葉集』や『古事記』の読解が出題されることもめったにない。『万葉集』は実態としてあまり読まれていないばかりか、現代日本人の平均的な教養をもってしては、そもそもアクセスすること自体が困難な書物なのである。愛読者にしたところで、多くの人は、テキストに付された注解を頼りになんとか理解しているのが実情ではないだろうか。万葉の歌々の美しさが私たちの魂に直接訴えるなどというのは、事実からかけ離れた美辞麗句にすぎない。するとこうは考えられないだろうか。『万葉集』は、広く読まれたために〝日本人の心のふるさと〟となったのではない。逆に、あらかじめ国民歌集としての地位を授かったからこそ、その結果として、比較的多くの読者を獲得することになった。いくぶん奇矯な言い回しになるが、その際、読者をはるかに上回る数の非読者までを獲得したともいえるだろう。国民歌集に対する尊敬や愛着は、学校を主要な舞台として、いわば文部省推薦の公式固定観念として広められてきたからである。そうとでも考えなければ、私の祖母のような非読者の愛着には説明がつかないではないか。国民歌集『万葉集』は、人々の実感を越えたところで、観念として成り立っている——近代に固有のこの観念を、以下、「万葉国民歌集観」ないし「国民歌集観」と呼ぶことにしよう。

万葉国民歌集観の成立時期は一八九〇（明治二三）年前後の十数年間に求められる。『万葉集』はこのとき、古代の国民の声をくまなく汲み上げた歌集として見出され、国民の古典の最高峰に押し上げられた。以来、百年あまりにわたり、当初「国体」と呼ばれた天皇制や、単行書だけでも五百冊以上が書かれたという日本人論(2)などとも密接に関わりながら、日本人のナショナル・アイデンティティーを支えるきわめて有効な文化装置として機能してきた。事態は、近代国民国家の形成過程でおびただしい「伝統」が発明され、国民の一体感を演出するために動員されるという、世界史的現象の一例であり、それもかなり興味深い事例に属すると思われる。

国民歌集『万葉集』の発明・普及・刷新・延命の過程を具体的に跡づけること、それが本書のテーマである。

本書の主張はたぶん私の同業者たちの反感を買うことになるだろう。「『万葉集』の真価は世間に流布しているような浅薄なものではない」とか、「ナショナリズムは文学の価値を歪めこそすれ、作り出したりはできないはずだ」といった声が方々から聞こえてきそうな気がする。「歌々をじっくり味わったときに立ち上がってくる、あの魅力を置き去りにすべきではないでしょう」と穏やかに諭してくれそうな老大家の声など、ほとんど肉声として内耳に響きつづけている。

一方、別の種類の読者は、十数年来の国民国家論やカルチュラル・スタディーズの、いささか遅きに失する余波のみを見出して、「そんなことは逐一例証するまでもなく分かりきっている」というような感想を抱くかもしれない。私がE・ホブズボウムやB・アンダーソンの議論(3)に影響されていることは確かで、現に標題の「発明」にしてからが invention of tradition(伝統の発明／創造)からの借用である。

これら予想される二つの反応に対していえば、しかし、私自身はあくまでも国文学の学徒として本書を構想したつもりでいる。じっさい本書の依拠する唯一の方法論「論より証拠」は、よかれあしかれ、国文学の先人たちから叩き込まれたものなのだが、いま言おうとしているのはその点ではない。

万葉の歌々を読むこと、一般に古典を読むということは、そもそも何を読むことなのだろうか。この、一見なんでもないことがらが、私にはある時期から根本的に分からなくなってしまった。今もよく分かってはいない。本書につながるテーマに取り組みだしたのは、こんな状態のまま研究を続けることにとても耐えられなくなったからである。

左に引くのは西郷信綱『日本古代文学史　改稿版』（一九六三年、岩波書店）の一節だ。著者は〝傑作の永遠性〟という通俗的教養を厳しく斥けた上で、長く読み継がれてきた作品も「享受の中味は時代で変ってきているはずで、またそれはこれからさき必ず変って行くだろう」と的確に指摘し、さらにこう続けている。

> 誰がどのように作品をよむかということをはなれて作品そのものの永遠性を論ずると、どうしても形而上学を作りあげる仕儀になる。作品そのものというようなものはどこにも存在しないし、誰にも経験できないだろう。では、古典と呼ばれるものはどこにあるかといえば、それは過去と現代のあいだ、つまり過去にぞくするとともに現代にもぞくするというほかない。〔……〕現代人に対話をよびかけてくる力をもったもののみが古典であり、そしてこの過去と現代に同時にぞくするものを、歴史的継起の秩序における一つの特殊な人間活動としてとらえようとするのが文学史の役目ということになるだろう。〔圏点原文〕

ここには、文学史に血を通わせる方法を求めつづけた人ならではの、鋭くかつ本質的な問いかけがある。私は今読み返してみて改めてそう感じるのだが、ただ、古典という「奇妙なもの」が「過去にぞくするとともに現代にもぞくする」のであれば、「現代人に対話をよびかけてくる力」も作品自体に内在するわけではなく、過去と現代の双方に属するはずだと思う。だから、西郷がこの先で

「『万葉集』が日本詩歌史の上でしめてきた独特な位置」に言及し、その原因を「時のめぐみがまるでちがっていた」点、つまり、無階級社会から階級社会への転換という「民族の歴史の上で二度と経験できぬ一回きりの段階」の所産である点に帰そうとするのは、文学史的な思考法や認識枠に忠実な態度ではあっても、「力」の全面的解明につながる態度ではないだろうと思うし、つまりは西郷自身の着眼を十全に活かす態度でもなかろうと思う。

『万葉集』の魅力を解明しようとする努力は、ありとあらゆる角度から続けられてきたし、現在も続けられている。積み上げられた知見は一人ではとても把握しきれないほどの分量に達し、ますます精緻化するとともに細分化してきてもいる。努力は、しかし、まずたいていの場合、作品や作者、または作品／作者を取り巻いていた環境といったものに向けられていて、「力」の半面を担うはずの読者の側はおよそ問題にされることがなかった。少なくとも、読者という存在を成立させたり、方向づけたりしてきた条件がまともに掘り下げられてはこなかったし、したがってまた、非読者の存在が考慮の対象とされることもなかった。従来の諸家は、現に魅力を感じるという事実を楯にとって、その魅力を作品に押しつけてきたとは言えないだろうか。

私は――あえて「私たちは」とは言わない――なぜ『万葉集』を読んでいるのだろう。あまつさえそこに魅力を感じるのはなぜなのだろう。そのことを、個人的な嗜好に解消したりせずに、しかし自身の立たされた位置にそくして、歴史的に突き詰めてみたい――当初私を衝き動かしていたのは、こういうたって単純な動機であった。

対話は先方が「よびかけてくる」と同時に、当方から呼びかけてゆくものでもある。二つの呼びかけは互いに連動している以上、一方に焦点を当てるためには、もう一方を作業上固定しておくことが必要だろう。双方を同時に俎上にのぼせようとすれば、混乱は必至だと思われる。本書が『万葉集』をまるで空虚なテキストででもあるかのように扱うのは、そのための用意であって、いわば方法的禁欲にもとづく措置だ。正攻法を排するからには搦《から》め手からの攻めを貫くのだと言ってもよい。

繰り返すが、私は決して、『万葉集』はくだらぬ集で人麻呂は下手な歌よみだ、などと主張する者ではない(4)。西郷の言葉どおり、『万葉集』そのものといったものはどこにも存在しないし、誰にも経験できないと考えているまでである。その点、くれぐれも読者の賢察を乞うておきたい。

# 第一章　天皇から庶民まで

## ――『万葉集』の国民歌集化をめぐる問題系

### 一　国民歌集の構造

現在『万葉集』に認められている価値には、大まかに言って二つの側面があると思う。これをかりにA、Bとしよう。Aは、数ある国民の古典の一つというもので、『万葉集』はこの限りでは『古今和歌集』や『新古今和歌集』、また『源氏物語』『枕草子』『今昔物語集』『平家物語』『徒然草』『好色一代男』『奥の細道』等々と対等に並び立つ。Bは、それら古典のうちで格別高く評価される側面、つまりもろもろの古典の代表としての側面だ。本書に言う「国民歌集」とは基本的にはBのことだが、そのBはAを離れてはありえない。

A――日本国民の古典

B――日本国民の古典のうち特に優れたもの

では、Bの内容はどのようなものか。この点については島木赤彦の発言が格好の手引きになると思う。アララギ派を代表する歌人の一人、赤彦は、第三章で問題にするように、大正時代に同派を率いて歌壇に君臨し、国民歌集『万葉集』の大衆化と内面化に大きく貢献した人物だ。万葉尊重を柱とする彼の作歌信条は、『歌道小見』(初版一九二四年、岩波文庫所収、改版一九八三年)にまとめられており、左に引くのも同書所収の諸論の一つである。

そこで万葉集は如何なるものであるかと申しますと、第一の特徴は、万葉集は民族的の歌であります。日本民族全体が赤裸々になつて膝を交へて、お互に人間としての共通した感情を有りのままに歌つて居ります。上は天皇から下は潮汲む海女、乞食までが皆左様であります。天皇が菜を摘む少女に恋歌をよみかけていらせられる。又身分の卑い少女が身分の高い人に赤裸々な恋歌を送つてゐる。この様に、凡ての階級のものが、此の時代の現実の問題に正面から向き合つて、(1)一様に緊張した心を以て歌つてゐるといふのが第一の特徴であります。〔「万葉集の系統」、全集3〕

発言中、『万葉集』の価値に関わる要素はおよそ三種ある。一つは歌風が真率であるという点(傍線部)、二つめに、作者層が幅広いという点(二重傍線部)、三つめに、民族的性格をもつという点だ(波線部)。

三点は相互にどう関係するのか。赤彦によれば、「万葉集以後の和歌が貴族社会に局限せられて古今集以下の堕落を来した」のは次のような事情からだった。

万葉集の歌は前に申し上げたやうに民族的の歌であります。古今集になりますと、それが官人若《もし》くは官人を中心として生きてゐる人々に局限されて来てゐます。〔……〕この官人を中心として、それに調子を合はせ得る人々の歌つた歌が古今集以下の勅撰集であります。現実に苦しむことの少い一部貴族を中心とした人々の産み出した歌集でありますから、調子の現る所、自ら生《なま》ぬるいものになつてゐるのが当然であります。〔同右〕

裏返せばこうなるだろう。万葉時代の歌風が健全でありえたのは、当時の和歌が幅広い階層にわたって行なわれ、民衆の生活との接点を保っていたからである。万葉の歌々の成り立ちをこう理解した上で、赤彦はそれを「民族的」と把握したのだった。じっさいこの先でも、閉塞した勅撰集の世界の外側には「万葉集の精神」を受け継ぐ「民族の歌謡」があったと言い、そこから「足利時代の小唄」や江戸時代の「諸国民謡」が「民衆的に発達」した様子を描き出している。

赤彦の抱いていた万葉像は、本人も「第一の特徴」と言っていたように、国民歌集観の最大公約数というべきものになっていて、それを大別すれば次の二つの側面が認められる。

B1——古代の国民の真実の声があらゆる階層にわたって汲み上げられている

B2——貴族の歌々と民衆の歌々が同一の民族的文化基盤に根ざしている

後述するように、B1は明治中・後期に国家的要請と結びついて形成されたもので、ただちに中等教育機関の古典教育のカリキュラムに取り込まれた。B2はB1を補完するものとして明治末期に構築されたもので、教育の分野に取り込まれるのは昭和の終戦後に下るものの、大正・昭和初期を通じ赤彦のような民間人の手で普及された。二段階を踏んで完成された万葉国民歌集観は、二つの側面が互いに補い合う融通無碍な構造とともに、今日まで命脈を保っている。

以下の記述では、B1を国民歌集観の「第一側面」、B2を「第二側面」と呼ぶことにしよう。そして、第二章までを主に第一側面の考察に当て、第二側面については第三章で見届けてゆくことにしたい。

万葉国民歌集観を広めてきた主要な機関は、学校と見て間違いない。現代の高校生も、国語の授業で『万葉集』を習うときには、精選された例歌とともに次のような事項を習うことになっている。

> **万葉集**　現存する日本最古の歌集。二十巻。歌数は約四千五百首。編者及び成立年代については諸説があるが、奈良《なら》時代後期に、大伴家持によってほぼ現存のような形にまとめられたとみる説が有力である。歌体は短歌・長歌・旋頭《せどう》歌・仏足石歌体などがあり、内容によって雑歌・相聞・挽歌などの分類が行われている。作者は天皇から庶民に至り、素朴な感動を力強い格調で歌い上げた歌が多い。作品は、詠まれた時期により、一般に、第一期は壬申《じんしん》の乱のころまで、第二期は奈良遷都まで、第三期は天平の初期まで、第四期は天平宝字三(七五九)年ごろまでの四期に分けて考えられている。

最新の高校一年生用国語教科書に載った解説文だ。同書は、二十数点ある同種の教科書のうちでももっとも広いシェアを誇っている。簡潔な説明のうちに、先の赤彦の発言と符合する記述が含まれていることに注意しよう。〝天皇から庶民まで〟という言い回しまでが一致しているし、〝素朴〟〝力強い〟の評語もこの種の解説文にしばしば見られるもので、赤彦の言う〝ありのまま〟や彼が『万葉集の鑑賞及び其批評』（一九二五年、岩波書店）で繰り返す〝単純〟〝真実〟〝率直〟とともに万葉イディオムともいうべきものを形作っている。無技巧が強調されるときには〝自然〟の語が適用されることもある。

作　者　層――　〝天皇から庶民まで〟のあらゆる階層にわたる

表現の特徴――　〝素朴〟な感動を〝雄渾〟な調べで〝真率〟に表現

これら常套句は明治後期の文学史書が定着させたものであって、以来、百年あまりにわたって使い回され、万葉国民歌集観の第一側面を人々の脳裏に刷り込んできた。

若干例示しよう。〝天皇から庶民まで〟のフレーズを『万葉集』に適用した最初の事例は、私の知る限りでは、一八九〇（明治二三）年十月の三上参次・高津鍬三郎『日本文学史（上・下）』（金港堂）の一節だ。同書は、「日本文学史」または「国文学史」と題して刊行された最初の書物である。

奈良の朝は、和歌の時代なり。上《かみ》は万乗の貴きより、下《しも》、匹夫に至るまで、皆、歌を詠まざるなし。而して其精粋は、万葉集に載れるもの即是なり。〔上、一三七頁〕

万葉集に歌を載せられしもの、極めて夥しく、上天皇皇子より、公卿官人は勿論、下りて樵夫海士に至るまで、一風ありて見るべき歌を詠みし者は、皆之を採録せられたり。特にかの防人の歌、役民の歌、東歌などの作者を考へ合せば、其数挙げて数ふべからず。〔上、一五一〜五二頁〕

明治中・後期には、この三上・高津の書以外にもたくさんの文学史書が刊行された。その数はゆうに五十点を越える。私の目に触れたのはこのうち三六点だが、そのちょうど半数の一八点までが、『万葉集』の解説中に問題の常套句を使用している。(2)

〔万葉時代には〕上は天皇皇后より、下は賤しき民の、名だに知られざる者すら、事に臨み折にふれ、楽しみ悲しみに就きて、歌ひ出せるなりけり。〔関根正直講述『日本文学史』一八九三年識、哲学館〕

〔『万葉集』には〕上は天皇の御製より、下は役民の歌に至るまで、尽く之を載たれば、以て当時の社会が、一般に皆歌を嗜みしことを見るべく、またこれによりて、当時の社会の風姿の一班〔斑〕を窺ふことを得べし。〔内海弘蔵『中等教科　日本文学史』一九〇〇年、明治書院〕

奈良朝には和歌が盛んに行はれ、帝をはじめ大宮人より庶人に至るまで皆歌を詠んだ、而してその歌の秀逸の纂輯されたのが万葉集である。〔五十嵐力『新国文学史』初版一九一二年、第七版一九二五年、早稲田大学出版部〕

文学史書以外にも、同じ時期に次のような用例を見る。

かの万葉集を見よ、その集中の人種を見よ。その人々の土地を見よ。かしこけれども上は至尊より下はもしほやく海士をとめ、たきゞこる賤《しづ》の男《を》にいたるまでの歌をのせたり、またその人々はいかに、都の人はさらなり、あづまえびすより、さつま隼人にいたるまで残すところなし。〔落合直文「将来の国文」『国民之友』一八九〇年十一〜十二月、『明治文学全集』44所収、一九六八年、筑摩書房〕

〔『万葉集』の〕作者はどんな人々かと云ふに、上は天皇皇后の貴きより、下は平民に至るまで、五百六十一人の歌がのせてある。其中には防人と言つて、今で言はうならばかの屯田兵の類とでも言ひませうか、九州の海岸を守る兵隊である、其防人のよんだのや、其妻や母が詠んだ歌ものつてゐる。決して人が賤しいからと言つて捨てない。〔佐々木信綱『少年歌話』一八九七年、博文館。原文総ルビ〕

右の第一件の筆者、落合は、三上・高津『日本文学史』の編述に側面から協力したという（同書「緒言」）。佐々木（後に佐佐木）も含め、これらの人々の事績については後々繰り返し言及することになるだろう。

ひるがえって現行の高校用国語教科書を見ると、「作者は天皇から庶民まで広い階層にわたる」（A社『高等学校国語Ⅰ』）、「作者は天皇・貴族から庶民に至るまで国民各層に及び」（B社『高等学校古典Ⅰ』）、「天皇や貴族の歌ばかりでなく、多くの名もない人々の歌が収められている」（C社『新版高校国語一』）など、『万葉集』を解説した教科書の約半数に問題のフレーズが現われる。もっとも、天皇を庶民より「上」に見る表現は周到に消去されていて、象徴天皇制に合わせて修整が施された事情をうかがわせる。ほかにも、「作者は、貴族だけでなく、広く当時の諸階層に及んでいる」（D社『新編国語Ⅰ』）、「東歌・防人歌など無名の民衆の歌も含む」（E社『国語Ⅰ』）など、崩れた形で出てくるケースがある。作者層の広さに全然言及しない教科書もあるものの、全体から見れば例外的な事例だと言ってよい。

他方、〝素朴・雄渾・真率〟の方は、賀茂真淵《かものまぶち》の万葉言説を換骨奪胎したものだが、近代では三上・高津の書が書かれる少し前から盛んに言われだした（本書一一四〜一一四頁）。

> 万葉集の歌は、皆いまだ俊〔峻〕厳なる規則に、拘束せられざる時代になりしかば、其風姿の自然なるは論なし。少しも顧慮する処なく、其襟懐を開き、素情をのべたるものなれば、概して雄健にして気魄あり。（前掲、三上・高津『日本文学史』上、一四一頁）

明治期の文学史書では、

その歌調の優美にして虚餝なく。語気の素朴にして雄健なるは。後輩の遠く及ばざる所なり。然して此の長所は集中の長歌に多し。〔鈴木弘恭『新撰日本文学史略』一八九二年、青山堂〕

此の時代の歌は、後世の如く、拘忌する所なければ、謂はゆる天真爛熳にして、彫琢を加へざる如くなれども、規模浩大、詞調雄渾に、自然の韻致ありて、余情溢るゝ如くなり。〔前掲、関根『日本文学史』一八九三年識〕

要するに、万葉集の歌は、率直なる感情をありのまゝに顕はし、絶えて浮薄虚偽の嫌なし。〔……〕その調雄健にして後世の柔弱なる風と相反す。〔藤岡作太郎『日本文学史教科書』一九〇一年、開成館〕

などと繰り返され、現行の高校用教科書でも「素朴な感情が率直に表されている」〔前掲、B社『高等学校古典Ｉ』〕、「歌風の特色は、実感に即した感動を率直に表現したところから生ずる、生命感にあふれた力強さにある」〔前掲、E社『国語Ｉ』〕、「全巻にわたって、素朴な感動が力強い格調で歌い上げられている」〔F社『精選新国語Ｉ〕等々と襲用されている。

二種の常套句の用例は、学習参考書、文学史用サブテキスト、文学事典、秀歌選等々にも及ぶ。逐一挙げだしたらきりがないので、著名な現代詩人の使用例を一つだけ紹介しておこう。

『万葉集』とひと口に言うが、その内容は伝承時代の歌まで含めればおよそ三百年間にわたるとされる。社会の全階級にまたがる人々の生活から湧き出た、おのずからなる歌が、『万葉集』の実質を成しているが、この全階級的な歌の布陣は、これ以後のどんな和歌集にも求め得ない万葉だけの特質だった。〔／〕しかも、この『万葉集』にしてからが、作者の大半は、生涯の輪郭さえあまり明らかではない。けれどもほんのわずか露頂しているのみの彼らの生活が、素朴ながらに、今のわれわれにも身にしみて興味をそそられるのは、なんと言っても歌というものの功徳なのである。〔大岡信「全階級的な布陣の歌集」、和泉書院『セミナー　万葉の歌人と作品全十二巻』広告リーフレット掲載、一九九九年〕

これは商業用の広告文であり、筆者の万葉観が全面的に開陳されているわけではないが、それだけにまた、『万葉集』のセールス・ポイントを的確につかんだ文に仕上がっていると思う。ちなみに、私は右の『セミナー』の刊行委員中に名を連ねている。

唐突だが、今から百年前のヨーロッパ人の目に『万葉集』がどう映っていたかを紹介してみたい。W・G・アストンがその人で、イギリスの外交官として幕末から日本に滞在した彼は、一八八九年に帰国してからも日本文化の研究を続けた。アストンが一八九八年にロンドンで出版した『日本文学の歴史』の一節に次のような記述が見られる。

八世紀には、散文文学で重要なものはほとんど残っていない。この世紀は実に詩歌の黄金時代であった。日本は今や、前章に述べた〔記紀の歌謡を特徴づける〕素朴に吐露したことば〔artless effusions〕の域を脱して、現在までまだ凌駕されていないほどの、卓越した韻文の一群をこの時代に生み出した。読者はことによると、未開の文化段階から浮上したばかりの国民の詩歌を、粗野で雄渾の気に満ちた〔characterised by rude, untutored vigour〕ものと予想されるかもしれない。ところが驚くまいことか、実際は正反対で、活力より精錬ぶり〔polish〕が目立つのである。情操は繊細で〔delicate in sentiment〕、言語も洗練されて〔refined in language〕いるし、連なる詩句は精妙巧緻〔displays exquisite skill of phrase〕、しかも固有の作詩法に備わった一定の規範を周到に守っている。〔／〕この時代と次の〔平安〕時代に詩歌を書いたり読んだりしていたのは、日本の国民のごく一部分〔a very small section of the Japanese nation〕であった。作者は、女性がかなりいたものの、いずれミカドの宮廷の構成員か、さもなくは地方官という、いったん任地に赴きはしても都に後髪を引かれつづける人々だった。大衆的詩歌などというものは、およそ伝わっていない〔We hear nothing of any popular poetry〕。反面、作詩の心得は上流の諸階級には行き渡っていて、教養のある男女ならまず誰でも、折にふれタンカを拵えることができた。〔William George Aston, *A History of Japanese Literature* (Short Histories of the Literatures of the World VI), London, William Heinemann, first printed 1898, new impressions 1907, 1918. 初版第三刷によって拙訳、〔 〕内の欧文は原文〕

同書は三上・高津『日本文学史』に範をとって書かれた。芳賀矢一「国訳アストン氏日本文学史序」(アストン原著・芝野六助訳補『日本文学史』一九〇八年、大日本図書)によれば、「本書の原著が三上高津二氏の日本文学史に準拠せるはアストン氏の明言せるところ」だという。その三上・高津書には、国民歌集観を特色づける記述とともに、例歌として東歌や防人歌が掲げられていたにもかかわらず、アストンはその論調にあえて追随しなかったのである。

私はここで、アストンの記述が正しいと言うつもりはない。著者が『万葉集』全巻に精通していたとは考えにくいし、王朝の和歌集との性格の違いをどれだけ認識していたかもかなり疑わしい。彼は時に東洋の新興国に対する優越感をかなり露骨に表明することがあって、右の引用部分にもそれがちらついている。

しかしながら、彼の記述は私たちをあることがらに気づかせてくれるだろう。事と次第によってはこのような『万葉集』像もありえたのであった。裏返せば、私たちに馴染みの万葉像もまた、実は事と次第によって成り立ったはずなのだ。ところが私たちは、その「事と次第」をすっかり忘れてしまっていて、忘れたことを覚えてさえいない。これでは情けないではないかというのが、この場合の私の言い分である。

## 二　子規の再発見という通念

前節の記述に正岡子規の名が現われなかったことに、読者は不審を抱かれたかもしれない。子規を近代における『万葉集』の発見者とする見方は、今でもかなり強固な通念となっているようで、現に、子規短歌にかんする比較的最近の優れた研究書にも次の記述を見る。

> 文芸史が子規を生み出したのではなく、子規が——子規の文芸観が、古典の価値を見直し、再発見をし、文芸史を再構成したのである。万葉集はまさしく子規によって発見されたのであり、その文芸観によって史的位置づけが為されたのである。〔今西幹一『正岡子規の短歌の世界』一九九〇年、有精堂〕

万葉「再発見」に関わる子規の事績とは次のようなものであった。

一八九二（明治二五）年ごろから新聞『日本』を舞台に俳句の革新に従事してきた子規は、この仕事が軌道に乗ったのを見届けると、続いて短歌の革新に乗り出そうと企て、有名な「歌よみに与ふる書」を同紙に連載しはじめた（全集7）。時に一八九八年二月であった。十回にわたる連載の第一回を「仰の如く近来和歌は一向に振ひ不申候《まうさずさうらふ》。正直に申し候へば万葉以来実朝以来一向に振ひ不申候」と書き起こした彼は、第二回の冒頭で「貫之は下手な歌よみにて古今集はくだらぬ集に有之候《これあり》」と畳み重ね、当時歌壇の主流を占めていた桂園派のマンネリズムを筆鋒するどくこきおろすとともに、一千年近く歌道の典範として仰がれてきた『古今集』をも従来の権威の座から引きずり下ろした。センセーショナルな決意表明が呼び水となって、子規のもとには、それまでの俳句の門弟に加え、伊藤左千夫や長塚節といった新進歌人が集うようになった。根岸短歌会を形成し、『万葉集』を創作の糧として活動したこのグループは、与謝野鉄幹率いる明星派に挑戦しつづけるとともに、子規没後の内部対立を清算してアララギ派に発展し、大正期以降は島木赤彦や斎藤茂吉のもと、歌壇に君臨する大勢力となって昭和期に至った。アカデミックな『万葉集』研究が進展を見たことも、こうした歌壇の動向と密接に関連していた。

子規はこうした事象によって近代における万葉「発見」者に擬せられてきたのだが、この扱いは事の本筋から逸れてはいなかったろうか。

前節に挙げた三上・高津書が「歌よみに与ふる書」より八年も前に刊行されていたことを想起しよう。「再発見」にあたる事態は子規の参入以前にすでに成立していたことにはならないだろうか。また、「古典の価値」が「再発見」されたのであれば、その価値は世間に知られていなかっただけで、どこかに存在してはいた仕儀となるが、本当にそうだろうか。そもそも、「発見」されたのは「文芸的」価値だったのだろうか。

通念を検証するために、以下、子規が『万葉集』をどう読んでいたかを見届けておこう。

子規は、一八九八（明治三一）年に「歌よみに与ふる書」を書いた時点では、まだ『万葉集』を熟読したことがなかったらしい。[3] もっとも、翌一八九九年の三月、つまり子規庵歌会（狭義の根岸短歌会）の始まった月には、最初の万葉批評を公表しており（「万葉集巻十六」、全集7）、彼の万葉享受もこのころには本格化していたものと推測される。これをさらに繰り下げて考える説[4]もあって、それによれば、子規は子規庵の「万葉集輪講会」が始まる一九〇〇年四月まで『万葉集』との対話を開始しなかったのだという。

このあたりの判断はかなり微妙だろう。ここでは、子規の万葉享受の実態を確実に伝えるものとして、「輪講会」の報告文「万葉集を読む」（初出『日本』一九〇〇年五〜七月、全集7）に照準を合わせることにしよう。

会の進め方は巻一の歌々を配列順に読んで感想を述べ合うというものだったらしく、連載第一回には巻頭の雄略天皇の歌（巻一・一）が取り上げられている。

籠もよみ籠もち、ふぐしもよみふぐしもち、此岡に菜摘ます子、家聞かな名のらさね、空見つやまとの国は、おしなべて吾こそ居れ、しきなべて吾こそをれ、我こそはせとはのらめ、家をも名をも

正字を常用漢字に改めた以外、子規の表記をそのまま活かして引用した。歌の読み方（訓）が、現在通用しているもの（本書二二八〜二二九頁）とかなり相違する点に、まずは注意しておこう。

さて、席上この歌の出来映えが話題になったとき、面白くないと言う人がいた。子規はそのこと

を紹介した上で、こうした意見が出てくる背景には五七調を長歌の規範とする見方があるようだが、自分としてはむしろ「五七調以外の此御歌の如きはなか〳〵に珍しく新しき心地すると共に古雅なる感に打たるゝなり」と言い、さらに、

趣向の上よりいふも初めに籠ふぐしの如き具象的の句を用ゐ、次に其少女にいひかけ、次にまじめに自己御身の上を説き、終に再び其少女にいひかけたる処固《もと》よりたくみたる程にはあらで自然に情のあらはるゝ歌の御様なり。殊に此趣向と此調子と善く調和したるやうに思はる。若《も》し此歌にして普通五七の調にてあらば言葉の飾り過ぎて真摯の趣を失ひ却て此歌にて見る如き感情は起らぬなるべし。吾は此歌を以て万葉中有数の作と思ふなり。

との、きわめて高い評価を示した。

「心地する」「感に打たるゝ」と言い、「此歌にて見る如き感情」とまとめる子規のことばは、いかにも実感にそくした発言という印象を与える。素直に受け止めれば、子規が右の見解に達したのは当該の歌を熟読玩味した結果なのだ、と考えたくなるところだろう。そしてここに、前代の万葉注釈家、たとえば契沖の、

此みかとは、きはめてをゝしくおはしまして、むくつけき事をもせさせたまひしかとも、(5) またいさめにもはやくしたかひたまひ、又哥をもおりふしにつけてあまたよませたまへり。色をも

このませたまひければ、もし御めもとまりてとはせたまへるにや。すこやうのもの〻、[6]御まなしりにか〻りて、か〻る御製のありけるは、やさしくもかたしけなくも侍るかな。〔『万葉代匠記』初稿本、一六八八年頃成立、全集1〕

といった評言を並べてみると、契沖が、作者（とされる雄略）の人格や心境をあれこれ想像するばかりで、歌の表現というものをなんら対象化できていなかったことに改めて気づかされもする。すると赴くところはこうだろう。「趣向」と「調子」の「調和」という子規の分析は、文学的観点に立つ万葉批評の、記念すべき第一歩だった。子規はこの新たな観点から、埋もれていた雄略の歌を発掘し、近代に蘇らせたのだ——だが、事はそう単純に割り切れるのだろうか。

こと雄略の歌にかんしては、子規の批評はなるほど前代の殻を打ち破るものだったかもしれない。が、万葉歌一般についてなら、以前から次のようなことが言われていたのである。

〔A〕詩歌ハ悲喜恋愛ノ情ヨリ出ツル者ナルカ故ニ又妙ニ人ヲシテ悲喜恋愛等ノ情ヲ起サシムヘキ力アリ是我カ万葉集等ニアル歌ハ巧ナルコト後世ニ及ハザルモ気力アリテ能ク人ヲ感動セシムルハ皆自然ノ情ヨリ出テタル者ナレバナルヘシ〔高津鍬三郎「詩歌ヲ論ズ」『東洋学会雑誌』二‐六、一八八八年四月〕

〔B〕平城《なら》に都定められし頃に到りては、天真の妙の外、更に想像の妙を発揮して、一しほ、その意匠をひろめ、躰制も長歌短歌ならび行はれ、真摯なるもあれば、精緻なるもありつれど、ともに自然をはなれずして、情景、双妙の域に達せり。〔萩野由之「和歌及新躰詩を論す」、初出『経世評論』一八九〇年四月、『歌学』一―二〜四、一八九二年四〜六月に転載されたものに拠る。ルビ原文〕

〔C〕万葉集の歌は、皆いまだ俊〔峻〕厳なる規則に、拘束せられざる時代になりしかば、其風姿の自然なるは論なし。少しも顧慮する処なく、其襟懐を開き、素情を述べたるものなれば、概して雄健にして気魄あり。〔前掲、三上・高津『日本文学史』一八九〇年十月〕

これら万葉尊重言説は、第二章で改めて取り上げるように、明治中期における新体詩の創始と流行に対抗して起こった和歌改良論の副産物だった。そのとき「詩歌《ポエトリー》」として再解釈された和歌が、さらに「国詩」つまり国民の詩歌の一翼として定位され、新体詩をも含む「国詩革新」が取り沙汰されるようになると、万葉尊重は新体詩作者の側へもフィードバックされたらしく、「万葉の歌を以て。古今集の歌よりは。優れたものとする事は。見識のある者の間には。既に決定したる。輿論であると思はれます」と言い切る人までが現われた。発言者は『新体詩抄』の著者の一人、外山正一《とやままさかず》で、子規が「歌よみに与ふる書」を書く二年前のことである。外山は、現在の日本学士院の前身、東京学士会院の例会講演の壇上で新体詩から虚飾を排すべきことを説いたのだが、その際、『古今集』から

立わかれいなばの山の峯におふるまつとしきかば今かへりこむ　〔離別・三六五　在原行平〕
絲による物ならなくに別れ路のこゝろぼそくもおもほゆるかな　〔羇旅・四一五　紀貫之〕

など四首を、また『万葉集』から

勿念《オモフナ》跡《ト》君《キミ》者《ハ》雖言《イフトモ》相《アハム》　時《トキ》何時《イツ》跡《ト》知而《シリテ》加《カ》吾《ワガ》不恋有乎《コヒサラム》〔牟〕　〔巻二・一四〇　依羅娘子〕
遠有而《トホクアリテ》雲居《クモヰ》爾《ニ》所見《ミユル》妹家《イモカヘ》爾《ニ》早時《ハヤク》〔将〕至《イタラム》　歩《アユメ》黒駒《クロゴマ》　〔巻七・一二七一　柿本人麻呂〕

など六首を例示した上で右の発言を行ない（引用歌の訓と表記は外山による）、さらにこう続けたのだった。

〔D〕而して。其理由は。唯々に。万葉の歌は強くして。古今集の歌は弱い。甲者は男らしく。乙者は女らしいといふ様な事許《ばか》りではありませぬ。万葉の歌は思想及び感情を。「ナチュラル」に云ひ表はしたものでありますが。古今集の歌に至ては。思想及び感情を。多くは「アーチフ《ド》ィシヤル」に云ひ表はして居ります。古今集の歌は。巧に出来ては居りますが。作者が。何う謂はうか。斯う謂はうかと。凝て詠《よん》だものであると云ふ事は。歴然として。其表に顕はれて居ります。然るに。万葉の歌に至りましては。想ふ所。感ずる所を。少しも憚る所なく。少しも

飾る所なしに。述べた様に出来て居ります。〔「新体詩及び朗読法」『帝国文学』二‐三・四、一八九六年三・四月〕

ひるがえって子規は何を言っていたか。彼の評語には、肯定的なものとして「まじめ」「自然」「真摯」があり、否定的なものとして「巧み」「言葉の飾り過ぎて」があった。使われたことばは右のA～Dと共通するだけでなく、評語間の対立軸もほぼ一致している。そればかりか、連載第二回以降も、「簡明にして蒼老、大なるたくみなくて却て趣尽きぬ妙あり」（二番歌）、「昔の人は法律学も政治学も知らず権利義務の考も薄ければ国家などゝいふ観念もたしかならず只感情ばかりにて尊しとも悲しとも思ふわけなれば供奉《ぐぶ》中にても悲しき時は悲しきと歌よみたるべし。畢竟古の人は愚なるだけに虚飾の少かりしやに見ゆ」（五番歌）、《「底深き」は前の「小松が下」と同じく無意味の装飾的の語なれど「小松が下」の自然なるに如かず》（一二番歌）など、同趣の評語が繰り返し使用されている。扱われた歌こそ異なるものの、評価の基準、褒めたりけなしたりする際の目の付けどころという点では、子規の批評とA～Dとのあいだに本質的な隔たりは認められないと言うべきだろう。(7)

もっとも、子規は雄略の歌が「普通五七の調」でない点をまず称賛していて、それはA～Dには見られない論点だった。が、彼の批評はもともと万葉歌に実作上の指針を求めたものであり、律格にかんする右の着眼も、将来の日本の詩歌は「普通五七の調」に縛られるべきでない、との考えと結びついていた。そしてこの限りでは、子規の立場は少なくとも外山のものとはかなり近いところにあったのである。彼らの口吻が細部で符合するのも偶然ではなかったと思われる（左の傍線部）。

尋常七五者流。五七者流は。新体詩は常に。斯《かく》の如き口調の束縛の下にある如きものであらうと思ひませうが。我々は其れに反して。斯《かか》る究屈なる羈絆《きはん》を脱したものであらう。と思ふのであります。（前掲、外山「新体詩及び朗読法」）

此歌には限らず万葉中の歌を以て単に古歌として歴史的に見る人は多けれど其調《しらべ》を学びて歌に詠む人は稀なり。其人のいふ所を聞けば調古くして今の耳にかなはずといふにあり。我等は調の古きところが大に耳にかなふやうに覚ゆれどそれも人々の感情なればせん方も無き事なり。万葉を善しといふ人すら猶《なほ》五七調の歌を善しとして此歌の如きを排するは如何にぞや。尋常俗人の心にては見馴れ聞き馴れたる者を面白く思ひ、見馴れざる聞き馴れざる者を不調和に感ずるなり。（前掲、子規「万葉集を読む（一）」）

子規の批評が実感から遊離していたと言うのではない。いかにも彼は書いたとおりを実感していたのだろう。ただ、その実感は、同時代の知識人たちが共有していた「国詩」への要求や願望によって裏打ちされていて、その要求なり願望なりとともにしか発動しない仕組みになっていたのだと思う。つまり彼は、「自然」や「真摯」という特徴を雄略の歌からじかに「発見」したのではなく、〝きたるべき国詩は自然かつ真摯なものでなければならぬ〟との要求にかなうものとして、その限りで発見したのだと思う。そうとでも考えなければ、『万葉集』と直接向き合う前の彼の発言、たとえば「万葉集には奈良朝の歌多し。当時の人は質樸にして特別つに優美なる歌を詠み出でんと工夫するにはあらず只思ふ所感ずる所を直に歌となしたる者と思しく何れの歌も真摯《しんし》質樸一点の俗気を帯びず」（「文学漫言（八）」『日本』一八九四年七月、全集14）とか、

万葉の歌に想を主とせる者少からず、否万葉の歌は思ふ儘を詠みたるが多きなり。万葉の調の高きは多少練磨の功無きに非ざるも寧ろ当時の人いまだ後世の如き卑き調を知らず只思ふ儘に詠みたるからに却て調の高きを致しゝならん。〔子規「人々に答ふ（十二）」『日本』一八九八年五月、全集7〕

といったことばが、後に現物にそくして実感的に語り出される批評をすでに先取りしていたという転倒は、とうてい理解しがたいのではないだろうか。

子規が雄略の歌に〝発見〟したものは、現に発見される前に、同時代の言説空間のなかであらかじめ想像されていたのだった。子規はその想像の例証、具体的対応物を『万葉集』に見出したのだが、『万葉集』をそうした対応物の潜在的宝庫と見ること自体、当時の「見識のある者」のあいだではすでに「輿論」にまでなっていた。輿論《よろん》とは定義上、個人的な見解ではありえない。『万葉集』の近代を切り開いたのは、子規の「発見」でもなければ他の誰かの「発見」でもなく、「国詩」つまり国民の詩歌という、知識人たちの共同の想像だったとしなくてはならない。

## 三　金属活字版『万葉集』の出現

少々角度を変えてみよう。明治時代に『万葉集』を読んだ人々は、具体的にはどんなテキストを使用したのか。

写本や古活字本などの稀覯《きこう》本は、このさい度外視してよいだろう。問題になるのは、公刊されて市場に出回っていたテキストや注釈書だ。

洋式活版(8)による工場印刷は明治の初期から急速に普及しつつあったものの、旧来の木版印刷もただちに撲滅されたわけではなかった。古典籍の分野では木版本専門の書肆が健在だったし、なかには読書人口の増加に乗じて売り上げを伸ばす業者もあった。少なくとも『万葉集』の場合、維新後二十年間はまだ洋式活版のテキストが存在せず、読者は次の①〜⑤のような木版のテキスト・注釈書を利用するしかなかった。

①(ア)寛永版本『万葉和歌集』二〇冊（木版、一六四三〔寛永二〇〕年刊）
①(イ)宝永本『万葉和歌集』二〇冊（木版、一七〇九〔宝永六〕年刊。(ア)の版木を別の書肆が買い取って刊行したもの）
②『万葉和歌集校異』二〇冊（木版、橘経亮校、一八〇五〔文化二〕年刊）

漢字本文と片仮名傍訓からなる木版テキストとして、江戸時代から明治初期までにもっとも流布したのは右の三本だ。特に①(ア)(イ)は、最初に印刷刊行されて以来、百数十年間に何回となく増刷され、かなりの部数を世に送り出していた。現在も多くの図書館で閲覧できるほか、古書店でも時おり見かけることがあって、印刷のかすれた末期の後印本なら一揃い数万円で売り買いされている。明治期にも入手はさほど困難でなかったと思われるが、当時すでに百年以上を経た古書ではあった。②は、①を改訂して行間に簡略な注を付した恵岳《えがく》『万葉集旁註』(一七八九年)の注を削り、新たに他本との異同を頭注に付したもの。①の後刷りが不可能になった時代[9]の普及版だが、①ほどは出回らなかったらしい。

江戸後期以降の万葉享受者は、注解なしのこうしたテキストよりは、むしろ、国学者の手になった注釈書に依存する度合が高かったと思われる。

③賀茂真淵『万葉集考』一〇冊(木版、初印一七六八〈明和五〉年、一〇冊完刻は一八三五〈天保六〉年)
④橘《たちばなの》千《ち》蔭《かげ》『万葉集略解《りゃくげ》』三〇冊(木版、一七九六〈寛政八〉〜一八一二〈文化九〉年刊)
⑤同　三二冊(木版、一八五六〈安政三〉年刊。④を改刻して目録を付す)

③はかつて国学の勃興を促した記念碑的著作で、明治期の後印本も知られているが、真淵の自著にあたる刊本は、『万葉集』全二〇巻のうち彼が古撰歌巻と考えた六巻分(順に巻一・二・十三・

十一・十二・十四）の注釈を主要な内容としており、後に門弟らの手で補訂された一四巻分を含んでいない。

他方、真淵の門弟の手になった④は、平易な入門書として歓迎されたため、幕末の一八五六（安政三）年には再刻版⑤が現われ、その版木《はんぎ》が明治末期まで流用されて、刊記を改めただけの後印本が何度も売り出された。

国立国会図書館所蔵の明治版『万葉集略解』二本は、ともに、名古屋の書肆永楽屋が安政の再刻本⑤と同じ版木を用いて発行したもの。うち一本は奥付に「明治八年十二月廿日版権免許」とある。もう一本の奥付には発行年月日の記載がないが、発行書肆として京都・東京・大坂の書肆が名を連ね、永楽屋と合わせて一三書肆の共同発行となっている。この版木が後に大阪の書肆青木嵩山堂の手に渡って、いわゆる大阪版が売り出される。私が見たのは聖心女子大学図書館所蔵の一本で、発行年不明だが、奥付に青木嵩山堂が有名学校と帝国図書館の「御用書肆」である旨の広告が付されている。その広告中に「東京帝国大学」「京都帝国大学」の名が見える点と、「高等師範学校」の名称に「東京」が冠せられていない点から推して、上限は一八九七（明治三〇）年、下限は一九〇二年と判断される（四六頁図）。なお、土屋文明の回想によれば、彼は高崎中学の四年生だった一九〇七年に「大阪版」の『万葉集略解』を入手・熟読した。それは新本で「大阪積善館刊行のものであつたやうに記憶する」というが、二帙《ちつ》に分けて収められていたともいうから、おそらく今述べているのと同じ版のものだったろう（「万葉集を読みはじめた頃」一九五七年、『万葉集私注』10所収、新訂版一九七七年、筑摩書房）。『略解』の木版による印行はどうやらこのあたりが最後だったようだ。

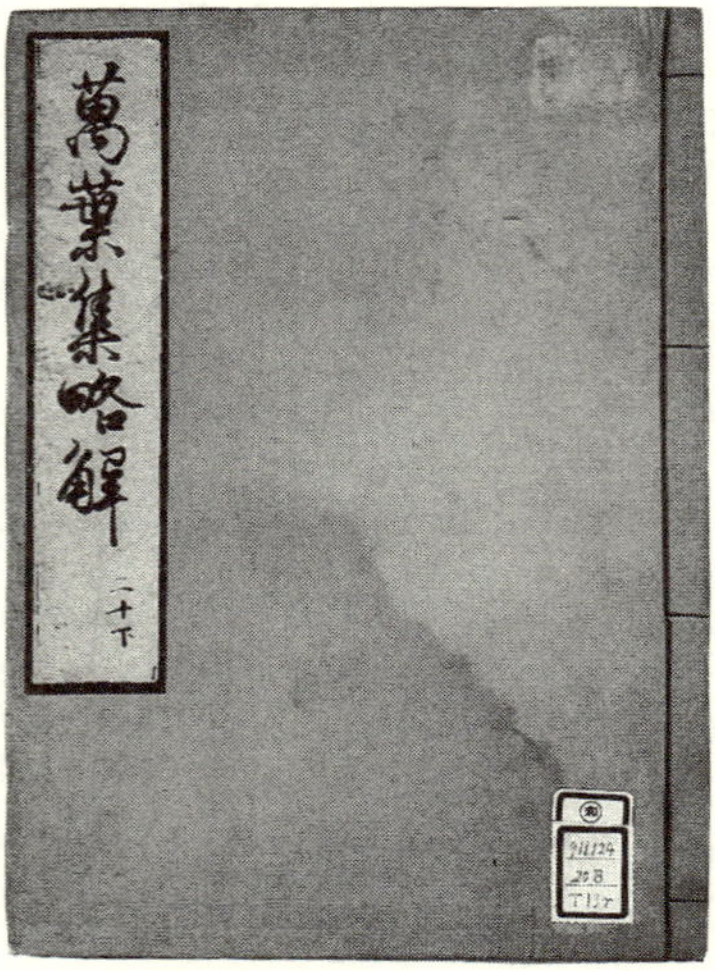


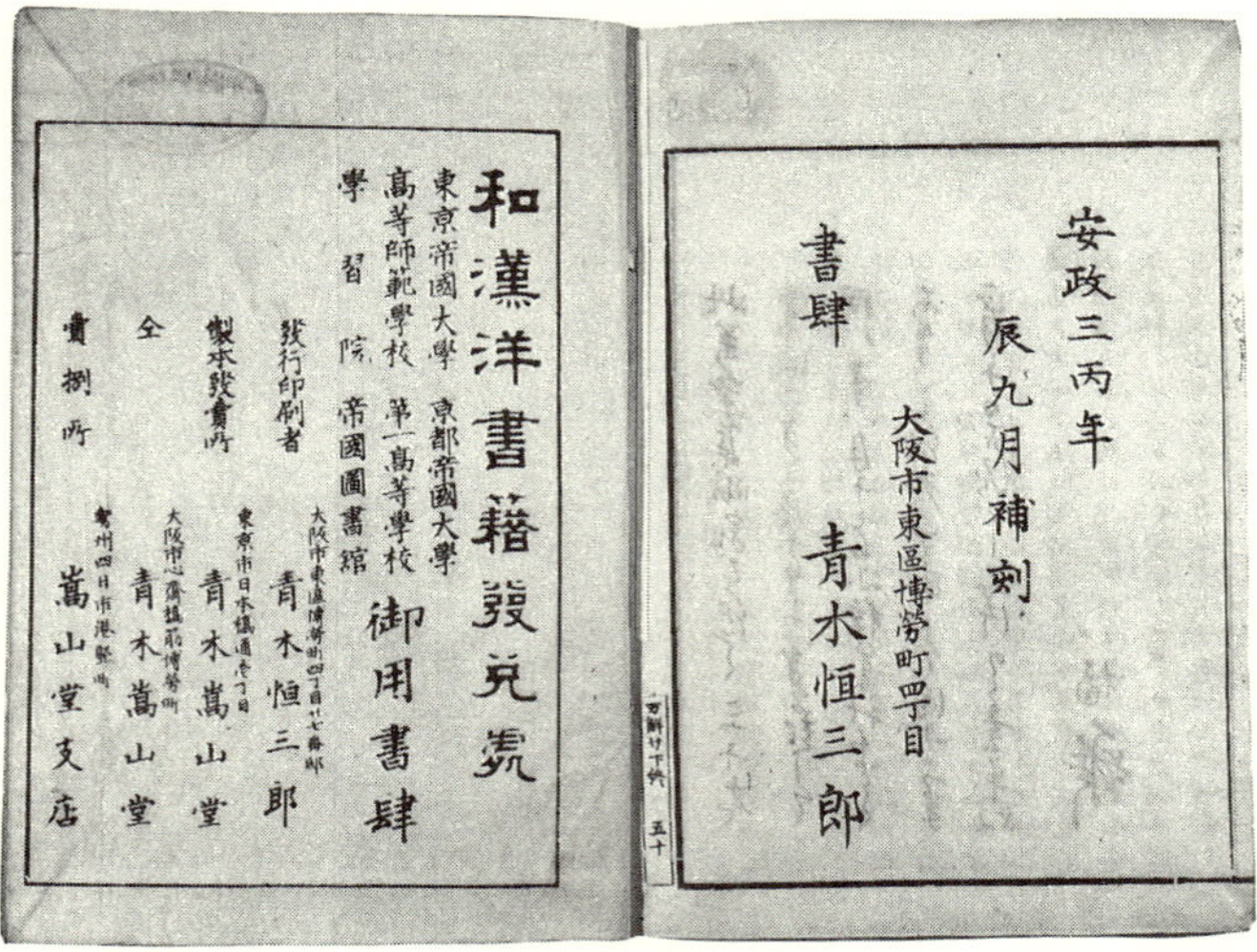


青木嵩山堂版『万葉集略解』（聖心女子大学図書館所蔵）

これら、江戸時代の版木を利用しての印行とは別に、新たに木版の作成された事例も一つだけある。

⑥鹿持雅澄《かもちまさずみ》『万葉集古義』一四一冊（木版、一八八〇〜九三年刊、宮内省蔵版）

明治天皇が自身のポケット・マネーを投じて刻版を命じたという、いわくつきの本だ。ただし百部のみの限定出版で、頒布先も、公的機関を除けば専門家と名士に限られていた。

明治中・後期には以上の状態が大きく様変わりしていった。『万葉集』の主要な注釈書は、前代に刊行を見なかったものも含め軒並み活版化されて、近代的書物に生まれ変わっていった。

⑦(ア)『万葉集古義』三一冊（和装金属活字版、一八九八年刊、吉川半七。⑥を活版化したもの）

⑦(イ)同一〇冊（洋装活版、一九一二〜一四年刊、国書刊行会。(ア)のさらなる普及版）

⑧『万葉集略解』七冊（洋装活版、名倉煕三郎校正、一八九一〜九三年刊、図書出版会社。⑤を活版化したもの）

⑨(ア)契沖『万葉集代匠記』二一冊か（和装金属活字版、木村正辞校訂〈精撰本〉、一九〇〇年刊行開始、四海堂。巻七以下は未確認）

⑨(イ)同二二冊（和装金属活字版、一九〇六年刊、早稲田大学出版部。(ア)と同版。他に洋装版もあったらしいが、未確認）

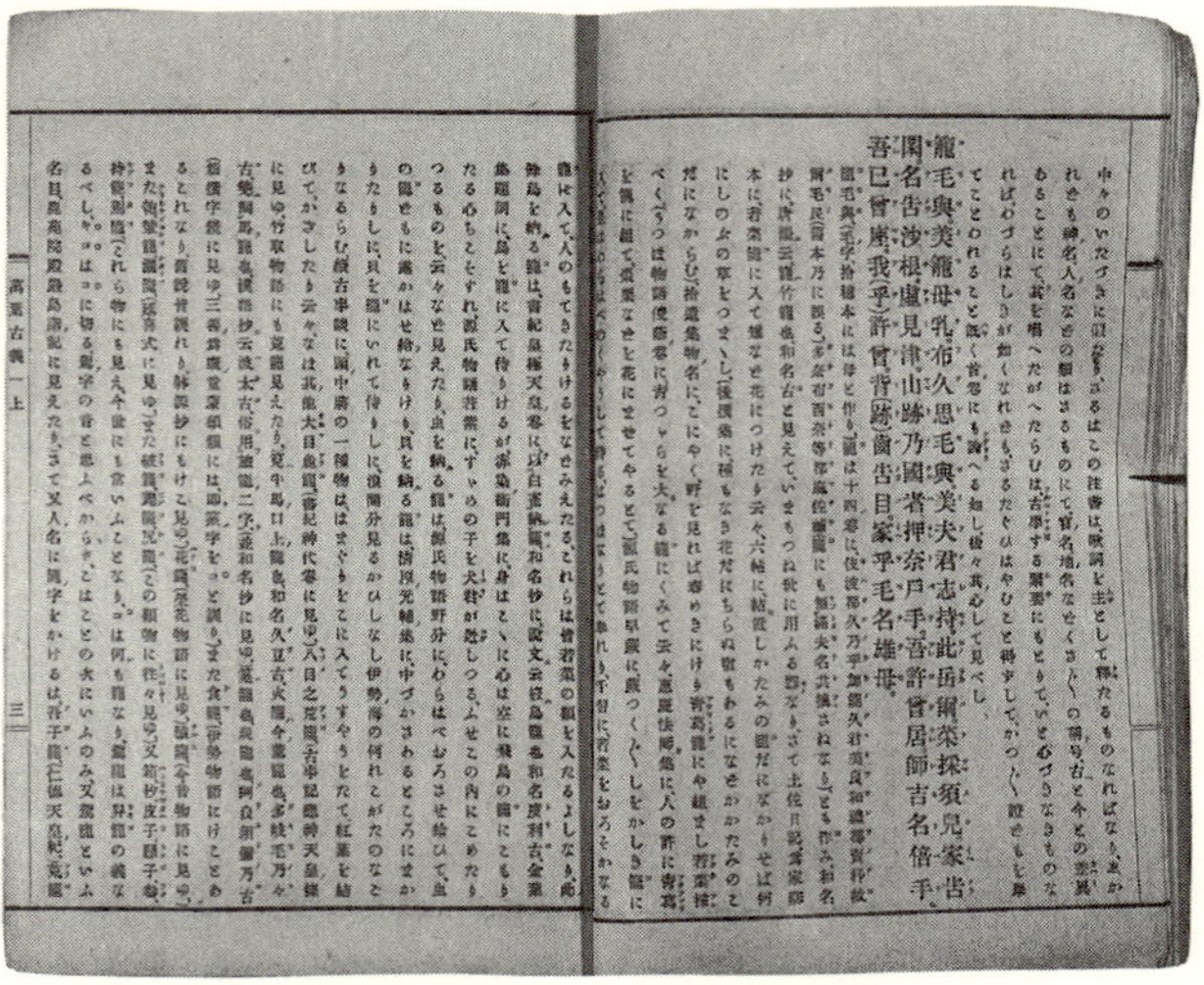

吉川半七刊『万葉集古義』（聖心女子大学所蔵・武島羽衣旧蔵本）

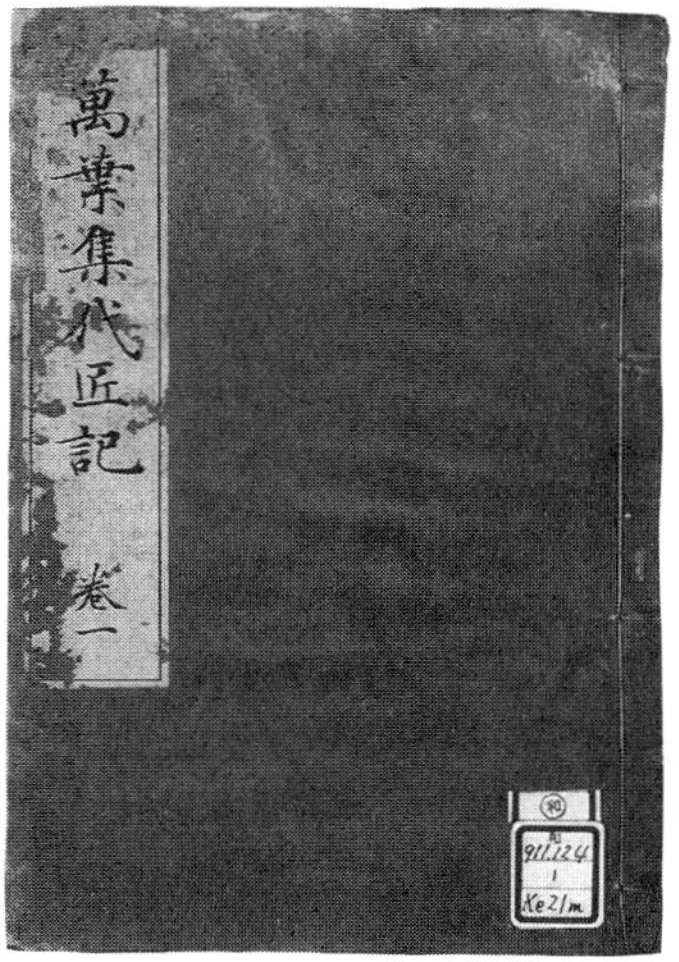


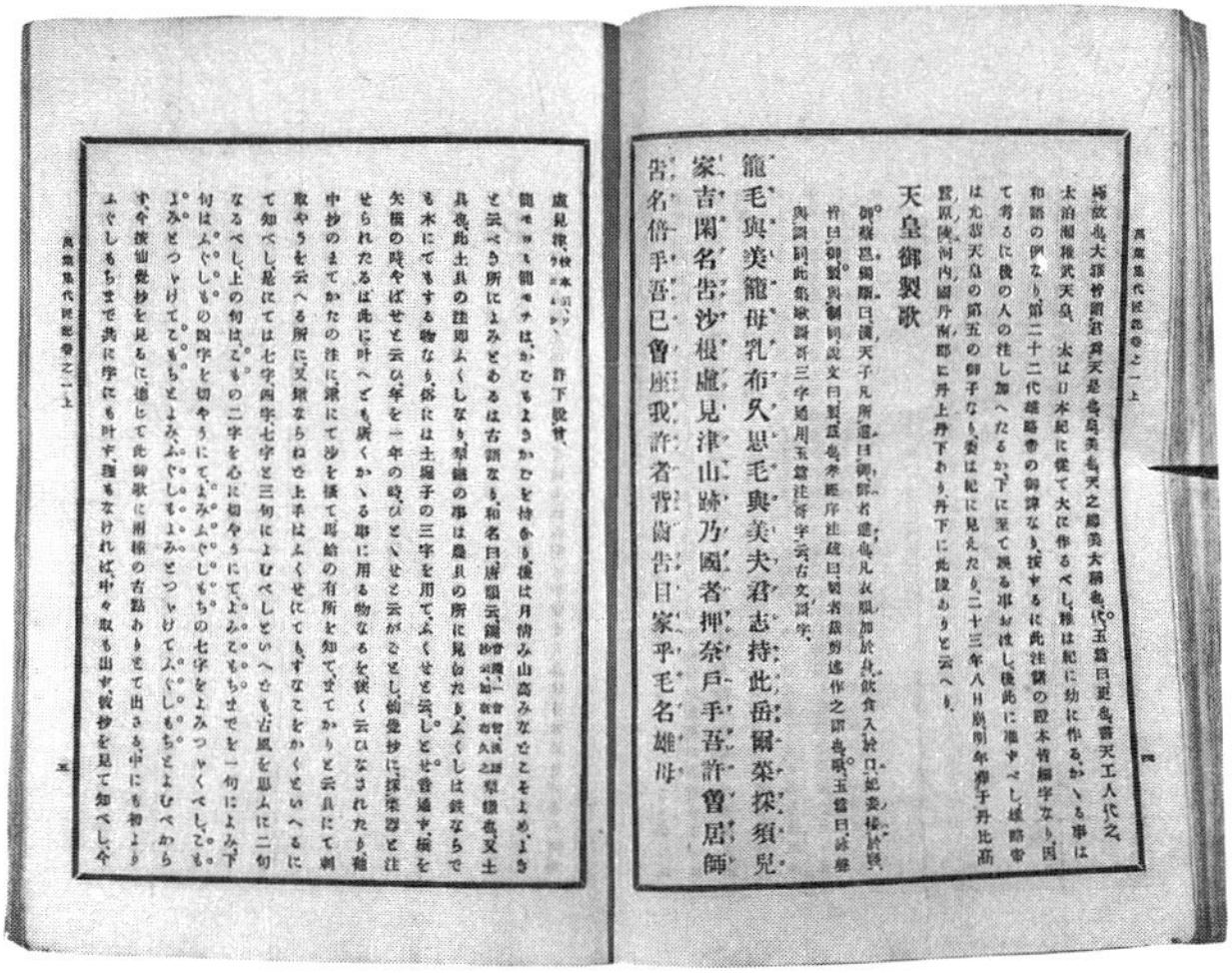


**四海堂版『万葉集代匠記』**（聖心女子大学所蔵）

⑩『万葉考』一冊(洋装活版、一九〇四年刊、『賀茂真淵全集』3、弘文館。③に門弟増補部を併せて活版化したもの)

⑦(ア)は⑥の普及版であり、購買者を募った上で予約出版され、伊藤左千夫のような民間人の手にも渡った(10)。洋式活版で印刷されているが、用紙は和紙で、しかも袋綴じになっているため、外見上は木版本と区別がつかない。⑨(ア)(イ)もそうだが、当時刊行された古典関係の出版物には、この種の折衷的・過渡的形態のものがかなりある。他方、⑦(イ)は、現在の多くの出版物と同様、印刷・製本とも洋式の書物である。⑥が⑦(ア)を経て⑦(イ)に至り、そのつど新たな読者を獲得していった過程は、多少大げさに言えば、日本近代出版業発達史上の象徴的な一齣とも評せるだろう。

ちなみに、一八九九年に天王寺中学に入学した折口信夫は、二年生のときに学校の図書室から『万葉集古義』を借り出して読んだというが、それはおそらく⑦(ア)だったろう。三年生のときに父から買い与えられたという「大阪刷り」の『略解』は、ことによると⑤の青木嵩山堂版かもしれないが、「誤植だらけ」だったともいうから、やはり⑧と見るべきだろう(「口訳万葉集のはじめに」一九一六年、全集9)。

これらとは別に、実はきわめて重要なテキストがこの時期に出現している。

⑪『万葉集』三冊(洋装活版、佐々木弘綱・信綱標註、『日本歌学全書』9〜11、一八九一年刊、博文館)

この歌学全書版『万葉集』は、⑧と並ぶ最初の金属活字版『万葉集』であって、あらゆる意味で画期的なテキストだった。(11) 明治期を通じもっとも売れた『万葉集』は間違いなくこの本だったし、大正期には、当時出回りはじめた何種類かのポケット版や、この先で触れる折口信夫の著書に押されぎみになったようだが、それでも、昭和初期に岩波文庫版『新訓万葉集』二冊（佐佐木信綱校訂、一九二七年）や沢瀉久孝と佐伯梅友の共著『新校万葉集』一冊（一九三六年、楽浪書院）が現われるまで、実に四十年近くにわたって『万葉集』の標準的テキストでありつづけた。

ここで改めて子規に登場してもらおう。

『子規全集』第十四巻所収の蔵書目録によれば、彼の手もとにあった『万葉集』のテキスト・注釈書は次の四書らしい。

Ⅰ『万葉考』六冊（先の③の後印本か。目録には「黒生版」とある）
Ⅱ 博文館版『日本歌学全書』全一二冊中一一冊（先の⑪はこの一部）
Ⅲ 図書出版会社版『万葉集略解』全七冊中一冊（先の⑧）
Ⅳ 四海堂版『万葉集代匠記』全二二冊（？）中七冊（先の⑨㋐）

ⅠⅡⅢは、一八九一年ごろ作成されたと目される自筆「獺祭書屋蔵書目録《だっさいしょおく》」に登録されているが、法政大学図書館の「子規文庫」には現存しない。逆にⅣは、自筆目録にないが「子規文庫」には収蔵されている。

欠冊が目立つが、もともと揃っていなかったのかどうかはよく分からない。子規の蔵書には他人に貸与したまま返却されなかったものがかなりあるらしいし（目録凡例）、特にIIは全一二冊中一冊を欠くにすぎないから、『万葉集』の部分三冊（先の⑪）は揃っていた公算が高い。またIIIの場合、全七冊のうち四冊分は一八九二年・九三年に発行されたので、欠冊分は自筆目録作成後にいったん購入され、後に散逸したかとも考えられる。一方、Iに欠冊の記載はない。子規の蔵していた六冊本『万葉考』は、一〇冊本のうち四冊が未刊の段階で世上に出回った本なのか、または一〇冊本を六冊に改めた明治の後印本なのかはっきりしないが[12]、いずれにせよ『万葉集』全二〇巻のうち六巻分にしか相当しない。なお、IVは一九〇〇年八月から刊行されはじめたもので、前節で触れた「万葉集を読む」の連載中にはまだ世に出ていなかった。

要するに、子規の手もとにあった四種のテキスト・注釈書のうち、どうやら『万葉集』二〇巻分をカバーしていたと言えそうなのはIIの歌学全書版『万葉集』のみで、他はIIIの図書出版会社版『略解』にわずかにその可能性が認められるにすぎない。

そのIIIIIが洋式活版のテキストだった点は、改めて注目されてよい。蔵書目録によれば、子規は俳書を中心に歌書その他の木版本をかなり蒐集していたのだが、こと『万葉集』にかんする限り、①②といった、前代を代表する木版本を買い求めようとはしなかった。『略解』にしても、彼が入手したのは④や⑤ではなく、III（⑧）の洋装七冊本（ないしその一部）であった。Iの『万葉考』だけは木版本をもっていたが、同書を初めて活版化した⑩は子規の生前には公刊されていなかったのだから、彼の万葉享受は基本的には近代の出版物に依拠していたと見なしてよい。

子規が歌学全書版『万葉集』を利用していた様子は、引用された歌の訓から具体的に確かめることもできる。前節の雄略の歌の場合、同書の漢字本文の右に片仮名ルビで記された訓は、子規の採用したものと完全に一致していて、しかも、当時入手可能だった諸テキスト・注釈書の訓とは相違する箇所が少なくない。左に書き出してみよう[13]（異同を傍線で示す。ただし仮名遣いと清濁は度外視した。「一案」「宣長説」は各書の注釈の項に見られる説。句読点は①(ア)・⑨(ア)・⑪は品田、他は原文）。

【①(ア)寛永版本】コモヨ、ミコモチ、フクシモヨ、ミフクシモチ、コノヲカニ、ナツムスコ、イヘキカナ、ツケサネ。ソラミツ、ヤマトノクニハ、ヲシナヘテ、ワレコソヲラシ。ツケナヘテ、ワレコソヲラシ。ワレコソハ、セナニハツケメ。イヘヲモナヲモ。

【⑨(ア)（Ⅳに同じ）代匠記精撰本】コモ、ヨミコモチ（一案カタミモ、ヨミカタミモチ）、フクシモ、ヨミフクシモチ、コノヲカニ、ナツムスコ、イヘキカ（一案イヘキケ）、ナツケサネ（一案ナノラサネ）。ソラミツ、ヤマトノクニハ、オシナヘテ、ワレコソヲラシ。ツケナヘテ、ワレコソヲラシ。ワレコソハ、セナニハツケメ。イヘヲモナヲモ。

【③（Ⅰに同じ）万葉考】カタマモヨ。ミガタマモチ。フグシモヨ。ミブグシモチ。コノヲカナヲモ。

ニ。ナツムスゴ。イヘノラヘ。ナノラサネ。ソラミツ。ヤマトノクニハ。オシナベテ。ワレコ

ソヲラシ。ノリナベテ。ワレコソヲレ。ワレコソハ。セトシ〔一案セトハ〕ノラメ。イヘヲモ

【⑧（Ⅲに同じ）略解】かたまもよ、みかたまもち、ふぐしもよ、みぶぐしもち、このをかに、

なつますこ、いへのらへ、なのらさね、そらみつ、やまとのくには、おしなべて、われこそを

らし〔宣長説をれ〕、のりなべて〔宣長説しきなべて〕、われこそをれ〔宣長説ませ〕、われこ

そは〔宣長説わをこそ〕、せとしのらめ、いへをもなをも

【⑦(ア)古義】コモヨ。ミコモチ。フクシモヨ。ミフクシモチ。コノヲカニ。ナツマスコ。イヘ

ノラセ。ナノラサネ。ソラミツ。ヤマトノクニハ。オシナベテ。アレコソヲレ。シキナベテ。

アレコソマセ。アヲコソ。セトハノラメ。イヘヲモナヲモ。

【⑪（Ⅱに同じ）歌学全書】コモヨ、ミコモチ、フグシモヨ、ミフグシモチ、コノヲカニ、ナ

ツマスコ、イヘキカナ、ナノラサネ。ソラミツ、ヤマトノクニハ、オシナベテ、ワレコソヲレ。

シキナベテ、ワレコソヲレ。ワレコソハ、セトハノラメ。イヘヲモナヲモ。

子規の引用が歌学全書版に基づくことは明らかだろう。(14) 連載中に引用された他の一四首について

雜歌ハ行幸遊宴羇旅其外くさ／＼の歌を載せたれハしかいへり
大泊瀬稚武天皇御名をかけろハ後人のしわざなるをかく本文の如く書るハ誤なり小字にすへし此天皇後の諡號ハ雄畧と申す
籠毛與美籠母乳代丘託に籠の字を神代紀にかたまとよめるによりてかたまもよみかたまもちとよむへしとあれと猶もとのまゝに三言四言の句と見たる方まさりておほゆ
布久思ハ菜なとほり取る串をいふ
菜採須のつますハつむを延へたる詞なり
吉閑を考略解等に告閉の誤としてのらへとよめるハわろし
師告名倍手ハわしなへてに意同し告ハ吉の寫誤なるへし
我許者背齒告目ハ諸説あれと紀州本によりて我許の下に曾の字を補ひ背の下止の字の脱たるなるへしといふ説最よろしと覺ゆ



雜歌

泊瀬朝倉宮御宇天皇代　大泊瀬稚武天皇

天皇御製歌

籠毛與《コモヨ》美籠母乳《ミコモチ》布久思毛與《フグシモヨ》美夫君志持《ミブグシモチ》此岳爾《コノヲカニ》菜採須《ナツマス》兒家吉閑《コイヘキカ》名告沙根《ナノラサ子》虚見津《ソラミツ》山跡乃國者《ヤマトノクニハ》押奈戸手《オシナベテ》吾許曾《ワレコソ》居師告名倍手《ヲレシキナベテ》吾己曾座《ワレコソヲレ》我許者《ワレコソハ》背齒告目《セトハノラメ》家乎毛名雄母《イヘヲモナヲモ》

高市崗本宮御宇天皇代　息長足日廣額天皇

天皇登香具山望國之時御製歌

山常庭《ヤマトニハ》、村山有等《ムラヤマアレド》取與呂布《トリヨロフ》天乃香具山《アマノカグヤマ》騰立《ノボリタチ》國見乎爲者《クニミヲスレバ》國原波《クニバラハ》煙立籠《ケブリタチタツ》海原波《ウナバラハ》加萬目立多都《カマメタチタツ》怜㥁國曾《ウマシクニゾ》蜻島八間《アキツシマヤマ》



『日本歌学全書』第九編（原寸を約0.9倍に縮小）

同じことを調べてみても、結果はあまり変わらない。清濁の相違など、細部では双方の訓が一致しない箇所もあるが、それらは単純な誤植か、または子規が時に試みた改訓の跡と見なせる範囲のもので、他書との異同の方がはるかに大きい。この判断は、同じころ発表された「短歌二句切の一種」（一九〇〇年五月、全集7）にも当てはまる。

子規が他書を参照しなかったと言うつもりはない。彼は連載開始に当たり「文字語句の解釈は諸書にくはしければこゝにいはず」と断わっていたし、現に③と⑧は手もとにあった。出席者中には、⑦(ア)の愛読者左千夫もいた。また、前年に最初の万葉論「万葉集巻十六」（一八九九年二〜三月、全集7）を書いたときなどは、引用歌の訓から見て、主に『略解』を利用していた公算が高い。が、それにしても、子規は輪講会当時すでに宿痾《しゅくあ》が相当進行し、二年後には他界してしまう運命だったのだ。身体的制約のはざまで歌々を読み進めようとするとき、先行注釈の要点を取捨選択して掲げてあるテキストがどれほど頼りになったかは、想像に難くないだろう[15]。

ちなみにこの年六月二十五日には、校註者の一人、佐々木弘綱の十年祭が催された。子規はその日、

世の中に歌学全書を広めたる功《くう》にむくいむ五位のかゞふり

と詠じている（全集6）。

後年の資料だが、次に引く座談会記録にいくつか興味深い発言が見られる。一九三八（昭和一

三）年十一月のもので、出席者は長谷川如是閑、土岐善麿、釈迢空（折口信夫）に、記者を加えた四人。改造社の『新万葉集』（一九三七〜三九年）に関係した人々だ。

**長谷川**　私は日本新聞の読者で、日本派の歌を見てゐて真似たんですよ。[16] それから万葉は信綱先生の日本歌学全書、あれが出た頃買つたのを未だに持つてゐます。

**釈**　その後も万葉に対する貢献はしてをられ、為事も大きいものになつて来たが、効果の広く、時代を作つた意味では、あれが一番でせうね。

**土岐**　恰度、あの頃が明治の古典復興期ですね。

**長谷川**　所謂、国粋保存の興つた時ですが、その時古典の復刻を博文館がやつた。あの万葉は本文にルビがついて便利ですが、その後あゝいふのが出ない。あゝいふのが出たら買はうと思つてゐたんだが。あなたの万葉辞典はいつ頃？

**釈**　大正八年だつたかな。

**記者**　六年ぢやなかつたでせうか。或は一年位のちがひはあるかも知らないが……。

**釈**　あの口訳万葉集といふのは恥しい咄ですが、二ヶ月半かかつたんです（短期間で仕上げた、の意か）。尤《もつとも》延時数は一千時間にもなりますが、――その頃は参考書も何もなかつたんですよ。学生を連れて来て東京で一処に暮してゐる。うつちやつておいては何をするかも知れないから大阪から帰つて来いと言ひますし、愈々郷里へ還る決心ですつかり整理して貰つてしまつた後で、万葉といへば佐佐木さんのあの歌学全書の万葉だけが残つてゐるツきり、ほかに何もないんです。それからは八時になると筆記の人が来る。さうして十二時まで〔口述の作業を〕し、一時になつたら始めて四時までする。四時になると、ほかの人も来て呉れるが、私は休まずに四時から七時までやる。七時頃になると、友人の宮内省に勤めてゐる人が退け来て十時まで筆記をして呉れるから、延べ時間にすると巻の二十の自分の書いた時間を入れて一千時間余になります。〔「『古典と現代』座談会」『短歌研究』八-一、一九三九年一月〕

長谷川の発言にある「あなたの万葉辞典」とは、折口の『万葉集辞典』(一九一九〔大正八〕年、文会堂)をさす。同書は『口訳万葉集』三冊(芳賀矢一監修『国文口訳叢書』3~5、一九一六~一七年、文会堂)の続編というべきもので、記者の発言では両書が混同されている。

四千五百首あまりの歌々——しかも長歌が二百六十首あまりある——を、一首あたり十三、四分のペースで全訳したというのだから、まさに驚異的な強行軍だ。相当の学識と体力と精神的昂揚とがあってはじめて可能な作業だが、折口はそれを、歌学全書版『万葉集』だけを頼りにやりとげたのだという。学友には後に万葉学者として大成する武田祐吉もいたから、参考書を借覧するつてには事欠かなかったはずなのに、あえてそうはしなかったのだった。

歌学全書版『万葉集』の長所としては次の三点が指摘できると思う。

まず、漢字本文・片仮名傍訓のほかに、前代までの諸説を勘案した簡潔な頭注が付いていた点。歌々を読み進めるためならこの頭注だけでなんとか事が足りるし、いちいち諸注釈書に当たらなくても済む。

次に、嵩張らない大きさだった点。たとえば、半紙判袋綴じの木版本『略解』の場合、材料は和紙だからわりあい軽いものの、全三〇冊ないし三二冊を持ち歩くのは容易でない。これに対し、歌学全書版『万葉集』は四六判よりやや大きめのペーパーバックで、厚さも三冊で約六センチと、大人なら片手で持てるサイズだ。これなら外出時にもたいした荷物にはならないし、じっさい森鷗外は日露戦争の軍営に同書を携行したという(小島憲之『ことばの重み』一九八四年、新潮選書)。

もう一つ落とせない点として、とにかく廉価だったということがある。『日本歌学全書』全一二冊は分売を認めていて、一冊の価格は二五銭だった。当時の二五銭は、安く見積もれば現在の千五百円程度、高く見積もってもせいぜい三千円強といった見当である。定価はしかも、私の知る限り一六年間は据え置かれていた。[17]

テキストの大量供給は、ある作品が広く享受されるための物理的前提にほかならない。この前提は、筆写が主流だった中世以前はむろんのこと、侮りがたい水準に達した江戸時代の商業出版のもとでも、なお十全には実現されなかった。なにしろ、当時もっとも売れた『万葉集』のテキスト①でさえ、一七五六(宝暦六)年に本居宣長が購入したときには銀三五匁《もんめ》という価だったのである(宣長自筆「宝暦二年以後購求謄写書籍」、全集20)。これは、金一両を約十二万円として概算すると、現在の約七万円に相当する。エンゲル係数の落差を考慮すればかなり高価な買物と言うべきだろう。一方、歌学全書版⑪は、盛り込まれた情報量は①よりはるかに多かったのに、実質価格はその十分の一程度に抑えられていた。同書が普及した最大の理由もそこにあったはずで、じっさい長谷川や土屋文明などは中学生のときに同書を入手したのだった。[18]

折口のコメントも見逃せない。佐佐木信綱が第一回の文化勲章を受章したのはこの座談会の前年のことだから、出席者の記憶にも新しかったものと思われる。『万葉集』の文献学的集大成を実現した『校本万葉集』（橋本進吉ら四名と共編、初版二五冊、一九二四〜二五年、校本万葉集刊行会）や、早く一九一七年度の学士院恩賜賞を受けた『和歌史の研究』（一九一五年、大日本学術協会）など、数々のアカデミックな業績が評価されての受章だった。折口に言わせれば、しかし、佐佐木の「万葉に対する貢献」としては、歌学全書版『万葉集』の刊行の右に出るものはなかった。「効果の広く、時代を作つた」という評価は、すでに触れたように、折口自身の特異な体験に裏打ちされてもいた。

安くてコンパクトで使い勝手のよいテキスト。歌学全書版『万葉集』とは、国文学者の業績である以上に、草創期の印刷工場が生んだ優良製品の一例であった。『万葉集』の読者はこのテキストの出現を機に飛躍的に増加することになった。誤解しないで欲しいのだが、読者が増える前にまずテキストが作られたのである。『万葉集』の近代はこのようにして幕を開けた。

## 四　一八九〇年という画期

以上は『万葉集』に限った話ではない。

『日本歌学全書』全一二冊は、一八九〇（明治二三）年十月から毎月一冊ずつ順次刊行され、途中弘綱の死去により若干の遅れを生じ、翌一八九一年十二月に全冊が出揃う。そこには『万葉集』

ばかりでなく、『古今和歌集』から『新古今和歌集』までのいわゆる勅撰八代集や、主だった私家集・私撰集・歌合せが網羅されていた。そのどれもが、洋式活版で印刷されるのはこのときが初めてなのだった。しかも発行元の博文館は、『日本歌学全書』と並行して、同様の体裁・価格・刊行方式による『日本文学全書』全二四冊を出しており（一八九〇年四月〜一八九二年三月刊。編者は落合直文・小中村（後に池辺）義象・萩野由之）、両『全書』は韻文・散文の古典文学叢書として互いに姉妹編をなすとともに、そののち何十種となく刊行される同類の叢書のさきがけとなった。

博文館は明治・大正期を代表する大出版社だが、この地位が確立するのは、明治後期に『太陽』『文芸倶楽部』（ともに一八九五年創刊）など、各種の雑誌が次々にヒットしてからのことであり、両『全書』を手がけた創業三年めの時点では、企業としての将来性は未知数の部分が大きかったはずである。そういう時期に、しかも手間の割に収益の少ない古典文学叢書の出版に踏み切ったのは、一つには経営者大橋佐平が薄利多売をモットーにしたからだろうが、もう一つ、出版社としての社会的評価を狙って当面の採算は度外視したということも考えられる。うまく行けば商売になるし、悪く転んでも看板にはなるという具合にして、営業的に引き合うことが確実に予測できたのではないだろうか。

両『全書』の刊行が開始された一八九〇年とは、前年の帝国憲法発布を受けて最初の帝国議会が召集され、また教育勅語も発布されて、日本の近代国家の体制が確立した年であった。藩閥政府の手で断行された上からの近代化は、それに抵抗する自由民権運動を抑え込みながらとにかく軌道に乗り、今や、世界システムとしての国民国家体制への参入という、幕末以来の目標を着実に射程に収めつつあった。このとき改めて浮上した課題が、ナショナル・アイデンティティー形成の立ち遅れを打開すべきこと――かつて福沢諭吉が「日本には政府ありて国民（ネーション）なし」（『文明論之概略』初版一八七五年、岩波文庫版一九九五年）と嘆じた状態を克服し、日本国民と呼べる団体を創り出すことだった。

「国民」とは、私の理解では、ある国家の成員が、自分たちを互いに強固な絆で結ばれた一体の集団と意識している状態をさす。国民と呼ばれるものの実態は、むろん階層や出身地域や性の相違により互いに利害を異にする諸個人の集まりなのだが、そこに共通の帰属意識が成立しえるのは、右の対立がより高次の共同性の表象の前に消去されるからである。近代の諸国家は、そのような国民の共同機関として自らを擬制することで成り立つものであり、その点で前近代の諸国家から区別される。

維新以来の二十年の過程は、学校や工場や軍隊によって国家の成員を近代化したものの、彼らに国民としての意識を共有させることには十分成功していなかった。この状態では国家の独立を維持することは難しいし、まして東亜に覇を唱えるなどとうてい不可能であった。今や国民を創り出さなければならぬ。そのためにも人々に国民としての自覚を喚起しなければならぬ。こうして、日本人を日本人たらしめている根拠がさまざまの角度から探求・称揚され、もろもろの文化的「伝統」が国を挙げて喧伝されることになった。

最初の古典文学叢書がこの時期に出現したのは偶然ではありえない。同じ一八九〇年には三上・高津の前掲『日本文学史』も刊行されたし、さらには上田万年《かずとし》『国文学』（双二館）、芳賀矢一・立花銑三郎『国文学読本』(冨山房)、落合直文・小中村義象《よしかた》『中等教育　日本文典』(博文館)など、近代国文学の成立を予告する基礎的著作が相次いで出版され、中等教育機関の教材とされていった。この年は、つまり、およそ〈日本国民の古典〉なるものが一挙に立ち上げられた年なのである。

それを「古典復興」(土岐)と呼び、「国粋保存」(長谷川)と称するのは、現象の指摘としては正しいし、ある意味では当事者の意識にそくした呼び方でさえある。が、注意したいのは、この場合の「古典」とはかつての貴族の古典でもなければ武家の古典でもなく、まして町人の古典でもなかったという点だ。国民という、いまだかつて存在したことのない団体がその「古典」の所有者とされた以上、問題の現象には、単にもともとあったものを「復興」するだけでなく、新たに創り出すという側面、少なくとも、新たな意味づけのもとに捉え直すという側面が伴っていた(19)。

この側面は、古典と古典でないものとを分かつ基準にもっとも顕著に反映された。というのも、このとき日本国民の古典として選出されたのは、基本的には和文ないし和漢混淆文による諸作品であって、かつて第一級の古典として尊重された幾多の漢籍はリストから排除されたし、日本で書かれた漢文の作品も曖昧な地位しか与えられなかったからだ。反面、かつては消耗品扱いされていた式亭三馬や十返舎一九の作品が、晴れてノミネートされることになった。

著者は我国文学の教授上に散文韻文の併行すべきを主張し且其散文韻文はなるべく総ての時代に於て総ての階級より顕《あら》はれ来《きた》り然かも其時代其階級の写真たるべきものを選択すべしと論ずるものなり故に著者は彼の和学者と共に奈良延喜の朝の文学を尊重すると同時に又後世の発達

にかゝる戦記随筆謡文院本小説俳諧狂歌等をも尊重して措かざるものなり（前掲、上田『国文学』「緒言」）

古代の貴族の作品と近世の町人の作品は、こうして初めて一括され、同一の範疇に配属されたのだが、この措置を正当化する主要な根拠は、過去の「国民」が過去の「国語」ないし「国文」で書いたという点にあった。見逃せないのは、過去の「国文」の範囲に和漢混淆文が含まれていた点、したがって、前代の国学者たちが和文による作品のみを古典と見なしたのとは基本的に異質な認定がなされたという点である。(20) 和漢混淆文に積極的な意義が認められたのは、外来の抽象語を織り混ぜたこの文体が、純然たる在来の文体と目された和文に比べ、表現能力において格段に優れていると考えられたからで、同時にまた、西洋語の移植を推進しつつある目下の国語改良の先蹤がそこに求められたからでもあった。一方、かつて正規の書記言語として重んじられた漢文は、いわゆる言文一致が定着する以前には漢文訓読体が公式の文体として通用していたためもあって、ある時期までは和文とともに「国文」の構成要素と認められていたが、将来の国文の範囲から締め出されるのと並行して、過去の「国文」からも排除されてゆくことになった。

国民の一体性を現出する上で、国語《ナショナル・ランゲージ》の樹立は喫緊の要件にほかならなかった。標準語の制定が急がれた理由もそこにあるが、(21) この課題が一方で過去の文献に投影された結果、過去の「国語」「国文」なるものの範囲が改めて画定され、古典の選出基準とされたのである。

今、余輩が、此文学史を著して、本邦文学の光輝を発揚し、以て右に云へる効果〔人々の人間性を高め、真の幸福に目を向けさせること〕を奏せん事を冀《ねが》ふは、特に今日に於ては、甚だ必要のことゝ信ず。蓋《けだ》し文学史は、国民をして、自国を愛慕する観念を深からしむるのみならず、現時文章の体裁の千差万別なるを憂ふる者は、此史に徴して既往に鑑みなば、其適従するところを定むるにつきて、裨補することあるべければなり。〔前掲、三上・高津『日本文学史』〕

明治の「古典復興」に際し実際になされたのは、このように、きたるべき「国民」のために過去の「文学」をリストアップし、それらに国民の共有財産としての共通の価値を付与し、その価値を称揚して人々の国民的自覚を促すことであった。それは、およそ国民なるものを樹立するために「甚だ必要のこと」だったのである。

「古典復興」はまた、国民の詩歌／文学の新たな創出を目指す動き、いわゆる「国詩革新」の動向とも不可分の関係にあった。一八八二年の『新体詩抄』あたりから始まるこの動きが盛り上がりを見せたのも一八九〇年前後のことである。

漢文漢詩廃れて国文国詩大に起りぬ。その勢力のおよぶところ、学者としてこを談ぜざるものなく、またこを論ぜざるものなし。かく一時にその勢力を得たるはいかなる理由のあるならむ。他ならず、世人おの〳〵其必要を感じたればなり。漢文漢詩の到底国人の思想をあらはすに足らざるを知りしなればなり。世人は国文国詩の必要を感じたり。〔落合直文「国文国詩を論じて

世の文学者に望む」一八九〇年五月、前掲『明治文学全集』44所収〕

落合の門下で浅香《あさか》社の創立メンバーでもあった与謝野鉄幹も、十年後に「革新の気運は慥《たし》かに明治二十三四年頃から動き出したと信ずる」と証言し[22]、その文脈で「古典復興」に言及している。

佐々木〔後に佐佐木〕信綱君は其父君と共に歌学全書の校訂に従事して、国詩の革新を図るには第一日本人に「日本にはどう云ふ詩があるか」と云ふことを知らせる必要があると云ふ考であつたらしい、〔「国詩革新の歴史」『こゝろの華』三‐九、一九〇〇年九月。以上圏点略〕

鉄幹は、当初「万葉以後天下大歌人なし」と言い放ったときには、平安以降の和歌をおよそ顧みるに価しないと見なしていた〔「亡国の音」初出一八九四年五月、『明治文学全集』51所収、一九六八年、筑摩書房。原文総ルビ〕。「国詩」と呼べる実体が存在しないからこそ、彼は自らそれを生み出そうと志したのだった。ところがその六年後には、自身の参与してきた事業を「国詩革新」と呼んで、「国詩」つまり国民の詩歌《ナショナル・ポエトリー》がまがりなりにも存在してきたことを認めるような言い方をした。彼の脳裏では、まだ存在しない「国詩」と、すでに存在する「国詩」とが奇妙に絡み合っていたことになるだろう。

「国詩革新」の機運は、一八九〇年以後の十数年間にますます高まっていった。しかもその過程では——現在の常識では考えにくいことだが——明治国家の指導者たちがきわめて積極的な役割を演じた。このことの意味は決して小さくない。

『新体詩抄』の著者の一人、外山正一は、第二節で触れた「輿論」発言を残したときには、帝国大学文科大学長で貴族院議員をも兼ねていた。後には文部大臣を務めたこともある。別の一人、井上哲次郎は、「教育勅語」の公式注解を書くなど、体制派のイデオローグとして活躍した哲学者で、日露戦争の準備期に「日本主義」を唱道したことでも知られ、後述する明治後期国民文学運動に際しては自ら旗振り役を務めた。この二人については後に改めて取り上げることになるだろう(第二章第二節)。

「国詩革新」と万葉尊重を結びつけた人物もいる。末松謙澄《すえまつけんちょう》である。官僚政治家として逓信大臣や内務大臣を歴任した末松は、伊藤博文の女婿でもあったが、早く英国留学中に「歌楽論」(『東京日日新聞』一八八四年九月~八五年二月、『明治文学全集』79所収、一九七五年、筑摩書房)を発表し、詩歌の大成を図るには音楽性の回復が必須であると説いて、彼の見解では多くが口頭で歌われていたと目される万葉の歌々にその根拠を求めたことがある。十年あまり後には『国歌新論』(一八九七年、哲学書院)を著わして、奈良時代の日本は偉大な「詩国」だったと言い、和歌は平安以降没落の一途をたどったと力説して、「責めては万葉時代と髣髴たるの一時期を見んこと和歌者流の及ばずながら企つべきの事業なるべし」と主張した(原文総ルビ)。

「国詩」の創出は単なる文学上の課題ではなかった。それは国民的課題であり、より限定的には国家的課題なのだった。西欧文学史によって培われた彼らの信念は、文学とは国民の花であり、燦然と輝く固有の文学を持たない国家は文明国とはいえない、と断じていたからである。

文学は国民の花なり、即ち国民精神の煥発して光彩を成すものなり、如何なる文明国も、若《も》し吾人が果して文明国と称し得べきものならば燦然たる一種の文学を有せざるなし、若し此《かく》の如き文学を有せざらんか、仮令《たと》ひ如何ほど他国を侵略するの伎倆あるも、未だ以て文明国と称するに足らず、〔井上哲次郎「日本文学の過去及び将来」『帝国文学』一‐一〜三、一八九五年一〜三月。圏点略〕

ところが当時の日本には、そんな文学などかいもく見当たらないのだった。だから、井上や外山の新体詩がどれほど粗雑な代物だったとしても、彼らの創作熱を伊達や酔狂と見なすべきではないだろうし、同じことは外山や末松の演劇改良への関与にも当てはまるだろう。

しかも、彼らの情熱を支えていたのと同質の信念は、いわゆる文学者にもあまねく行きわたっていて、上田敏のような芸術至上主義的傾向の持ち主までが、井上のような自覚的国家主義者と同一の思想を共有していたのである。

文芸の勃興は国運の隆達に萠〔萌〕し、其高潮常に民衆が栄華の日に於てすとは歴史に著るしき現象なり。さるを現今吾が邦家の発達、殖産に於て、法政に於て、兵備に於て争ふ可らざる進境あるにも拘はらず、国民の精華たり光栄たる文芸に於て、終《つひ》に何等の誇るべき壮挙なきは如何。〔上田敏「文芸世運の連関」『帝国文学』五‐一、一八九九年一月〕

興味深いのは、「文学は国民の花」というこの思想が、井上や上田敏の場合のように、それの不在を慨嘆する言説を生む一方で、これとは正反対の言説をも同時に織り上げていったことだろう。

歴代各種の文学は各〻其時世の有様を反映して、今日に至るまでまだ生きて居ります。柿本人丸や、紀貫之や、紫式部や、清少納言や、近松門左衛門や、曲亭馬琴や、歴代の文学者は決してまだ死んだのではありませぬ。その書残した歌や文は国語のあらん限り、生命を保つて、いつ迄も人の心を動かし、いつ迄も後の文学に影響を与へます。歴代の文学は実に国民の文化の花で、国民の宝であります。我々が三千年前伝来したこの宝をもつて居ることは、東洋の古国たる証拠で、鼻の高い次第であります。〔芳賀矢一『国文学史十講』一八九九年、冨山房。圏点略〕

同一の技倆ある甲乙の作品にして、甲は一代の思潮に触れ、乙はこれと風馬牛の観ありとせよ、乙は漕ぎ行く跡の白波、時の間に消え去つて跡なきに、甲は国運の盛衰と深き関係を有して、永く人心の奥に不磨の銘を刻む、文芸は一国文明の花、甲の如くにして、文学も始めて大なる価値あり。〔藤岡作太郎『国文学史講話』初版一九〇八年、復刊一九四六年、岩波書店〕

すると「国民の花」とは、現に咲いていないにもかかわらず、三千年前から咲き誇っていたものなのだろうか。芽を出す前に早くも数千年の樹齢を重ねたというような、摩訶不思議な妖木の咲かせる花なのだろうか。
念のため付言しておこう。芳賀は草創期の国文学にドイツ文献学の方法を導入した人物で、「国文学の父」と呼ばれている。藤岡は芳賀の後継者に指定されながら早逝した人である。けれども、彼ら国文学者ばかりが特殊な見地に立っていたというわけではない。

吁《ああ》、国民文学。是れ既に当に有るべくして、而かも尚未だ見る能はざりし所のものに非ずや。〔「序詞」『帝国文学』一-一、一八九五年一月。圏点略〕

文学は国民精神の花実なり、一国の歴史が国民生活の外面発現を叙述する者とすれば、其文学は国民生命の核実を表白する者なり、〔……〕歴史的に国民文学の発達を授け方法的に美文の精髄を知らしむれば、一は言語文章に馴れ又愛国心の養成に大効あると共に、一方にては人類として柔和《ツアルト》の感情を養ひ又深奥の観想に入らしむるを得ん、〔「中学に文学史を教課とせよ」『太陽』二-二四、一八九六年十二月。圏点略〕

無署名だが、二文とも筆者は高山樗牛と見て間違いない(25)。同一人が「国民文学」という同一の語を用いて、井上や上田に類するものと、芳賀や藤岡に近いのと、二通りの言説を残した。「国民の花」は「未だ見る能はざりし所のもの」であると同時に、すでに「歴史的に」「発達」してきたものでもある——五人の見解は相互に対立していたのではなく、それ自体が逆説的性格を抱え込んでいたと言うべきだろう。逆説性は先の鉄幹の「国詩」観にも通じるものだろうし、もとをただせば国民という理念の逆説性ないし欺瞞性に行き着くはずである。

日本に国民と呼べる団体が実在しないことを、明治の知識人はもともと痛感していたのだった。国民の樹立を自らの課題とした彼らは、そのために国民の詩歌／文学を創出しようとする一方、国民の過去の文化的達成を数え上げ、それらを貫く伝統を強調した。彼らは、しかし、不在の団体の伝統を讃えるという行為の矛盾には誰一人気づかなかったし、気づこうともしなかった。それでいて、自分たちの使命を果たすにはこの行為が最善の道であるということだけは誰もが熟知していたのだった。

つまりこういうことなのだ。何よりも「必要」なのは国民の樹立だった。この必要を満たすために、一方では国民の詩歌の新たな創出が目指され、一方では過去の国民の詩歌の結集が図られた。というよりもむしろ、この過程こそが〈国民の詩歌／文学〉という物の見方を定立したのである。万葉以来の和歌は、もともと「国詩」として存在していたのではなく、詩歌《ポエトリー》として読み換えられた上に国民《ネーション》の財産として追認された結果、過去の「国詩」と見なされることになった。過去の「国詩」は、繰り返すが、過去の「国民」や過去の「国語」と同様、まだ生まれない「国詩」の双子の兄として、このとき初めて生み出されたのである。しかも生み出された瞬間に、まるでとうの昔から生きつづけてきたかのように振舞いだした。事態は本質的に〈発明〉と呼ばれるべきものだったにもかかわらず、当事者はそれを発見と思い込んだ。

「にもかかわらず」と今書いたが、これは当事者の意識を突き放して眺める限りで成り立つ言い方だろう。彼らの身になって言えば、「にもかかわらず」ではなく「代わりに」とするのがふさわしい。「日本国民」とは、まだ存在しない代わりに太古から存在してきた団体なのである。国民という想像を支えるもろもろの発明は、この「代わりに」の機制によってたやすく発見にすり替わってしまい、ついには国民の不在という当初の認識をも曖昧にしてしまう。そのとき人々を誘惑するのは、太古から存在してきたものは当然現在も存在するし、未来永劫存在しつづけるはずだとの考えなのだが、この考えは、「国民」と呼ばれる人々の実態とはとうてい折り合いがつかない。そこに折り合いをつけるのは「民族」の役目だが、その出番はもう少し先である（第三章）。

## 五　国民の全一性の表象

『万葉集』は、国民の古典が発明されたとき、同時に国民歌集として発明された。

今次に万葉の歌例を挙ぐるに先だち、特に云ふべき事あり。そは此集は、啻《ただ》に文学上の至宝なるのみならず、また大に史学上の参考を資《たす》くるものにして、奈良の朝以前の人情風俗、歴然として其紙上にあらはるゝのみならず、まゝ又歴史の足らざるを補ひ、誤れるを正すべき事実を発見する事ある是れなり。〔……〕余輩は此至宝を読者に紹介するにつきては、充分の紙数を之に宛つるを憚らざるなり。〔前掲、三上・高津『日本文学史』〕

同書の本文の記述は上下二冊で九九一頁に及ぶが、うち六一頁分が『万葉集』の記述に該当する（うち引例が三七頁分）。「至宝」の語を適用されたもう一つの書、『源氏物語』には四八頁分が割り当てられるが（うち引例が二三頁分）、『古今集』は三七頁分で（引例二五頁分、うち仮名序全文一三頁分）、他に単独で二〇頁以上を割り当てられた作品はない。『万葉集』という「至宝」は、事実「充分の紙数」をもって遇されたと言ってよい。

『日本歌学全書』の場合はどうか。同『全書』の構成は『古今集』以下『新古今集』までの勅撰八代集を柱とするもので、それらを第一編から第七編の冒頭に配するとともに、関連の深い私家集や歌合せをそれぞれの巻に振り当てるという具合になっていた（『金葉集』『詞花集』はともに第五編に配された）。第九編から十一編に配された『万葉集』は、その点では、『古今集』などの勅撰集より一段低く位置づけられたようにも見える。だが上図を見て欲しい。これは第九編『万葉集上』の初版巻末に付された広告で、「高等諸学校の教科書」に採用されることが掲載の狙いだったようだが、他の冊にはこの種の広告は付されていない。『万葉集』は、

『日本歌学全書』第九編初版巻末広告

最初の日本文学史だけでなく、最初の古典文学叢書においても明らかに特別扱いされたのである。その扱いを保証するのが、「文学の最盛なりし奈良朝時代」という史観であった。

『万葉集』が国民の古典中の「至宝」とされたことと、第一節で取り上げた二つのフレーズが作られたこととは、むろん同一のことがらの二面である。古代の国民の真実の声が、あらゆる階層にわたって汲み上げられた歌集。国民全体の共有財産となって、「国民をして、自国を愛慕する観念を深からしむる」（三上・高津書）ために、これはまさにうってつけの書なのだった。

他方、『源氏物語』に代表される平安時代の諸作品は、〝庶民まで〟を欠くと目されたばかりに、総じて両義的な判定に甘んじなくてはならなかった。文化的にも政治的にも閉塞したこの時代に、しかも女性化した特権階級の手で担われた文学は、仮名という固有文字によって華麗な表現世界を切り開いたとはいえ、総じて弱々しく無気力なものとなってしまった——これでは愛国心の涵養に役立たないではないかというのが、三上や高津の言い分であった。

> 蓋《けだ》し文学は人心の射映なり。平安の朝の人心は、艶麗優美なると花の如く、又、月の如し。然れども、柔弱にして気力なく、淫逸にして節操を欠く。さては此人心、文字にあらはれて、平安の朝の文学となり、其文学また靡りて人心を動かし、彼此《かれこれ》相頼りて、四百年間の社会を左右したり〔前掲、三上・高津『日本文学史』〕

階層的な広がりを重視する態度は、先に引いた上田万年『国文学』が、「総ての階級」を云々していた点にもうかがえる（六三頁）。三上・高津『日本文学史』の編集に協力した落合直文も、同書刊行の半年ばかり前に次のように述べたことがある。

> 当時の歌の上流社会は勿論、いかなる下等社会と雖も、皆よみたるものなりといふことを知らざるべからず、啻《ただ》に詠みたるのみならず、その歌の文学の極致に達し居ることを知らざるべからず、かの防人の歌をみよ、かの役民の歌をみよ、かの東歌をみよ、又かの賤女かつは白水郎《あま》の歌をみよ、いつれもめてたく、いづれも妙なるにあらずや、ことに乞食の詠める歌などあり奇といふべし、（「奈良朝の文学」『東洋学会雑誌』四－三、一八九〇年三月）

落合はこの認識に立って「後世奈良朝の文学を以て、その最盛時代と称するも、実に偶然にあらざるなり」と述べる。奈良時代を日本文学の最盛期とする意見は前からあるが、自分のはそれとは立脚点が違うというのだ。これは賀茂真淵らの見解を念頭においての発言だろう。じっさい真淵は、万葉称揚の根拠を作者層などに求めようとはしなかった（第二章第一節）。というよりも、そもそも万葉の歌々を文学《リテラチユア》――文字で書かれた芸術――とも捉えてはいなかった。「奈良朝の文学」という観点が落合以前から存在したわけではない。

〝天皇から庶民まで〟の〝素朴・雄渾・真率〟な歌々という万葉像は、こうして一八九〇年に一応の完成を見て、またたく間に支持を拡げ、数年後には知識人の「輿論」（前掲、外山「新体詩及び朗読法」一八九六年）となってゆく（第二章第二節）。その結果、当初は漠然と並列されるにとどまっていた二つの特徴は、改めて原因と結果の関係で了解されるようになる。そうした了解に最初に到達したのは、私の調べた限りではどうやら子規らしい。

和歌は長く上等社会にのみ行はれたるが為に腐敗し、俳句は兎角下等社会に行はれ易かりしため腐敗せり。〔竹の里人〔正岡子規〕「人々に答ふ（十一）」『日本』一八九八年四月、全集7〕

国民が固く団結し、かくして得るところの勢力を自覚する時に、詩人は彬々《ひんぴん》として輩出す。万葉集はかくして成りたり、人麿等が長歌に、まづ天孫の降臨より説き起すを例とせるを思へ。天往かば汝がまに〳〵、地ならば大君います、海行かば水づく屍、山行かば草むす屍、わが大君のへにこそ死なめとは、万葉詩人の信仰にあらずや。〔…／…〕階級の制は平安朝に至りて一時の極に達せり。少数なる廷臣のみ漢土の文物を輸入し、人民と手を分ちて遙かに前に進み、大多数の民はこの先進者と何等の交渉もなく、都鄙懸隔、上下暌離《けいり》、文芸は京都貴族の専有に帰す。万葉の和歌は貴賤文武共にこれを詠じ、東歌あり、防守〔防人〕の歌あり、敢て社会の一部の独占を許さゞりしに、平安朝の和歌小説は月卿雲客が春宵秋夜の玩たるのみ。〔前掲、藤岡『国文学史講話』一九〇八年〕

子規がなぜいちはやくこの了解に到達したかといえば、「国詩革新」をめぐる同時代の言説空間にあって、もっとも着実な構想を抱いていたからだと思う。この点については後述するとして（第二章第四節）、ここでは、〝天皇から庶民まで〟という万葉作者像が、不在の「国詩」への夢の心理的等価物だった事情を見届けておこう。

明治きたるべき「国詩」は何よりも国民の精神的統合に寄与するものでなくてはならなかった。明治の知識人たちが、ドイツの国民詩人とされたゲーテやシラー、またイギリスのシェークスピアに対し、どれほど深刻な憧憬と羨望を抱いていたかを思うべきだろう。当時の文芸誌・総合誌のページを繰るとき、それは随所から伝わってくることがらでもある。彼らがこれら西欧文学史上のビッグネームを羅列しながら、〝偉大なる国民詩人よ出でよ〟とか〝何故に劇詩は出でざるか〟などとたびたび叫んでいたありさまには、悲壮とも滑稽ともつかない一種独特の熱気が漂う。(26) 国民全体に共有され、貴賤老少に愛唱される詩歌が、まさに渇望されていたのだ。

前節に登場した芳賀矢一も、そうした憧憬と羨望を書き残した人の一人である。芳賀は、文科大学助教授だった一九〇〇（明治三三）年に官費留学生としてドイツに派遣され、一年半の在外研究に従事する。そのとき、ベルリンから東京の友人に宛ててこう書き送ったことがある。

すべて当地に入りて感ずる事は上王侯より下百姓にいたる迄同一の文学、同一の音楽を楽む事が出来る事に御座候。〔一九〇一年九月四日付、関根正直宛書簡、選集7〕

羨望は文学や音楽の芸術的水準の高さにではなく、それらがドイツ国民を堅く結びつけている（かに見える）点に向けられている。しかも、この、同時代の日本には存在しなかったはずの状況を表現するために、『万葉集』にかんする常套句と同じフレーズが持ち出されている。
芳賀と同窓と推測される某人がこの六年前に匿名で発表した論文がある。それを参照するとき、事情はいっそう明白になる。

〔ドイツにはゲーテの抒情詩のような国民的詩歌が存在するのに対し〕翻りて吾近世の詩人を見るに超然高挙雅醇を貴び高潔を競ひ平民を蔑視して共に理想を語るに足らさるものとせしかば〔……〕其の詩文は高妙なるも漠然として世と相値《あ》はす流沢を生民に被らしむるとの大ならさりしは上古の上は万乗の貴より下は匹夫の賤に至るまで情を述べ意を通するに婉曲華麗なる言語を以てし戎馬草卒の際にも歌を以て応答し歌を以て戦を挑む風ありしに比して其風俗の推移古今隔絶の甚しき実に天壌の差ありと謂ふ可し吾人独乙の文学書を繙き清健豪潔なる俗謡に富むを見亦我上代の美風の斯の如くなりしを思ふ毎に未た嘗て近世詩人の陋を笑ひ早く此の陋習を脱し民と共に歌ふの時期の到達せんとを希はずんはあらず〔界川[27]「文学史編纂方法に就きて」『帝国文学』一‐五、一八九五年五月〕

国民的詩歌を有する先進国への羨望は、ここでは自国の側へと反転し、「我上代の美風」を見出すことで半ば埋め合わされている。「戎馬草卒の際にも歌を以て応答し歌を以て戦を挑む風ありし」とあるのは、おそらく、神武天皇が戦闘に際して謡ったという来目歌《くめ》（『日本書紀』歌謡七〜一四、『古事記』歌謡九〜一四）などを指すのだろうが、その直前の「情を述べ意を通するに婉曲華麗なる言語を以てし」の部分には、万葉の歌々も意識されていると見てよいだろう。わが詩歌は今でこそ一部の詩人の専有物となってしまったが、わが国でもかつては帝王から匹夫までが歌とともに暮らしていたのだ——筆者はこう慨嘆した上で、「民と共に歌ふの時期」の早期の到来を希求する。古代にありえた事態が将来実現できないはずはない、というわけなのだ。「上代の美風」は、待望される「時期」の代わりに呼び込まれたのであって、決してその逆ではない。

ところで、問題のフレーズに人々はどんなメッセージを託し、また読み取ってきたのだろうか。思うに、天皇も庶民も同じ国民であり、身分は極端に異なっても国民としての資格に軽重はない、というメッセージではなかったか。

時代は跳ぶが、本章の冒頭に登場した島木赤彦は、大正末期に、実に恐るべき率直さでこのことを公言したことがある。そのときも「万葉集の中へ這入つて見ますと、上は皇室より下は田夫野人の下々に至るまで、皆丸裸になつて居ると云ふ心持が致します」と前置きした彼は、雄略天皇の歌(巻一・一)を取り上げて解説しながら、菜を摘む少女に求婚した天皇が返答を聞く前に自分から名のりを上げてしまった点につき、こうコメントしたのだった。

さういふ所、却つて天真無邪気でありまして、此処に参れば、天皇も私どもと御同様と云ふ心持が致します。陛下を御同様などと思ふのは失礼でありませう。多少御同様な所を持つて居られた方が、実は有難いのであります。神でありながら人であります。丁度私の小学校に居る時分、先生は大便も放られないものと、本当に思ひました。それは有難い先生でありませうが、

> お互の間には、さう云ふ所も御見せになつた方が親しみが出来る。生徒が感心致します。我々に似たやうな事をやつて居られると思ひまして、安心をいたしまして余計親しみが出来て、良い心持が致します。大便をおひりになりましても決して権威を冒瀆致しません。此歌を読みますと、親しい心が致します。〔「万葉集の系統（講演）」一九二三年十月述、全集3〕

二本めの傍線部で「大便をおひりにな」る主語は、よく読めば「先生」なのだと分かる。が、「おひりになりましても決して権威を冒瀆致しません。此歌を読みますと」という続き具合からして、どうもそうは受け取りにくい。「天皇も私どもと御同様と云ふ心持」が昂じて、つい権威ある排便にまで言い及んでしまったというふうに読める。[28] だいいち一本めの傍線部では、昭和天皇の人間宣言を二十年以上も前に予言してしまっている。

〝天皇から庶民まで〟とは、君主を国民化する表現——B・アンダーソンの言い回しを借りれば、国民国家に「帰化」させる表現——だったことになるだろう。それは「神聖ニシテ侵スヘカラス」という絶対主義の原理とは明らかに異質な原理に基づく表現だったろうし、だからこそ戦後の象徴天皇制のもとでも長く人々を励ましつづけることが可能だったのではないだろうか。

国民の全一性を具体的に喚起するこのフレーズは、国民の統合に寄与すべき将来の詩歌に適用される一方で、その心理的等価物としての『万葉集』にも当てはめられたのだった。逆に言えば、同一の常套句がこの双方に使用されたことを糸口に、私たちは、知的エリートの夢が『万葉集』を国民歌集に仕立て上げた道筋を確認できるはずなのである。

あるいは次のように質す人があるかもしれない。『万葉集』には現に庶民の歌々が載せてあるではないか。常套句がステロタイプな理解を再生産してきたことは確かであるにせよ、そこにはまがりなりにも事実が踏まえられていたではないか。

落合も挙げていたように、『万葉集』には、なるほど天皇や貴族の作と並んで、二百三十首を越える東歌（巻十四・三三四八～三五七七）や、九十首あまりの防人歌（巻二十・四三二一～三〇、四三三七～五九、四三六三～九四、四四〇一～〇七、四四一三～二二、四四三六）が載せられている。藤原宮の造営に従事した役民の歌と称するもの（巻一・五〇）もあるし、豊前・豊後の国の漁民の歌（巻十六・三八七六～七七）だの、能登の国の歌（巻十六・三八七八～八〇）だの、越中の国の歌（巻十六・三八八一～八四）だのもあって、さらには、乞食者《ほかいびと》の詠という、大道芸人の口上を思わせる歌（巻十六・三八八五～八六）までがある。それらのうちには、

家《いは》ろには葦火《あしぶ》焚けども住み良けを筑紫に至りて恋《こふ》しけ思《も》はも　〔巻二十・四四一九　物部真根《もののべのまね》〕

庭に立つ麻手《あさで》刈り干し布曝《ぬのさら》す東女《あづまをみな》を忘れたまふな　〔巻四・五二一　常陸娘子《ひたちのをとめ》〕

稲舂《つ》けば皹《かか》る我《あ》が手を今宵もか殿の若子《わくご》が取りて嘆かむ　〔巻十四・三四五九〕

のように、貧しい生活を歌い込んだものも数多く見られる。(29)

右の第一首は武蔵国の防人の作で、「自分の暮らし向きときたら、薪に事欠いて葦で煮炊きする

ありさまだが、それでも我が家は住みよいものを、九州に着いてからどんなにか恋しく思われるだろう」というもの。二首めは、藤原宇合《うまかい》が常陸国から帰任する際に、現地で馴染んでいた女性から贈られた歌。自身を「麻を栽培して布を拵え、みじめに暮らしている東国の女」と卑下しながら、そんな私でも忘れないでくださいと訴えている。実は遊女の作だろうという説もあるが、今は立ち入らずにおこう。第三首は東歌のうちでもよく知られたものの一つで、第三章でも改めて取り上げる（二三三〜二三六頁）。額面通りに受け取れば、在地の有力者に仕える女が、自分の口には決して入らない稲を脱穀・精米しながら、「毎日の作業のためにひび割れたこの手を、お邸の若様は今晩も手に取ってお嘆きになるのかしら」と述べた歌となる。

作者層が庶民に及ぶとの了解には、たしかにこうした事実が踏まえられている。けれども、その事実が注目を集めたのはあくまで近代になってからの、それも一八九〇年以降のことなのだ。真淵はおろか、落合ですら、一八八〇年代の時点では『万葉集』の作者層をほとんど意に介していなかった。常套句に寄せられてきた異様なまでの愛着に照らしても、事実はことさら強調されてきたと見なくてはならないし、そのことで単なる事実以上の意味をもってしまったはずである。

それればかりではない。「庶民」の作とされる歌々は、能登の国の歌三首を除けばほとんどが定型の短歌であり、そのほかもすべて五・七音節定型の長歌・旋頭歌であって、要するに貴族たちの創作歌と同一の形式のものばかりだ。読み書きを知らない人たちが口頭で謡ったり、唱えたりしたものにしては、形式が整いすぎていないだろうか。

よく知られていることだが、『古事記』や『日本書紀』に収録された口誦的な歌謡には、まだ歌詞の定型というべきものは確立されていない。五・七の音数律を厳格に守る歌も一方に見られるものの、次のような歌が半数近くを占めている。

大和は4 国のまほろば、7 たたなづく5 青垣、4 山隠《やまごも》れる6 大和しうるはし。8〔『古事記』歌謡三〇〕

大和の4 この高市《たけち》に、6 小高《こだか》る4 市の高処《つかさ》、6 新嘗屋《にひなへや》に6 生ひ立てる、5 葉広3 斎《ゆ》つ真椿、6 其が葉の4 広り座《いま》し、6 其の花の5 照り座す、5 高光る5 日の御子に、5 豊御酒《とよみき》4 献らせ。6 事の3 語り言も6 此《こ》をば。3〔『古事記』歌謡一〇二〕

向《むか》つ峯《を》に5 立てる背らが、6 柔手《にこで》こそ5 わが手を取らめ、7 誰《た》が裂手《さきで》5 裂手ぞもや、6 我が手取らすもや。8〔『日本書紀』歌謡一〇八〕

多くが宮廷で伝誦されたと目されるこれらの歌謡は、短・長の二句がセットになって連なってゆく点を除けば、なんら形式上の原則らしきものをもたない。短句は五音節からなることもあるが、三、四、六音節などでもさしつかえないし、長句も四、五、六、七、八などの音数が許容される。短長句の積み重ねに認められる漠然としたリズムは、むろん歌唱のリズムと無関係ではありえないが、歌詞は、実際に歌唱される場面では、おそらく一部が繰り返されたり、囃しことばや合いの手を挿入されたりしたものと見られる。ある一音節を長く延ばしたり、逆に複数の音節を小刻みに発声するといったことも自在に行なわれたはずだ。

歌が純然たる口頭の文化として営まれていたときには、歌詞が厳密な音数律を形成することはなかったと考えてよいだろう。歌のリズムとは基本的に歌唱のリズムであり、歌唱することを離れて歌詞そのもののリズムが存在したわけではない。この状態では、歌詞の一句一句の音数（拍数）を揃えても効果はないし、したがってそうした要求も芽生えようがない。逆に、五・七音節の定型ではリズムは歌詞自体に内在するのであり、それには歌詞と歌唱行為とが分離しているのでなくてはならない。定型成立の前提には、歌詞が文字で書きとめられるようになるか、または歌詞の作り手が文字社会のもたらす反省的想像力に浸潤されるかして、歌という営みが本来の性質を変容させつつあったことが想定されるはずである。

定型短歌は巨視的に見て文字社会の産物であり、文字は文明の産物である。短歌を作るならわしは、この限りでは、列島社会の在来の文化でもなければ、それが自己展開的に特殊化したものでもなく、中華文明を継受した支配階層が発達させた文化だということになる。それを漢字で書きとめた『万葉集』が日本文化の固有の達成といえるかどうかは、このうえ言うまでもないことだろう。問題の歌々は、古代の「庶民」の生活からおのずと生み出されたわけではない。定型短歌を標準的歌体として保持していた貴族たちとの、なんらかの接点がそこには存在したと見なくてはならない。接点は、「庭に立つ」の作者が経験したような、赴任官人との直接の交際だったかもしれないし、防人たちが強いられたような、兵役その他の徴発だったかもしれない。東歌の場合はもう少し特殊な事情が考えられるだろう。これらは在地の郡司層と赴任官人たちとの合作による擬似的な「東国の歌」で、八世紀初頭に諸国『風土記』の撰進が命ぜられたのと同様の、王権による在地文化掌握の志向の産物だったと考えられる。ともあれ、短歌の広汎な流通という状況を現出させたのは、古代律令国家の運営に付随する物的・人的・精神的交通であって、「庶民」はそこに巻き込まれこそすれ、進んで参入したのではなかった。だから九世紀以降、列島社会内部の交通が必ずしも国家主導のものでなくなっていったときには、短歌の流通範囲自体がふたたび局限されてしまった。防人たちの子孫は防人制度が廃止されればもう短歌を詠もうとはしなかったし、東歌の命脈も基本的には八世紀で尽きた。短歌が「庶民」の生活に十分根を下ろしていたなら、一世紀に満たない期間でたちまち廃れたりはしなかったはずではないか。

するとに『万葉集』の編纂者は、なぜ、この歌集に「庶民」の歌らしきものを収めたのか。あまつさえ、

上野《かみつけの》安蘇の真麻群《まそむら》かき抱《むだ》き寝《ぬ》れど飽かぬを何《あ》どか我《あ》がせむ
〔上野の国は安蘇の麻畑、その麻の束を手一杯に抱きかかえるように、おまえを抱いても抱いても飽き足りないものを、焼けつく心をなんとしよう。　巻十四・三四〇四〕

伊香保ろに天雲い継ぎかぬまづく人とおたはふいざ寝しめとら
〔伊香保のお山から次々に雲が湧いて――そんなふうにカヌマヅク人がオタハフぞい。さあさあ寝させろトラ（カヌマヅク、オタハフ、トラは語義未詳で、歌も意味不明）。　同・三四一〇〕

おして否と稲は舂《つ》かねど波の穂のいたぶらしもよ昨夜《きそ》独り寝て
〔なにも嫌々稲を舂くのじゃないけれど、（杵を振るえば）波頭みたいに気が昂ぶるよ。ゆうべは独り寝だったもので。　同・三五五〇〕

というような、内容もことばも風変わりな歌々が目立つではないか。非貴族的な歌々は貴族たちの文化財にそぐわないではないか——言うまでもなく、古代人は「国民」の観念を持ち合わせていなかった。「かけまくも畏《かしこ》き大君」や、「ももしきの大宮人」が、竪穴住居の土間に藁を敷いて暮らす下々の民とどうして「御同様」でありえたろう。国民の全一性を示そうなどという考えは、当時の人々の発想の埒外にあったと断言してよい。

このさい指針となるのは、かつて石母田正の示した「小帝国への志向」という見地だろう（『日本古代国家論 第一部』一九七三年、岩波書店）。日本の律令国家は、実態としては東アジアの辺境に成立した一王国だったが、理念上は中華帝国と並ぶもう一つの帝国とされていた。君主の名称がかつての「大王」から「天皇」に転じたのも、中華帝国の冊封体制から積極的に分離する意志の表われで、この小帝国は——近代国民国家が統治空間の均質性を擬制するのとは対極的に——統治領域が天下の全域に及び、多種多様な民族《エトノス》を包摂することを建前としていたのだった。

『万葉集』はそのような小帝国の文化財として編まれた。この歌集に登場する「庶民」は、国民の多数派としての「庶民」とはおよそ異質な、辺境の民ないし異人として位置づけられていたことになるだろうし、だからこそ風変わりな歌々が特に求められたのだろう。編纂者の意図は、自分たちの支える王権が世界中の人々の心と生活を掌握しているということを、歌によって示す点にあったのではないだろうか。それは多分に誇大妄想的な意図ではあったが、同時に、彼らの世界観の必然的帰結でもあったろう。

以上は私の考えにすぎないから、むろん世間に押しつけるわけにはいかないだろうし、まして百年前の万葉尊重家たちがこう考えなかったからといって、そのことをとやかく言うべきでもないだろう。ただ、少なくともこうは言えるはずだ。記・紀に現存する未定型の歌謡は、定型の歌々を古代の「庶民」の作とする見方に対し、それを疑わせるに十分なものを含んでいる。事実を直視すれば必ず頭をもたげるはずのこの疑いは、しかし、実際にはやすやすと飛び越えられてしまったし、しかも後には、定型短歌を自然発生的な民族的詩形と見なすような、転倒した考えまでを導いてしまった。なぜか。「庶民」の作という判定が、もともと事実よりも願望から出発していたからではないだろうか。

『万葉集』を『古今集』や他の歌集から区別させることになった作者層の幅広さは、国民の詩歌が熱っぽく求められるという状況のもとで誇張され、喧伝された特徴、つまり作られた特徴である。逆に言えば、明治の知識人は、『万葉集』のうちに、自分たちの祖先が歌とともに喜び、歌とともに泣いた黄金の時代を認め、われわれはこの天性の詩人たちの血統に連なるのだと想像することによって、きたるべき「国詩」の可能性を確信し、ひいては国民の将来性を確証しようとしたのである。

# 第二章　千年と百年
## ——和歌の詩歌化と国民化

### 一　国民歌集の前史

国民歌集『万葉集』が近代の発明品であることは、前章の記述によってほぼ明らかになったと思う。この章ではその検証を兼ねて、一八九〇（明治二三）年という大きな転機を準備した諸条件について考え、あわせて国民歌集観第一側面の普及に関わる諸事象を掘り下げてゆきたい。

まずは『万葉集』の近代と前近代との関係を見届けておこう。

『万葉集』は明治中期までにすでに一千年を越える享受史を有し、その過程で種々の知見や観念を積み上げてきていた。国民歌集が求められたとき『万葉集』に即座に白羽の矢が立ったのもそのためで、発明が短期間のうちに成就したのも近代以前の知的蓄積が利用可能だったからだ。

しばしば強調されてきたように、平安時代以降の和歌史には、間歇的に〝万葉への回帰〟ともいえる現象が認められる。たとえば、院政期の代表的歌人で『金葉和歌集』（二度本一一二四年、三奏本一一二六年）の撰者でもある源俊頼《としより》は、自作に万葉の古語を取り込んでマンネリズムからの脱却を図ったし、『袖中抄《しゅうちゅうしょう》』（一一八六年頃）の著者である顕昭《けんしょう》も、同様の試みをいくぶんペダンチックに行なった。他方、中世和歌の幕を開いた藤原俊成・定家父子は、安易な万葉模倣を厳しく戒める一方で、いやしくも和歌に志すものは古来の歌風の変遷を会得している必要があり、万葉の古風に親炙することはその限りでは必須の素養である、と説いた。定家とも親交のあった鎌倉幕府三代将軍、源実朝は、家集『金槐和歌集』（定家所伝本一二一三年、貞享版本一六八七年）に散見する〝万葉調〟の作によって後世喧伝されたし[1]、『玉葉和歌集』（一三一二年）の撰者京極為兼《ためかね》も、万葉の古朴を尊重する旨の記述を残したことが後に注目を集め（『為兼卿和歌抄』一二八六年頃成立）、彼自身の平明清新な詠風との関連が論議の的になった。

歌人たちは最古の和歌集に和歌の原点を求めるとともに、自己の進むべき方向を見定めようとしてきたのだった。『万葉集』が早くから文献学上の研究対象とされたのもそのためで、施訓・本文批判・注釈の試みは平安時代にすでに始まっていた。鎌倉中期の学僧、仙覚は、大がかりな本文校定に従事する一方で、この作業を通して到達した自身の知見を『万葉集註釈』（一二六九年）に書き残し、その後も門弟に『万葉集』を講じた。彼の学統は由阿《ゆあ》を介して和歌の名門二条家にも伝えられ（一三六六年）、室町・戦国時代の歌人や連歌師を経て江戸時代に及んだ。仙覚の校定を経た系統の本が江戸初期に出版されると、享受と研究はますます盛んになって、再三名を挙げる契沖や賀茂《かもの》真淵《まぶち》など、いわゆる国学者の手になる万葉注釈が次々に現われた（第一章第三節）。とりわけ真淵は、『万葉集』をもろもろの歌集の最上位に位置づけ、和歌の実作においても万葉への復古を強力に主張して国学を隆盛に導いた。彼の影響のもと、万葉風の作歌を自覚的に追求する歌人も続出し、田安宗武、良寛、平賀元義、橘曙覧《たちばなのあけみ》などが名を残した。

古道説と不可分なかたちで提唱された真淵の万葉回帰主義は、近代の国民歌集観と半ば重なる面をもつものの、基本的には異質な性質のものである。その点は後述するが、さしあたり注意しておきたいのは、真淵門下（県門《けんもん》／県居派《あがたい》）やその流れを汲む歌人たちが決して歌壇を制覇するには至らなかった点だ。真淵の高弟で『万葉集玉の小琴』（一七七九年）の著者でもある本居宣長にしてからが、実作においては生涯新古今風を手放そうとしなかったくらいで、真淵没後、明治前期までの民間歌壇を牛耳ったのは、県門に対抗して独自の『古今集』尊重を打ち出した香川景樹《かげき》の門流、桂園《けいえん》派であった。幕末維新期に平田派の国学を学んだ志士たちが万葉風の作歌を嗜んだことや、その関係者が後に『日本』紙に依拠して子規の「発見」を促したことを重視する向きもあるが、彼ら勤皇万葉家にしても、桂園派を凌ぐほどの社会的影響力をもちえたわけではない。

さて、万葉国民歌集観の第一側面を構成する二つの柱、幅広い作者層と歌風の健全性の認知は、以上の過程で準備されていた原形を引き取り、新たに組み換えたものと捉えることができる。では、それぞれの原形は本来はどんなものだったのか。

作者層の幅広さから言おう。それを『万葉集』の特徴とする了解は、近代以前にはおよそ存在しなかったと断言できる。ただし、『万葉集』の作者層は狭いと考えられていたわけではない。幅広さが言われることもあったのだが、そのことが平安以降の諸歌集との対比のもとに語られることはなかったのだ。幅広いと見なされたのは和歌一般の作者層だった。

例の常套句にそくして述べよう。論述の都合上あえて伏せてきたのだが、〝天皇から庶民まで〟というフレーズには、実は九百年近い使用歴がある。

古い用法の特徴は、次に引く事例に著しい。鎌倉時代前期の成立とされる『保元物語』の一節で、嵯峨釈迦堂と通称される清涼寺の縁起を述べた部分である。

> 一条院の御宇、永延年中に此の朝《てう》に帰りて、仏閣を此の勝地にとゞめ、群生を濁世《ぢよくせ》にみちびき給ふ。即ち是れ嵯峨の釈迦如来なり。それより以来《このかた》、上一人《いちじん》より下万人に至るまで、道俗貴賤、首《かうべ》を傾け踵《くびす》をつぐ事今に絶えず。本仏既に平等一子の願ひまします。住持の僧侶何ぞ彼の誓約を忘れ給はむや。〔『保元物語』中巻「左府御最後」、『日本古典文学大系』31所収、一九六一年、岩波書店〕

釈迦堂の本尊はもともと釈迦在世中に天竺（インド）で刻まれたもので、釈尊入滅後の法難の渦中から鳩摩羅汁《くまらじゆう》の手で救い出され、後に震旦（中国）にもたらされた。その模像が日本へ伝来したのだが、それは、入宋僧奝然《きゆうねん》（正しくは奝然《ちようねん》）の夢にこの釈迦像が現われ、東方衆生の済度を願ったことによるという。かくて所を得た尊像は、広く君主から一般人までの信仰を集めることになった。

近代にはナショナリズムを背負うことになる常套句が、ここでは逆にコスモポリタニズムと結びついて現われている。君主と一般人が一括されるのは、彼らが等しく尊像に帰依するからであり、同一の国家に帰属しているからではない。仏法の弘通《ぐつう》という事態にはほんらい国境がないのであって、尊像の来歴もそのことを端的に示している。

常套句が和歌に適用される場合も、基本的にはこの意味においてだった。院政期の歌人、源俊頼の歌論『俊頼髄脳』（一一一一～一三年ごろ成立）に早くそうした事例が見られるし、降っては、近世の民間歌人、下河辺長流《しもこうべちょうりゅう》の編んだ『林葉累塵集《りんようるいじんしゅう》』（一六七〇年刊）の序文を挙げることもできる。

> おほよそ歌は、神・仏・みかど・きさきよりはじめたてまつりて、あやしの山賤《やまがつ》にいたるまで、その心あるものは、皆詠《よ》まざるものなし。〔『俊頼髄脳』、『歌論集』所収、一九七五年、小学館・日本古典文学全集〕

> やまと歌は、おほよそわが国民の思ひを述ぶる言の葉なれば、上は宮柱高き雲居の庭より、下は葦葺のこ屋のすみかに至るまで、人を分かず、所を択ばず、みる物によせ、聞くものにつけて、みなその志をいふこととなん。しかのみならず、春の鶯、秋の蟬、生きとし生けるたぐひの、各々その声あやをなすものは、いづれか歌をよまざりける。石上《いそのかみ》ふるき御代には、天ざかる鄙《ひな》のはてまで聞しめして、あるは漁《あさ》りする海人のさへづり、あるは薪伐りつむ山がつまでも、思ひ思ひをうたへる中に、あはれなるをば捨てさせ給はず、択びとられしこと、ならの葉の名

に負へる集〔万葉集〕をはじめて、代々のみかどの勅撰に、よみ人知らずとて入れられたる歌ども、半ばはそのたぐひなるべし。〔『林葉累塵集』序、『日本歌学大系』7所収、一九五八年、風間書房〕

二人の著者は、『万葉集』を念頭に置きながらも、このフレーズを広く和歌一般に対して適用している。そのとき踏まえられていたのは、『古今集』の序文以来の〝生きとし生けるものはみな歌う〟という観念である。これを仮に「万人詠歌観」と呼ぼう。

やまと歌は、人の心を種として、万《よろづ》の言の葉とぞ成れりける。世中《よのなか》に在る人、事、業《わざ》、繁きものなれば、心に思ふ事を、見るもの、聞くものに付けて、言ひ出《いだ》せるなり。花に鳴く鶯、水に住む蛙《かはづ》の声を聞けば、生きとし生けるもの、いづれか、歌を詠まざりける。力をも入れずして、天地《あめつち》を動かし、目に見えぬ鬼神《おに》をもあはれと思はせ、男女《をとこをむな》の仲をも和らげ、猛《たけ》き武人《もののふ》の心をも慰むるは、歌なり。〔『古今和歌集』仮名序、『新日本古典文学大系』5所収、一九八九年、岩波書店〕

万人詠歌観は、古代中国の政教主義的歌謡観の影響のもとに成り立っていた。『詩経』やその注釈『毛詩正義』に見られる観念がそれで、人民の歌謡は天の声の現われであり、為政者はそれを知ることで治政の状態を把握できるし、またそうすべきだというものである。『古今集』がこの観念を受容したのは、王権を荘厳する文化装置として構想されたからであり、代々の勅撰和歌集が「読み人知らず」の歌を多少とも常に含んで編まれてきたのも、どうやら同様の事情に基づくらしい(2)。同じことは、東歌や防人歌を収録した『万葉集』にも当てはまるはずだが、『万葉集』は意図的に風変わりな歌々を集めて小帝国の世界性を主張したのに対し、『古今集』以下の勅撰集ではその点がやや不明確になっている。

二人は具体的には何を語っていたか。

俊頼は、和歌を神代以来の日本の美俗であると主張して、その悠久の歴史を誇示する一方、子ども・乞食・芸能者・盗賊といった、異人の範疇に属する人々の詠歌を列挙し、いにしえの聖帝や神仏の詠歌、また神仏が和歌に感応した話ともども、賛嘆の対象とする。二、三例示しよう。

天の川苗代水《なはしろみづ》にせきくだせあまくだります神ならばかみ

鷲よなどさはなくぞ乳《ち》やほしきこなべやほしき母や恋しき

おこなひのつとめて物のほしければ西をぞたのむくるるかたとて

一首めは、伊予守実綱《さねつな》の任国に同行した能因《のういん》法師が、実綱の依頼を受けて雨乞いのために詠じた歌。歌意は「神よ、天の川の堰《せき》を切ってわれわれに苗代の水を恵みたまえ。御身がまことに天降《くだ》り(雨降り)をなさる神であるならば」と解される。この一首を神に捧げるや、たちどころに大雨が降りだして、水不足はすっかり解消されたという。俊頼は、感激した実綱が「世、末なれども、神はなほ歌を捨てさせ給はぬ」と語ったことを書きとめる一方で、和歌は「目に見えぬ鬼神をも、あはれと思はせ、猛きもののふの心をもなぐさむと、古きもの〔古今集〕にも書けれど、昔の事にや。この頃はさも見えず」と付言する。

二首めは幼児の歌だ。継母が小鍋の玩具を実子にだけ与えて継子を冷遇していたとき、折しも鶯が鳴いたので、その不幸な継子が詠んだのだという。「鶯よ、なぜそんなに鳴くのだ。乳が欲しいのか。小鍋が欲しいのか。それとも母が恋しいからか」。俊頼はこの話を「乳《ち》なども欲しかりける程にや。幼き人も稚児《ちご》ども、むかしは歌を詠みけるとみゆるためしなり」と結ぶ。

三首めは乞食の詠歌。僧形の物乞いらしい。ある家の東面と西面にそれぞれ住む人がいて、西面に住む人だけが気前がよかったのでこう詠んだのだという。「夜通し修行した翌朝は腹が減るので、西面の人を当てにする。恵んでくれるお方として」というのがだいたいの歌意だが、「西をぞたのむ」には「西方浄土に思いをかける」の意が、また「くるる方」には「日の暮れる方角」の意が掛けられていて、早朝なのに日没を思うというような文脈が裏側に読み取れる。西面の人は、下賤の者が巧みな歌を披露した意外さに「いよいよあはれがりて、常に物とらせ」ることとなった。

これら一連の奇跡は、和歌が不可思議な力をもつことの、正確にはかつてもっていたことの証しであって、和歌史が衰退に向かっていると認識していた俊頼にとっては、回復すべき理想状態を意味していた[3]。だからこそ彼は、最近ではこうした奇跡をとんと耳にしない、と何度も念を押さずにはいられなかったのだ[4]（傍線部）。ここに論理上の矛盾が介在することに注意しよう。子供や物乞い、また「あやしの山賤」の詠歌が驚きの目で迎えられるのは、彼らが歌の雅びから遠い存在と目されていたからにほかならない。(5)普遍性の主張は、その実、和歌を貴族的文化とする通念を暗黙の前提としていたのである。

この五百数十年後の長流の場合はどうか。彼の発言は、幕藩体制がすでに不動のものとなって、天皇や貴族が政治的実権を完全に喪失していた状況下でなされた。当時、宮廷は後水尾院《ごみずのお》を戴《いただ》く一種の文化サロンと化していて、歌壇は二条派宮廷歌人に支配され、秘儀的な種々の伝授が彼らを権威づけていた。武士・商人・僧侶など、無位無官の人々の作歌を集めた『林葉累塵集』は、この状況に対する民間歌人たちのデモンストレーションというべき書だった。編者は、閉鎖的な宮廷歌壇の現状を批判し、その不正常さを読者に訴えようとして万人詠歌観を持ち出したのである。葦葺きの粗末な小屋の住人までが和歌を詠じた古代とは、長流にとって、俊頼の場合とは異なる脈絡において、しかしやはり理想化された古代なのだった。

万人詠歌観がさまざまに変奏されていった様子は、国学者たちの言説からも見届けられる。荷田《かだの》在満《ありまろ》は、「歌」は庶民の歌謡と同じく本来は口頭で歌われていたと説いて神秘的な起源説を否定すると同時に、柿本人麻呂・山部赤人という万葉の二大歌聖はともに無位か六位以下の卑官だった、と強調して、和歌を貴顕の専有物とする通念に反抗した(『国歌八論』一七四二年)。本居宣長は、広義の歌をやはり万人のものと捉え、和歌と俗間の流行歌とを一括してその普遍性を言う一方、和歌こそがもろもろの歌の正統であるとも述べて、相反する二つの見方の調停を図った。しかも、現に伝わっている古い和歌はおおむね中流以上の人々の作と目されるからには、由来正しき歌とは宣長にとって、貴族的歌風の事実上の同義語なのでもあった(『石上私淑言《いそのかみささめごと》』一七六三年ごろ成立)。

要するに、万人が歌うといっても、その万人は決して均質の存在とは考えられていなかったのである。庶民は君主や貴族の同胞ではなかったし、和歌の普遍性にしても、統治する者とされる者が固有の文化で繋がれていることを意味するものではなかった。万人詠歌観とは、国民という思想が存在しなかった時代に時として人々を捉えた普遍性の夢であり、和歌の領分が世界を覆うことへの希求の表明であった。そうした夢や希求は、個々の論者のスタンスに応じてとりどりに語られてきたものの、事が和歌全体に関わるだけに、『万葉集』を特権化する発想はそこからは生まれようがなかったし、現に生まれもしなかったのである。

もう一つの柱、歌風の健全性について言おう。真淵の万葉言説がその原形を提供したことはまず間違いないだろう。近代に〝素朴・雄渾・真率〟とイディオム化されるものは、真淵が「直《なほ》き心」「雄々し」「まこと」などの語で繰り返し称揚していたものとそっくり対応している。

このうち「まこと」(「真実」「ありのまま」)は、真淵の登場よりも早く、江戸前期の二条派の指導者たちの手で定着され、詠歌の秘訣を示す標語として通用していたらしい(6)。和歌一般に関わる標語であり、それも『万葉集』よりは『古今集』などに結びつくことばであった。

凡《およ》そよみ方の教たゞ一なり。一は心の真実なり。思ふ所の誠をいひのぶるより外のことなし。意をいひのぶるは実意、景をいひのぶるは実景にして、毫末も実にそむけば、歌とゝのはず。古来の秀歌たゞ此の実のみなり。〔烏丸光栄《みつひで》『内裏進上の一巻』一七三七年、『日本歌学大系』6所収、一九五六年、風間書房〕

二条派における「まこと」の尊重は、実態としては、古歌の境地を踏襲するだけの平明／陳套な歌境を正当化する論理にすぎなかったともいう（菅野覚明『本居宣長』一九九一年、ぺりかん社）。ならば、真淵の没落史観と古道説、および万葉復古主義は、この二条派的「まこと」にまがりなりにも含意されていた無作為の主張を徹底させ、古代人の「直き心」にそれの等価物を見出したものであると、ひとまず理解できるだろう。

凡《〔およそ〕》いにしへの哥《〔うた〕》は、ふつゝかなる如くして、よく見ればみやびたり、後の哥は寛《ゆた》なる如くして、よく見れば苦しげ也、古への哥ははかなき如くして、よくみれば真《ま》こと也、後の哥はことわり有如くして、よく見ればそら言《ごと》也、古への哥はたゞことの如くして、よくみれば心高き也、後の歌は巧みある如くして、よくみればこゝろ浅らなり、〔賀茂真淵『万葉集大考』一七六〇年成立、全集1〕

あはれあはれ、上《かみ》つ代《よ》には、人の心ひたぶるに、直《なほ》くなむありける。心しひたぶるなれば、なすわざも少なく、事し少なければ、いふ言《こと》の葉《は》もさはならざりけり〔多くはなかった〕。しかありて、心に思ふ事ある時は、言《こと》に挙《あ》げてうたふ。こをうたといふめり。かく、うたふもひたぶるに一《ひと》つ心にうたひ、言葉も直き常の言葉もて続くれば、続くとも思はで続き、調《ととの》ふとも思はで調はりけり。〔同『歌意考』一七六四年成立、前掲『歌論集』所収〕

真淵はこのように、古代人の純真な心が格調の高い歌々を生んだことを称揚しながら、同時に、そのことをジェンダーの問題に結びつけた。ほとんど無前提にそうしたのである。有名な「ますらをぶり」の説を語るとき、彼は、「直き心」や「まこと」がなぜ男性的といえるかについては、一切説明していない。

いにしへの歌は調《しらべ》をもはらとせり。うたふ物なれば也。そのしらべの大よそは、のどにも、あきらにも、さやにも、遠《を》ぐらにも、おのがじゝ得たるまに〳〵なる物の、つらぬくに、高く直き心をもてす。且その高き中にみやびあり、なほき中に雄々しき心はある也。〔『邇飛麻那微《にひまなび》』一七六五年成立、全集19〕

真淵の見るところ、和歌の堕落は女性的な気風の蔓延によって生じた現象だったから、万葉への復古とは、古人の純朴への回帰と同時に、衰退した男性原理の復興をも意味していた。興味深いのは、男性の女性化を激しく非難する彼が、女性の男性化ないし中性化については終始曖昧な態度をとらざるをえなかった点だろう。右の『邇飛麻那微』では、『万葉集』に見る女性の作を「男歌にいともことならず」と総括する一方で、「そが中によく唱へみれば、おのづからやはらびたること有は、本よりしか有べき也」と微妙な留保を加え、作歌を志す同時代の女性たちに対して「高く直き心を万葉に得て、艶《にほ》へるすがたを、古今歌集の如くよむ」ことを勧めている。類似の論調は前掲『歌意考』にも認められる。

いにしへは、ますらをはたけく雄々しきをむねとすれば、歌もしかり。さるを、古今歌集のころとなりては男も女ぶりに詠《よ》みしかば、をとこ・をみなのわかちなくなりぬ。さらば、女はただ古今歌集にて足りなむといふべけれど、そは今少し下《くだ》ち行きたる世にて〔古今集時代はすでに多少堕落しはじめた時代で〕、人の心に巧み多く、言にまことは失《う》せて歌をわざとしたれば、おのづから宜しからず、心にむつかしきことあり〔歌の内容に回りくどいところがある〕。〔だから、女の歌の手本としては〕いにしへ人の直《なほ》くして心高くみやびたるを万葉に得て、後に古今歌集へ下りてまねぶべし。

真淵は、堕落と女性化を同一視する考えを女性の側から言い直そうして、結局その論点を持て余してしまったことになるだろう。女には女にふさわしい歌の詠みようがある――それが本当なら、万葉の「ますらをぶり」を評価する根拠そのものが危うくなってしまう。

この点とも関わって、万葉の「ますらをぶり」から王朝の「たをやめぶり」への変化について、彼はひどく奇妙な論法を用いている。変化の要因は遷都にあって、都が男性的な土地から女性的な土地へ遷ったばかりに人心の腐敗が始まったというのだ。「からの国ぶり」の悪影響ということも言っているが、それには副次的な意味しか持たせていない。

しかれば古への事を知る上に、今その調の状《さま》をも見るに、〔万葉時代に都のあった〕大和国は丈《ます》夫《らを》国にして、古へはをみなもますらをに、習へり。故《かれ》、万葉集の歌は、凡丈夫の手ぶり也。かれ、古今歌集の歌は、〔平安京のある〕山背《やましろ》国はたをやめ国にして、丈夫もたをやめにならひぬ。専ら手弱女《たをやめ》のすがた也。〔……〕そも〳〵上《かみ》つ御代〳〵《みよみよ》、その大和国に宮敷《みやしき》ましゝ時は、顕《おもて》には建《たけ》き御威稜《みいづ》をもて、内には寛《ひろ》き和《にごみ》をなして、天の下をまつろへましゝからに、いや栄《さか》にさかえまし、民もひたぶるに上を貴みて、おのれもなほく伝はれりしを、山背の国に遷しましゝゆ、かしこき御威稜のやゝおとりにおとり給ひ、民も彼につき是におもねりて、心邪《よこしま》に成行《なりゆき》にしは、何ぞの故《ゆゑ》とおもふらんや。其ますらをの道を用ゐ給はず、たをやめのすがたをうるはしむ国ぶりと成、それがうへにからの国ぶり行はれて、民上をかしこまず、よこす心の出《いで》来《こ》しゆゑぞ。〔前掲『邇飛麻那微』〕

この荒唐無稽な解釈――論理形式の上でも解決を先送りしたものでしかない解釈――がなぜあえて導入されたのかといえば、それは、真淵の議論がもともと予断に基づいていて、彼自身がその破綻を取り繕う必要を感じたからだろう。よいものは男性的でなければならぬと彼は信じた。一方、和歌はよいものでなくてはならなかった。真淵は、世間で「をみなのもてあそぶ戯《たはぶれ》の事」（『邇飛麻那微』）と遇されている和歌を、漢学や漢詩文に並ぶ男子の文化に押し上げようとしたのである。『万葉集』が彼の目に男性的歌集と映ったのはこの脈絡においてだった。

〈自分は若いころは『古今集』や王朝の物語にかまけていたが〉今しもかへりみれば、其哥もふみも世くだちて、たをやめのをとめさびたることこそあれ、ますらをのをとこさびせるし〈いかにも男性的と思える要素は〉乏《とも》しくして、みさかりなりしいにしへのいがし御代〈偉大な時代〉にかなはずなんある、このことを知たらはしてより、たゞ万葉こそあれとおもひ、麻《あさ》もさ綿《わた》もあまたの夏冬をたちかへつゝ、百たらずむそぢの齢《よはひ》にして〈『万葉考』を〉ときしるしぬ、いにしへの世の哥は人の真《ま》ごゝろ也、後のよのうたは人のしわざ也、〈前掲『万葉集大考』〉

『万葉集』の尊さは、ここでは作者層の広さなどとはなんら関わりがなかった。というよりも、作者層の広さ/狭さという見地自体、およそ真淵の関心の外にあった。

明治の知識人たちは、以上述べてきたさまざまの事象から、利用できる要素を引き取り、変形して、自分たちの発明に組み込んだ。真淵の言う「ますらをぶり」や「直き心」「まこと」については、これを「国詩」の兼ね備えるべき属性として読み換えた。その一方で、もともと和歌の世界性を指示していた万人詠歌観を、国民の統合/全一性の表象へと換骨奪胎して、それをもっぱら『万葉集』に適用することにした。二つのことがらは、国民歌集観の構築と普及の過程ではじめて相互に関連づけられ、原因と結果の関係に立たされることになった。

歴史に「もし」を持ち込むのは禁物だという。そのことを承知であえて言うが、私は、日本にもし『万葉集』という歌集がなかったとしたら、または早く失われていたとしたら、国民歌集の発明は相当の回り道を強いられたろうと思う。同時に、しかし、国民歌集の地位は何か別の作品で埋め合わされたろうとも思う。それは平安末期の今様を集めた『梁塵秘抄』だったかもしれないし、室町時代の小歌の集成『閑吟集』だったかもしれない。あるいは雅楽の「催馬楽《さいばら》」や「神楽歌」あたりがぐっとクローズアップされた可能性も捨てがたいが、いずれにせよ、明治の知識人たちは今日の『万葉集』の代替物を必ず発明してのけたことだろう。

## 二　『新体詩抄』と和歌改良論

『万葉集』の一八九〇年を直接準備した一八八〇年代について考えてみよう。しばしば欧化主義の時代として括られる八〇年代は、一面では改良主義の時代であって、人々が西欧文明との出会いを機に在来の文化を〃遅れた風俗習慣〃として意識し、それを文明の域に引き上げるための模索をさまざまの分野で開始した時期である。(7) 有名なところでは、福地桜痴らの歌舞伎改良、伊沢修二らの邦楽調査と唱歌教育への適用、岡倉天心らの日本画再建などがあるが、「改良」の名は「改良半紙」や「改良都々逸」にまで及んだ。模索は〃同じ風俗習慣をもつわれわれ〃という意識をも広汎に喚起することになって、きたるべき国粋保存主義の前提を準備していった。

「国詩革新」や「古典復興」の動きも、本格化は九〇年代に俟たなくてはならなかったが、その萌芽は八〇年代にすでに生じていた。一八八二年に外山正一、矢田部良吉、井上哲次郎の著わした『新体詩抄』(丸屋善七刊)は、海賊版が出回るほどの売れ行きを示して多くの模倣者を生んだし、それに触発された和歌改良の取り組みからも、落合直文の長編詩「孝女白菊の歌」(初出『東洋学会雑誌』二‐四、一八八八年二月）が生まれ、当時としてはかなりの評判を取った。その落合らの協力を得て森鷗外がまとめた訳詩集「於母影《おもかげ》」（『国民之友』五八、一八八九年八月）も、日本近代詩歌史の最初の章を飾る作品としてよく知られている。他方、『新体詩抄』の出た一八八二年には、東京[8]大学文学部に古典講習科が付設され、衰亡しつつあった国学・漢学に国家的梃入《てこい》れが図られた。同科出身の落合や、萩野由之、池辺義象、佐佐木（当時は佐々木）信綱、また講師として在職した久米幹文《もとふみ》、佐々木弘綱らは、和歌の改良に取り組む一方、国学の改良をも提唱して近代国文学の成立前夜を彩った。これらとは別に、末松謙澄は「歌楽論」（初出一八八四〜八五年）を書いて、詩歌改良の指針を『万葉集』に求めた（本書六七頁）。

一八九〇年に完成を見る万葉国民歌集観の第一側面も、輪郭は、この改良主義の時代におおむね形作られていた。事の大筋をあらかじめ示しておこう。

この時期を通じて構築されたのは、二つの柱のうち主として歌風の健全性に関わる部分であって、作者層の幅広さが認知されたのは一八九〇年を俟ってのことである。もう少し具体的に言おう。八〇年代の段階でまず成立したのは、和歌が日本の詩歌／文学として再解釈されるという事態であり、そこに真淵の万葉言説が引き込まれることで『万葉集』の特権化が果たされた。その特権的地位は、この時点では、日本にかつて優秀な詩歌が存在したことを例証しようとするものにとどまっていて、まだ国民の統合／全一性の明確な表象と化してはいなかった。ただし、それにつながる側面は潜在的には当初からあった。万葉の〝素朴・雄渾・真率〟が評価されたのは、高尚な詩想や豊かな想像や独創的造形といった、ヨーロッパの詩歌《ポエトリー》／文学《リテラチュア》概念が前面に打ち出していた見地からではなかったからだ。詩歌を社会の文明化の指標とする考えが事態を導いたのであって、論者たちは万葉の歌々に社会の活力の反映と、社会的コミュニケーションを円滑にする平明な表現とを見出すことによって、そこに文明開化の先蹤をも見出したのである。(9)

事の発端は『新体詩抄』に求められると思う。

念のため言っておくが、私はここで、日本の近代詩の起源を語ろうとしているわけではない。三人のアカデミシャンが近代詩史の幕を開いたというのは当事者の作り上げた神話だろうし、事態を正確に理解するには讃美歌の翻訳や唱歌の制作、また漢詩の流行といった諸事象を、総合的に捉える必要もあるだろう。この件を近代文学の研究者たちがさまざまの角度から論じてきたことも承知しているつもりだ。『新体詩抄』から説き起こすのは、『万葉集』の国民歌集化が、まさに井上たちの言説の流通した範囲で開始されたからであって、讃美歌を翻訳したキリスト者たちは一件に直接関わらないと思うからである。

さて、井上は自身が新体詩を創始した経緯につきこう語っていた。

> 程子曰はく、「古人の詩は今の歌曲の如し。閭里《りょり》の童稚と雖も、皆之れを習聞し、而して其の説くところを知る。故に能く興起す。今は老師・宿儒と雖も、尚ほ其の義を暁《さと》る能はず。況んや学者をや。是れ詩に興ることを得ざるなり」と。余、此の文を読み、慨然として歎じて曰はく、「今の歌曲は古人の詩の如し。而るに今人之れを知らず、今の歌曲を賤しみて古人の詩を

尚ぶ。嗚呼、亦惑へるかな。何ぞ今の歌曲を取らざるか」と。後に伝記を読む。貝原益軒謂《い》へる有り、曰はく、「我が邦は、只和歌を以て其の志を言ひ、其の情を述ぶべし。拙き詩を作りて、以て詅癡符《れいちふ》の誚《そし》りを招くを要せず」と。余又曰はく、「誠に益軒氏の言ふ所の如し。我が邦の人は和歌を学ぶべし。詩を学ぶべからず。詩は今人の詩と雖も、而も諸《これ》を和歌に比すれば、則ち解し難しと為す。何ぞ和歌を学ばざるか」と。後に大学に入りて泰西の詩を学ぶ。其の短き者は我が短歌に似ると雖も、而も其の長き者は幾十巻に至る。我が長歌の能く企て及ぶ所に非ず。且つ夫《そ》れ泰西の詩は、世に随つて変ず。故に、今の詩は今の語を用ゐること周到精緻にして、人をして翫読して倦《う》まざらしむ。是《ここ》に於てか又曰はく、「古への和歌は取るに足らず。何ぞ新体の詩を作らざるか」と。〔井上哲次郎「新体詩抄序」『新体詩抄　初編』復刻第三刷一九七二年、近代文学館・特選名著復刻全集。原文は読点つき漢文、読み下しは品田〕

これによれば、彼が新体詩で行なおうとしたことがらは二つあった。表現を平明にして理解しやすくすることと、長大な作品を編み上げることとである。

表現の平明化とは、「閭里の童稚」つまり教養のない人にも詩歌を行きわたらせるための措置であり、西洋の詩歌ではそれが常態になっていると井上は見ていた。[10] 右に引用しなかった後半部では、この見地を共著者の作に及ぼして、「其の文俗語を交ふと雖も、而も平平坦坦として読み易く解し易」いと称賛し、ふたたび「閭里の童稚」の語句を持ち出して、そうした人々にもたやすく覚えられるだろうと述べている。

冒頭部に注意しよう。「程子曰はく」云々の引用は記憶によるものらしく、正確に一致する典拠を指摘しがたいが、北宋の碩学[11]、程顥《ていこう》・程頤《ていい》兄弟のことばを朱熹（朱子）が編集した『二程遺書』に、これと符合する一節がある。

天下有㆓多少才㆒。只為《ヲサムルコト》㆑道不㆑明㆓於天下㆒。故不㆑得㆑有㆑所㆓成就㆒。且古者興㆓於詩㆒、立㆓於礼㆒、成㆓於楽㆒。如㆓今人㆒怎《イカンガ》生会得。古人於㆑詩、如㆓今人歌曲㆒一般。雖㆓閭巷童稚㆒皆習㆓聞其説㆒而暁《サトル》㆓其義㆒。故能興㆓起於詩㆒。後世、老師宿儒尚不㆑能㆑暁㆓其義㆒、怎生責㆓得学者㆒。是不㆑得㆑興㆓於詩㆒也。古礼既廃、人倫不㆑明、以至㆓治家㆒皆無㆓法度㆒。是不㆑得㆑立㆓於礼㆒也。古人有㆘歌詠以養㆓其性情㆒、声音以養㆓其耳㆒、舞蹈以養㆗其血脈㆖。今皆無㆑之。是不㆑得㆑成㆓於楽㆒也。古之成㆑材也易、今之成㆑材也難。〔『四庫全書』六九八－一六一。原白文、訓点は品田〕。

天下に才能ある人は多いのに、道を大成する人物がなかなか現われないのはなぜか。それは、詩・礼・楽が廃れるにつれて、徳性や教養を高める方途が失われてしまったからだ。昔は容易だった人材の養成が、今ではひどく困難になってしまった――右の文の趣旨はこのようなもので、二つめの傍線部が井上の引用に対応する。「古人の詩に対する関係は、現代人の歌曲に対する関係のように普遍的であった。村里の子供でさえ、みなその内容を習い聞き、意味を理解していた。ゆえに詩によって徳性を奮い起たせることが可能だった。ところが後世では、相当の碩学ですら詩の意味を理解することができなくなってしまった。初学者に理解できないからといって、どうして責めることができようか。詩によって徳性を奮い起たせるなど、今はもう不可能になってしまったのだ」。

原文の「詩」は、一つめの傍線部に『論語』「泰伯」篇の文言――「人の徳性・教養は詩によって奮い起ち、礼によって安定し、楽によって完成する」というもの――が引かれる点からも分かるように、経書の一つ『詩経』をさしている。儒教の典範としての〈詩〉であって、漢詩一般でもなければ、まして『新体詩抄』の「凡例」にいう《泰西ノ「ポエトリー」》でもない。そこに「今人歌曲」を引き合いに出すのは、徳性涵養の契機となるべき〈詩〉がかつてどれほど広汎に受容されていたかを言おうとしたもので、「歌曲」自体を〈詩〉と同格に価値づけたわけではない。ところが井上は、原文の比喩を「今の歌曲は古人の詩のようなものだ」と反転し、前後の文脈から切り離す流儀で拡大解釈して、「それなのに今の人はこのことを知らず、今の歌曲を卑しめて古人の詩をありがたがっている。ああ、なんという混乱だろう。なぜ今の歌曲を採用しないのか」との主張を導いてしまう（二番めの傍線部）。牽強付会とはこのことだろう。

それだけに、井上自身の詩歌観がここに露骨に表明されていると見ることもできる。よい詩歌とは社会の隅々にまで行きわたる詩歌で、それには理解しやすいことが必須の条件となるというのだ。同様の発想は他の二人の著者にも認められる。

西洋人ハ其学術極メテ巧ニシテ精粗到ラザル所ナシ其詩歌ニ於テモ亦之ト均ク能ク景色ヲ摸写シ人情ヲ穿チ讃賞ス可キモノ多シ〔……〕而シテ其言語ハ皆ナ平常用フル所ノモノヲ以テシ敢テ他国ノ語ヲ借ラズ又千年モ前ニ用ヒシ古語ヲ援《ひ》カズ故ニ三尺ノ童子ト雖モ苟クモ其国語ヲ知

ルモノハ詩歌ヲ解スルヲ得ベシ〔矢田部良吉「グレー氏墳上感懐の詩」序〕

唯々人に異なるは人の鳴らんとする時は、しやれた雅言や唐国の、四角四面の字を以て、詩文の才を表はすも、我等が組に至りては、新古雅俗の区別なく、和漢西洋ごちやまぜて、人に分かるが専一と、人に分かると自分極め、易く書くのが一ッの能見識高き人たちは、可咲《をかし》しなものと笑はゞ笑へ、〔外山正一「新体詩抄序」〕

西洋の詩歌は自国の平常語を用いるので「三尺ノ童子」にも理解される、と矢田部が言うのは、井上が「閭里の童稚」を云々していたのとまったく同じ論法だ。また、自分たちの作が「見識高き人たち」に笑われてもかまわない、と外山が戯作者めかして言うのは、社会的普及という大目標の前では芸術的水準など問題でないということだろう。ただし、その外山が、用語の範囲を「新古雅俗」だけでなく「和漢西洋」にも及ぼすと言うのは、社会的普及とともに表現領域の拡張をも睨んでいたからだと思われる。新時代の思想を表現するには在来のことばだけではまかないきれないというわけだ。

矢田部にはこういう発言もある。

西洋諸邦ハ勿論凡ソ地球上ノ人民其平常用フル所ノ言語ヲ以テ詩歌ヲ作ルヤ皆心ニ感スル所ヲ直ニ表ハスニアラザルナシ我日本ニ於テハ徃古ハ此ノ如クナリト雖モ方今ノ学者ハ詩ヲ賦スレ

バ漢語ヲ用ヒ歌ヲ作レハ古語ヲ援キ平常ノ言語ハ鄙ト為シ俗ト称シテ之ヲ採ラズ是レ豈謬見ト為サヾルヲ得ンヤ（「鎌倉の大仏に詣でゝ感あり」序）

自分たちの主張を「我日本」の「往古」に遡って根拠づけようとする論法は、前章で取り上げた界川「文学史編纂方法に就きて」の論調と同趣であって（七八頁）、しかもそれより一三年も早い。万葉国民歌集観の最初の呼び水と評しても過言でないかもしれない。

一方、詩形の長大化にはどんな意図があったか。なにしろ彼らは、『新体詩抄』には具体的な説明を見ないが、収録された作品群からおよその見当はつく。「敵の滅ぶる夫迄は　進めや進め諸共に〳〵玉ちる剣抜き連れて　死ぬる覚悟で進むべし」（外山「抜刀隊」）とか、「政府の楫を取る者や〳〵輿論を誘《さそ》ふ人たちは　社会学をば勉強し〳〵能く慎みて軽卒に　働かぬやう願はしや」（同「社会学の原理に題す」。原文ルビ左）などという詞句を、蕪雑粗笨と誹られるのを承知で長々と綴りつづけた人たちである。彼らにとって「明治の歌」「日本の詩」（井上「玉の緒の歌」序）とは、文明開化の時代にふさわしい複雑雄大な思想を盛るための器にほかならなかった。じっさい井上は、後に、和歌・漢詩は「規摸が小さいからして、勇壮活撥なる盛なることが、述べられませぬ」「規摸が小さいからして、高尚なる思想、特に哲学上の思想を、美術的にのぶることの出来ぬのが、大欠点であります」と明言したことがある（「漢詩和歌の将来如何」『歌学』一－一〜三、一八九二年三〜五月）。

『新体詩抄』を刊行したとき、井上や外山が将来の日本の詩歌について明確な展望をもっていた

外山正一

井上哲次郎

とは考えにくい。彼らを衝き動かしていたのは、自分たちも先進文明国の詩歌に似たものを所有したいとの願望だったろうし、表現の平明化、擬古の排斥、詩形の長大化、用語の拡張といった諸方針にしても、要するに西洋詩を模倣しようとするところから導かれたものにすぎないだろう。詩的表現とは何かというような問題が深刻に検討された気遣いはない[12]。ところが、十年後に「国詩革新」の気運が高まってくると、矢田部を除く二名は、一時中断していた創作活動を再開するとともに、この分野の先駆者という格で旺盛な言論活動をも展開してゆくのである[13]。そうした事態がなぜ成り立ちえたかといえば、一つには当事者が過去の事績を誇大に吹聴したからに違いないが、一つには、彼らの当初からの着想が、後に「国詩革新」の脈絡で浮上する課題にまがりなりにも届いていたからではないだろうか。詩歌を国民全体に行きわたらせるにはどうすればよいか、というのがその課題である。

国民歌集『万葉集』の原像は、この、『新体詩抄』

の著者たちが萌芽的に抱いていた将来の「国詩」像に求められると思う。

三上・高津『日本文学史』の記述を振り返ってみよう。前章第一節で話題にした常套句、「上は万乗の貴きより、下、匹夫に至るまで」「上天皇皇子より、公卿官人は勿論、下りて樵夫海士に至るまで」に託されたもの——社会的普及の夢——は、井上と矢田部がそれぞれ「閭里の童稚と雖も」「三尺ノ童子ト雖モ」に込めたものと明らかに対応する。同書にはこのほかにも次のような記述がある。

万葉の万葉たる処は、実に其長歌にありとなす。〔上、一四三頁〕

万葉集の歌は、皆いまだ俊〔峻〕厳なる規則に、拘束せられざる時代になりしかば、其風姿の自然なるは論なし。少しも顧慮する処なく、其襟懐を開き、素情を述べたるものなれば、概して雄健にして気魄あり。〔上、一四一頁〕

歌語は、当時普通の言語の都雅なるを用ひしものならん。(14) されども、東歌ならざるものゝ中にも、或は用語の卑俗なるが如く、滑稽なるか如く覚ゆるも少からず。啻《ただ》に用語のみならず、万葉の歌は、何につけても、実に千状万態、変化を極めたるものなり。〔上、一四三〜四四頁〕

右の第一件は詩形長大化の要求に対応するだろうし、第二・第三件の傍線部もまた、『新体詩抄』

の著者たちが新体詩について語っていたことがらと逐一符合する。

あるいはこうも言えると思う。三上・高津が万葉の「自然」な風姿に着目するとき、その「自然」さは、かつて真淵が信奉したような、回帰すべき古代人の純真性の証しとしてよりも、むしろ井上や外山が新体詩に期待したような、広汎な普及の条件として捉えられていた。だからこそ、当の外山も後に万葉歌の表現を「ナチュラル」と認めて高く評価した（本書三八〜四〇頁）。自然主義と結びつくのはむろん明治末年のことだ。

もっとも、井上や外山はもともと和歌の将来性を全否定する立場にあって、その立場を後々まで崩そうとしなかった。


日本にはこれと名を出だす様な、雄篇大作はないではありませぬか、万葉集の如きは、少いさな歌を集めたので、これを研究するは、必要ですけれども、印度の詩にくらぶれば、其の趣向が浅近です。ましてゲーテとか、ダンテとかいふやうな、西洋の詩人にくらぶることは、尚更出来ませぬ。〔前掲、井上「漢詩和歌の将来如何」。傍線略〕

だから、彼らの言説がただちに『万葉集』の国民歌集化をもたらしたとは言えない。そこにはなんらかの媒介項が存在したのでなくてはならないが、私は、すでに示唆しておいたように、一八八〇年代の和歌改良論がその媒介項だったろうと思う。

和歌改良論の主な担い手は、先に触れた古典講習科の関係者たちだった。改めて言うが、古典講習科は井上たちが『新体詩抄』を刊行したのと同じ年に、しかも井上たちの勤務先に新設されたのであり、同科の講義は井上自身も担当したことがある。和歌の全否定とともに出現した新体詩が、和歌に期待をつなごうとする国学系の素養の持ち主たちを揺さぶり、活発な反応を促したのだ。

最も早い反応は久米幹文が『新体詩抄』に寄せた跋文だろう。「今の文明の御代にあたりて短歌に名ある人は彼是きこゆれど長歌をよみ文かく人のをさ〳〵きこえざるはいとあやしや」「おのれ此比《このごろ》大学に入て大人《うし》だちの西洋の詩を我が言葉にうつせるを見て感慨に堪へずいかですたれたる〔長歌〕を起してかゝる新代《あらたよ》の風《てふり》をうたひ出ばや」（署名「水屋主人幹文」、原文ルビ左）。井上たちが新たなスタイルとして提起したものを、久米はすたれかかった長歌の一変種と解して、その〝復興〟に期待をかけたのだった。[15]

別の反応者、萩野由之は言う。

歌ハ恋ヲ主トシテ、物ノ哀レヲ知ルト云フコトヲ口実トスルコト、甚宜シカラヌコトナリ。物ノ哀レハ怯懦《けふだ》ノ風ヲ導ク本ニシテ、歌調ノ快活ナラサルハ重ニ物ノ哀レヲ主トスルヨリ来ルコトアリ。カノ新体詩ヲ看ヨ。有名ナル学士ノ製作トハイヘ、詞ノアマリ庬雑ナルニモ拘ハラス、一時海内《かいだい》ニ流伝シ、忝《かたじけな》クモ天聴ニ達シテ、軍楽譜中ニモ数マヘラレシモノアリトイフ。畢《ひっ》竟《きやう》歌調ノ快活ニシテ、勇壮ノ気象ヲ振作《しんさ》スルニヨキカ故ナルヘシ。（「小言（第一）」『東洋学会雑誌』一－四、一八八七年三月、小泉苳三『明治大正短歌資料大成』1所収、一九七五年、鳳出版）

新体詩がまがりなりにも「海内ニ流伝」するほどの成功を示したのに比べ、わが和歌の旧態依然ぶりはまことに情けない――萩野はこう認識して旧弊の打破を唱えるのだが、[16]そのさい彼の示した具体策は、なんと、井上たちの方針をそっくり和歌の側に引き込むことなのだった。萩野論文には、擬古の排斥と用語の拡張に関わるものとして「今ノ事物ニヨリテ感動セシ情ハ、今ノ詞ニテ述フヘキ道理ナリ」「物ノ名ハ電信ニモアレ、汽船ニモアレ、字音ニテ呼ベルモノハ、其儘ニ読ミ入ルヘキコトナリ。洋語ナルモ亦然リ」との主張が見られる。詩形の長大化についても、「詠史ノ題」の導入とそのための長歌振興が提案される。

是モ短歌ノミニテハ窮屈ナル故、長歌ニテ神武東征ノ事、倭 武《〔やまとたける〕》蝦夷ヲ撃ツコト、一谷合戦、大塔 宮熊野落《〔おほたふのみやくまのおち〕》、或ハ古今ノ英豪、孝子義人等ノコトヲモ作リテ詠マハ、悲壮トナリ感慨トナリ、コレヲ児童風誦セハ、不レ知不レ識歴代ノ大勢ヲ歌ニテ知ルコトトナリ、大ニ旧習ノ陋ヲ一洗スヘシ。〔同右〕

長歌復興の名目による、新体詩への実質的追随。和歌を詩歌《ポエトリー》として再解釈する動きは、このように、当初それを担った当事者の主観においては、和歌を詩歌視するのではなく、詩歌を和歌視するという形態をとっていた。[17]

この奇妙な態度は、しかも、古典講習科系の和歌改良論者に共通のものであった。たとえば佐佐木信綱は、萩野の復興論に次のような修正意見を示したことがある。

我国の短歌は三十一言にして意味単純《つゞまやか》なるが故に人情復雑《くどくし》文化発達《すゝみ》せる当時〔現代の意〕はいかにも三十一言にては言ひつくしかたきとあるを以て今様（七五七五と句を重ねたるもの）をいくつにもつゝけたるもの（今の新躰詩と称するもの）を用ひて泰西のポエトリーの如くよく人世の情慾を写し美術壇上にたゝんこそねかはしけれ。〔佐々木健「詠歌論《うたのはなし》」〔目次では「和歌のはなし」〕『女学雑誌』九八、一八八八年二月。原文総ルビ〕

落合直文

万葉の五七調ではなく、七五の句を長く連ねることにしようというのだ。提案された形式は、実質的には、『新体詩抄』所収の諸作が採用したものとほとんど変わらないはずなのだが、提案者はそれをあくまで「和歌」の一形態として了解しようとする。彼の父弘綱もこの半年後に同じ趣旨の論を発表するが、それもやはり「長歌」の改良論と銘打たれる（「長歌改良論」、初出『筆の花』一八八八年九月、前掲『明治大正短歌資料大成』1所収）。

落合直文はどうか。彼の出世作である前掲「孝女白菊の歌」は、新体詩史上の初期の秀作として扱われるのが普通だが、作者の意識にそくして言えば、やはり長歌の一種だったらしい。「阿蘇の山里、秋ふけて。なかめさひしき、夕まくれ。〳〵いつこの寺の鐘ならむ。諸行無常と、つげわたる」と歌い起こし、「千代に八千代といひ〳〵て　ともに喜ぶをりしもあれ〳〵後の山のまつかえに　夕日かゝりてたつそなく」と結ぶその形式は、七五の句を四回繰り返して一聯とするもので、弘綱・信綱父子の提案したとおり、まさに今様を重畳したかたちになっている[18]（『明治文学全集』44所収、一九六八年、筑摩書房。圏点略。原文の読点は白ヌキ）。しかも、連載第一回の発表は右の信綱の文章が現われたのと同じ月のことであり、掲載誌は先の萩野論文と同じ『東洋学会雑誌』である。言い遅れたが、同誌は「東洋学会」の機関誌で、古典講習科の関係者は同学会の主要メンバーだった（一八八六年十二月創刊）。

落合の意識をうかがわせるものとしては、彼らがこの三年後に編んだ『新撰歌典』の緒言もある。

近ころ新体詩といふもの起れり。その人々の議論をきくに、短歌にては、複雑きはまりなき想思を満たすこと能はすといへり。しかり。まことに然り。されと、論者は、短歌の外に長歌といふものゝあることを知らぬにやあらむ。われわれは、特に長歌を振ひ起して、かの無味なる、かの蕪雑なる新体詩を退けむとす。〔落合直文・萩野由之・小中村〔後に池辺〕義象・増田于信編『新撰歌典』一八九一年、博文館〕

ついでに言えば、「孝女白菊の歌」はもともと井上哲次郎の漢詩「孝女白菊詩」（『巽軒詩鈔』一八八四年、阪上半七刊）を翻案したもので、原作者井上は落合の作をやはり「長歌」と見なしていた[19]。

こうした論議の渦中で、『万葉集』の地位は急速に浮上していった。長歌を多く含む点が注目を集めたのだった。

> 万葉以上〔以前の意〕ニハ長歌多キニ、古今以下ハ短歌ノ十カ一ニモ足ラス。人ノ心ノ働キハ千変万化スヘシ。イツモ三十一字ニテ賄《まかな》ハルヘキニハアラス。其意境ニ応ジテ、長歌トモ短歌トモナルヘシ。句ハ必シモ五七五ニ限ル可ラス。上古ノ歌〔記・紀所載の歌〕ニ長短均シカラサル句アルハ、却テ天真ヲ見ルコトアリ。歌格ノ事ハ最思慮スヘキ也。[20]〔前掲、萩野「小言」〕

和歌に新体詩並みの「勇壮ノ気象」（萩野）を盛ろうとした改良論者の目に、万葉の歌々、特に長歌は、彼らの要求の実現可能性の証しとして映じた。万葉歌の格調が「勇壮高潔」と語られなくてはならない理由もそこにあった（七三頁図）。この判定を導いたのは同時代における新体詩の「流伝」であり、またそれへの対抗意識であって、歌々の実態や真淵の「ますらをぶり」説は事態の誘因にすぎなかった。

擬古の排除、用語の拡張、詩形の長大化と複雑化、また勇壮の気象と高尚な思想の養成——これらの要求を次々に引き込み、和歌をポエトリーに似せて改良しようとしながらも、論者たちは「和歌」なるものの観念上の同一性をなかなか手放そうとしなかった。彼らは、デフォルメされた「和歌」概念に新体詩を回収する一方、短小なる形式にも固有の存在意義があることや、短歌的表現の蓄積に依拠せずには新体詩の蕪雑さが克服できないことを強調して、井上たちの和歌否定論を乗り越えようとした。その結果、改良の実《じつ》は遅々として上がらなかったにもかかわらず、「和歌」の潜在的可能性はほとんど無尽蔵と信じられるまでに至った。

次に引くのは、数年来の改良論議を総括した萩野の文章の一節である。

〔天下の歌人が種々の方針に沿って努力し〕進歩の方向に趣かば、などか再和歌の黄金時代に逢ひがたからむや、宇内歌詩の黄金時代を創造し得ざらむや。若《も》し果して此に進まば、其の歌の長きはダンテの神聖戯曲一百段もミルトンの失楽園十二巻も、其の雄大を誇ることを得ず、短きは俳句片歌の、寸鉄人を殺すものも、その簡勁を説くに足らず、長句短句錯綜して出で、抑揚急徐参差《しんし》調を為し、其の効用は天地を動かし、目に見えぬ鬼神をもあはれとをもはせ、男女の中をも和らげ、猛き武夫の心をもなぐさむるのみならず、亦よく人を慰ましめ、人を楽しましめ、人を悲壮ならしめ、人を忠勇ならしめ、亦最《もっとも》人を高尚優美ならしめて、和歌の能事を満足せしむるならむ。〔「和歌及新躰詩を論す」、初出『経世評論』一〇、一八九〇年四月。『歌学』一‐二〜四、一八九二年四〜六月に転載されたものに拠る〕

同じ文章にはこうも書かれている。

平城《なら》に都定められし頃に到りては、〔記・紀の歌に見られるような〕天真の妙の外、更に想像の妙を発揮して、一しほ、その意匠をひろめ、躰制も長歌短歌ならび行はれ、真摯なるもあれば、精緻なるもありつれど、ともに自然をはなれずして、情景、双妙の域に達せり。京の平安にうつりしころより以来、その行はれしはさることながら、おもに想像の点より発達せしめ、意を練り辞を琢《みが》き、もはら巧を主とし、遂には歌の為め情を矯《た》めて、人巧に堕《お》ちたるもすくなからず。且その躰ももはら短歌を主としければ、歌風一変して、古今集以下所謂廿一代集も、みな長歌をば集外にしりぞかしむるに至りぬ。古今の歌、巧妙は巧妙なれども、巧の極は遂に自然を失ふの始となりき。

すでに明白だろう。『新体詩抄』に潜在的に孕まれていた「国詩」像は、和歌改良論の脈絡に引き取られ、変形された末に、きたるべき和歌の「黄金時代」を古代に投影する流儀で国民歌集の発明へと橋渡しされたのである。

現に彼らの論議には、ある時点から『日本文学史』の二人の著者も参入し、論議に軌道修正を加える役割を果たしていた。

茲ニ余カ詩歌ト称スル者ハ英語ニテ「ポエットリイ」ト云フ者ニシテ支那ノ三体詩、唐詩選等ニアル五言、七言、律、絶、ノ類我国ノ万葉集古今集等ニアル長歌、短歌ノ類ヲ云フノミニアラズ支那ニテ云ヘバ歌賦ノ類我国ニテハ今様端唄ノ類ヲモ総称ス故ニ文中詩ト云ヒ歌ト云ヒ歌詩〔詩歌〕ト云フモ別ニ異ナル者ヲ云フニアラズ〔高津鍬三郎「詩歌ヲ論ズ」『東洋学会雑誌』二‐六、一八八八年四月〕

「ポエットリイ」は和歌よりも広い概念で、和歌はそれの特殊なものである――こう切り出した高津は、続けて「詩歌ノ本体」を「詩歌ハ一定ノ規則ニ随ヒ人ノ感情ヲ本トシテ重ニ想像ヲ写シ出セル言語ナリ」と定義する。「感情ヲ本ト」するという点からは、次のような万葉尊重言説が導かれる。

詩歌ハ悲喜恋愛等ノ情ヨリ出ツル者ナルカ故ニ又妙ニ人ヲシテ悲喜恋愛等ノ情ヲ起サシムヘキ力アリ是我カ万葉集等ニアル歌ハ巧ナルコト後世ニ及ハザルモ気力アリテ能ク人ヲ感動セシムルハ皆自然ノ情ヨリ出テタル者ナレバナルヘシ然ルニ後世ノ歌ハ万葉ノ歌ナドヨリモ意匠、巧ナレドモ気力ニ乏クシテ人ヲ感動セシムルヿモ万葉ノ歌ニ如カザル所以ハ多ク知恵ヲメクラシテ感情ヲ本トセザレバナルヘシ。

他方、「想像ヲ写シ出」すという正統的な「ポエットリイ」理解からは、万葉尊重を支える「ありのまま」の表現は評価されにくい。高津は、この文脈では、平安和歌の発達させた見立ての技法を引き合いに出す。

ソモ〳〵詩歌ハ想像ノ言語トモ云ヒテ事物ヲ在ノ儘ニハ云ヒアラハサズ小キ者モ大ク云ヒ、サホド美ナラザル者モ非常ニ美ナルヨウニ云ヒテ常ニ幾分カ異ナルトコロアルハ其見聞スル事物ニ付想像ヲメクラシテ一種ノ事物ヲ案シ出セハナリ、〔……〕詩歌ハ重ニ感情ヨリ出ツルガ故ニ偽多シ想像ノ言語ナル故ニ事実ニ違《たが》フ然ルニ此二ケ条ハ詩歌ニ最モ必要ナル者ナリ〔……〕歌人ノ如ク想像ノ眼鏡ヲ通シテミルトキハ河ニ流ル、紅葉ハ実ニ錦ノ如クニ見エ山ニ咲ケル桜花ハ雲ノ如クニ見ユルナルヘシ(21)

にもかかわらず、彼は結局『万葉集』に軍配を上げる。「ポエットリイ」の了解に和歌没落史観のバイアスがかかったために、「想像」は詩歌の評価基準としては骨抜きとなり、代わって「まこと」「おのづから」が浮上するのだ。

そもそも和歌のかく衰へたる理由をもて、題詠のおこりたるに帰する者多けれども、余おもふに題詠のおこりたるは、止を得ざる時世人情の変遷にいでたる者にて、和歌を衰へしめれ〔た〕る直接の原因となすに足らず、直接に和歌をして衰へしめたる者は時勢人情の変遷なりといふべきなり、其は如何にといふに古の人は武勇を好み山川を跋渉し、常に男々しき業をなしゝかばその気風おのづから勇壮にして、見聞おのづから高大なりしなるべし、さて歌は心のまことを云ひ出したる者なれば勇壮なる人の詠みいでたる歌には、その気風見聞おのづからあらはれて、風調高く、興趣大なり、されば古今集を撰まれし頃より歌よむことといよいよ盛りになりたれども、徒らに大宮人の弄び草となりしかば歌人は多くいでたれども、摸倣虚飾をのみつとめたれば、歌の品格いたく劣りたり、こは当時の社会の映象といふべきなり、〔高津鍬三

郎「日本の歌人」『東洋学会雑誌』三-五、一八八九年五月)

先に挙げた萩野「和歌及新躰詩を論す」が、平安和歌の堕落した理由を「おもに想像の点より発達せしめ」られた点に求めるのも、この論調の延長上に位置づけることができるだろう。

和歌が「大宮人の弄び草」となる前の時代とは、歌々が「勇壮」なる「心のまこと」を保って「想像」の行き過ぎを免れていた時代なのだった。それは詩歌の黄金時代である以前に、社会が活力に満ちていた時代であった。高津や三上が落合とともに『万葉集』に〝天皇から庶民まで〟の作者層を見出すのは、この翌年のことである(本書二五~二六頁)。

『万葉集』はこうして一八九〇年を迎えた。この「至宝」の黄金の輝きは、一八八〇年代には一部の学者と歌人のものでしかなかったものの、九〇年代を通じて知識人たちの目を奪う一方、中等教育の課程に取り込まれることによって、知識人の予備軍の脳裏にも浸透してゆくことになる。

## 三　国文学と国民文学

万葉国民歌集観の第一側面は、ヨーロッパに起源をもつ諸観念と、在来の歌学・国学が培ってきた諸観念との融合の産物だった。融合の過程では、後者が前者に合わせて再解釈されると同時に、前者も後者に干渉されて相当の変形を被った。

『万葉集』が日本国民の優れた詩歌《ポエトリー》の集であることを、百年前の英語圏の人々に説明する場合を仮定してみよう。〝天皇から庶民まで〟や〝素朴・雄渾・真率〟の句をいくら並べたてても、彼らを納得させるのはおそらく困難だったろう。むしろ、万葉歌人はみな教養のある人たちだったとか、詩想が繊細微妙であるとか、表現が洗練されて形式も整っているといった説明、つまりアストンが現に行なったような説明に訴える必要があったのではなかろうか（本書三〇～三二頁）。

コミュニケーションの透明性を重視する反面、想像や独創の意義を軽視する詩歌観／文学観。ヨーロッパのそれとはかなり異質なこの詩歌観／文学観は、近代の日本では、国民歌集『万葉集』を背後で支えながら子規の革新事業を導いたり、アララギ派の隆盛を促したりする一方、国語教育における文学作品の扱いをも規定して、作者の心情を追体験させようとする読書指導や、感じたことをありのままに綴らせようとする作文指導を存続させてきた。これを日本的詩歌観／文学観と呼んでもよいだろう。ただし、そこに封建時代の残滓が持ち越されたとか、同じことだが、古来の文芸観が脈々と生きつづけたといった見方――要するに、西洋的なものを標準にして、それと食い違うものをただちに前近代的と認定するような思考法――は、まったく無効ではないかもしれないが、事の本筋から逸れていることは確かだろう。「日本的」特徴を生み出したものは、日本型ナショナリズムというすぐれて近代的な事象だからである。

以下の記述では、やや方向を変えて、国民の古典を発明する主体について、それが形成された過程を跡づけてみたい。国文学つまり〈国民の文学の学〉の成立をどう把握するかが、この場合の鍵となるだろう。

国文学は〝近代化された国学〟と評されることがある。国文学者の少なからぬ部分が現にそう考えてもいる。が、これは、たとえば自動車を〝近代化された馬車〟と見なすようなもので、なまじ間違いではないだけにかえってたちの悪い一面的な見方だと思う。自動車が資本主義社会の商品として成立し、流通していることや、それの普及が人々の生活を一変させてしまったこと、とりわけ地球環境に甚大な影響を及ぼしつつあることは、家畜に引かせていた乗り物からの類推ではとうてい理解しきれないはずだ。同様に、〈国民の文学の学〉の本質も、江戸時代の学問からの類推ではとうていつかめるものではない。

なにしろ国学の概念系には、〈国民〉も〈文学〉も存在しなかったのだ。国学者たちが「皇国《すめらみくに》」と呼んで尊んだものは、東アジア文明圏内の一小国を世界の中心に見立てたもので、世界システムの一環としての国民国家日本ではなかったし、その「皇国」の言語で書かれたもろもろの文献には、「まことの道」という人類普遍の原理が示されているはずだった。その道は「皇国」にだけ辛うじて残存していると見なされたものの、日本人に固有の原理であるとは誰も考えなかった。彼ら国学者は、いわば葭《よし》の髄から天井を覗く流儀でユニバーサルな人間理解に到達しようと企てたのであり、その際、幕藩体制下の公認イデオロギーだった儒教的倫理思想を叩き台として、従来の思想家は理知を過信してきたと考え、感情の復権によってこの歪みを思想的に超克しようとしたのである。後に優れた文学論として評価される本居宣長の「もののあはれ」論[22]も、再三言及する賀茂真淵の万葉称揚も、実態は美学的倫理説とでもいうべきもので、基本的な関心は人の生き方を問うところにあった。

厄介なのは、国学の成果を回収して成立した国文学が、成立するや否や、自らを国学の後身として位置づけ、そのことで〈国民の学〉としての「国学」――宣長がこの名称を嫌悪したことはよく知られている[23]――を後ろ向きに発明してしまったことだろう。実際、国文学の本流に身を置いた人々は、好んで真淵や宣長の「皇国」尊信に言及し、それがまるで国民的なものの目覚めだったかのように語って、二つの学の連続性をことさら強調してきた[24]。国民という妖木に奉仕する上では、この装いがきわめて有効だったのである。

「国文学」という名称には奇妙な性質がある。学の名が同時に学の対象をも指示するのであり、「英文学」や「日本文学」にもほぼ同じことが当てはまる。国文学は、当初構想された〈国文の学〉が後に〈国民の文学の学〉へと刷新されることによって確立したのだが、そのとき、「文学」の語が今でいう〈人文学〉の意味にも使用されていたために、「国文学学」というような名称があえて発案されなかったということらしい。明治国家のプロジェクトが紆余曲折を経て実現に漕ぎつけた過程が、名称の構造にそのまま刻み込まれているのだと言ってもよい。

国文学の成立過程を見届けるには、官学の制度を眺めるのが近道だろう[25]。一八七七（明治一〇）年に官立大学として発足した東京大学は、法・理・医・文の四学部から構成され、うち「文学部」は「史学、哲学及政治学科」と「和漢文学科」の二学科に分かれていた。一八八五年にはこの「和漢文学科」が「和文学科」と「漢文学科」に分離し、翌一八八六年の帝国大学文科大学もこの体制を引き継いだ。「国文学」という名称が制度的に定まるのは、一八八九年に「和文学科」が「国史学科」と「国文学科」とに分割されたときである。

和漢文学科・和文学科・国文学科を通じ、大学当局の意図はほぼ一貫していたと考えてよい。和漢文学科創設当時の東京大学総理、加藤弘之はその意図をこう説明していた。

今文学部中特ニ和漢文ノ一科ヲ加フル所以ハ目今ノ勢斯文幾《ほと》ント寥々晨星ノ如ク今之ヲ大学ノ科目中ニ置カサレハ到底永久維持スヘカラザルノミナラズ自ラ日本学士ト称スル者ノ唯リ英文ニノミ通ジテ国文ニ茫乎タルアラバ真ニ文運ノ精英ヲ収ム可カラサレハナリ但シ和漢文ノミニテハ固陋ニ失スルヲ免カレサルノ憂アレハ幷ニ英文哲学西洋歴史ヲ兼修セシメ以テ有用ノ人材ヲ育セント欲ス〔文部省宛上申書・一八七七年九月三日付、『東京帝国大学五十年史』所収、一九三二年、東京帝国大学〕

専属の教官には旧式の国学者（和学者）・漢学者を充てるしかなかったとはいえ、学生に求められていたのは「国文」を基礎に洋学をも兼修することであって、「固陋」なる訓詁注釈学の継承保存などではなかった。加藤は、欧化主義全盛の時代にあって、きたるべきナショナリズムの時代を見越し、国民国家の屋台骨を背負う「有用ノ人材」を今のうちに養成しておこうとしたらしい。[26]

加藤の言う「国文」とは〈自国の文〉をさす。「英文」は〈英国の文〉だ。その「文」とは、狭義には文章ないし著作物をいい、広義には――「文運」の語に示されるように――種々の著作物に具現される知的・精神的活動の総体を意味する。「国文」が「和文」「漢文」の総称だった点に注意しておこう。言文一致の普及以前に通用していた文体は、加藤の上申書自体がその一例であるように、漢文訓読体であって、それは漢学の素養を抜きにはありえないスタイルだったから、東京大学の当時のカリキュラムでも、和漢文学科だけでなく文学部全体の必修科目として漢作文が課せられていた。国民の知的・精神的支柱となるべき〈自国の文〉に「漢文」が含まれるのは、この時点では当然の了解事項だったのである。

和漢文学科は当初きわめて不人気で、志望者がほとんど集まらなかったという。が、和文学科に改組された段階で三上参次、高津鍬三郎、上田万年らの俊英を輩出し、さらに国文学科となってからは、芳賀矢一、塩井正男（雨江）、佐々政一《さつさ》（醒雪）、武島又次郎（羽衣）ら、国文学の基礎固めに献身することになる人材が続々と集まってきた。文筆家としては大町芳衛（桂月）も出たし、正岡子規の名もむろん逸せない。子規が学業をそっちのけで俳句に熱中し、ついに中退の憂き目を見たことは周知のとおりだが、それでも、文科大学国文学科に在籍したことがなかったら、彼の仕事は相当違ったかたちをとったことだろう。

前後するが、一八八二年には、前節で触れた「古典講習科」が東京大学文学部に付設されている。同科は臨時に設置された機関で、当初から常設化する予定はなく、学生の募集も——当初の計画を二年ばかり切り詰める格好で——三年で打ち切りとなって、発足から六年後には早くも廃止されてしまう。

それは、今は国学漢学の耆宿が居るが、やがてそれらの人の世を去つた後には、国学漢学は滅びるかも知れぬから、後継の学者を養成するため、いはば学者の種とりの為にとのことであつた。しかし欧化主義の盛んな時代であることとて、容易に文部当局の容るる所とならなかつたが、加藤総理の熱誠に動かされ、遂に創設の運びとなつたのであつた。〔佐佐木信綱「古典科時代のおもひで」『国語と国文学』一一‐八、一九三四年八月〕

「学者の種とり」は主任教授小中村清矩《こなかむらきよのり》らの思惑だったろうが、加藤の考えはそれとは多少違うところにあったはずである。本科にあたる和漢文学科があまりに不振で、東西の学の結合という本来の目標がとうてい達成できそうもなかったために、緊急の梃入れ策として「洋」の部分を一時棚上げとし、和漢の文献操作のスペシャリストの育成を目指したのだと思う。[27]

受験者は大学予備門以外から公募され、受験科目からも外国語が除外された。合格者の上位約半数には官費の支給もなされた（一八八六年に廃止）。これら優遇措置が功を奏して、応募者は第一回から百名を越えたという。[28]

古典講習科は、実態としては旧来の国学・漢学を再生産する機関でしかなく、新たな方法や体系を模索していた形跡は認められない。[29]それを開始するのは、帝国大学成立後の和文学科・国文学科で和漢洋兼修の実を上げ、他学科の外国人教師B・H・チェンバレンやK・F・フローレンツの教えをも受けた人々だ。ただ、制度上注目されることがらとして、発足時には単一だった組織が翌一八八三年に改められ、「古典講習科国書課」と「古典講習科漢書課」に分割されたということがある（当初の名称は「甲部」「乙部」）。和漢の「古典」が「国書」と「漢書」に分離されたわけだが、それは取りも直さず、「国」の範疇から「漢」が排除されたということでもある。この措置と歩調

上田万年

三上参次

を合わせるようにして、本科にあたる和漢文学科も一八八五年に和文学科と漢文学科とに分かれ、前者がさらに国文学科へと改組されていったのである。

「国文学科」成立の翌年、一八九〇年は、再三強調するように「古典復興」が一挙に果たされた画期的な年であって、その主たる推進力となったのは、まさに今問題にしている諸学科の出身者たちにほかならない。古典講習科国書課出身の落合直文、池辺義象、萩野由之、佐佐木信綱や、文科大学和文学科出身の三上参次、高津鍬三郎、上田万年、そしてこの年まだ文科大学国文学科に在学中の芳賀矢一といった人々だ。(30) この、「漢」の「文」を分離して再編された「和文／国文」の学徒たちは、当然ながら自身を「国文学者」として認識した。守旧派ともいうべき古典講習科出身者たちもその例外でなかったことは、落合がこの翌年に「国文学者の事業」を論じていることからも分かる（「国文学者の事業」初出一八九一年五月、前掲『明治文学全集』44）。「国文学」なるものの研究対象は、しかし、この時点ではまだ狭義の文学には限定されておらず、歴史や法制や言語を漠然と含んでいる状態だった。和文学科出身の三上は、後に『大日本史料』『大日本古文書』の編纂を主導する人で、現在の常識でいえば歴史家ないし日本史学者だろうし、同様に、上田は言語学者ないし国語学者、高津は国語教育家に当たる。国文学がこの時点で成立していたといえるかどうかはかなり微妙だろうし、少なくとも〈国民の文学の学〉として確立していなかったことは確かだろう。

状況は、アカデミズムにおける「文学」の了解が動揺していた点にも関わっている[31]。

「文学」は、古くは、先に述べた意味での「文」の学をいう語であった。近代以前には儒教の典範の学習・研究をさすのがもっとも普通の用法であって、史書の研究や漢詩文の制作を含めていう場合もあったものの、和文や和漢混淆文による著作は――和歌にせよ、物語や随筆にせよ――「文学」の範疇に含まれていなかった。この「文学」が、明治期を通じ西欧語リテラチュアの翻訳語として定着してゆくわけだが、それは、当のリテラチュアが、「書かれた芸術」や「文献」をいう狭義のほかに、広義には「学識」や「文献学」の意味をもっていたからである。翻訳語「文学」は、リテラチュアに媒介されて、本来は「文」の領分だった「著作物」の意味を新たに引き込むと同時に、文体の面でも漢文という縛りが解けて、和文や和漢混淆文による種々の著作物が外延に連なることになった。見逃せないのは、しかし、この「文学」が在来の語義〈文の学〉を長く払拭できなかった点だろう。リテラチュアの広義に沿った了解が支配的でありつづけたのも、種々の著作物や著作行為をそれ自体「学」と捉えるような了解が通用しつづけたのも、翻訳語にありがちな語義の混濁[32]に起因する現象だったと思われる。この状態は少なくとも二十世紀初頭までは続いていた。

若干例示してみよう。

一八九〇年の上田万年『国文学』（双二館）の緒言には、「文学」「国文学」の定義は「高尚なる問題」だからあえて避ける旨の断わりがある。文中には、「徳川氏後期の文学」という狭義の用法と、「著者は国文学が一般中等教育上の一学科となりかの国語科と同地位を占めんことを冀望《きぼう》して止まざるなり」という広義の用法とが混在している。

同じ年の芳賀矢一・立花銑三郎『国文学読本』（冨山房）も、緒論で「文学《リテラチユア》」を定義して「盖《けだ》し世に普通の性質を有する学問二あり。上に在りて百科の学問の絶頂をなす者を哲学と云ひ、下に在りて百科の学問の基脚をなすものを文学と云ふ」と記す（選集2）。

一八九二年に出た師範学校用の教科書、増田于信・小中村義象『中等教育　日本文学史』（博文館）も「文学史」を学術・学芸の歴史と捉えている。九章仕立ての内訳は、順に「総論」「学校」「学術」「文字」「文章」「歌」「詩」「歴史」「小説」というもので、「学校」と「学術」の部分に全体の半分近いページが費やされている。

同じ一八九二年に出た鈴木弘恭『新撰日本文学史略』（青山堂）は、「文学とは。国語国文の種類。理論及び用法を攷究する学にして。其の区域甚汎く。尋常一学科の比にあらざるなり」との定義のもと、「本邦言文の種類盛衰変遷等」を略述する。「文学」はやはり〈文の学〉なのだが、その「文」は「文章」の意味に傾いている。

他方、再三触れる三上・高津『日本文学史』（一八九〇年）は、「世界文学《ウエルト、リテラツール》（又は万国文学）」に対する「国文学《ナシヨナル、リテラチユーア》」という見地を明示するとともに、記述の直接の対象となる「純文学《ピユーアリテラチユーア》」

を次のように定義する。基本的にはリテラチュアの狭義に沿った定義といえるが、単純には割りきれない面もあるようだ。

> 文学とは、或る文体を以て、巧みに人の思想、感情、想像を表はしたる者にして、実用と快楽とを兼ぬるを目的とし、大多数の人に。〔、〕大体の智識を伝ふる者を云ふ。

「大体の智識」とは general knowledge だろうか。それを社会一般に伝達するのが文学の役目だというのだから、ここには「普通の性質を有する学問」（芳賀・立花書）というような広義の了解が滑り込んでいると見た方がよいだろう。じっさい同書は、右の定義とは別に、広義に沿った諸説をもあれこれ紹介しており、「文学と他の学問との差別」「文学の目的」に一章を割いて、法典や歴史などの著作物、つまり芸術意識を伴わない著作物にも文学上の名文はありえるとしている。二本立ての了解はこのころの子規にも認められる。

> 普通に称ふる所の文学なる語に両義あり。一は技芸に属し一は学問に属す。技芸に属する者は詩歌文章を作り小説戯曲を著すの謂《いひ》にして学問に属する者は古今文学上の著作を研究し併せて美辞学審美学等に渉るの謂なり。〔……〕技芸と学問とは個々特立して相互何等の関係を有せざるが如しと雖もそは両者の極端を論する者にしてある一点迄は両者提携して全く相依り相扶くる者の如し。詳《つまびらか》に之を言へばある程度以内に於ては学問ある者技芸に進み、技芸に進む者

即ち学問の深き者なりと断定するを得るなり。故に文学的の技芸もあながちに之を教ふるの方法なきにあらず。〔「文界八つあたり（七）学校」、初出『日本』一八九三年五月、全集14〕

子規の意識では、しかし、「技芸」と「学問」の二義は同格で並立していて、一方が他方を包摂するような関係にはなっていなかったらしい。「技芸」としての文学とは〈書かれた芸術〉のことであり、それを研究するのが「学問」としての文学であって、両者は互いに無関係ではないが本来別物だ――彼の了解はそのようなものだったろう。

国文学の研究対象が、子規のいう「技芸」の線に限定されるのは、これよりだいぶ遅く、芳賀矢一『国文学史十講』（一八九九年、冨山房）あたりが最初らしい。前年に帝国教育会が主催した夏期講習会の講演をまとめた書である。芳賀はその第一講で、先の鈴木『新撰日本文学史略』と増田・小中村『中等教育　日本文学史』の了解をはっきり斥け、自身のかつての定義をも事実上撤回している。

> 茲で私が謂ふ文学は、さういふ意味〔文章を作る学問とか、学問全体といった意味〕ではないのです。書かれたもの、即ち製作物

芳賀矢一

を申すのであります。画師が画を画いて、其画が一の美術品であるが如く、文学といふものは、文人によつて作られた製作物であります。歌であるとか、文であるとか、作られた美術品を指して文学と云ふのであります。〔……〕吾々の先祖がその思想感情を国語の上に現はして置いたものが立派に美術品に出来て居る、それを国文学と名けるのであります。国文学の歴史はさう云ふ美文の歴史だと云ふ事を御承知下さい。

当時「美術」は今の「芸術」に近い意味をもっていて、音楽を含めていうこともあった。だから、芳賀の定義を現代風に言い換えれば、「文学」とは〈書かれた芸術品〉であり、「国文学」とは〈国語で表現された芸術品〉である、ということになる。百年後の私たちの目には陳腐とも映る定義だが、三上・高津の定義よりは数段明快だろうし、しかも芳賀が演壇に立った一八九八年の時点ではまだ世間にほとんど知られておらず、全国から集まった学校の先生たちにわざわざ説明しなくてはならなかったのである。「小説や院本も和歌と同じく文学といふ者に属す」と聞いたら世間の歌よみは目を剝いて驚くだろう、とは、この前年の子規のことばだが、それは決して誇張ではなかった(「三たび歌よみに与ふる書」、全集7)。

芳賀『十講』は、平易な記述が歓迎されたためか、明治期の文学史書としては異例のロングセラーとなって、昭和初期まで版を重ねてゆく。国文学は芳賀という立役者を得て〈国民の文学の学〉へと刷新されたのだった。

付言すれば、文科大学国文学科第一期生の芳賀は、子規や夏目漱石と同い年で、学制施行の一八七三年に数え七歳で小学校に入学したのだった。この、日本で最初の小学一年生は、父の仕事の関係で転校を重ねたため、時には、先生が何人もいる学校に生徒は自分だけという状態すら経験したという。[33]出来たての近代教育の階段をいちばん下の段から順々に昇りつめて頂上に達したということは、つまりは、物心ついたときから明治国家という厳父に性根を叩き込まれ、その期待を一身に受けて育ったということでもある。国文学の父は明治国家の長男の世代から現われたのであった。

以上の記述は、実は、かつて風巻景次郎が示した見解とかなり重なっている。[34]風巻は、国文学が〈文学〉を正面から問題にしてこなかったことを批判しながら、この欠陥はもともと「国文の学」だったものから国史学などが次々に分離し、その残滓を引き受ける流儀で国文学の守備範囲が定まったことに由来すると捉えて、〈文学の学〉が〈文学〉と出会うことなく出来上がってしまったその来歴に怨嗟の声を挙げたのだった。[35]

だが、国文学は他の諸学から取り残される格好でおずおず歩みだしたわけではない。国文学の確立期に文科大学に何が巻き起こっていたかを視野に入れるなら、風巻が示したような消極的把握にはとうてい安住していられないだろうと思う。

一八九四（明治二七）年十一月、帝国大学文科大学の学生・卒業生・教官百八十余名は、国民の精神的支柱となるべき「国民文学」の創造を旗印に「帝国文学会」を組織し、翌年一月に月刊の機関誌『帝国文学』を創刊した。折しも日清の戦捷は世情を空前の熱狂に巻き込んでいて、彼ら会員の情熱的言論にとって格好の追い風となった。同誌を主な舞台として、日露戦争をもはさむ十数年間に展開された研究・評論活動を、私は「明治後期国民文学運動」と呼ぶ。

会の設立を主導したのは学生たちだった。特に国文学科生の岡田正美《まさよし》が中心となって、哲学科生の桑木厳翼や高山樗牛（本名は林次郎）と協力しながら周囲に働きかけたという（「帝国文学創刊十周年回想録」『帝国文学』一一‐一、一九〇五年一月）。機関誌の編集も学生役員が行ない（卒業生が加わった時期もある）、その任期は二年、定員は通常五名で、毎年の春季大会で会員から互選される定めだった（一九六頁図）。

高山樗牛

創刊号の巻頭に発刊の辞にあたる文章が掲げられている。無署名だが、高山の起草したもので、「序詞」と題されている（既出。本書七〇頁）。

自ら覚るものは先づ他を知るを必し、自ら立つものは先づ自覚るを要す。維新後三十年にして国民文学の声初めて今日に喧《かまびすし》き所以のもの、吾人之を認め、又之を欣《よろこ》ぶ。凡《およ》そ己の足に拠りて立つことは生存第一の要諦《えうたい》なればなり。吁《ああ》、国民文学。是れ既に当に有るべくして、而かも尚未だ見る能はざりし所のものに非ずや。〔……〕嗚呼一帯の蜻蜓洲《せいていしう》〔アキヅシマの漢訳〕、首尾を通じて七百里、歴史を溯れば三千年、山河の美、風俗の醇、宇内《うだい》其倫《たぐひ》を見ず。今や国威外に張り、人心内に振ふ。大東帝国の文学、豈独久しく此《かく》の如く落莫たらんや。〔圏点略〕

運動の目的はここに公然と宣言された。煽情的ともいえる高らかな調子は、続いて掲げられた井上哲次郎「日本文学の過去及び将来」にも共通するものがある。発会式での記念講演に基づく連載論文だ（既出。本書六八頁）。

文学は国民の花なり、即ち国民精神の煥発して光彩を成すものなり、如何なる文明国も、若《も》し吾人が果して文明国と称し得べきものならば燦然たる一種の文学を有せざるなし、若し此の如き文学を有せざらんか、仮令《たと》ひ如何ほど他国を侵略するの伎倆あるも、未だ以て文明国と称するに足らず、〔『帝国文学』一―一〜三、一八九五年一〜三月。圏点略〕

国民国家体制への参入はいまや成功裡に着々進行しつつあった。戦後の国際関係において、祖国の威信は格段に高まるに相違なかった。けれども、わが日本が真の一等国として欧米列強と肩を並べるには、武力のみならず、文明においても、世界に誇りうる内実を備えなければならぬ。今こそ文学を振興し、もって国民の栄光を発揚すべき時である。

国民文学養成の方策につき、井上は言う。近代以前に流入したインド・中国の思想に加え、維新以後に続々入り込んできた各種の西洋思想は、昨今の日本社会をゆゆしき混迷に陥れた。現状を克服するには固有思想の保護育成が急務だが、これは外来の思想をやみくもに排斥せよという意味ではない。「各種の思想は已に我邦に輻湊せるも、尚ほ我邦人の打ちて之れを一丸と成すを竢《ま》つもの」だからである。なすべきは「我邦固有の思想を以て根拠となし、外国思想の精粋を取りて之れを己れに同化し、以て国民文学を興し、是れまでの如き外国文学の専制なる感化を離れ」ることであって、「若し各種の思想を鎔鋳して以て我物とすれば、自《おのづか》ら国民文学の特質を養成するに至」るであろう（前掲「過去及び将来」。以上圏点略）。

井上はこのとき広義の「文学」について語っていたように見える。だとすると、彼が芸術問題を思想問題に還元したとか、矮小化したとかいった非難は必ずしも当たらないことになる。そもそも帝国文学会にしてからが、今でいう文学部全体をカバーする組織だったし、「帝国文学」も記事の主力は「論説」欄にあって、そこには歴史学や言語学を含む人文科学全般の研究論文が掲載されたのだった。とはいえ、「重に謂ふ所美文学に関する帝国大学の機関雑誌なり」とも評されたように（みすゞのや〔金子筑水〕「『帝国文学』第一号」『早稲田文学』八〇、一八九五年一月）(36)、当初から狭義の文学が話題の中心にあったことも事実であって、井上自身、同誌に長編新体詩「比沼山《ひぬやま》の歌」を連載したり、新体詩論を寄稿したりしてゆくのでもあった。いずれにせよ、各種思想の長所を「鎔鋳」すればたちどころに「前代より一層衆美を兼備せる国民思想」が養成される、などと決め込むのは――思想は金属だとでも思っていたのだろうか――文化的背景の相違を無視した短絡的発想だろうし、事の見通しという点でもあまりに楽観的と言うほかないだろう。

この楽観性を押し隠そうとするかのように、井上は文中、「同化」「鎔鋳」の語を執拗に繰り返した。これらの語は、しかも、国民文学の夢を背負うキーワードとなって、後続者の言説にもしばしば登場することになった。

　我国東陲《とうすゐ》に僻在し別に乾坤を為し忠君愛国の至性に出づるものは希臘《ギリシヤ》人を凌き他国風を容《い》るゝの雅量あるは独乙《ドイツ》人に譲らず而して鎔化参同するの巧は遠く其右に出つ嘗《かつ》て支那文学を伝へ次て印度の思想を入れ一時は模擬の弊に陥りしと雖ども遂に能く両思想を固有の思想と鎔合して文物の燦然たるを致せり欧文の入る日未だ浅く未だ其奥美《あうび》を窺ふに至らずと雖ども其之を迎ふるに容海の雅量を以てし之を鎔化するに独得の妙技を以てせは欧人が幾世幾年経営惨憺の余に成せる文物の美を一朝鍾集して以て我有となす蓋し難きに非ず是時に当りてや名は日本文学と謂ふも実は世界文学の精を鍾《あつ》めたるものと云ふ可きなり[37]（界川「文学史編纂方法に就きて」『帝国文学』一‐五、一八九五年五月）

類例はいくらでもある。『帝国文学』でいえば、大町桂月「詩歌に於ける古語及び俗語」が、日本は従来「固有の特性を以て、新来の文明を融化」してきたと言い、将来も「在来の物より其粋を抜き、新来の物より其精を採りて、互に融化調和して、以て正当の進路を取る」べきだと主張する（三‐四～六）、大町の連載一回めと同じ号の雑報記事「泰西詩歌の飜訳を望む」（署名「は、な、」）にも、「創作家は博く他国文学を渉猟し、其れを脳中に鎔解して」自作に応用すべきだとある（以上圏点略）。一九〇六年の志田義秀「日本民謡概論」も「泰西の文明は、熾《さかん》に吸収せられつゝあるけれども、未だ真に消化せられ同化せらるるに至らない」と述べて、「先づ国民性の存する所を理解して、然る後之が鎔炉中に、外来文化の鎔合融化を退《つと》むべきこと」を提唱する（一二‐二三・五・九）。

『帝国文学』以外でも、一八九六年十月の『太陽』に載った竹末悌四郎「国民文学の革新時機」（二‐二〇・二一）が、「〔翻訳・翻案などにより〕外国文学を咀嚼仝化せしめて旧来固陋の小天地を脱却し文学革新を促」すべく「国民嗜好の改善」を要求する。竹末は一八九七年三月から二年間、『帝国文学』の学生編集委員を務めた人物だ。当時『太陽』の文芸欄では、主筆格の高山樗牛も盛んに国民文学を鼓吹していて、その一つ「批評家の本務」（三‐一一、一八九七年六月）には、「先づ国民の性情に鞏固《きようこ》なる根拠を与へ、以てそが外来勢力に対する同化の活力を熾盛《しせい》に」しなければならぬ、と説かれている（以上圏点略）。

井上の提起は、その楽観性もろとも会員たちの受け入れるところとなって、共通の了解というべきものを形成していたのだった。その了解を概括すれば、

I　固有の国民性ないし民族性を探究・顕彰する
II　先進諸国の精神的・文化的達成を摂取・消化する
III　前者に後者を同化・融合する

となるだろう。この路線は、国民文化のあるべき姿にかんするビジョンとしては、Iを基本に置く点で明治初期の欧化主義に対立すると同時に、続いて現われた国粋保存主義に対しても、IIを重く見る点で一線を画していた。

祖国を後進国とする認識がこの同化主義の思潮を生み出したのだった。同時にまた、ドイツ文学史の知識が一種の教条と化して、会員たちを衝き動かしてもいた。ヨーロッパのかつての後進国が偉大な文学者を輩出し、有数の文明国にのし上がった状況を、近い将来の日本がいっそう劇的に再現する——その輝ける日を、彼らはともに夢みた。

教条的な路線がやすやすと成功を収めるはずはない。じっさい彼らの運動は、狭義の文学作品としては、上田敏の訳業を除けばわずかに土井晩翠の詩篇を後世に残したにすぎない。が、視座を広義の文学、つまり〈人文学〉の次元に転ずるなら、運動の遺産は意外に大きいことに気づかされもする。

言い遅れたが、夏目漱石は帝国文学会の創立メンバーで、「倫敦塔」を『帝国文学』に寄せたことも周知のとおりだが(一一-二)、彼の寄稿は英文学科講師時代の四編に限られる。『吾輩は猫である』の迷亭や越智東風、また『坊っちやん』の赤シャツなどの描かれ方から見ても、漱石は、運動が空回りを続ける様子をまのあたりにしながら、なまじ他人事ではないだけにいっそう違和感を募らせていたように思う。漱石の辞職と転身、そして『こころ』に語られた「明治の精神」が、国民文学運動とどう絡むか——これは興味深い論件だが、今は留保しておこう。

明治後期国民文学運動は、日本に正規の大学が二つしかなく、文科大学は一つしかなかった時代に、その関係者が総力を挙げて取り組んだ学際的運動である。Iの分野には主として国文学科や国史学科の関係者が携わり、日本の古典の顕彰や、文学史・文化史・思想史の構築などがなされた。IIに携わったのは主として英文学科・独逸文学科や哲学科・史学科の関係者たちで、彼らはヨーロッパの古今の文学・芸術・思想を紹介するとともに、創作界にも一定の刺激を与えた。IIIに関わるものとしては国語・国字問題や新体詩論が誌面を賑わし、種々の創作も試みられた。発表された研究や評論の実態は、会員各自の専攻に応じて当初からかなり細分化されていたし、そこに「分裂」を指摘する向きもあるが、(38) 上田敏のように、I、II、IIIの全領域にわたって活躍する人も出たのであって、少なくともIIIはもともと専攻の枠を越えた分野にほかならなかった。個別の仕事に従事しながらも、論者たちは常に運動の総体を意識していて、他の専攻分野で何が話題を集めているかについても注意を怠らなかったのである。彼らの取り組みについては後に改めて述べるが、分業による協業が信じられていたことは確かだろうと思う。哲学者は哲学上の問題だけを考えていればよいとか、国文学者はドイツの歴史など知らなくても構わないといった、蛸壺式の狭い料簡は決して通らなかった。祖国を文明国に押し上げるという崇高な目的の前で、彼らの使命感はいやましに鼓舞されていった。

　運動の展開するところ、広義の文学のなかから、そのもっとも輝かしい部分として狭義の文学が立ち上がっていった。彼らはそれを「国民の花」と呼んだ（本書六七〜七一頁）。そして、この「国民の花」を自らの領分として引き受ける流儀で、〈国民の文学の学〉としての国文学が、今まさに栄えある第一歩を踏み出した。国民文学《ナシヨナル・リテラチユア》を創出しようとする運動が、それを実地に創出する代わりに、三千年来の国文学《ナシヨナル・リテラチユア》を対象とする学を確立させたのである。この新たな学は、しかも、それ自体が広義の〈ナショナル・リテラチュア〉に属していたために、実地には文献学として展開されてゆくことになった。

国文学は愛国心の喚起という任務を宿命的に背負わされている。国家の要請によって〈国文の学〉として発足して以来、存亡の危機に曝されている現在まで、国文学がこの任務を手放したことは一度もない。さまざまな良心的研究——思想問題に背を向けた実証的研究はもとより、国家主義と積極的に対決しようとする立場からの研究までが、究極的には〈美しい日本の私〉に回収されてしまう構造がそこにある。戦後の国文学者はこの任務や構造に嫌気がさして、自身を「日本文学研究者」などと称したがる傾向にあるが、ラベルを貼り換えたくらいで中身がドラスチックに変化するはずはない。その意味では、自らの使命を国策への協力というかたちで公然実行していた戦前の国文学者の方が、ごまかしのない分だけいくらかまともだったと言うべきかもしれない。

さて、一八九〇年前後にこの使命に応えようとした古典講習科出身者たちは、国学流の排外主義をナショナリズムの言葉に翻訳し、文化的純血主義の立場を前面に打ち出していた。

> 世人口を開けば皆曰く、欧米諸国の文明や、我国の遠く及ぶところにあらず、故に政事法律はさらなり、言語に風俗に悉く欧米風に変換し、我古来の習慣に教育に之を放棄し、はやくその域にいたらむことをつとめざるべからずと、〔…／…〕漢学仏教の我国にいりしより、その功益のすくなからざるものから、その弊害のこれを償ふに足らざりしは、世人のよく知る所ならむ、〔……〕されど之をとる際にあたり、国体に照し国俗に鑒《かんが》みて取捨するところなかりしより、遂には虚文を尊び奢靡《しゃび》を競ひ、倫理壊乱、道徳泯滅《びんめつ》、天下をしてまたなすべからざるに至

らしめしにあらずや、今や世人の之を捨てゝ彼をのみ取らむとするが如き、またその轍をふむならんか、〔落合直文「日本文学の必要」一八八九年二月、『明治文学全集』44所収、一九六八年、筑摩書房〕

だが、〈国民の文学の学〉として確立した国文学は、こうした論調を振り払う方向に進路を求めた。かつて真淵や宣長がやっきになって排撃した外来文化を、明治後期の国文学者たちは日本の文明の重要な構成要素と捉えてみせた。

雄大な国民としては必ず雄大な国文学を持たねばなりませぬ。昔し支那と交通し始めてからは、儒仏の影響に依つて文学の発達を助けたこと些少ではありませぬ。今後の国文学は欧洲文学の長所乃至は亜米利加でも亜弗利加《アフリカ》でも世界の文学の長所を取つて、一層雄大に且高尚にならせなければなりませぬ。〔……〕二千年前の昔から東洋文明の精粋を集め、三百年来そろ〳〵と西洋文明を吸収して居つた日本人が、西洋文明を咀み砕くことはさまでの難事ではありませぬ。〔前掲、芳賀矢一『国文学史十講』。圏点略〕

われわれの文明は決して純然たる固有の文化ではない。われわれの文学もまた、大陸の文化要素を消化することではじめて絢爛たる開花を見た。文字にしてからが、もとは異国の産物だったのをわれわれの手で改造してきたのだ。日本文学史は一面では海彼との交通の歴史であり、文明移植の歴史であって、しかもまさにその点において、わが国民の叡智と活力とを確証しているではないか。

草創期の国文学は、このように、日本文学の総体を過去の文化融合の所産と捉えていた。万古不易の国体のもとに東洋文明の精粋を結集して成り立った文学――事実がそうである以上に、そのような語りが必要とされていたのだ。同化主義は将来の日本の進むべき道だったからである。私はここに、明治ナショナリズムの真骨頂を見る。

『万葉集』の作者層の幅広さは、この脈絡では、宮廷の雅びが「一般に拡がつて盛況を呈した」(芳賀『十講』)こと、つまり文明の波が社会の底辺にまで達したことを意味するものでなくてはならなかった。純然たる固有の詩歌が尊いのではなかった。そうした詩歌は、記・紀に見るような錯雑とした代物であって、万葉の歌々はそれよりはるかに洗練されたものである。しかもそれは、漢字という文明の利器を日本流に馴化した、万葉仮名によって後世に伝えられたではないか――このイメージは、井上が詩歌の国民的普及について抱いていたイメージ、教養ある人士から「閭里の童稚」への下降的拡張というイメージと、基本的な線で符合してもいる。ところが、そこにはある危うさが含まれていて、芳賀自身はどうやらその危うさに気づいていたらしい。それがどう切り抜けられるかは第三章で扱うとして、さしあたり、どこがどう危ういのかを見届けておこう。

運動の初期に、国民の詩歌／文学という理念の急所をずばりと指摘してみせた人がいる。大町桂月だ。

詩人たる者は、国民の資格あるものを以て、読者とすべき也。国民の資格あるものとは、普通教育を受けたるもの、もしくは之に相当する教育あるものを云ふなり。例へば、余の如く所得税をだに納め得ざる草莽の窮指〔措〕大は、もとより物質上、国民の資格なきものなれども、幸にして普通教育は受けたれば、出来るも、出来ざるも、先づ之を精神上、国民の資格あるものと見做《〔みな〕》さゞるを得ず。今日三十五六歳以上の人は、たとひ学者と云ひ、文豪と云ふも、実は完全なる普通教育を受けたるものにあらず。即ち精神上、十分なる国民の資格あるものに非ず。彼等専門の学術に精通し、西洋の語に通ずるも、漢学に通せざるものあり、漢学には通ずるも、国文国語に通ぜざるものあり、これ一種国民の不具者也。われは、かゝる不具者に媚びて詩を作らざる也。〔前掲「詩歌に於ける古語及び俗語」一八九七年四〜六月。圏点略〕

もとより暴言である。が、この手の暴言は時に当事者の意図を越えて、真実を言い当ててしまうことがある。少なくともこの大町発言には、詩歌の芸術性が社会的普及の阻害因子となることへの着眼がある。

　文科大学国文学科をこの前年に卒業した大町は、同窓の武島羽衣、塩井雨江ともども浅香社の創立メンバーで、大町と武島は『帝国文学』の初代編集委員をも務めた。同誌「詞藻」欄に毎号のように登場した彼らは、新体詩の芸術的水準を確保しようとする立場から古語や和歌的表現の積極的活用を追求し、[39] 共著『美文韻文　花紅葉』（一八九六年十二月、博文館）によって脚光を浴びた。平明な表現を信奉する井上が「新躰詩論」を書いて彼らの作風を非難したとき（『帝国文学』三―一・二、一八九七年一・二月）、大町が猛然と反駁した文章が右の「詩歌に於ける古語及び俗語」である。

井上によれば、新体詩の用語は「社会一般」に通じやすいものであるべきで、「無数の死語を臚列」した大町らの作は「寧ろ旧躰詩と称して、新躰詩と区別するを要す」る。一方、大町に言わせれば、詩語の開拓や古語の復活は詩人が読者の「想像力」を喚起するために必要不可欠であって、それは泰西の詩学家たちの揃って認めるところでもある。平民的詩人として定評のあるワーズワースにしても、実作にはかなりの古語を交えていたではないか。同じことは井上の「比沼山の歌」にも当てはまるではないか。そもそも「普通教育の未だ広く行はれざる我国」では、「社会一般に読まるゝの詩を作ること」などどだい不可能ではないか。都々逸だの唱歌、壮士歌だのならばともかく、「高尚深淵なる詩想感情」は「眼中丁字なき熊公八公」には理解されようがないではないか（以上圏点略）。そこで先の発言が飛び出した。ちなみにこの年井上は数え四三歳、外山正一は五〇歳で、大町は二九歳である。

実作の上で伝統主義を打ち出していた大町たちが、詩歌観という点ではかえって西欧流の正統に近い考えに立っていたことになる(40)。詩歌や文学は、彼らの見るところ、本質的にエリートの文化にほかならなかった。なぜならそれは一定以上の読み書き能力を要求するではないか。しかも大町の慧眼は、人は国民として生まれるのではなく、教育こそが人を国民に仕立てるということを看破してもいた。ならば、「国文国語」を基礎に和漢洋の学を兼修した自分たちこそ、最初の完全な国民でなければならぬ——このエリート的国民意識が、文学を「国民の花」とする見地とまともに結びついたとき、彼は果敢にも井上にこう詰め寄ったのだった。

先生の所謂社会一般とは、上は学者文人、もしくは王公貴人より、下は車夫、土方までを指さるゝ乎《か》。抑《そも》そも限る所ある乎。〔前掲「古語及び俗語」。圏点略〕

大町の発言を高山樗牛がたしなめた。井上の愛弟子だった高山は、「古語の復活を以て詩人の天職なりとするの輩、世にある間は、新躰詩の国民的文学となる又望むべからざるなり」と井上を擁護する一方、大町の論をこう切り捨てた。(41)

新躰詩家が斯《かく》の如くにして作りたる詩の読者は、即ち新躰詩家のみなりとせば、日本国民は新躰詩家を除きて悉皆不具者無資格者なりと云はざるべからず。吾れはむしろ、桂月が、是の如き論調を以て、一篇の新躰詩論を草したるの勇気を多とするものなり。〔「大町桂月に与ふ」『太陽』三―一五、一八九七年七月。圏点略〕

大町の国民意識はなるほど破綻していたに違いない。(42) だがそもそも、国民意識が破綻を免れるなどということが、およそこの世にありえるだろうか。破綻を言うなら、学齢期の児童の三分の一までが未就学者という状況下で、〝天皇から庶民まで〟の句を臆面もなく振りかざすことのできる者の神経こそ、致命的に破綻していたと言うべきだろう。

国民文学の理念は、常套句が揶揄的に変形されただけでたちまち馬脚を露わしてしまうほど、危うく、もろく、かつ欺瞞的なものでしかなかったのである。(43) 同じことは万葉国民歌集観の第一側面にもそっくり当てはまると言わなくてはならない。

## 四　子規のスタンス

改めて子規と『万葉集』との関係について考えておこう。子規が国民歌集の最初の発明者でないことはすでに確認済みだが、ここまで述べてきたことがらを踏まえるとき、彼の事績は積極的にはどのように捉えられるだろうか。

「歌よみに与ふる書」や「人々に答ふ」を書いた時点でまだ『万葉集』を熟読していなかった子規は、翌年に最初の万葉論「万葉集巻十六」(『日本』一八九九年二〜三月、全集7)を発表する。ここに糸口を求めようと思うが、考察にかかる前に、まずは『万葉集』巻十六とはどんな巻であるかを押さえておこう。

巻十六は、巻頭に「有由縁幷雑歌」の部立《ぶたて》を示すように、いわくつきの特殊な歌々を集めた巻で、『万葉集』が二〇巻の書物として完成する以前の、巻十五までで完結していた時期に、その付録として編まれたと考えられている(伊藤博『万葉集の構造と成立』一九七四年、塙書房)。全体が三つの部分からなっており、初めの部分には物語的な背景をもつ歌が並び、中間に戯笑的な作が配され、末尾近くには歌謡めいた歌が収められている。子規が注目したのは主に中間部の歌々だ。

たとえばこんな歌がある。ある晩、大勢で酒盛りをしていたところ、夜半にどこかで狐の鳴き声がした。そこで一同は、居合わせた長意吉麻呂《ながのおきまろ》に「ここにある調理具・雑器・狐の声・河の橋を詠み込んで、何か歌を作れ」と促した。意吉麻呂はすぐさまこう詠じた。

　さし鍋に湯沸かせ子ども櫟津《いちひつ》の檜橋《ひばし》より来《こ》む狐に浴《あ》むさむ　〔三八二四〕

「ものどもよ、柄付きの鍋に湯を沸かせ。櫟津のヒノキ橋を渡って狐めが来たら、浴びせかけてくれよう」。「さし鍋」と「檜橋」で二つ。それに、地名「櫟津」には雑器の〈櫃《ひつ》〉を、第四句の「来む」にも狐の鳴き声〈コム〉を忍ばせたので、与えられた素材を四つとも見事織り込んだことになる。

作者の意吉麻呂は藤原京時代の官人で、行幸従駕の作など、旅先での作歌が『万葉集』に数首残っているが（巻一・五七、巻三・二六五など）、歌で酒席を取り持つ名手としての一面をももっていた。右の「さし鍋に」の歌もそうだが、

　蓮葉《はちすば》はかくこそあるもの意吉麻呂が家なるものは芋《うも》の葉にあらし　〔三八二六〕
　玉箒《たまばはき》刈り来鎌麻呂《こかままろ》むろの樹《き》と棗《なつめ》が本《もと》と掻き掃かむため　〔三八三〇〕

など、巻十六に一括して収められた八首は、どれも「何々を詠め」との注文に応じて、落語の三題噺よろしく即興で拵えた歌と目されている。

巻十六中間部には、意吉麻呂の作以外にも次のような珍妙な歌々がある。

枳《からたち》の茨《うばら》刈《か》り除《そ》け倉建てむ屎《くそ》遠くまれ櫛造る刀自《とじ》　〔三八三二　忌部首某〕
我妹子《わぎもこ》が額《ひたひ》に生《お》ふる双六《すぐろく》の牡《ことひ》の牛の鞍の上の瘡《かさ》　〔三八三八　安倍子祖父《あへのこおほぢ》〕
寺々の女餓鬼《めがき》申《まを》さく大神《おほみわ》の男餓鬼《をがき》賜《たば》りてその子播《はら》まむ　〔三八四〇　池田朝臣某〕
このころの吾《わ》が恋力《こひぢから》記し集め功《くう》に申《まを》さば五位《ごゐ》の冠《かがふり》　〔三八五八〕

第一首は意吉麻呂のと同様のお題拝借の歌。出題は「枳・倉・屎・櫛」という頭韻仕立てだったのだろう。「屎」などという難題を混ぜて意地悪した人がいたらしいが、作者はそこを巧みにクリアーした。二首めは、直訳すれば「愛しい人の額に生える双六盤の、大きな牡牛の鞍の上の腫物」となる。わざと意味不明に仕立てた歌であり、左注によれば作者は舎人《とねり》親王の命に応じてこの即興歌を献上し、褒美に銭二千文を拝領したという。当時はこれで米が一六〇キロほど買えた。三首めは痩せぎすな人をからかった歌で、相手の名は大神奥守《おおみわのおきもり》。「お寺の餓鬼の雌どもが言うには、餓鬼の雄みたいなおまえさんの体つきにぞっこん参ったから、ぜひもらい受けて子を孕みたいとさ」というのが大意。最後の「このころの」の歌は作者不明で、作歌事情もよく分からないが、内容は「わが恋の気苦労を逐一記録して勤務評定を願い出れば、晴れて五位へと大昇進」というもの。なんとも突飛な発想だが、あまりうだつの上がらない人の口にしそうなことばでもある。

歌々の特殊性は使用語彙にも反映している。「双六」「餓鬼」「功」「五位」といった漢語（字音などの俗語（卑語）がそれだ。「波羅門《ばらもん》」など語）や、「芋」「屎」「まる〔排泄する〕」「瘡」「賜る〔タマハルの転〕」問題の歌群には、ほかにも「香《かう》」「塔《たふ》」「力士《りきじ》」「法師《ほふし》」「壇越《だんをち》」「無何有《むがう》」「藐孤射《はこや》」の漢語が使われており、『万葉集』の歌に使用された漢語全体のうちほぼ半数が、歌数から言って百分の一ほどの部分に集中している勘定になる。俗語については厳密な基準を立てにくいが、それでも、貴人なら口にするのをはばかったと思われる語として、「しぐふ〔男女がくっつく〕」「犢鼻《たふさき》〔ふんどし〕」「腋草《わきくさ》〔腋毛〕」「屎葛《くそかづら》〔ヘクソカズラ〕」などを追加することができる。

これら漢語・俗語は、万葉の歌々の作者たちにとって決して聞き馴れないことばではなかったろう。仏教は早くから彼らの信仰を集めていたし、律令官人としての実務も外来の文明語抜きにはとうていこなせなかったから、彼らの日常生活における使用語彙には、『万葉集』に現に見るよりもはるかに多くの漢語が含まれていたはずだ。同じことは俗語にも当てはまるだろう。ふだんツル・カヘルと呼ばれた鶴・蛙が、歌ではタヅ・カハヅの語で表わされたことはよく知られているが、同様の言い換えは万葉語彙の隅々にまで及んでいたと考えられる。定型の短歌・長歌には品格ある和語を用いるとの規範意識が当時すでに成立していて、この規範を遵守することが彼ら万葉貴族の文化的アイデンティティーを支えていたのだった。(44)

するとこうなるだろう。巻十六の戯笑歌が漢語・俗語を多用するのは、わざと歌らしくない言葉づかいをして規範を踏み外したものに相違ない。歌の語彙はもともと無制限だったのではなく、逆に大いに制限されていたからこそ、そこから逸脱した表現が諧謔に結びついたのだ。

万葉の歌々はまた、近代の詩歌が作者の自己表現として成り立つのとは異なって、特定の場と結びついて成員たちの精神的交流をひらく機能、つまり社交の具としての機能を有していた。酒宴の場から多くの歌が生まれたのもそのためだった。

酒宴にもいろいろあった。専門的な歌人が幾多の力作を披露する機会となったのは、主として宮廷の肆宴や権門勢家の大がかりな宴だったが、いま話題にしている戯笑歌の多くは、意吉麻呂の参加していたような、内輪のくだけた集まりで作られたようだ。そうした集まりでも、口開けには儀礼的な挨拶の歌が取り交わされることがあったし、風雅な題材を歌に仕立てて披露し合うことも好んで行なわれたのだが、宴たけなわともなると、時には「屎遠くまれ」だの「男餓鬼賜りてその子播まむ」だのといった、規格はずれの座興歌が飛び出して、いくぶん露悪的な解放感とともに一座の哄笑を誘ったらしい。こうした歌々は、記録に残されることなど予想しない場合がほとんどだったろうから、現に伝わっているのは奇特というほかはないし、それを伝えた『万葉集』の懐の深さに敬意を払ってもよい。役人たちの宴会芸の記録は、しかし、歌集全体から見ればたかだか一パーセントほどの紙幅と、付録的歌巻の一部という位置をあてがわれたにすぎない。編纂者の意向としてはこれでたくさんだったのだろう。

さて、子規は問題の万葉論において、右に挙げた「さし鍋に」「蓮葉は」「玉箒」「枳の」「我妹子が」「寺々の」「このころの」の七首を含む一一首を取り上げて批評し、

歌を作る者は万葉を見ざるべからず。万葉を読む者は第十六巻を読むことを忘るべからず。

（前掲「万葉集巻十六」）

と結論づけたのだった。これは戦略的な称揚であって、議論の筋道は、翌年の「万葉集を読む」と同様、あらかじめ構想された将来の和歌像・「国詩」像に沿って、その先蹤を発掘する流儀のものになっていた（第一章第二節）。

子規は、「さし鍋に」の歌を「真率なる滑稽甚だ興あり」と激賞し、「蓮葉は」「我妹子が」「寺々の」の歌をそれぞれ「無邪気なる滑稽今人の思ひよらぬ処なり」「馬鹿げたれど馬鹿げ加減が面白し」「奇想天外なり」と絶賛してみせる。「滑稽は文学的趣味の一なり」という見地に立つ彼は（「趣味」はテイストの翻訳語）、この見地から座興の産物を「文学」視するとともに、「真面目の趣を解して滑稽の趣を解せざる者は共に文学を語るに足らず」「滑稽の趣を解せざれば真面目の趣を解する能はず」と言い放つのだが、そのくせ、歌々の素性や成り立った場をまるで考慮していない。

子規はその一方で、巻十六の特色は滑稽趣味にとどまらないとも言い、「複雑なる趣向、言語の活用、材料の豊富、漢語俗語の使用」を挙げて、これら諸点は「いづれも皆今日の歌界の弊害を救ふに必要なる条件ならざるはあらず」とも主張する。「複雑なる趣向」は少々分かりにくいが、「簡浄、荘重、高古、真面目」に「滑稽」が加わる歌境の多様性を、表現の側から言おうとしたことばらしい。「言語の活用」は、「玉箒」の歌に見られる擬人法や、「このころの」の歌の造語「恋力」などを捉えてのもの。また「材料の豊富」は、複数の素材を詠み込んだ「さし鍋に」「枳の」などの歌を意識しての発言だが、お題拝借のゲームだなどとは思ってもみなかったらしい。「漢語俗語」

についても、規範から逸脱した歌に限ってそれが見られるということを全く認識していない。

彼の発掘作業の手荒さについては、まだいくらでも指摘できる点があるが、[45]これ以上立ち入らないようにしよう。発掘の目的を探ることの方がはるかに有意義だろう。特に考えてみたいのは、国民歌集観に沿った評語「真摯」「自然」「有の儘」を翌年の「万葉集を読む」で連発する子規が、万葉の歌を初めて正面から論じたとき、後にほとんど誰も顧みなくなる[46]「滑稽」にまず注目したのはなぜか、という点だ。

病床の正岡子規（1898年）

従来の子規研究家にこういう発問をした人はいないから、それに答えた人も当然いない次第だが、この件に関連する論点は諸家の論述にも含まれている。[47]それらを切り出してつなぎ合わせれば、ほぼ次のような解釈が出来上がるかと思う。子規はもともと俳句に馴染んでいた上に、当初は俳句と和歌（短歌）の異質性を認めていなかったので、ある時点までは和歌にも俳句風の滑稽（俳味）を盛ることが可能だと考えていた。が、作歌に習熟してゆく過程で二つの形式の本質的差異に突き当たり、以来考えを改めた。彼の和歌観の深化は、そのまま万葉批評の変化として現われた。

この解釈は誤りではないだろうが、事の一面にしか答えていないと思う。というのも、子規が和歌と俳句を同一視した根拠は、二つのジャンルがともに「文学」に属するという点にあったからだ。俳句を基準にして和歌をその同類と見なしたのではない。

和歌と俳句果して此の如く〔従来の歌人・俳人の言うように〕趣味を異にする者か。余は之を信ぜず。同しく是れ文学なり。和歌も俳句も文章も小説も面白さに二つあるべからず。〔「文学漫言（十）」『日本』一八九四年七月、全集14〕

「俳句にて面白き滑稽は和歌に詠みても面白かるべく和歌に詠みても面白からぬ滑稽は俳句にしても面白からぬ筈なり」（同右）との発言にしても、直後に「此論は啻《ただ》に和歌と俳句との上にのみ応用すべき者に非ず。之を漢詩に推及するも可なり洋詩に推及するも可なり。その他何《いづ》れの国の文学に推及するも可なり。更に之を拡張すれば文学の上に限らず。一般の美術の上に推論して毫《がう》も誤る所あらざるなり」（同右。圏点略）とあるように、子規の基本的発想は、俳句も和歌も「文学」である以上――正確に言えば、「文学」となるべきである以上――、およそ文学に要求できるもののすべてがこの二つのジャンルにも要求されねばならぬ、というものだった。文学の広狭二義を早くから区別していたことも、この脈絡で改めて想起されてよいだろう（本書一三四～一三五頁）。

子規が「滑稽」を称揚したのは、和歌を狭義の文学として十全に発達させるにはまず表現領域を大胆に拡張する必要がある、と考えてのことだったろう。そして、それが可能であることを確証するために『万葉集』に先蹤を求めたというわけなのだ。

文学に「滑稽」を要求する論調は、子規の「万葉集巻十六」以前に、『帝国文学』の「雑報」欄などにもしばしば現われていた。

匹夫を笑はしむるとは易きも、眼識あるものを笑はしめむことは、之を泣かしめむより、更に難きものあり。悲曲に成功し易くして、喜劇に成功し難きも、亦怪しむに足らざる也。〔……〕予輩は大滑稽を望む。〔無署名「滑稽文字〔学〕の欠乏」『帝国文学』二‐六、一八九六年六月。圏点略〕

このほかにも、「滑稽文学」（『帝国文学』一‐七）、「滑稽叙情詩」（同二‐七）、「滑稽物に就て」（同三‐一〇）などを拾うことができる。『万葉集』に「滑稽の趣」を見出したのも、子規のオリジナルではなかったふしがある。

〔万葉集の〕歌語は、当時普通の言語の都雅なるを用ひしものならん。されども、東歌ならざるものゝ中にも、或は用語の卑俗なるが如く、滑稽なるか如く覚ゆるも少からず。啻に用語のみならず、万葉の歌は、何につけても、実に千状万態、変化を極めたるものなり。〔前掲、三上・高津『日本文学史』一八九〇年、上、一四三〜四四頁〕

「複雑なる趣向、言語の活用、材料の豊富、漢語俗語の使用」についても、事情はまったく同じだったろう。じっさい子規は、巻十六論の前年にすでに次のように述べていた。

> 生は和歌に就きても旧思想を破壊して新思想を注文するの考にて随つて用語は雅語俗語漢語洋語必要次第用うる積りに候《さうらふ》。〔「六たび歌よみに与ふる書」『日本』一八九八年二月、全集7〕

> 此腐敗と申すは趣向の変化せざるが原因にて、又趣向の変化せざるは用語の少きが原因と被《ぞん》存《ぜられ》候。故に趣向の変化を望まば是非とも用語の区域を広くせざるべからず、用語多くなれば従つて趣向も変化可致《いたすべく》候。〔…／…〕日本人が皆日本固有の語を用うるに至らば日本は成り立つまじく日本文学者が皆日本固有の語を用ゐたらば日本文学は破滅可致候。〔「七たび歌よみに与ふる書」同二月、全集7〕

> 歌よみは文法だの語格だの詠み方だのとから威張に威張りひた拘《こだは》りに拘りて無趣味なる陳腐なる歌のみを作りしにあらずや。漢語や俗語を用ゐてそれで善き歌を作り得べしとの見込あらば何処迄もそれを用うることを勧むるが当然ならん。〔「人々に答ふ（九）」同四月、全集7〕

これらの発言と同時代の言説空間との関連についても、多くを加える必要はなかろうと思う。用語の範囲の拡張とそれによる多様な表現領域の獲得というモチーフは、『新体詩抄』以来繰り返し唱えられていたことがらであって、しかも右の第二件に照らせば、子規の立場は、政教社流の国粋保存主義よりも、進行しつつあった国民文学運動の同化主義に近接していたように思われる（傍線部）。

改めて言おう。子規の最初の万葉論は、和歌の文学化を構想した彼の貪欲な要求の成果だった。和歌が文学として備えるべき諸要素は、国民歌集『万葉集』にそっくり見出されなくてはならなかったし、現に見出しえたと彼は信じた。見出されたものが「自然」「真摯」「有の儘」でなかったのは、おそらく、『万葉集』をこれら諸要素の宝庫とする見方はとうに「輿論」（外山正一）となっていたため、事新しく強調するまでもないと考えたからだろう。「滑稽の趣を解せざれば真面目の趣を解する能はず」（「万葉集巻十六」）という発言から見ても、「滑稽」の称揚は決して「真面目」を貶めることを意味しなかったし、それどころか、「真率なる滑稽甚だ興あり」「無邪気なる滑稽今人の思ひよらぬ処なり」（同右）という具合にして、「真面目」や「有の儘」の側に回収されてゆく傾向を当初から内在させていた。

子規の革新構想について言えば、彼はもともと和歌・俳句の将来性について悲観的な見通しに立っていて、これら狭隘短小な詩形は明治の終わりまでに消滅する運命にあると予測していた（「獺祭書屋俳話（十四）」初出『日本』一八九二年七月、全集13）。その彼があえて俳句に手を染めたのは、日本の詩歌に未曾有の新スタイルを樹立するために（同「（十五）」など）、まずは従来の詩的蓄積を結集しておこうとの考えからだったらしい。和歌と俳句の文学化によって「国詩」といえる実体を暫定的に成立させ、その成果に立って将来の大成を期するというのが、つまり子規の当初の構想だったのだが、俳句革新の事業が軌道に乗ってゆく過程で、一転、短詩形文学そのものの将来性が確信されるに至り、それを日本人の国民性に適した形式とする立場から和歌・俳句中心の「国詩」が展望されることになった。

意匠の上より言へは本邦普通の和歌程意匠に乏しき者あらず。言語の上より言へは本邦普通の俳句程言語の卑俗なる者あらず。而して此和歌此俳句は実に我邦固有の純粋なる韻文として他邦に誇らざるべからざるものに非ずや。然るに外に対して誇らざるべからざる和歌俳句は互に相軽蔑するのみならず和歌俳句其仲間に於て相反するに至りては終《つひ》に是れ国粋を発揮する所以にあらざるなり。〔「文学漫言（十一）」『日本』一八九四年八月、全集14〕

あるいはこうも言えるだろう。子規は『万葉集』の国民歌集化の過程に遅れて参入したのだが、しかし、狭義の文学への意識を明確に有していた点では、一八八〇年代の和歌改良論者はおろか、九〇年代の多くの論客よりも先を行っていた。忘れるべきでないのは、彼の語る「文学」にはいつでも「国民」が貼り付いていたという点である。

和歌は長く上等社会にのみ行はれたるが為に腐敗し、俳句は兎角《とかく》下等社会に行はれ易かりしため腐敗せり。吾等は和歌俳句の堂上に行はるゝを望まず、和歌俳句の俗間にて作らるゝを望まず。和歌俳句は長く文学者の間に作られん事を望むなり。〔「人々に答ふ（十一）」『日本』一八九八年四月、全集7〕

これからの和歌・俳句は文学になるべきであり、それには従来の障壁を取り払う必要がある。こう主張する彼は、むろん社会の不平等をなくせなどと叫んだのではない。かといって、文学の前に貴賤はないというような、空疎な美辞を並べたのでもない。真の文学は諸階級の特殊性を越えたところにしかありえないということ、逆に言えば、国民という原理的に均質な存在こそが文学の成立を可能にするのだということ、それが右の発言の真意だろう。和歌・俳句の文学化は子規にとっては同時に和歌・俳句の国民化でもあって、彼の考える「文学者」はその意味で二重の使命を帯びていたのである。文学と国民を同時に作り出すという使命だ。

子規はこうも言う。

和歌が堂上に盛なりし一事は名所の歌のみならず総ての歌を腐敗せしむる一原因とはなれり。されどこは公卿の罪にあらずして寧ろ在野の人の罪なり。〔「人々に答ふ（八）」同四月、全集7〕

上流階級が和歌を腐敗させたと見るのは短絡だ。腐敗の真の原因は、上流と下流との隔絶を乗り越えるような真の文学者、つまり国民的文学者が出現しなかった点に求めねばならぬ。彼がこう考えて腐敗の一掃を志したことと、当時まだ熟読していなかった『万葉集』の価値を確信できたこととは、同一のことがらの二面にほかならない。作者層の幅広さという万葉像を受け入れたとき、彼はそこに古代の国民を見出すと同時に、自身の構想する「文学」としての和歌を見出した。和歌がかつて国民共同の営みであることにおいて「文学」たりえた姿を見出したのだ。そしてその想像に自身の構想を重ねた。

国民歌集観第一側面の二つの柱が、原因と結果の関係で捉えられたのはこのときだった。国民歌集『万葉集』を発見も発明もしなかった子規は、しかし、この発明の意義と有効性を敏感に察知して、それを最大限に利用しようとしたのだった。彼はその点で時代にさきがけていた。

子規の「文学的発見」と呼ばれてきた事態は、本書の立場からは以上のように捉え直される。

では、子規を発見者とする通念はどうやって出来上がったのか。むろん歴史の変造がなされたわけだが、誰がいつそれをしてのけたのか。

子規自身でなかったことは明白だろう。万葉のよさに最初に気づいたのは自分だというような言葉を、彼は一度も口にしたことはないし、たとえ口にしても世間が認めるはずがなかった。じっさい子規と対立した与謝野鉄幹は、

二十六年〔一八九三年〕の夏、僕と槐園〔鮎貝槐園《かいえん》。落合直文の弟〕が松島見物に往つた時に、子規君もあの地方に遊んで居つて槐園と子規君とが出会つたことがある、其時に槐園から国詩の革新せねばならんことを色々と子規君に話した所が、子規君の曰くに、至極御同感であるが、僕はまだ和歌のことは研究しないから和歌の標準と云ふものは頭から解つて居らぬ、けれども此頃は古今集が面白いと思つて居ると云ふ話であつた、「古今集が面白いやうでは俳句には明

るい人であらうけれど和歌はまだ如何にも初心である」と評した位のことである、〔与謝野鉄幹談話「国詩革新の歴史」『こゝろの華』三‐九、一九〇〇年九月。圏点略〕

との、暴露めいた証言を行なったことがある。(48)

子規を発見者に仕立てたのは、彼の後継者をもって自任した人々に違いない。またその企てが成功を収めるには相当の時日を要したはずである。「歌よみに与ふる書」がセンセーションを巻き起こしたといっても、その結果形成された根岸短歌会は子規存命中にはたかだか十数名のサークルでしかなかったし、子規没後『馬酔木《あしび》』『アララギ』を率いた伊藤左千夫のもとでも、結社は依然少数派で、鉄幹率いる明星派やその流れを汲む勢力に圧倒されている状態だった。これでは、左千夫や他のメンバーがどれほど子規の遺業を礼讃してみせたところで、擬古趣味という外部からの非難を押しのけるのはとうてい無理であった。

ところが、大正期を迎えるや、状況は急速に好転していった。

次に引くのは島木赤彦が土岐善麿の著書に寄せた跋文であり、赤彦が子規の万葉主義を顕彰した発言としては最初期のものに属する。この文章が書かれた一九一五（大正四）年は、アララギ派が赤彦のもとで急成長を遂げつつあった時期だ。そのさなかに、しかも結社の外側に向けて、赤彦は自派の草創期を回顧してみせた。

子規は夫《そ》れ〔鉄幹の浪漫主義〕に対して寧ろ古来東洋に流るる地味にして根ざし深き血を尊重

した。其実生活は積極的な鍛錬主義苦行主義である。さうして歌に於ては極力万葉集の古精神に復帰する事を唱道した。鉄幹及び其徒の歌風の浪漫的であるのに対して是は何所迄も写生的具象的歌風の中に自己の主観を蔵するの傾向を執つた。文明開化移入の波に押さるる青年士女が相率ゐて生活の自由解放を求むる時代に於て斯る唱道が汎い反響を齎《〔もたら〕》さなかつたのは当然である。子規の門に集る徒は実に寥々十数輩に過ぎなかつた。斯の徒は新しき歌界から久しく古典派といふ別圏の者として扱はれてゐた。〔／〕子規が万葉集復活を唱へたのは彼《〔か〕》の古学者と称する徒が訓詁的の詮索に出入して理智の満足を求むる類とは違ふ。真に万葉集の気息に接して直に彼等の生命に合致しようとしたのが子規の和歌革新事業である。彼は此点に於て明治に於ける一千年来因習的歌風の打破者であり、同時に、又、古今集以後殆ど凡ての歌集に対する明瞭な排斥者であつた。是に対して彼は殆ど絶対的自信を有つてゐた。〔「『万葉短歌全集』の跋」一九一五年十月、全集3〕

文中、子規の生活態度を「鍛錬主義」と評したり、彼の万葉尊重を「万葉集の気息に接して直に彼等の生命に合致しようとした」と解したりしたのは、ともに赤彦の持論に引き寄せた解釈であり、子規自身の実像からはかなり隔たっている。だいいち赤彦は生前の子規と面識がなかった。根岸派の活動には早くから共感を寄せていたものの、子規との接触はたった一度、『日本』紙の短歌欄に投稿して一首入選したことがあるだけで、文通した事実もない。左千夫との文通が始まったのも、一九〇三年、つまり子規の死の翌年のことである(49)（第三章第四節）。上げ潮の手応えとともに赤彦が語ってみせたのは、結社の高祖、神話的起源としての子規だったことになるだろう。

もう一例挙げよう。

子規は、絶対に万葉集を尊信すると共に、古今集以下を絶対に否認してゐます。これが子規の短歌革新の精神であります。この事は、明治三十一年の「日本新聞」に「歌よみに与ふるの書」といふものを十回許りに亙つて発表してゐます。子規の主張を知らうとするには是非これを読まねばならぬのであります。〔…／…〕子規が万葉に帰れといつたのは、古今集以後の沈滞した空気を払ひ尽して、万葉集の生き生きした感情と、率直さとに帰れといつたのでありま す。行き詰つたものは、初めから出直さねば、本来の道が歩かれません。子規は行き詰つた和歌に対して再び出直せと言つたのであります。〔「万葉集の系統」『歌道小見』一九二四年、全集3〕

すでに何回か引いた文章の一節であり、一九一九年十月の慶応義塾図書館における講演筆記がもとになっている。当日の演壇には、とうに鉄幹の号を廃した与謝野寛も連なっていて、いわば新旧両巨頭の顔合わせといった格好になっていた。赤彦はこの講演会を機に一躍時の人となったらしいのだが、(50)このとき彼の口から語られた子規像はまたもや実像からかなりずれていた。子規が「絶対に万葉集を尊信」したわけでないことは、

世の歌よみに万葉集を崇拝する人あり古今集を崇拝する人あり。いづれも一得一失はあるべけ

れど大体の上よりは吾等は万葉集崇拝の方に賛成するなり。併し万葉集崇拝家なる者は多く万葉の区域（否、寧ろ万葉中の或る部分）を固守して一歩も其外に越えざるを以て歌に入るべき事物材料極めて少く、ために吾人が感得する諸種の美を現すこと能はず。是れ吾等が万葉崇拝家に不満を抱く所なり。〔「人々に答ふ（七）」『日本』一八九八年四月、全集7〕

万葉集を模するのが、善いとか悪いとかいふ議論が盛んであるやうだが、それはどうでも善いと思ふ。万葉集を模するのが善いと思ふ人は模するが善し、模するのが悪いと思ふ人は別に自分の面白いと思ふ歌を作るが善し、予はいづれでも善い歌を取るばかりのことである。万葉調を模してあつても、その歌が面白ければ無論それを取る。新調の歌でもそれが面白ければそれを取る。たゞ古今集のやうな歌は見るに足らぬから、古今集を模することは善くあるまいと思ふ。〔「病牀歌話」『こゝろの華』一九〇二年七月、全集7〕

といった発言から明らかだろう。後者は最晩年のことばである。

注意したいのは、こうしたずれを越えて、赤彦の語りが子規の「発見」にかんする今日の通念とは完全に合致している点だ。通念は、赤彦のに類する語りが積み重ねられることで醸成され、アララギ隆盛に後押しされて世間に広まったと見てよいだろう。

裏返せば、大正期の日本の社会にはこうした語りを受け入れる条件が成熟していたことにもなる。明治期には存在しなかったその条件がどうやって形成されたかについては、第三章の記述が答えになるだろう。

## 五　国民歌集と国民教育

一八九〇年代のナショナリズム勃興は教育の分野にも波及せずにはいなかった。

このころ日本の教育界では、八〇年代にアメリカ経由で移植・普及された開発主義教授法に代わって、新たにヘルバルト学派の教育説が導入されつつあった[51]。道徳教育を重視する点が国情にふさわしいと考えられたのである。この動きを推進した教育学者の一人で、高等師範教授でもあった谷本富《とめり》は、一八九五年、つまり文科大学で国民文学運動が始まるのと同じ年に、教育の目的を次のように定義している。

> ヘルバルト学派を我国に移植するにつきて、強ゐて不都合なる点を云へば、ヘルバルトはフヒテなどの国家教育主義に反して、個人教育主義を取れるとなり。この点に於ては余も亦ヘルバルトの教育目的論には聊か不満にて、近頃教育の目的を定めて左の如く言ふを適当なりと信ぜり。「教育の目的は国民として完全なる人物を作るにあり」と。但しこの定義とても、決してヘルバルト派の所説に全然相反せる者にあらず。寧ろ百尺竿頭更らに一歩を進めたる者なるに過ぎず。〔「ヘルバルトの教育学に関する謬見を駁す」『教育時論』三六一、一八九五年四月。圏点・傍線略〕

国民の養成という教育目的観は、教育勅語の精神と結びついて当時の政策に反映されてゆく。小学校では「修身」科が強化され、中等教育の諸機関（中学校、高等女学校、師範学校）[52]でもそれまでの「倫理」科が「修身」科に切り換えられる。国語科が強化されたのもこの流れに沿う措置であり、師範学校ではいちはやくカリキュラムに文学史が組み込まれ、出来たての万葉国民歌集観もさっそく組織的普及の対象とされる。

最初の動きは一八九二（明治二五）年七月に現われた。この月の文部省令第八号により、当時小学校教員の養成機関だった尋常師範学校の「国語」の教授要目が改定され、新たに「文学史ノ大要」が盛り込まれて、男生徒には第三学年に毎週二時間が、女生徒には第三学年の前半に毎週三時間が課せられることになった。最初の文学史書の刊行から数えて、わずか一年九カ月後のことだ。この施策は、当時制度的に不安定だった中学校（尋常中学校、高等中学校）には適用されなかったが[53]、尋常中学校については、翌々年の省令により「国語及漢文」の時間配当が従来の約一・五倍に増加された。「国語教育ハ愛国心ヲ成育スルノ資料タリ又個人トシテ其ノ思想ノ交通ヲ自在ニシ日常生活ノ便ヲ給足スル為ノ要件タリ」（一八九四年三月一日付文部省令第七号省令説明）というのがその趣旨であった。

尋常師範学校は、一八九七年の師範教育令により「師範学校」と改称される。その二年後には、中学校令により従来の尋常中学校が「中学校」と改称され、高等普通教育の機関としての位置づけが明確化される。一九〇一年三月の文部省令第三号は、この中学校令の施行規則を示したもので、

「国語及漢文」の「学科及ビ其ノ程度」については次のような規程を掲げている。

国語及漢文ハ普通ノ言語文章ヲ了解シ正確且自由ニ思想ヲ表彰スルノ能ヲ得シメ文学上ノ趣味ヲ養ヒ兼テ智徳ノ啓発ニ資スルヲ以テ要旨トス〔／〕国語及漢文ハ現時ノ国文ヲ主トシテ講読セシメ進ミテハ近古ノ国文ニ及ホシ又実用簡易ナル文ヲ作ラシメ文法ノ大要、国文学史ノ一班〔斑〕ヲ授ケ又平易ナル漢文ヲ講読セシメ且習字ヲ授クヘシ〔「中学校令施行規則」第一章第三条、文部省内教育史編纂会『明治以降　教育制度発達史』4所収、初版一九三八年、重版一九六四年、教育資料調査会〕

この規程の細目にあたるものが、翌一九〇二年二月の文部省訓令第三号にある。「講読」「文法及ビ作文」「習字」「国文学史」の四領域について、学年別の要綱と教材例が記されているが、「国文学史」は第五学年の第三学期に初めて取り上げるものとされ、それも毎週三時間を当てるよう指示されている。驚くべき短期集中型の履修方針だ。

なお、中学校で文学史を教えることは、実際には一八九〇年代から、省令を先取りする格好で始まっていたらしい。三上参次・高津鍬三郎『教科適用　日本文学小史』（一八九三年、金港堂）の緒言は、師範学校や中学校の国語科で使用するには前著『日本文学史』では浩瀚《こうかん》にすぎるから今回教科書用に圧縮したと述べ、さらに一八九二年の文部省令に触れて、「中学校も一般にさることゝならん」と言う。新保磐次『中学国文史』（一八九五年、金港堂）などが続いて出たことからも、右の予想は当たっていたと考えてよいだろう。他方、女子普通教育における文学史の扱いについては省令の規程を見ないが、[54]当時の文学史教科書には、高等女学校での使用にも堪える旨を謳ったものがある（和田万吉・永井一孝編纂『国文学小史』一八九九年十二月識、教育書房。藤岡作太郎『日本文学史教科書』一九〇一年、開成館）。これらを自習用のサブテキストとする程度のことは、実地には方々で行なわれていたと見ておくべきだろう。

文学史の扱いが注目されるのは、『万葉集』が「講読」の教材としては重視されていなかったからでもある。尋常師範学校の場合、それら教材は「平易ニシテ雅馴ナル文章」（男女第一学年）ないし「中古以降ノ雅馴ナル文章及歌」（同第二学年）と指示されていた。「文学史ノ大要」は、第三学年でこの「講読」が外れる代わりに課せられていたのであり、現にその内容は「片仮名平仮名ノ起源ヨリ国文学ノ発達変遷ノ要略ヲ授ケ古今諸体ノ文章及歌ノ中標準トナルヘキモノヲ講読セシム」と規定されていた（一八九二年七月十一日付文部省令第八号第十条）。中学校でも、[55]「講読」の教材は、「今文」つまり漢文訓読体の文章を中心としながら、順次「近世文」「近古文」に及ぼすことになっており、「韻文」の教材としては第三学年に「主トシテ今様歌」、第四・五学年（一・二学期）に「古今和歌集ノ類」が例示されていたにすぎない。そして、上記「国文学史」を三カ月足らずであわただしく詰め込むなかで、「講読」で扱わなかった「我国ノ漢学」と「上古文学ノ一斑ヲモ窺ハシムヘシ」という次第だった（一九〇二年二月六日付文部省訓令第三号「中学校教授要目」）。規程どおりなら、生徒たちが『万葉集』に触れる機会は右の傍線部に限られていたことになる。[56]

そのことは当時の教科書の内容からも裏づけられる。明治期の中等教育機関で使用された国語

「講読」用教科書（国文読本／国語読本）は、国定制ではなく検定制が採られていた関係で、出回った点数がきわめて多く、現在知られる限りでも百数十点に及ぶ。私が直接目にしたものはそのうちごく一部で、三十点に満たないのだが、資料集成や索引類(57)を援用すれば、省令の指針はかなり厳格に守られていたと判断できる。古典の教材として当時もっとも頻繁に採られたのは、新井白石、室鳩巣、貝原益軒、本居宣長など、江戸時代の文人学者の随筆と、『平家物語』『源平盛衰記』『太平記』などの軍記で、『十訓抄』や『徒然草』あたりがこれに次ぐ位置にあった。『万葉集』の歌を載せる読本は全体の一割か、せいぜい二割にとどまっていて、逆に、当時もっとも歓迎され、後々まで版を重ねる落合直文編『中等国語読本』（一九〇一年、明治書院）には全く採られていない。言文一致による標準語の制定・普及が急がれていたことも、このさい想起されてよいだろう。

生徒たちに狭義の〈文学〉、それも〈国民の文学〉という物の見方を教えたのも、講読ではなく文学史の授業だったと思われる。一八九〇年代初頭に出た教科書には、〈文の学〉〈国文の学〉という了解に立つものもあったが（本書一三三〜三四頁）、この分野のスタンダードとなった三上・高津『教科適用　日本文学小史』（前掲）は、前著『日本文学史』の記述から「文学」の広義に関わる部分を大幅に削除するとともに、

文学とは、文字によりて、巧みに人の思想感情想像を表はしたる者にして、実用と快楽とを兼ね、且つ、大多数の人に、大躰の智識を伝ふるものなり。〔訂正九版一八九八年に拠る。初版一八九三年は未見〕

との定義を示していた。さらに、第三節で触れた芳賀矢一『国文学史十講』(一八九九年)以降の文学史教科書では、三上・高津『小史』の定義に依然含まれていた「実用」「智識」の要素までが削除されていった。

日本文学とは、日本人が、自国の言語を以て、自己の思想、感情、想像等を叙したる記載物をいふ。(佐々政一『日本文学史要』訂正再版一八九九年、内外出版協会。初版一八九八年は未見)

文学とは文字によりて人間の思想感情想像を巧妙に表出して多数人の情意に訴ふる記載物にして、一代の文学は其社会思潮の反映なり、(坂本健一『日本文学史綱』一九〇一年、大日本図書)

こうして〈国文の学〉という了解が駆逐された結果、講読の教科書の名称も「国文読本」から「国語読本」に切り換えられ、やがて〈国文〉の概念自体が世間から消え去ることになった。

もっとも、一九一一(明治四四)年七月に中学校令施行規則が改正された際、国文学史は「国語及漢文」の教授要目から削除されてしまう。前々年の全国中学校長会議では「国語科に於て国文学史を教授するの要否」が諮問されており、現場の声を反映させた措置らしい。中学校における文学史教育は、以後、一九三一(昭和六)年に復活するまでの期間、公式には中断されたままとなる。それと歩調を合わせるようにして、国文学界でも文学史の研究が沈滞し、「日本文学史」「国文学史」と題する新刊書は大正末期までほとんど跡絶えてしまう。この時期に日本文学史に関心を寄せたのは、個別の文献学的研究に沈潜した国文学者たちよりも、むしろ英文学者土居光知や、歴史学者津田左右吉、倫理学者和辻哲郎といった人々だった。

大正期は文学史の季節ではなかった。しかし、文学の季節ではあった。国語教育も文学色が濃厚となり、教材を小説や詩歌に求める傾向が強まるにつれて、『万葉集』も晴れて「講読」の教材の仲間入りを果たし、読本への採用率は大正後期には七割から八割に達した。国民歌集の存在感はこうしてますます高まっていったのである。

ここでちょっと横道に逸れてみよう。「はじめに」に述べたように、私は子供のころ祖母から聞かされたまま、『万葉集』には仁徳天皇の歌（と称するもの）が載っているものと長く信じ込んでいたのだが、実は、今話題にした明治期の文学史教科書——むろん「文部省検定済」のもの——のなかに、あろうことか、祖母や私と同じ誤りを記したものが散見するのだ。

> 集中収むる所は古くは仁徳天皇の御製に及べるも、主として、此期〔「藤原寧楽朝」〕の製作にとり、上は天皇皇子の尊咏より公卿官人の作、下りては海士樵夫、さては防人役民の賤しきが歌までを蒐輯し、雑歌・譬喩・挽歌・相聞・四季の五種、其数無量四千五百余首の多きに上る、
> 〔前掲、坂本『日本文学史綱』一九〇一年〕

書中には、仁徳天皇の歌をはじめ、淳仁天皇の朝《てう》に至るまで、歴代の聖帝・皇子・皇妃もしく

は歌人・文学者等の、長歌・短歌を蒐集せり。〔塩井正男・高橋龍雄『新体日本文学史』訂正四版一九〇二年、普及舎。初版同年は未見〕

第二件の著者の一人、塩井正男は、第三節でも言及したとおり、帝国大学国文学科出身の国文学者で、後に『新古今和歌集』の全注釈を成し遂げる人物。第一件の著者坂本も塩井の後輩に当たる。そういう人たちの著書にこんな初歩的なミスがあって、しかもそれが検定をパスしていたのである。

誤りの発生した事情はほぼ推測がつく。当時、年間数万人の新市場を当て込んで競作された文学史教科書は、多くの場合、塩井や坂本のように文学士の肩書をもつ人物を名目上の著者に戴きながらも、実際には彼らの配下の手であわただしくまとめられたらしい。[58] その作業は、たいていは三上・高津『日本文学史』を種本にして、他の類書の記載を加味する流儀でなされた。

三上・高津『日本文学史』の初版には、

此書〔万葉集〕、雄略天皇の朝より、淳仁天皇に至るまで、上下通じて凡そ三百年間の和歌を蒐録したるものなり。然れども、雄略天皇より、舒明天皇に至るまで、殆んど百六十年の間には、開巻第一に、雄略天皇御製の歌、唯、一首あるのみなれば、舒明天皇の朝より、淳仁天皇の御代まで、凡百三十余年間の和歌の集なりと云ふこそ、其正を得たるものなれ〔上、一三八頁〕

という、明白な事実誤認を見る。巻二の冒頭に、仁徳の皇后磐姫の歌（と称するもの）が並んでいることが見落とされているのだ。この誤りは、同じ著者の前掲『教科適用　日本文学小史』では、

万葉集は、仁徳天皇の朝より、淳仁天皇の時に至るまで、凡、四百年間の歌の集にして、我邦の詩経なり。然れども、仁徳より舒明に至る二百三四十年間には、たゞ仁徳天皇の皇后の短歌四首と、雄略天皇の長歌一首とあるのみなれば、之を舒明の朝より、淳仁の朝まで、凡そ百三十余年間の歌集といふも殆ど不可なきが如し。〔初版一八九三年、訂正九版一八九八年。圏点原文〕

と訂正されたのに(59)、その後の類書に、

〔万葉集には〕雄略天皇の朝より、淳仁天皇の朝に至るまで、凡三百年間の和歌を収む。されど舒明天皇以前には、たゞ雄略天皇の御歌一首あるのみなれば、その実は舒明天皇以後の和歌を集めたるものといふべし。〔内海弘蔵『中等教科　日本文学史』一九〇〇年、明治書院〕

その所載の歌は、上雄略天皇より下淳仁天皇に至る、凡そ三百余年間に渉れり。〔池辺義象『日本文学史』一九〇二年、金港堂〕

コノ時代〔奈良時代以前〕ニハ、歌集ハ万葉集アルノミ、上雄略天皇ヨリ、下天平宝字年中マデノ、貴賤僧俗ノ歌ヲ、遍ク網羅シテ、長歌・短歌・旋頭歌ノ別アリ。〔藤井乙男閲・岡井慎吾著『新体日本文学史』一九〇二年、金港堂〕

など、ほとんど流行のように繰り返されている。仁徳本人の作があるとの記述もこうした混乱から派生したものと見て間違いないだろう。言い遅れたが、実は、幻の「仁徳御製」の存在は、記念すべき歌学全書版『万葉集』の巻末広告にもつとに明言されていたのだった（本書七三頁図）。

私は個人的な思い出に引かれすぎたかもしれない。草創期の事業に混乱が伴うのは当たり前で、なにも目くじらを立てるには及ばないのだろう。が、それにしても右の一件は、およそ言説というもののもつ本質的な姿を、剝き出しの粗雑さで私たちに突き付けてはいないだろうか。明白な誤りを含む記述でさえ次々に複製されてしまったのだった。まして他は推して知るべしというものだろうし、その、推して知るべき部分の中核にこそ、殺し文句〝天皇から庶民まで〟〝素朴・雄渾・真率〟が据えられていたのだ。明治知識人の言説空間から生まれた万葉国民歌集観は、まさに言説として教室に持ち込まれ、社会の中核を担うべき次世代の頭脳に注ぎ込まれていったのである。事態は歌々を読んだり味わったりする経験とは別の次元で、しかもそうした経験に先だって成立した。

「例歌があるではないか」と言う人がいるかもしれない。生徒たちは具体的な歌々を通して、歌人たちの心にじかに触れることもできたではないか。言説や観念を越えた豊かな出会いがそこにひらけたはずではないか。

この抗議は一応もっともである。が、問題はその〝豊かさ〟の中身だろう。『万葉集』に載る四千五百余首の歌々のうち、四割以上は相聞贈答の歌々で、その大部分は男女間の恋のやりとりだ。ところが、明治中期から終戦までの幾多の国語教科書に、それら相聞歌は全くといってよいほど採られていない。色恋の沙汰などは教育に馴染まないということだったらしい。頻繁に登場していたのはどういう歌々かというと、まず、

①柿本人麻呂「近江荒都歌」巻一・二九〜三一
② 同 「吉野讃歌」巻一・三六〜三九
③山部赤人「不尽《ふじ》山を望む歌」巻三・三一七〜一八
④山上憶良「惑情を反《かへ》さしむる歌」巻五・八〇〇〜〇一
⑤ 同 「子等《こら》を思ふ歌」巻五・八〇二〜〇三
⑥大伴家持「陸奥国《みちのくのくに》に金《くがね》を出《い》だす詔書を賀《ほ》く歌」巻十八・四〇九四〜九七
⑦ 同 「勇士の名を振《ふ》るはむことを慕《ねが》ふ歌」巻十九・四一六四〜六五
⑧ 同 「族《うがら》を喩《さと》す歌」巻二十・四四六五〜六七

といった長歌・反歌が挙げられる。単独の短歌としては、

⑨あをによし奈良の都は咲く花の薫《にほ》ふがごとく今盛りなり〔巻三・三二八 小野老《をののおゆ》〕

⑩御民我《みたみわれ》生ける験《しるし》あり天地の栄ゆる時に会へらく思へば　〔巻六・九九六　海犬養岡麻呂《あまのいぬかひのをかまろ》〕

あたりが筆頭の地位を占める。以上が戦前の半世紀を通じてほぼ不動のベストテンであって、全体として眺めるとき、教育的配慮が強く反映されていたことは明白である。②④⑥⑦⑧⑩の場合、忠君愛国精神という「祖先ノ遺風ヲ顕彰スル」（教育勅語）ことが目論まれたのだろうし、③⑨では、霊峰富士や古都の繁栄ぶりを印象づけて「自国を愛慕する観念を深からしむる」（三上・高津『日本文学史』）、「愛国心ヲ成育スル」（前掲、省令説明）ことが図られたに違いない。①は、さしずめ悲壮雄大な国民思想の先蹤といった位置づけだろうか。一見ナショナリズムから遠い⑤にしても、選出の意図は、国民倫理の基礎が古代の家族主義に淵源することを示す点にあったらしい。この歌を付載する坂本『日本文学史綱』（前掲）には、「憶良は歌人としては二聖〔人麻呂と赤人〕に譲れども、学和漢を兼ねて、外遣唐使となり内国守となり、多情の資を以て彝倫《〔いりん〕》〔人として守るべき道〕を述べ、豊富なる思想をやるに熱誠の辞を以てし、其歌姿頗《〔すこぶる〕》遒勁《〔しうけい〕》を以て称せられぬ」との解説が見られる。行間には、天皇制を家族の延長と見なす国家理念も見え隠れしている。

例歌は万葉歌人の心の結晶である以上に、期待される国民像の結晶なのであった。しかも大部分の生徒にとっては、教科書に書かれていることがらが『万葉集』のすべてだった。彼らの〝豊かな〟出会いとは、要するに、万葉国民歌集観のもっとも本質的な部分との出会いにほかならなかった。

教育の対象としての『万葉集』は、明治後期から昭和の敗戦に至るまでの半世紀にわたり、国民歌集観の第一側面から一歩も出ることがなかった。昭和の戦時翼賛体制のもとでは、この側面に内在する政治性が極端に押し出されるとともに、国語教育の枠からも食み出して、種々の万葉歌が国威発揚のために動員された。代表的事象としては、⑥の一節「海行かば水漬《みづ》く屍《かばね》、山行かば草むす屍、大君の辺《へ》にこそ死なめ、かへりみはせじ」が一九三八年に信時潔《のぶとききよし》の手で作曲されたことや、(60)一九四三年の日本文学報国会編「愛国百人一首」に⑨⑩を含む二三首の万葉歌が選出されたことなどを挙げることができる。

こうした動きは小学校の国語教育にも及んだ。一九三三年から使用された国定教科書『小学国語読本　尋常科用』は、第五学年用の巻十・第二七課「御民われ」に⑩を掲げて「其の大きい、力強い調子に、古代の我が国民の素朴《そぼく》な喜が、みなぎつてゐる。昭和の聖代に生をうけた我等は、此の歌を口ずさんで、今新なる歓喜を感ずるのである」と解説する一方、第六学年の巻十二・第一五課には「万葉集《まんえふしふ》」と題する二千字ほどの文章を掲げている。当時喧伝された防人歌、

今日よりはかへりみなくて大君のしこの御楯《みたて》と出立つわれは　〔巻二十・四三七三　今奉部与曽布《いままつりべのよそふ》〕

を冒頭に掲げ、「まことによく国民の本分、軍人としてのりつぱな覚悟をあらはした歌である」とし、続いて⑥の一節「海行かば」を引いて「まことに雄々しい精神を伝へ、忠勇の心が躍動してゐ

る。万葉集の歌には、かうした国民的感激に満ちあふれたものが多い」と評し、さらに⑨を含む五首（他は、人麻呂の巻一・四八、赤人の巻六・九一九、憶良の巻六・九七八、舒明天皇の巻一・二）を例示・解説して、「万葉集の歌は、まことに雄大であり明朗である。それは、要するに我が古代の人々が雄大明朗の気性をもち、極めて純な感情に生きてゐたからである」「かういふ遠い昔に、古事記と共に此の万葉集を持つてゐることは、我々日本人の誇である」と結ぶ。これらの単元は若干の字句の修正とともに一九四一年度以降の『国民科国語教科書』に継承され、終戦直後には部分削除（墨塗り）の対象となった（海後宗臣編『日本教科書大系　近代編』8、一九六四年、講談社）。

他方、現在の高校用国語教科書では、かつて常連だった②④⑥⑦⑧⑩あたりはほとんど姿を消している。代わって、人麻呂ならば「石見相聞歌」（巻二・一三一～三九）や「泣血哀慟歌」（巻二・二〇七～一六）、家持ならば「春愁三首」（巻十九・四二九〇～九二）や「春苑に桃李の花を眺嘱《てうしよく》して作る二首」（巻十九・四一三九～四〇）あたりが定番となっている。生徒たちに人気の高い、額田王と大海人皇子の「蒲生野《かまふの》の唱和」（巻一・二〇～二一）なども、戦前には二、三の例外を除きほとんど採られたことのなかった歌だ。『万葉集』の単元に東歌や防人歌を交えるのも戦後の教科書の特徴だが、採られる例歌は、「今日よりは」のような忠誠の誓いの歌よりも、

父母が頭《かしら》掻き撫で幸《さき》くあれて言ひし言葉《けとば》ぜ忘れかねつる　（巻二十・四三四六　丈部稲麻呂《はせつかべのいなまろ》）

韓衣《からころむ》裾に取り付き泣く子らを置きてそ来ぬや母《おも》なしにして　（同・四四〇一　他田舎人大島《をさだのとねりおほしま》）

防人に行くは誰《た》が背と問ふ人を見るが羨《とも》しさ物思《も》ひもせず〈同・四四二五　昔年防人歌〉

など、家族との別れを悲しむ歌の方が圧倒的に多い。実際、『万葉集』に載る防人歌はほとんどが悲別の歌なので、この差し換えはかつての偏向を是正する措置だったようにも見える。いっそうはっきりしているのは、しかし、こうした数々の変更にもかかわらず、『万葉集』に認められてきた価値そのものはなんら下落することがなかったという点だろう。

万葉歌人の〝忠君愛国精神〟や〝敬神思想〟は、かくて〝豊かな人間性〟や〝おおらかな心〟や〝生き生きした生活感〟やに置き換えられた。かつての軍国日本の象徴はそのまま平和日本の象徴へとイメージ・チェンジを遂げた。国家主義的にデフォルメされた国民歌集観第一側面に代わって、もっぱら文化的に表象される第二側面が打ち出されたのであり、それは敗戦にともなう教育民主化の一環である以上に、崩壊の危機に瀕したナショナル・アイデンティーを再建するための一方策にほかならなかった。

万葉国民歌集観は、互いに補い合う二つの側面を使い分けながら時流を乗り切り、本質的には無傷のまま今日まで生き延びてきた。第二側面を含む完成形態が文字通り〝天皇から庶民まで〟の脳裏に浸透するのは、戦後、高校への進学率が急上昇してからと見るべきだろう。だが、第二側面そのものははるか以前に形成されていて、昭和初期までには一定の社会的公認を得てもいたのである。学校の外側で早くからイメージ・チェンジが進行していたからこそ、戦後の国語教育はその成果をすみやかに取り込んで再出発することができたのだった。

第二側面はなぜ形成されなくてはならなかったのか。それはどうやって形成されたか。そしてどのように広まったか。第三章ではこれらの諸点を追跡することにしよう。

# 第三章　民族の原郷
## ——国民歌集の刷新と普及

### 一　民謡の発明

第一章の冒頭に引用した文章で『万葉集』を「民族的」歌集と捉えた島木赤彦は、別の文章でも「一大民族歌集」「民族的心理の精髄を盛りたる一大歌集」と明言したことがある。それは万葉の歌々が「上古日本民族全体の全人格的生産物であつて、その間に貴賤貧富男女老若の差別がない」からで、「単に各種階級の歌を輯収してあるから民族的歌集であるといふ意ではない」のだという（「万葉集一面観」『アララギ』一九二〇年四月、全集3）。

〝天皇から庶民まで〟の作者層は、国民歌集観の第一側面においては、宮廷の雅びが一般庶民にまで拡がった結果と解されていたのだが、赤彦にとってはむしろ、宮廷の雅びそのものが民族的／民衆的な文化に立脚していたことを意味した。天皇と庶民の位置関係が逆転したのだ。国民の全一性の表象が民族の次元で捉え直され、〝庶民〟の側に力点が置かれるに至ったもの――万葉国民歌集観の第二側面と私が呼ぶのは、そのような万葉観のことである。

　第二側面を生み出したのは、前章第三節で触れた明治後期国民文学運動である。国民の詩歌／文学という理念の危うさを克服する可能性が模索される過程で、「民謡」つまり〈民族／民衆の歌謡〉という概念が注目を集め、それが『万葉集』にも応用された結果、国民歌集の具体的イメージが刷新されたのだった。刷新は、国文学やその隣接諸学においては一九一〇年代の初頭までにほぼ完了し、その後の研究を陰に陽に誘導しつづける一方、若干のタイムラグを介してアカデミズムの圏外へも波及していった。その波を浴びた人々のなかに、間違いなく赤彦も含まれていた。

　この章では、まず第一・二節でアカデミズムにおける万葉像刷新の過程を見届け、第三節以降でその大衆化の過程をたどることにしよう。第四・五節では赤彦の事績に焦点を当てることになるだろう。

　まずは問題の用語「民謡」の素性を洗っておこう。

　左は、一九〇六（明治三九）年に発表された志田義秀《ぎしゅう》「日本民謡概論」の序文である。私は初めてこの記述に接したとき、かなり意外な気がしたのを覚えている。

　予は茲《ここ》に、敢て「民謡」といふ名称を用ゐた。こは謂ふまでもなく、独逸語の Volkslied の直訳であるが、併し此語は、当今《たうこん》或一部分の人に用ゐられて居るばかりで、未だ一般に邦人の耳に親まれて居ないやうである。在来此方の意味に用ゐられて居る語は、「俗謡」といふ語が最も普通で、次いでは、俚歌、俚謡、巷歌などいふ語が用ゐられて居る。併し俗謡といふ語は、一方に於いて、所謂俗曲（技巧《クンスト》、詩《ポエジー》である所の）と同意義にも用ゐられて居て、単に俗謡といふと、Volksliedの意味に解しない人もあるやうである。で、予は此際、敢て此訳語を採用することの、寧ろ妥当なるを感じたのである。俚歌、俚謡、巷歌などいふ語は、詩曲の術語として用ゐるべく、余りに没趣味なるを厭ふのである。〔志田義秀「日本民謡概論」『帝国文学』一二－二・三・五・九、一九〇六年二・三・五・九月〕

「民謡」はVolksliedというドイツ語を翻訳した語で、しかも当時ほとんど通用していなかったという。これは事実と見てさしつかえない。「民謡」が現在のように周知のことばとなるのは、大正後期以降、北原白秋、野口雨情、西條八十、山田耕筰、中山晋平といった人々が、大衆歌曲としての民謡（新民謡）を盛んに創作しだしてからのことである。

翻訳語の多くがそうであるように、「民謡」にも漢語としての固有の来歴があった。漢語「民謡」は、中国古代の政治倫理思想と結びついた語で、そこには民間の歌謡を施政や教化の資料とする了解が含まれていた。『佩文韻府《はいぶんいんぷ》』には、南宋の張敦頤《ちょうとんい》の撰になる『六朝《りくちょう》事《じ》迹編類《せきへんるい》』、梁の劉孝威の詩、宋の王禹称の詩の、つごう三つの用例を挙げるが、このうちもっとも古いのは劉孝威の詩「三日侍㆓皇太子宴㆒」で、『芸文類聚』巻四にも収められている。「二龍巡㆓夏代㆒、八駿馭㆓周朝㆒、予遊㆓光帝側㆒、楽飲盛㆓民謡㆒」云々とあるのは、君臣の宴において、太平を謳歌する民の歌が盛大に奏されたさまをいうのだろう。王禹称の詩「賀レ雨」にも「若有二民謡起一、当レ歌二帝沢春一」とある。日本では、『三代実録』元慶四（八八〇）年五月二十三日条に見えるのが古いようだ。そのころ西国に流言があって、新羅の凶賊が攻め込んでくるとしきりに言いたてていた。朝廷ははじめ坂上滝守を大宰少弐として派遣し、取締りに当たらせたが、彼の任期が満ちたので後任として藤原房雄をつかわした。ところが流聞は収まらないばかりか、随身・近衛らの規律が乱れ、狼藉を働く者が多かった。その頭目である釆女益継《うねめのますつぐ》を房雄が誅殺すると、かえって「警候不レ厳、民謡間発」というありさまだった、とある。房雄への反感から、不穏な内容の歌が巷に流行したということらしい。同様の歌謡観に基づく類義語「童謡」が、『春秋左氏伝』など、オーソリティーの高い書物に現われ、日本でも六国史に散見するのに比べると、「民謡」はあまり一般的な語ではなかったようだ。が、それでも、作詩の手引書である『佩文韻府』に登録されているくらいだから、近代初頭の日本でも、漢詩文に通じた人――たとえば後述する森鷗外――にとっては、必ずしも未知のことばではなかったものと思われる。

原語Volksliedについて言えば、この語はVolk（民衆／民族）とLied（歌）とからなる複合語で、十八世紀ドイツの思想家J・G・ヘルダーの造語という。ヘルダーは、若き日のゲーテを文学的開眼に導いたり、一七七〇年代の文学運動シュトルム・ウント・ドラング（疾風怒濤）を理論的に指導したりしたことでも知られるが、思想史の上では、それまで看過されていた歴史や風土や民族の問題をはじめて掘り起こした人物と評価されている。フランスの啓蒙思想や、その流れを汲む啓蒙専制政治下の合理主義思想を受容しながらも、世界性を標榜するそれら思想の空疎な形式性を嫌悪し、人間を具体的な存在として形づくる諸契機を重視して、この立場から民族の精神を探究しようとしたのである。彼はその手がかりを民衆の文化に求めた。それは、一面では、当時多くの領邦の分立に甘んじていたドイツの支配層が、先進文明の摂取に急であるあまり、自前の文化というべきものをいっこうに顧みないからでもあった。ヘルダーや彼の追随者たちにとって、王侯貴族とは民族性を忘却した輩だったのである。

一七七八年に第一部、翌年に第二部が刊行された『民謡集』(*Volkslieder*)は、ヘルダーの問題意識のありかを端的に示す著作だが、刊行にこぎつけるまでには幾多の紆余曲折があったという。広く読まれたのは、没後刊行された改訂版『歌謡における諸民族の声』(*Stimmen der Völker in Liedern*)で、生前のオリジナル版はさほど反響を呼ばなかったらしい。

ヘルダーの出発点は、民間伝承を踏まえたシェークスピアの諸作品と、当時スコットランドの古代叙事詩としてヨーロッパを席巻した「オシアン」の詩篇だった。一七六〇年にJ・マクファーソンが出版した『オシアン』(*Ossian*)は、ゲール語原典からの直訳と称されていたが、実は真っ赤な偽書で、早くから疑いの声が挙がっていた。ヘルダーは、しかし、そうした声に耳を貸さなかったばかりか、ケルト人やアングロサクソン人を半ば意図的にゲルマン民族と混同することによって、イギリスの文化的伝統はわれわれドイツ国民の財宝でもある、と言い張った。彼はこの奇妙な民族的自覚に鼓舞されながら、ルネッサンス以来のドイツ文学の空白を埋めようと、フォルクスリートの蒐集を思い立ったのである。そこに期待されたものは、人工的・合理的な精神に毒される以前の、野生的・感性的な人間の姿であり、それはまた、将来のドイツ国民文学の基礎となるべきものなのだった。

ヘルダーはつまり、実際に対象と向き合う前にあらかじめその価値を確信するという、転倒した態度をとっていたことになる。じっさい蒐集は思うに任せなかった。彼の期待を満たす生き生きした歌謡など、ドイツにはもともと存在しないのではないかとさえ思われた。彼は『民謡集』第二部のページを埋めるために、やむなく古代ギリシャの詩歌などを挿入し、この措置につき序文や後記に投げやりな弁解を書き連ねるはめになった。(1)

〈民族/民衆の歌謡〉というフォルクスリートの概念は、このように、あるべきドイツ国民の文化へのヘルダーの期待や願望が、過去へ遡る流儀で結晶したものであって、歌謡の実態から厳密に抽象されたものではなかった。当然、学問的にもかなりの問題を抱えていたのだが、にもかかわらず、この概念はゲーテの詩作の呼び水ともなったし、後にはロマン派の系統に属する文学者たちをも触発して、広くドイツ人の国民的自覚を促すことになった。ヘルダーの影響を受けた著作としては、グリム兄弟の民話集が有名だが、アルニムとブレンターノの共著『少年の魔法の角笛』(*Des Knaben Wunderhorn*, 1806-1808)や、ウーラントの『古代高地および低地ドイツ民謡集』(*Alte hoch- und niederdeutsche Volkslieder*, 1844-1845)もその例に洩れない。これらの著作はまた、十九世紀中葉以降に現われたドイツ文学史書のこぞって顕彰するところともなって、ドイツ国民文学の貴重な財産に加えられた。

それら文学史書を熱心に学習した明治の知識人は、特にゲーテに畏敬と崇拝の念を抱きながら、偉大な国民詩人の詩嚢にあったというフォルクスリートなるものの意義を頭脳に刻み込んだ。(2)

たとえば、後に児童文学のパイオニアとなる巌谷季雄（小波《さざなみ》）は、一八八九年にキリスト教系の月刊総合文化誌『六合雑誌』に「ゴェテー伝」を連載したことがある。連載第一回中の「ヘルデル氏との交際」の項では、学生時代のゲーテがストラスブール（シュトラスブルク）でヘルダーに出会い、その教示によって「国風俚歌の貴ふべきを悟」ったことから「野の薔薇」の曲が生まれた、としている。この「国風俚歌」は、おそらく、フォルクスリートの複数形 Volkslieder を Volk と Lieder とに分解した上で、『詩経』に典拠をもつ「国風」を前者に当て、後者に「俚歌」を当てたものだろう。原語との語呂合わせをも意識した、巧みな訳語である。

一八九三年には、民友社の『十弌文豪叢書』第五巻として高木伊作『ゲーテ』が刊行された。「ストラスボルグの交際社会」の項に、ゲーテがヘルダーから「国民的歌謡の説明を学」んでホメロスやオシアンの意義を知った、とある。この「国民的歌謡」もフォルクスリートの臨時の訳語と見てよさそうだが、同書には英語系の種本があったともいうから（木村直司『続ゲーテ研究』一九八三年、南窓社）、高木が目にした語は folk song だったかもしれない。

フォルクスリートを最初に「民謡」と訳したのは、すでに指摘されているように、森鷗外らしい。[3] 一八九二（明治二五）年八月発行の『しがらみ草紙』三五号に、問題の小文「希臘の民謡」がある。

グスタアフ、マイエル Gustav Meyer といふ人希臘《ギリシヤ》の民謡を集めて公にせり。（Griechische Volkslieder, Stuttgart, 1890. Cotta.）[4] この書を読みてをかしとおもふは、新希臘の風俗の外の欧羅巴の国々におなじからざることなり。女子の情夫に誓ふこと葉に、酒をば絶えて飲まじといへる、また少女が家にはおそろしきもの二つあり、老いたる父は早く死ねかし、さらばわれその飼犬に毒食はせて、少女をば我物にせむといへるなど、その南伊太利よりも粗野なる民風を観るに余《あまり》あらむ。〔「観潮楼偶記」二〇項中の一項。傍線略〕

当時の知識人の例に洩れず、鷗外もゲーテの熱烈な愛読者だった。後には伝記を書いたほどで、ゲーテのフォルクスリート風の詩を訳したこともあるが（「於母影」所収「ミニヨン」『国民之友』五八、一八八九年八月。鐘礼舎「のばら」『国民之友』九九、一八九〇年十一月）、自身はフォルクスリートの問題に特に関心を寄せていたわけではないらしい。五年後に評論集『かげ草』（一八九七年、全集22）に収められた右の小文にしても、もとは誌面の埋め草にすぎなかったし、土地の「風俗」「民風」を窺うという関心の持ちようには、『詩経』以来の歌謡観が揺曳しているようにも見える。その「民風」の「粗野」な面がことさら関心の的となったのは、民族性の探究どころか、一種のエキゾチシズムだろう。鷗外はまた、ドイツの美学書を抄訳した『審美綱領』（一八九九年、全集21）および『審美極致論』（一九〇一年、全集21）にも、詩歌分類上の術語として「民謡」の語を書き残しているが、「民謡」の価値を称揚するたぐいの言説は一度も公けにしたことがない(5)。

フォルクスリートの訳語は、このように、一八九〇年前後にはまだかなり揺れていて、鷗外の「民謡」もこの時点では試訳の域にとどまっていた。十年あまりを経ても《「俗謡」といふ語が最も普通で、次いでは、俚歌、俚謡、巷歌などいふ語が用ゐられて居る》状態が続いていた（前掲、志田「日本民謡概論」）。

雑多な訳語を整理し、「民謡」を定訳としていったのは、国民文学運動のホープをもって自他ともに任じた上田敏であり、また彼の言論に追随した赤門の少壮文士たちであった。『帝国文学』には、創刊第六号（一八九五年六月）の、上田敏執筆と推定される無署名の記事「楽界の消息」を皮切りに、一九〇七年までの一三年間に、つごう一五件の「民謡」の用例を見る（左の①〜⑮）。一年あたり一件強という頻度は決して高いとはいえないが、一九〇四年以降の四年間に限れば、一年あたり三件弱の勘定である。

（一八九五年）①無署名（上田敏か）[6]「楽界の消息」（一‐六）
（一八九七年）②建部遯吾「韻文進化論（続）」（三‐六）
（一九〇〇年）③上田敏「羽衣伝説数種」（六‐六）
　　　　　　④上田敏「十九世紀の音楽を論ず」（六‐七）
（一九〇四年）⑤上田敏「楽話」（一〇‐一）
　　　　　　⑥後凋（石倉小三郎）「楽界の消息」（一〇‐一）
（一九〇五年）⑦無署名（桜井政隆か）「独乙に於ける外国詩歌の飜訳」（一一‐二）
　　　　　　⑧無署名「帝国文学会大会」（一一‐四）
（一九〇六年）⑨志田義秀「日本民謡概論」（前掲）
（一九〇七年）⑩八杉貞利「露西亜文学に於ける国民叙事詩」（一三‐一・二）
　　　　　　⑪桜井政隆「ゲエテが民謡詩の遡源研究一斑」（一三‐三）

⑫茘舟〔八杉貞利〕「民謡の採録に就きて」(一三‐五)
⑬衣水〔未詳〕「日本民謡全集」(一三‐五、書評)
⑭幽絃郎〔未詳〕「楽界時言」(一三‐六)
⑮桜井政隆「ミュンヘン詩派の詩歌」(一三‐七・八)

「俗謡」「俚歌」などの用例は、この時期の同誌に毎年あり、つごう三〇件以上を数える。「民謡」の用例の偏った分布には、上田⑤の影響が容易に見て取れるだろう。上田はこの時期に、右の①③④⑤以外にも、「器楽の基礎」(『新潮』一九〇五年十月、全集6)、「民謡」(『音楽新報』一九〇六年八月、全集9)、『うづまき』(一九一〇年、全集2)などで「民謡」の意義を語っている。晩年の『小唄』(一九一五年、全集9)に至るまで、生涯に書き残した「民謡」の用語例は十数件に及ぶ。

そうした文章には、当時最大の総合誌『太陽』の臨時増刊「十九世紀」(六‐八、一九〇〇年六月)に寄稿した文章も含まれる。この臨時増刊は、発行元である博文館の創業一三周年を記念する豪華版で、「第十九世紀に於ける世界文明の発達を明にする」という大義名分のもと、巻頭を百件あまりの写真版口絵が飾り、本文は三段組みで三百余ページに及ぶものだった。大隈重信、加藤弘之ら、各界著名人一〇名へのインタビューに続いて、総論を高山樗牛が担当、「上編　西洋」七部と「下編　東洋」二部とからなる各論の執筆者にも、それぞれ学士の肩書をもつ人物を配していた。「上編第五部　文芸史」を担当した上田は、文中、ヨーロッパ文学の過去百年あまりの歴史を概観しながら、「民謡」の刺激が各地で国民的詩歌の勃興を促した旨の指摘を繰り返した。

〔ハンガリーでは〕近世の曙と共に、国民精神の自覚は生じ、民謡の研究は詩歌に清新の活気を与へたり。フランツ、クラジンチ（一七五九―一八三一）はヘルデルが独逸文学に於けるが如く、古今の詩文を翻訳して、当来に稗〔裨〕益せしと頗る多く。〔……〕終《〔つひ〕》にヱレシュマルティ（一八〇〇―五五）に至て、真の国民詩人を得たり。〔……〕又アレクサンデル、ペテフィ（一八二三―四九）は哀深き民謡の調を伝へて、囟〔匈〕牙利《〔ハンガリー〕》のバアンスといはれ、アロニ（一八一七―八二）は幽欝の悲観を歌ひて、こゝのレエナウと称せられ、共に情熱を旨とせる詩人なり。〔第四章四「東欧文学」。傍線略〕

上田敏が早くから鷗外に私淑していたことはよく知られている。ヨーロッパの文学ほどには漢詩文に通じていなかった彼は、おそらく鷗外の試訳に従って「民謡」の語を使用しはじめたのだろう。その「民謡」が、上田の文名が高まるにつれ後輩たちに引き継がれ、彼らの活発な言論を通して明治末期の文壇に普及・定着していったのである。

以上を国民文学運動の側から言おう。フォルクスリートは、運動の草創期から論議の中心にあって、文科大学関係者たちの夢を凝縮させる核となっていた。ヘルダーやゲーテやロマン派の文学者・音楽家の事績がたびたび話題にのぼり、国民の詩歌や音楽を大成するための基礎をそこに求めるべきことが熱っぽく語られた。特に、「俗謡」などの訳語を採用した初期の論者たちは、日本の

**『帝国文学』初代編集委員の面々**（1895〜96年頃）
前列左より大町桂月，藤岡勝二，畔柳都太郎，佐々政一。後列左より上田敏，岡田正美，武島羽衣。制服の四名は上着のボタンをわざとはずして，下のチョッキをのぞかせている。

「俗謡」にあたるものは何かという基本的反省を欠いたまま、とにかくそれは国民性の精粋であり、よいものなのだという調子で論を進めた。彼らはこの観念的見地から、新体詩に新風を吹き込むべきことを提唱し、「俗謡」の天真爛漫な内容や自然な表現に学んでこの要求に応えよ、と繰り返し主張した。

> 俗謡を斥くるものは其浅薄なるを謂ひ其鄙猥なるを云ふ実にさるともあらん、然れども単に之のみにては俗謡の美を没する能はざるなり、〔……〕其姿態の自然なる其音調の疎健なる胸臆の真を写せる前人の跡を襲はさる時好に適したる流行の広き諸点に於て遥かに美術詩を凌くに足る、〔界川(7)「文学史編纂方法に就き

て」『帝国文学』一‐五、一八九五年五月〕

独逸の詩林に樹立して、能く異彩を放つの抒情詩家は、多少素養を俗謡に採らさるはなし、顧みて我国現時の詩林を見るに、一二卓識の詩人の玆に観るありて、少しく俗謡に学ふ所あらんとすれは、挙世の批評家は、鄙俗として、之を嘲殺せんとす、我詩歌をして、七五、五七の旧躰を株守〔守株〕せしめ、詩人の予は詩を作るの特権を有するものなりとの大言を黙聴せんと欲せは則ち止まん、苟も国民文学を設立して、民と共に喜ひ、民と共に悲しまんと欲するもの豈に俗謡を遇〔する〕に斯く冷淡なる可けんや。〔青木昌吉「俗謡を論す」『帝国文学』一‐一二、一八九五年十二月[8]〕

彼の和歌と俳句と運命已に死に瀕し、偶ま盛らしく見ゆるは将《まさ》に消えんとする灯火霎時《せふじ》の明に似たりと謂ふべきのみ。但し其修辞上の研究は終《つひ》に廃すべからざる者あり。俗謡は詩形尤も取るべく而して更に外国詩歌形式の長を取らば新詩形の成立期して待つべき也。〔K. S.「詩形の合用と新詩形」『帝国文学』三‐七、一八九七年七月〕

かつてドイツで成功したことがらが日本でうまく行かないはずはないのだった。ところが、「俗謡」はもともと「卑俗な歌謡」を意味する語だったから、農・漁村の伝承歌謡（盆唄・田唄など）よりも、都市の流行歌や花柳界の歌（端唄・都々逸など）のイメージと結びつきやすかった。この語感は、原語を承知しているはずの論者自身をも支配したくらいだから、論議の赴くところ、都々逸調の新体詩の制作に大まじめに取り組む人が現われるのは、ある意味で当然のなりゆきだった。漱石の『三四郎』に与次郎という人物が登場する。"Pity's akin to love"を「可哀想だた惚れたつて事よ」と訳したご仁だが、じっさい明治後期の文科大学には、一時、彼のような趣味の持ち主が珍しくなかったらしい。彼らの「俗謡」熱は時に世間の顰蹙を買うことさえあった。

バイロンやシルレルの作を愛吟した大学生が昨夜から変にこじつけて吉原へ俗謡研究に出馬し〔……〕夫れは〳〵驚いたものだ。(「消夏法」(分担執筆)『日本人』一一八、一九〇〇年七月。該当箇所は署名「淡水生」)

左は上田万年が「はなれ駒」の総題で発表した一一編中の一編「学者」で、訳詩「ミニヨン」などと並べられている(『帝国文学』一-三、一八九五年三月)。

せつかくたのしい此世の中を
かたい理屈でむがむにきざむ
野暮じや先生ちよとふりむいて
こちらの花をも見やしやんせ

赤塚行雄は、この作を「洋行帰りの若き上田先生、どこかの料亭で綺麗な芸者たちにからかわれて、こんな作品をやけくそになって書いたかな、などと考えたくなってしまう」と評する（『新体詩抄』前後』一九九一年、学芸書林）。私もほぼ同感だが、「やけくそ」では決してなかったろうと思う。いずれにせよ、世間にどう迎えられたかはおよそ推測がつくし、現に翌月の『早稲田文学』の時評欄にはこういう記事が載っている。

七ころび八起きして所謂新躰詩の調子漸く俗謡に向かはんとす、[9]万葉的詞藻も高古に過ぎて用ふべからざるなり、新古今的詞花言葉も今日の思想には適せざるなり、此に於てや新躰詩人の或者は俄に博文館物の俗謡俚曲集に眼を曝らし若しくは俚歌俗曲に耳を傾け「しやんせ」「ござんす」「何ゝじや」「何ゝわいな」の文句を学び以て新感を写さんとす、其の例比々として近刊の幾雑誌に見えたり、〔……〕吾人を以て見れば所謂俗謡的新躰詩はかたはら痛からざれば馬鹿らしく馬鹿らしからざればdisgustingなり、之れを譬ふれば良家の子女が媚を遊冶郎に売らんとする妓輩の口吻を学ばんとして未だ熟せざるを聞くが如し、（鄭隈子「俗謡的新躰歌」『早稲田文学』八五、一八九五年四月）

前後したが、先の界川の論は右の時評の翌月に現われ、青木昌吉の論文はそのさらに半年あまり後に発表された。彼らの念頭には鄭隈子の冷評があったと見てよいだろうし、青木の言う「一二卓識の詩人」に上田万年が含まれていたことも確実だろう。彼ら論者にとって、「見やしやんせ」は

「俗謡」に学んだ清新簡潔の句法であり、国民文学の健全な発達を促す表現であって、世間がなんと言おうと断然擁護すべきものなのだった。

この混乱に一応の収拾をもたらしたのが、先に触れた上田敏の一連の民謡論である。彼は「民謡」の外延を農村・漁村の労働歌など、主として自然発生的な歌謡（と見なされるもの）に求めるとともに、その概念から花柳界の産物を排除すべきことを再三強調した。特に、先に挙げた『太陽』臨時増刊の四年後、創刊十年めの『帝国文学』に寄せた口述筆記「楽話」（先の⑤）では、国民音楽を大成するための基礎を「民謡」に求め、それらを早急に蒐集すべきことを提唱して、広く会内外の反響を呼んだ。薄田泣菫が高踏的な詩語の開拓に努める一方で「民謡」風の創作詩を盛んに試作した[10]のも、もと明星派の詩人前田林外《りんがい》が全国規模での「民謡」蒐集を実行した[11]のも、上田敏の影響によるものと考えてよい。

「楽話」の文中、上田は、「苟も国民の声となるべき大音楽は、健全なる基礎の上に立たねばならぬ。それで、在来の日本音楽のどれがこの資格を備へてをるか」と発問し、考えられる候補を吟味しては斥けて、「民謡楽」以外にないとの見解を導く。「雅楽は一種の外国音楽であつて、優美ではあるが柔弱なる宮庭の楽」だから、「いはば、偏狭なる美術に過ぎない」。「琴の音楽」も「雅楽等の擬外国楽より転化したもの」で、作曲者は「社会思想の本流を遠ざかつた」盲目の芸能者、「これを弄ぶものは、人生の風波を知らざる深窓の少女」に局限される。「謡曲の音楽」は「雄健」「荘重」の趣きはあるが、畢竟「武人の専有したる芸術」なので、「社会の一部の声」でしかない上に「感情のある一部分を抑圧して、充分に思想を発揮しない傾きがある」。他方、「徳川三絃楽」には民衆的要素が認められるものの、「重に狭斜の地に養成発達された」ために「極めてすねた極めて偏よつた下層社会の一部を代表して」「所謂通といひ粋といふ消極な思想を表はし」たものになっている（圏点原文）。

上田敏が雅楽・箏曲・謡曲・三絃楽を次々に淘汰してゆく手際には、さながら、明治期の「国楽」創成をめぐる試行錯誤の過程[12]を一息に再現したかの観がある。一八七四（明治七）年の神田孝平「国楽ヲ振興スヘキノ説」（『明六雑誌』一八、明治文学全集3所収、一九六七年、筑摩書房）に端を発し、式部寮雅楽課による在来音楽の調査、伊沢修二の唱歌教育における「俗曲」（箏曲や長唄）への注目を経て、皆楽社などによる能楽復興の運動や、田中正平らによる三絃楽の音階研究[13]等々に至る、諸派入り乱れての模索の過程だ。上田によれば、そのどれもが一部の階層の特殊な趣味《テイスト》にしか合致せず、したがって国民全体の音楽としては不適格なのだった。

民衆の感性に依拠した芸術でなければ、国民的一体感の現出は果たせない――上田敏はこの見地を、五年前の「文芸世運の連関」にもすでに打ち出していた。民衆の声を背後に有して自然の発展を遂げた芸術のみが「国民の芸術として永く寿を保つ」と言い[14]、「民衆」が芸術的「趣味」を培えずにいる現状を指弾するこの文章は、次のような意気軒昂な一節を含む。

> 吾等は本来の日本芸術が保存を勉むと共に西欧芸術の移植を大に奨励す。唯彼の一時の成効を急きて、蕪雑なる析〔折〕衷を説く者には断乎たる反対あるのみ。封建の瓦壊と共に国民の自覚生じ、殖産工業の発達と共に、民衆の勢大に張り、憲政の下に此多芸なる民族が、始めて世界

の大潮流に列強と駢馳する今日に当り、芸術の刷新を謀るまた壮ならずや。〔「文芸世運の連関」『帝国文学』五‐一、一八九九年一月〕

運動の目的を達するには長期的な取り組みが必要だとの見通しに立って、上田は自らその課題を引き受けようとしていた。彼が西洋文芸の移植に努める一方で、早くから民間伝承に対する強い関心を示していたこと——民謡への着目がその一環をなすことは言うまでもない——も、この脈絡ではじめて正当に理解できると思う。

上田「文芸世運の連関」はまた、平安時代のいわゆる国風文化を「此期の芸術は多く宮庭のそれにして、民衆の声にあらず」「王朝の楽は、印度楽高麗楽の系統を延《ひ》きて、日本民族が特殊の旋行にあらず」と断じ、

たゞ歌のみぞ古来の伝を享《う》けたれど、これやがて宮庭〔宮廷に同じ〕の調にして民族の間、伝唱詠和して神話となり伝説となり叙事詩となりしにあらず、王朝の文芸は漸《やうや》く民衆より遠かりて或は縉紳が消閑の具となり、或は貴人が嗟嘆のすべとなりぬ。

と看取していた。彼の言う「民衆」は決して「平民」や「庶民」の同義語ではない。外来の文明に流されることのなかった人々、つまり「民族」の文化の生地の部分を伝えてきた人々が「民衆」と呼ばれるのだ。上田は、「民衆」と「民族」とを一体視する思想に媒介されながら、国民が階層の

分裂を知らなかった太古の姿を想像し、国民の芸術／文化が取り戻すべき理想状態をそこに求めたのである。

彼のスタンスは翻訳語「民謡」の語構成にも反映されていたと思う。「民謡」の「民」と「謡」は、それぞれ、原語 Volkslied の Volk と Lied に対応するが、その「民」の部分には、Volk の含意する「民衆」と「民族」が二つながら託されていたはずである。

こう言えば分かりやすいかもしれない。私たちは、「ロシア民謡」や「ドイツ民謡」と並べて「日本民謡」を語ることに、特に違和感を覚えない。現にこの種の用語例は明治期から見られるのだが、一方、「日本俗謡」「ロシア俚歌」などと称した例は、私の知る限り一つもない。なぜか。「俗謡」の「俗」は支配層の「雅」との対比を含み、「俚歌」の「俚」は都市の文化との対比を含む。「国民」内部に横たわる分裂や対立が強調されてしまうのである。だが、「民謡」の「民」は、こうした対比を越えて、他の〈民族／民衆〉との対比において受け取ることができる。上田や彼の追随者がこの用語を支持した理由も、一端はそこに求められるだろう。[15]

ここに見合わせておくべきは、運動が進展する過程で民間伝承への関心が急速に高まっていった点だろう。たとえば、界川の前掲「文学史編纂方法に就きて」は、運動開始の年にすでにこう提言していた。

国民思想の煥発する初めより悉く文字に由て表彰〔表現の意〕され居るものに非すして人口に噌〔膾〕炙する伝説、讃歌、俗諺、俗謡の如きも詩人の之を採輯して文学に表彰するときは国民

文学の範囲に入るへきものにして其の文学史に於ける価値は毫も高潔なる詩文に譲る所なきなり

この予言めいた記述に導かれるようにして、『帝国文学』誌上には、諺や神話・伝説にかんする論考が相次いで発表されていった。「俗謡」「民謡」論議自体、実はこうした脈絡を背負っていたのである。

諺については複数の人物が蒐集に当たったが、もっとも精力的に取り組んだのは、後に近世文学の大家となる藤井乙男《おとお》（紫影）である。[16] 彼は一九〇六年に約十年間の研究成果を『俗諺論』（冨山房）にまとめ、一九一〇年には大著『諺語大辞典』（有朋堂）を公刊した。他方、神話・伝説の領域では高木敏雄の活躍が著しい。高木が一八九九年から『帝国文学』に寄稿した諸論は、[17] 一九〇四年に『比較神話学』（博文館）に収められ、日本における近代的神話学の出発点を画した。それまで古代の史実ないしその集合的記憶と見なされてきた『古事記』『日本書紀』の物語は、以来、天皇統治の正統性を語る原典の文脈からもしばしば切り離されて、日本の民族神話として扱われてゆくことになる。

興味深いのは、高木が一九〇〇年三月に「羽衣伝説の研究」を発表すると、これにすばやく反応する人が三人も現われて、同じ『帝国文学』に立て続けに類話を追加してみせた点だ。一人は上田敏で、二人めは英語学者岡倉由三郎、三人めは言語学者新村出である。[18] それればかりではない。高木の著書が世に出た一九〇四年には、文壇の大立者、坪内逍遙が『新楽劇論』を著わし、西洋のオペラと日本の伝統演劇・音楽との総合を提唱している。逍遙が浦島伝説や羽衣伝説を素材に持論の具体化を図ったこと（「新曲浦島」「新曲赫映姫《かぐやひめ》」）を思えば、高木の著作との刊行年の符合も、あながち偶然とは言い切れないと思う。神話・伝説は個別の専門領域を越えて関心を集めていたのであり、それは、ナショナル・アイデンティティーの根源を民族／民衆の次元に求める思想が、このころ人々を捉えつつあったからなのである。

次の点も見逃せないと思う。現在の常識では、日本〈民族〉は国民国家以前にすでに形成されていて、日本〈国民〉の歴史的母体をなしたことになっている。だが、事実はこれとはちょうど正反対であって、少なくとも人々の帰属意識に焦点を当てる限り、日本〈民族〉は日本〈国民〉よりも遅れて成立したとしなくてはならない。実際、ネーションの翻訳語「国民」は明治初頭から使用され、明治中期には雑誌や新聞の名になるほど一般化していたのに対し、「民族」は一八八〇年代の末に政教社のメンバーが使い始めた語らしく、それ以前には使用例が確認されていない。彼らが好んで「民族」の語を使用したのは、「国粋《ナショナリティー》」の保存を主張するために、その文化的伝統としての側面を強調しようとしてのことだったが、用法は当初かなり不安定で、「人民」や「国民」と混用される場合も多かったという（安田浩「近代日本における『民族』観念の形成」『思想と現代』三一、一九九二年九月）。こうして漠然と成立した文化概念「民族」が、まさに今問題にしている国民文学運動の渦中で脚光を浴び、一定の洗練を施されてアカデミズムの領域に定着していったのである。[19]

国民は、理念から言えば諸個人の均質的集合体なのだが、現実の国民国家の成員は階層的にも地域的にも多様な人々であって、そこには常になんらかの分裂や対立が付きまとう。「国民文学」にしても、大町桂月がそうしたように（本書一五〇頁）、それを実際に享受できるのはどの範囲の人々かと問うてみれば、理念の欺瞞は蔽いがたく露呈してしまう。この、理念と実態との落差が痛感されたとき、明治の知識人は〈民族／民衆〉の思想を呼び込んで、〈国民の文明〉を〈民族の文化〉の次元でつかみ直し[20]、あわせて国民の全一性という夢を太古に遡って根拠づけようとしたのだった。日本〈民族〉とは、つまり、歴史的想像を通して浄化された日本〈国民〉にほかならない[21]。

大町の態度変更は、この過程における象徴的な一幕だったろう。一八九七年の「詩歌に於ける古語及び俗語」（『帝国文学』三‐四～六）で「車夫、土方」や「眼中丁字なき熊公八公」を国民の無資格者と決めつけた彼は、返す刀で当時の「俗謡」論議にも斬り込んでいた。ゲーテやハイネが「俗謡」を応用したのは抒情詩の一部にすぎない、と指摘した彼は、

ゲーテは俗謡を適用すべき所に適用したるのみ。俗謡を応用せしことのみが、ゲーテの本領に非ず。例へば演劇に於ても、団十郎の如き名優なかるべからざれども、馬の脚も亦之を欠くべからず。されど、馬の脚が演劇に必用なりと大呼するものあらば、誰か其愚を笑はざらむや。
〔圏点・傍線略〕

と、巧みな比喩を用いて論議の一面性を衝いたのだった。大町に言わせれば、ドイツの「俗謡」の「音調好くして詩趣津々たる」点は「我国普通の俗謡」の遠く及ばないところで、この相違を度外

視して「我国の野卑なる俗謡の格調を摸擬するは、これ猿の類のみ」ということにもなる（以上圏点略）。

さらに、翌年の「日本の詩形を論ず」（『帝国文学』四‐五、一八九八年五月）によれば、日本の詩歌にもともと押韻や平仄《ひょうそく》が存在せず、音数律も五音・七音の組合せばかりなのは、「国語の性質」のしからしむるところであって、「俗謡」の歌詞もその例外ではないという。五・七音数律は日本の詩歌にとって一種宿命的な韻律なのであり、これ以外の原理を導入しようなどと企てるのは、「徒《いたづら》に西洋詩形の美に恍惚」となった者の抱く「空想」にすぎない。そもそも、長大な詩編を求める声の前で、短詩形の固有の長所が見失われてしまうとすれば、それこそ憂うべき風潮でなければならぬ。大町はこのように述べて、自身の立場を補強した。

この大町の論がどれだけ影響力をもったか、ただちには判定を下しにくい。ただ、新体詩の詩形が依然論議の的でありつづける一方で、「俗謡」の詩形に学べとの声が一時下火に向かったことは確かである。ところが当の大町は、後に『太陽』の文芸時評欄を担当したころには、フォルクスリートに対する評価を一変させてしまう。

吾人は、往々、民謡に於て、真の詩を見る。民謡と詩人の詩とを比すれば、彼は、生命ある小児にして、此は、巧に作られたる人形也。人形いかに美なりとも、生命ある小児には換ふべからず。吾人は、詩人の詩を喜ばずして、却つて民謡、もしくは、民謡趣味を得たるものを喜ぶ也。〔「民謡と詩人の詩」『太陽』一一‐一、一九〇五年一月。圏点略〕

新体詩が、国民の文学とならむに、国民一般の耳に快く、国民一般の心をうがてるもの、多くして可也。俗に媚びよとの事に非ず。真の名詩は、必ずや、多数の国民の腹に入りやすきもの也。くらうど同士が、おつがるもの、必ずしも、真の名詩に非ず。今の新体詩は、おつがるとに偏して、俗謡的真趣を得たるもの、幾《ほと》んど之を見ず。〔「放言六十六則」『太陽』一一―八、一九〇五年六月〕

右の「民謡と詩人の詩」の末尾には「余は信ず、眼識ある者が、上下三千歳を通じて、詩人の詩の佳なるもの、もしくは民謡の佳なるものを選び集むるは、今の詩壇の急務也」ともあった（圏点略）。ここには、一年前に「民謡楽の蒐集」を「我邦音楽界の急務」とした上田敏のことば（前掲「楽話」一九〇四年一月）が、やや時を置いて、しかしはっきりこだましていると思う。用語が「俗謡」から「民謡」に変わっている点もそれを裏づけるだろう。

もう少し正確に言おう。「詩歌に於ける古語及び俗語」にも、「徳川時代の古俗謡には、抒情詩人の参考すべきもの頗る多し」とした箇所はあった。このような一面が認められながらも、「俗謡」が全体として否定的に扱われたのは、「今日流行する新俗謡には、幾んど取るに足るべきもの」がないと判断されたからだった。大町はこの時点では、「俗謡」の語を初期「俗謡」論者たちと同じ意味に使用していたと見てよいだろう。他方、八年後に「民謡」の語を使用したときには、都市の流行歌や花柳界の芸謡のたぐいは念頭から消えていたらしい。「民謡と詩人の詩」の文中には、坪内逍遙の「新曲浦島」（一九〇四年）における「民謡」の挿入に触れた箇所もあり、音戸の舟唄（「船頭かわいや音戸の瀬戸で、一丈五尺の櫓がしわる」）など、在来のものをそのまま用いたケースの方が、改作や新作を用いた場合よりも「民謡的の趣を得」たと評している。「放言六十六則」ではふたたび「俗謡」の語を用いたものの、「俗謡的真趣」は「おつがる」ことではないとの趣旨に照らし、その「俗謡」はもはや、かつて彼が「俗謡」と呼んだものと同一ではなかったはずだし、そもそもこの文章自体、新体詩が「国民の文学」となって「国民一般」の心をつかむべきことを主張したものであった。大町はこの前年にも、「国民文学として、ひろく国民間に読まれむには、よく国民性を発揮したるものならざるべからず」「国民文学を起すに先だつて急なるは、実に伝説の研究也」と書いている（「伝説研究の必要」『太陽』一〇‐一六、一九〇四年十二月。圏点略）。

〈民族／民衆〉の思想とは、国民という理念の矛盾をことごとく消去してしまう思想なのだった。この思想の前には、大町ほどの稀代の毒舌家でさえ、むざむざ籠絡されるほかはなかった。論調を転じた彼の口からは、今や、自身がかつてあれほど目の仇にした「国民一般」の文学と、それの可能性が、まるで疑いの余地のないことがらでもあるかのように語り出されてしまったのだった。

## 二　万葉びとの創成

以上のような脈絡のもとに移植され、定着しつつあった「民謡」概念が、国民歌集『万葉集』に自らの適用対象を見出すのは、ある意味で必然的な流れだったろう。

一九〇二（明治三五）年九月、一年半のドイツ留学を終えて帰国した芳賀矢一は、文科大学での新年度の講義として「日本詩歌学」を開講する。この講義は、日本の詩歌の総体を明確な組織と体系のもとに把握しようとするほとんど最初の試みだったから、受講生に与えた感銘もひときわ大きかったという（志田義秀「芳賀博士と日本詩歌学」『国語と国文学』一四-四、一九三七年四月）。その体系の一環として強調されていたのが、民族的／民衆的な詩歌を意味する「国民詩 Volkspoesie」と、専門的な芸術家の手になる詩歌をいう「技術詩 Kunstpoesie」との区別だった。二つの概念はもとヘルダーが提唱したもので、このころのドイツ文学史書の多くにも踏襲されていた。

感銘を受けた受講生の一人に、志田義秀（号は素琴）がいた。前掲「日本民謡概論」は、卒業論文でフォルクスリートの問題を扱った彼が、卒業後『帝国文学』に寄稿した論文である。この、「日本民謡」の総体を最初に俎上にのぼせた論文によって、『万葉集』はその内部に初めて「民謡」の存在を指摘されることになる。

文中、志田は、日本人の国民性の発展過程を跡づける資料とすべく、過去の民謡の発掘・結集を提唱する。その際、民謡蒐集に類する試みは本場ドイツだけでなく、日本と中国でもかつてなされたことがある、と言い、『諸国盆踊唱歌』（山家鳥虫歌）などを例示する一方、従来の歌謡集は多く「支那流の倫理思想」に災いされて「民謡と技巧詩との区別」に無頓着だった、と述べて、「真正の意味における歴史的民謡集」の材料となりそうなものを列挙してゆく。このとき真っ先に取り上げたのが『万葉集』巻十四の東歌なのだった。

第一に採るべきものは、「万葉集」の十四巻の東歌であらう。此は「万葉考」にも、「十四巻は国風の東歌なり」と謂つた如く、支那の所謂国風即ち東国地方の民謡であつたらうと思ふ。併し該巻中の歌が、其風躰、多く他巻のものと異らぬのは、恐くは此集の撰者が他巻との権衡上、始めから彼の如き優雅なるものを撰んだからであらう。譬へば、「古今集」中の東歌が、悉く三十一文字の歌で、而かも其風躰殆んど集中の他の者と何等択ぶ所のないと、同一の理由に基くものであらうと思ふ。勿論該巻中の者の中には、古今の東歌に於けるが如く、地方の民謡ではなく、実は歌人の口占に成つたものもあるやうであるが、しかし大躰に於いて、民謡と見て差閊《さしつかへ》なからうと思ふ。

東歌を東国の口誦歌と見た人はこれ以前にもいた。たとえば、早く荷田在満は、東歌と関係の深い諸国防人歌を「今の世の小人のはやり小唄をうたふ類なるべし」と推定したが（『国歌八論』一七四二年）、これは、和歌が「ただうたふためにする」歌から「詞花言葉を翫ぶ」歌へ展開したという自身の史的認識を保証するために、過渡期と目された万葉時代の歌々に前者の具体例を求めたもので、和歌の起源を神代に求める神秘説を否定するために持ち出された見解である。近代では、萩野由之の「小言（第一）」（『東洋学会雑誌』一‐四、一八八七年三月）に東歌を「俚謡」とする記述がある。池谷（後に永井）一孝《ひでのり》『日本文学史』（一八九七年十一月識、東京専門学校講義録）も、東歌・防人歌の異様な言語を「俗謡の然からしむるところ」とするが、その格調は「古雅なること都人士の作に譲らざるものあり以て用語の平語ならざりしを窺ふへし」ともいう。森田義郎「雅俗論」

(『こゝろの華』六‐一〇、一九〇三年十月)も「万葉の十、十一、十二の歌若くは十四、二十の東歌のごとき」を「現代の所謂俗謡也」とする。萩野や永井の場合は今一つはっきりしないが、森田の言う「俗謡」は明らかにフォルクスリートに由来する。志田説の先蹤として注意されるが、国民文学運動初期における「俗謡」言説の余波と捉えるべきものだろう(第三節)。

東歌の研究史は、志田が「東国地方の民謡」という明確な規定を与えて以来、約半世紀にわたり、〝民謡か否か〟という単純な二者択一の前で足踏みを続けることになる。大多数の論者は民謡説に立ったものの、彼らは、民謡と民謡でないものとを分かつ具体的指標を明示できなかったし、彼らを批判した少数の論者にしてもこの点では大差がなかったから、要するに双方とも主観的な主張を繰り返したまでで、その間、東歌の本質にかんする認識はいっこうに深まることがなかった。[22] 世間で民謡だと言っているから民謡なのだろう——多くの人はそうした考えに流されていった。停滞の芽は、しかも、発端となった志田の論定自体にすでに孕まれていた。

少々立ち入っておこう。『万葉集』東歌にかんする志田の記述は右の引用箇所ですべてなのだが、ここには、東歌を「民謡」と捉えるための積極的根拠は何も示されていない。賀茂真淵の発言が援用されるとはいえ、自身がこの直前で行なっていた指摘、『詩経』の「国風」を支えたような政教主義的歌謡観が先人の民謡理解を阻害してきたとの指摘が、不意に放棄され、先の指摘に照らせば不完全であるはずの真淵の見解のみをよるべに、「東国地方の民謡であつたらうと思ふ」との判断が導かれる。しかも、続いて吟味される二点(傍線部)は、ともにこの判断の否定材料にほかならない。

第一点にいう「風躰」は少々わかりにくいが、歌風が短歌形式に規定されていることを言ったものと思われる。他巻に載る貴族たちの作から著しくかけ離れた歌は少ない、というわけだ。志田はこの点を切り抜けようとして、編纂者が他巻とのバランスに配慮して選択を加えたとの仮説を持ち出すのだが、これでは問題を先送りしたことにしかならない。ふるいにかけられて「優雅なるもの」が残ったのだとしても、それらは大もとの歌群にすでに一定の割合で含まれていたと見なくてはならない。するとその、定型短歌を含んで成り立つ歌群は、いったい自然発生的な〈民族／民衆の歌謡〉だったのだろうか――志田の仮説は、論理上、この新たな疑いを引き出さずにはいないはずである（本書八二〜八五頁）。しかも彼は、第二の否定材料として、内容に照らし「地方の民謡ではなく、実は歌人の口占に成つたものもある」可能性を認めてもいるのだ。ところが、これらの点については早々と考察を打ち切って、「が、しかし大躰に於いて」という強引きわまる措辞を介して最初の判断に舞い戻ってしまう。

記念すべき最初の東歌民謡説は、要するに、根拠らしい根拠を欠いたまま、堂々めぐりの論法によって提出されたのだった。東歌は「民謡」であると判明したわけではなく、はなからそう決め込まれていたにすぎない。

志田が国民文学運動の参加者としての自覚をもっていたことは、第二章に引いた「先づ国民性の存する所を理解して、然る後之が鎔炉中に、外来文化の鎔合融化を目論《つと》むべきことを主張する」との発言からも明らかだろう（本書一四二頁）。過去の文献、それもなるべく古い文献に、なるべく大量の民謡を発見すること、もってわが国民性の精粋を顕彰し、あわせて将来の国民芸術の大成に資すること──それは志田にとって、研究上の一作業どころか、運動の命運をも左右する重要な使命だった。使命は多少の無理を押してでも貫徹する必要がある。だから彼はそのとおりにした。すると『万葉集』の他巻、巻十六からも一一首の民謡が発見され、平安時代の宮廷からは催馬楽、東遊、風俗歌や、『古今集』の東歌が見出された。中世・近世の歌謡集にも、似たものはいくらでもあるではないか。過去の「民謡」はこのようにして次々に〝発見〟された。正確にはむろん発明されたのだが、当人も他の人々もそれを発見と信じた。

視野をもう少し広げてみよう。

志田の念頭には、運動初期の「俗謡」論者たちとは異なって、「民謡」の外延にかんする明確かつ具体的なイメージがあった。「日本民謡概論」に、彼は民謡の分類案を示している。全体を「労働に伴ふもの」と「舞踏に伴ふもの」とに二分した上で、前者を「農事唄」「漁唄」「樵唄」「工事唄」「馬子唄」「茶摘唄」に六分し、後者を「神事唄」「祝事唄」「盆唄」「踊唄」「児童唄」「童謡」「風土唄」に七分して、そのおのおのの項にさらに下位項目を設けるという、かなり精緻なものである。それら数十項目は、「工事唄」の下位に「職工唄」がある以外、ほとんどすべてが、前代以来の農村・漁村の生活において、折々の作業や行事・遊戯にともなって歌われた歌謡をさしている。現代の私たちが「民謡」ということばに抱く一般的イメージ、村々の伝統的生活に育まれてきた歌々というイメージの、原型といえるものがここにある。

村々の生活に育まれた歌々は、また、学校や軍隊や工場の出現によって現に滅ぼされつつある歌々でもあった。そのことを印象深く語った文章を紹介しよう。『白百合』に寄せられた地方読者の報告で、志田「日本民謡概論」の翌年に発表された。

〔但馬中央部の歌謡は〕こゝ十数年の間に、三区劃をなして変遷してゐる。先づ日清戦争によって、〔……〕懐古の情を惹起せしむる、古い子守唄、糸引唄、桑摘唄などは、「チヤン〳〵」とか「李鴻章」とかの流行唄に圧倒されて仕舞た。所が二三年の後に至って〔……〕製糸場が盛に設立せられる。〔……〕其所の工女は歌謡界の牛耳を取ってゐるといって可い。実に其勢力は偉大なもので、以来何種の歌謡も、皆彼等の左右する所となった。で、現に「機械唄」と称する、彼等特占の唄が発明されてゐるのを見ても分明する。さて此度の日露戦役である。〔……〕彼の「フイトサ」「ロスコイ」などの流行唄によって、ずっと昔のものは、殆ど跡形もない程に駆逐せられた。〔……〕で、刻下の形勢では、女工連の創作（？）に係るものと日露流行歌との混沌時代である。〔津倉春洋「但馬の民謡に就いて」『白百合』四‐五、一九〇七年三月。圏点略〕

失われてゆく歌々が「懐古の情を惹起せしむる」のは、ある意味で当然なのだが、それにしても、この場合の「懐古の情」には少々入り組んだ構造がありはしないだろうか。

というのも、かつて存在していたのは但馬地方の「子守唄、糸引唄、桑摘唄」等々であって、民謡ではなかったからだ。あるいは「但馬地方の民謡」と呼ぶのをあえて認めるとしても、それは決して「日本民謡」とは呼べないものだった。但馬の子守唄は薩摩では知られていなかったろうし、逆に薩摩の糸引唄や常陸の桑摘唄を但馬の人々は知らなかったはずである。これは歌謡が伝播しなかったという意味ではない。薩摩と常陸と但馬に、同一の、もしくは類似の歌謡が分布していた場合でも、そのことに気づいたり、まして深遠な意義を見出したりする人は稀だったろうということである。列島の住民全体が、歌謡の共有を根拠に相互の一体性を自覚するといった事態は、この段階ではとうてい成立しえなかったと考えなくてはならない。

右の文章に描出された近代化の光景は、二つの戦争と、その間に設立されて活況を呈するに至った製糸工場と、そこに動員された女性労働者たちと、彼女らが歌う新種の流行歌とからなる。これは当時列島の全域で同時に現出していた光景であって、但馬の住民も、薩摩や常陸の人々も、この新たな光景に立ち会う経験と引き換えに、古い歌謡の喪失を余儀なくされたのだった。同じ日本人が、同じ経験を通して失いつつあるさまざまの歌々、それはすべて日本人の歌に違いない——こうして、本来但馬の住民のものでしかなかった歌謡が、失うという経験の共通性を介して薩摩や常陸等々の歌々と一括され、新たな、しかも後ろ向きの視線で眺められることになる。

「懐古の情」は、そのうえ、近代的な商業出版によって組織されて、全国津々浦々に報道されていった。その代表的な事例としては、志田「日本民謡概論」に言及を見る大和田建樹(23)『日本歌謡類聚（上・下）』（一八九八年、博文館・続帝国文庫）や、志田の別稿「日本詩学上に於ける民謡の位置」（『白百合』四‐一、一九〇六年十一月）に紹介される『風俗画報』（一八八九年二月発刊、東陽堂）と『文芸倶楽部』（一八九五年一月発刊、博文館）の「俗謡」蒐集などを挙げることができる。

大和田の『日本歌謡類聚』は、志田の提唱した歴史的民謡集のさきがけともいえる書で、上巻には「かみつよぶり」（上代）から「ちかつよぶり」（近世）までの種々の歌謡を集め、下巻には「ちかつよぶり」の続編として「浄瑠璃」と「地方唄」とを収める。その「地方唄」は、「編者が多年見聞せるまゝに筆記し置ける」ものと「此度あらたに博文館より広告して募集せる」ものとからなるという（同書下巻序）。博文館の広告というのは、前年の七・八月ごろ『太陽』や『文芸倶楽部』に載った社告「地方歌謡の募集」をさす。「古今各地の人情風俗を知らんと欲せば、時代々々の歌謡を識るに若《し》かず」云々と述べて、読者に歌謡の歌詞とその解説の投稿を呼びかけたもので、対象となる歌謡の種類は「農事唄」「工事唄」「風土唄」「遊戯唄」「子守唄」「盆踊唄」「神事唄」「祝儀唄」「樵唄」「舟歌」「馬士唄」の一一種とされ、「農事唄」に「田植、麦搗《むぎつき》、稲扱《いねこき》、臼挽《うすひき》、絲繰《いとくり》、茶摘、草刈等、総て農事に用ゆる一切の俗謡」とあるような説明が、各種目に付されている（『太陽』三‐一四、一八九七年七月。原文総ルビ）。大和田書の「地方唄」の分類項目もこれに類似し、「神事歌」「農事歌」「馬子歌」「工事歌」「船歌」「漁業歌」「祝事歌」「踊歌」「盆歌」「子供歌」「流行歌」「雑」の一二種からなる。

この企画は、思うに大和田単独のものではなく、もと『風俗画報』の編集者で後に博文館に入社し、社主の女婿となった大橋乙羽あたりとの、共同立案だったかと推測される。高山樗牛が当時『太陽』の文芸欄を担当していたことも見逃せない。企画の成功に促されてか、一八九八（明治三一）年十二月の『文芸倶楽部』第四巻一六号は、社告「諸国風俗の投書を募る」で「神事、祭礼、婚礼、盆踊、各種の集会、田家四季の式例、古来の地方唄、各地の花柳風俗等」を募集する（圏点略)。「諸国風俗」欄はさっそく次号から設置され、そのなかで各地の「俗謡」も続々紹介されてゆく。

定期的な刊行物は当時としては最先端のメディアだった。紹介される各地の風俗がどれほど読者の興味を惹きつけたかを思うべきだろう。自分たちの国にはかくも多様な土地、多様な暮らしがある。見知らぬ土地で現に失われつつある歌謡もそうしたものの一つなのだということを、これら出版物は人々に思い知らせたに違いない。

近代の後方に眺められ、共有されつつあった「懐古の情」とは、同時に、近代的な出版システムによって現に掘り起こされつつある「懐古の情」でもあった。それは年老いた好事家の情のように見えて、実は好奇心に満ちた少年の心情だった。近代が、正確には近代国民国家の出現が、この「懐古の情」の輪郭を決定した。

志田「日本民謡概論」に戻ろう。彼の「民謡」分類は、その項目が『文芸倶楽部』や大和田書のものと大枠で一致している。初期「俗謡」論者たちの念頭にあった歌々、都市の流行歌や芸能者の歌々は一顧にも価しなくなってしまったわけだが、それは、フォルクスリートの理解が学問的に厳密になったからではなく、志田の思考が右の「懐古」を確実に汲み上げていたからである。彼はそれら「懐古」の対象を「日本民謡」と名づけ、自身が発明した文学史中の諸「民謡」と同一の範疇に括り入れた。日本国民の共有財産としての〈民謡〉はまさにそのとき成立した。しかもここに至るもろもろの過程は、当の歌々をかつて実際に生み出し、歌い継いできた人々にとって、なんら与り知らぬ出来事なのであった。

志田義秀の挙げた成果は彼の恩師の著述に送り返されていった。芳賀矢一は、一九〇八年の『国文学歴代選』の「序論」で、『万葉集』の作者不明歌は多くが「奈良以前の民謡」だろうとの推測を示し、

> 余は万葉集をみて人麿赤人家持等の技術詩を愛読するよりも、むしろ九巻、十一巻、十二巻等の読人不知の歌を愛読す。男女恋愛の情を直截にのべて、後世の彫琢の歌に似ず。詩経を読むが如き感あり。十四巻は東歌にして、これ亦、国民の声なり。よく恋愛の至情を歌へり。これ等は蓋し支那文化の影響の外にあらん。〔芳賀矢一『国文学歴代選』一九〇八年、文会堂。圏点原文〕

と語る。芳賀はこの序論を五年後の『国文学史概論』（文会堂）にも転載する一方、翌一九一四年の講演筆記「奈良朝時代の文学」でも、巻十一・十二の歌々を「国民詩」と捉えてその価値を顕彰する（選集2）。見逃せないのは、志田論文では巻十四と巻十六の一部とに限定されていた「民謡」の範囲が、たった二年で何倍にも膨れ上がった点、しかもその間なんら実証を加えられることなく、いわばいったん開かれた突破口をなしくずしにする流儀で拡張された点である。

芳賀の見解の推移をたどってみよう。

一八九〇年に芳賀が立花銑三郎と共編した『国文学読本』（冨山房）の「緒論」は、「国文学の沿

革」を「上古」「中古」「鎌倉時代」「室町時代」「江戸時代」「維新後」の六期に区分するが、「上古」と「中古」の境界を「孝徳天皇の即位」つまり大化の改新に置き、『万葉集』が成立した奈良時代を平安時代と一括して「中古」としている。「上古」という時代の特徴については、当時はまだ大陸の文明が根づかず、文学も「純粋の日本的なりし」反面「甚だ幼稚なる」状態を免れなかったと説明していて、文例も掲げていない。一方、「中古」は、仏教と漢文学の影響によって文運が大いに開け、価値ある文学が初めて生み出された時代とされている。

> 要するに中古に在りては、和歌まづ大に発達し、尋《つい》で散文の進歩を促し、ともに殆ど完美の点に達せり。然れども当時の上流社会は、次第に華奢に流れしより、和歌亦従て文華を貴ぶの風を生じ、多年の潜勢力を得て発生し来れる散文も、亦艶麗なる体を帯びぬ。蓋《けだ》し此の時代に在りては、文学の中心実に上流社会に在りしが故なり。〔選集2に拠る〕

万葉の歌々に、芳賀はこの時点では民衆的要素をほとんど認めていなかったと見てよいだろう。文例として掲出された歌も、二大宮廷歌人、柿本人麻呂と山部赤人の作に限られている（巻一・二九〜三一、巻二・一九九〜二〇一、巻三・三一七〜一八、巻六・九一七〜一九）。

一方、一八九八年の講習会にもとづく『国文学史十講』（一八九九年、冨山房）は、「上古文学の時代」をやはり「我国文明の揺籃時代、外国の影響が余り這入つて居らぬ時代」と説明するものの、「万葉集の時代」を「上古」に繰り入れており、現在通用している「上代」「中古」とほぼ同様の分け方になっている。(24) その「上古文学」の後半部には、『万葉集』の作者層をこう説明した箇所がある。

集中の作者の数は、総て五百六十一人と申します。其中には上天皇皇子より、下は僧尼の世捨人に至る迄あります。女子も七十人ばかりあると申します。作者の〔「知れぬ歌の」脱か〕内に又地方の歌も多く見えますから、歌の一般に拡つて盛況を呈したことも分ります。併し其作者中の半数以上は、やはり都人、在朝の官人であります。百磯城《ももしき》の大宮人が歌人の大半を占めて居つたのであります。

「上天皇皇子より、下は僧尼の世捨人に至る迄」という記述は、芳賀がこの時点で国民歌集観の第一側面を受け入れつつあった事情を窺わせるが、とはいえ、「僧尼の世捨人」は、通常言われる〝名もなき庶民〟とは微妙にずれていて、五六一人という作者数も作者不明歌の存在を度外視したものとなっている。(25) 直後には「其作者中の半数以上は、やはり都人、在朝の官人」だったともあるから、把握の力点はあくまでも貴族の文化、宮廷の風雅という点にあったことが分かる（本書一四六〜四七頁）。そのようなものとしての和歌が「一般に拡つて盛況を呈した」とされるのであって、民衆の文化が貴族社会に汲み上げられたというのではない。要するに、把握の逆転、民衆の側への力点の移行は、『国文学歴代選』の記述を俟ってはじめて確認される次第なのだ。

付言すれば、『国文学読本』『国文学史十講』の両書は本文中に「民族」の語を一度も使用しないのに対し、『国文学歴代選』の「序論」には、祝詞《のりと》の原形を「祭政の要具として民族団結の基礎となれるもの」「民族共通の文辞」と位置づけた箇所がある（圏点略）。ほかにも、

上代の歌謡は祝詞とともに一は個人的抒情詩として一は民族的祭神の詞むしろ叙事詩として最古国民の詩的産物たり。支那文化の影響の未だ及ばざりし太古国民の文学として興味の最も深きを覚ゆ。〔圏点略〕

などの記述が見られる。『古事記』『日本書紀』の神話に国民性の淵源を求めたり、『平家物語』を「国民叙事詩」と規定したりした点も含め、同書の記述には国民文学運動の成果が随所に吸収されている。芳賀の万葉観の転換がその一環だったということも、これ以上説明する必要はないだろう。[26]

同様の経緯は佐佐木信綱の論著からも跡づけられる。佐佐木は、志田「日本民謡概論」の出現と前後する一九〇五年度から文科大学講師として和歌史を講じ、その講義の副産物として論文集『歌学論叢』を刊行した（一九〇八年、博文館）。七年後には大著『和歌史の研究』をも上梓した（一九一五年、大日本学術協会）。

前者に収録された論文の一つに「万葉集私見」がある。『万葉集』の作者不明歌を顕彰したもので、そうした歌々からなる巻七、十、十一、十二、十三、十四に巻十六を加えた七巻について次のように述べる。

> 而して以上の七、十、十一、十二の四つの巻は、集中の名ある歌人の作を含める他の巻々に比して、異彩ありとにはあらねども、（七、十一、十二の譬喩歌の特に注意すべきを除きては）その余の十四の巻、及び十三、十六の巻に至りては然らず。まづ十四の巻は、東歌の巻にして、奈良帝都の文明を去る事遠き東国地方の歌を録せるもの。これ即ち当時の庶民詩の好個の代表にして、第廿の巻の防人の歌と共に、古代地方の人文の発達程度如何を伺ひ、言語の状態を知るに便あり。〔……／〕次に十三、及び十六の巻に就いて一言せむに、この両巻は、その体に於いて、はたその想に於いて、集中一般の長短歌とは異なるくさ〴〵の歌を含みて、自ら別種の色彩を有せり。〔圏点原文〕

佐佐木の言う「庶民詩」とは、芳賀の使用していた「国民詩」と同じVolkspoesieの訳語だろう。[27]「人文の発達程度を伺」わせるとするあたり、原語の概念が正確に了解されていなかったふしもあるが、いずれにせよ、佐佐木はこの時点ではその「庶民詩」に巻七、十、十一、十二の歌々を含めていなかった。ところが、七年後の『和歌史の研究』では、巻十一以下の六巻がそっくり「民謡集」と見なされ、巻十一・十二の歌々もその「天真爛漫」な「異色」ぶりを讃えられるに至る。

> 第二の場合〔「民謡集として見る場合」〕に属すべきものとしては、十一、十二、十三、十四、十五、十六の諸巻がある。十一、十二の両巻は、古今相聞往来と標した上下の歌どもをあげ、更に正述心緒、寄物陳思、譬喩、問答、羈旅、悲別等の目《〔もく〕》をしるして、当時の庶民の抒情の歌を

載す。両巻全体を通じて作者の名を記さず、最も天真爛漫の趣に富んで、前部門の作に見るべからざる異色がある。〔……〕十四の巻は全部東歌で、多くは東方野人の作、民謡的趣味最もゆたかである。〔訂正再版一九二一年に拠る。初版一九一五年は未見〕

『万葉集』の「民謡」は、芳賀ばかりか、佐佐木の脳裏でもひとりでに増殖してしまったのだった。『万葉集』に〝発見〟された「庶民」は、もはや宮廷の文化のおこぼれに与る下々の民ではなかった。むしろ彼らこそ、民族の歌声の栄えある担い手にほかならなかった。しかも貴族たちの創作歌でさえ、それら「民謡」とまったく同一の形式を有するではないか。万葉時代の大宮人の体内には、民族の伝統が脈々と波打っているはずだった。彼らは決して外来の文化にかぶれた一部の特権階層ではない。民衆の文化に立脚して成り立った『万葉集』は、だから、日本民族の魂の原郷、日本文化の偉大なる源泉でなくてはならない。

以上はもとよりアカデミズムの内部に生じた出来事にすぎない。が、巨視的には歌壇/文壇の動向とも無関係でなかったと思われる。というのも、明治後期から大正初期には、いわゆる短歌革新の運動が目覚ましい進展を見て、和歌/短歌の将来性にかんする従来の否定的評価をはねのけていったからだ。その結果、日本文学の根底には古来一貫して和歌があったとの見地が浮上して、後にその〝永続性〟が民族の体質や天皇制と結びつけて語られる素地となった。

竹柏会の代表として歌誌『こゝろの華』を主宰していた佐佐木は、この過程に直接関与していたわけだが、歌壇の外側にいた芳賀にとってもそれは他人事ではなかった。
一八九八（明治三一）年の時点で、芳賀は、

深遠高大な思想を歌つた詩篇や、国民を代表すべき立派な戯曲などは、まだ我々はもつて居りませぬ〔。〕国歌の如きは唯だ花を活けたり、香を拈つたりする遊と大差のないものです。

〔前掲『国文学史十講』。圏点略〕

との、否定的な見解を抱いていた。和歌が今日まで命脈を保ってきたのは事実だが、今後とも存続しえるか否かは多分に疑わしい。少なくとも「今日迄はまだ格別な改革も起らぬ」ようだ――こう述べた芳賀にとって、去る二月に子規が公表した「歌よみに与ふる書」はまだ未知数でしかなかったのだろうし、まして鉄幹の『明星』創刊はこれより二年先のことだった。その芳賀が、一五年後には「和歌の刷新」が成果を挙げつつあることを歓迎し、この事業に携わった人々として落合直文、与謝野鉄幹、佐々木弘綱、信綱らの名を列挙して、「鉄幹の妻晶子は、新派歌人として今最も名高し」と明記することになる（「明治文学」、前掲『国文学史概論』一九一三年）。この五年前の前掲『国文学歴代選』では、和歌を「支那文化の影響」以前から存在した固有の詩歌と捉え直していたし、平安以降の文学は「すべて和歌を基礎として成立」したとも述べていた。芳賀が同時代の和歌／短歌に生じたことがらをまのあたりにしていなかったなら、過去の和歌についての彼の評価もこう一挙に上昇することはなかったのではないだろうか。

むろん『新体詩抄』以来の和歌否認の声もくすぶってはいた。短歌は「国民的詩歌」の任に堪えないと断定する樋口秀雄（龍峡）の「短歌の詩的価値に就て」などもその一つだが（『帝国文学』七-二・五、一九〇一年二・五月）、その樋口にしても、「民族の祖先」が「其智的開発の未だ幼稚なりし頃」に短歌に甘んじていたことは歴史的事実として尊重すべきであると主張していた。

尾上柴舟の有名な「短歌滅亡私論」（『創作』一-八、一九一〇年十月）はどうか。形式の短小さ、五七定型の窮屈さ、古語の不便さを挙げて「かくの如き理由の下に、吾々、少なくとも私は、短歌の存続を否認しようと思ふ。而して猶、その廃滅した時を以つて国民の自覚が真に起つた時として尊重したいと思ふ」と結論するその主張は、筆者が名のある歌人だったため当時かなり物議をかもしたものの、論点に特に目新しいものはない。この論で注目されるのは、むしろ、末尾に「しかし今日の私は、まだ古い私に捕はれてゐる」の一文が付されている点だろう。短歌の〝伝統〟が自分たちを呪縛しているという感覚、後に折口信夫や中野重治を苛むのと同種の、倒錯した愛着の感覚が、早くも表出されたのだった。

どこが倒錯か。近代短歌は近代の産物であるという簡明な事実に[28]、筆者は気づいていないし、気づこうともしていない。明治以降の短歌の盛況は新聞や雑誌といった新たなメディアなしにありえなかったこと、具体的には、それらメディアに設けられた投稿欄が、俳句と並ぶこの短詩形への広汎な関心を呼び覚ましたこと、読書人口の増加と相俟って、不特定多数の読者が同時に潜在的な作者でもありえるような状況が出現していたこと――結社という一見古めかしい組織にしても、機関誌の発行を主たる事業とする点で旧来の師弟関係から区別されるだろう――これらの基礎的諸条件に柴舟は目を向けようとせず、短歌が現に読まれたり作られたりしている事実をあたかも古代以来の永続であるかのように考える。この思考が短歌否認言説に曝されたとき、当の〝永続性〟が桎梏として意識されたのだ。短歌が新体詩をはるかに上回る規模で社会的に普及したこと、そしてそこに個々人の内面を託する経験が積み重ねられてきたこと、つまり短歌の国民化／文学化が成功裡に進展してきたこと、この未曾有の状況こそ、短歌への愛着を生み出した真の原因だったのに、その愛着は「国詩」長大化言説の前に歪形された結果、手放すべきであるのに手放せないという屈折した形態をとってしまった。しかも、手放せない原因が短歌／和歌の〝伝統〟〝永続性〟に求められた。

**折口信夫**（『口訳万葉集』のころ）

短歌／和歌を〈民族の文化〉とする了解が、一方で万葉国民歌集観の刷新を促すとともに、一方ではその民族性を呪咀する声をも派生させたのだった。

国民歌集観の第二側面を人々の胸に刻みつけてきたことばに、折口信夫の造語「万葉人」がある。「マンネフビト」とルビを振った例があるので、以下「万葉びと」と表記することにしよう。「人」の字を訓で読ませるのは、漢籍を訓読する際に「魯人」や「楚人」を「ろひと」「そひと」と読んできた習慣の応用と思われるが、私の個人的な語感では——たぶん音数のせいだろう——むかし読んだ『聖書』の「ナザレ人《びと》」や「コリント人《びと》」の方が強く連想される。最近では専門家にも「まんようじん」などと口走る人がいるのだが、地下の折口が耳にしたらなんと言うだろうか。

最初の使用例は一九一五（大正四）年に遡るというが（『折口信夫事典　増補版』一九九八年、大修館）、翌一九一六年に上巻の出た『口訳万葉集』（本書五七〜五八頁）の序文にも《この本を読んで頂く前に、まづ、具体的に、万葉びとの「心身」を知つておいて貰ひたい、と思うた》とあり、一九一八年の『万葉集辞典』の自序にも「物心両面から万葉人《マンネフビト》の生活を見る」と使用されている。世間に広まったのもこのころからのようだ。当時折口の属したアララギ派の中心メンバーたちもこの年から借用しているし（島木赤彦「万葉集」一九一八年四月、全集3。斎藤茂吉「釈迢空に与ふ」一九一八年五月、全集9）、同じころ『古寺巡礼』（一九一九年、岩波書店）や『日本古代文化』（一九二〇年、岩波書店）を書いて古代憧憬の喚起に一役買った和辻哲郎も、島木赤彦の死去に際し「島木さんには本質的に万葉人らしい所があ」ったとのコメントを残している（「島木さんのこと」『アララギ島木赤彦追悼号』一九‐一〇、一九二六年十月）。使用例は北原白秋にも見られる（「これからである」『改造』一九二六年七月、全集21）。

「万葉びと」という思考法の特徴は、次の歌の解釈が折口以前と以後で一変した点によく表われている。

籠《こ》もよ　み籠持ち、掘串《ふくし》もよ　み掘串《ぶくし》持ち、この丘に　菜摘ます児。家告《の》らせ　名告らさね。そら

みつ　大和の国は、押しなべて　我《われ》こそ居《を》れ、敷きなべて　我こそ座《いま》せ。我こそは　告らめ、家をも名をも。〔巻一・一〕

この巻一巻頭歌は、題詞に「天皇御製歌」とあることから、かつては誰もが雄略天皇（ワカタケル大王／倭王武）の実作と考えていたのだが（本書三五〜三七頁、七九〜八〇頁）、伝誦歌が伝説的な過去の君主に仮託されたとするのが現在の定説であり、それを最初に提唱したのが折口なのである。

此御製は、万葉集の巻頭にあるものだが、雄略天皇御製とするのは、さう信じて来たからで、此天皇はさうした事〔行きずりの求婚〕が多くおありになつたから、かく伝へたものと見てもさしつかへがない。〔「万葉人の生活」一九三一年十月、全集6〕

彼がいちはやくこの見解に到達したのは、『万葉集』の巻一・巻二を「大歌」つまり「宮廷詩」の記録とする持論〔「万葉集のなり立ち」一九二二年二月、『古代研究　国文学篇』所収、一九二九年、全集1〕に導かれてのことだった[29]。その背景にはまた、古代の王権がマジカルな諸観念に支えられていた点を主な根拠として、当時の宮廷文化を固有の民族文化として意味づけようとする構想があった。これは折口の学問全体の根幹をなす構想でもあって、「万葉びと」には概念的にも情緒的にもこの構想が凝縮されていた。

私は所謂有史以後奈良朝以前の日本人を、万葉人《マンネフビト》と言ひ慣して来た。万葉集は略《ほぼ》、日本民族が国家意識を出しかけた時代から、其観念の確立した頃までの人々の内生活の記録とも見るべきものである。此期間の人々を、精神生活の方面から見た時の呼び名として、恰好なものと信じて居る。〔「最古女性生活の根柢」初出一九二四年九月、『古代研究　民俗学篇第一』所収、一九二九年、全集2〕

折口は雄略伝誦歌の成立基盤に、そのような「万葉びと」の信仰生活を見る。「春の山ごもり、野遊びなど言ふ、処女だけの、屋外の物忌み生活の期間が、他族の男子の窺ひ、妻覔《マ》ぎするに好都合だつた、其実生活」（「万葉集講義㈢」一九三四年七月、全集7）の反映を見ることによって、この「大歌」を民族の精神生活の記念碑として意味づけるのだ。歌の主体が「われこそはヤマトの支配者なるぞ」と誇らかに宣言した箇所についても、そのヤマトは「大和一国或は、恐らく、その一部を指されたものと見るべきだらう。其菜摘みの処女の居た所は、他族の国であつた」と述べて（同右）、万葉編纂者が「天皇」と解したものを古い族長か土豪のように描き出すのだが、これでは仮託がいつごろ成立したのかがよく分からないし、そもそも折口自身がいつの時点に立って歌を理解していたのかもはっきりしない。伝誦上の仮託を言いながらも、歌自体の成立はワカタケル大王の実在した五世紀後半ごろに遡るとでも考えていたのだろうか。

彼はまた、『万葉集』巻十四の東歌は宮廷で伝誦するために採集された民謡であると言い、巻二十所載の防人歌も東歌の先例に倣って集められたとする（前掲『古代研究　国文学篇』）。こうして民族文化の貯蔵庫と見なされた宮廷には、かつてヘルダーや上田敏が抱いた〈文明と引き換えに民族性を喪失した王侯貴族〉のイメージはない。同様に、草創期の国文学が打ち出していた文化的混血性の主張も見られない。代わって認められるのは、「国体」の観念を「信仰」に置き換えることによって編み上げられた、日本民族の全一性と固有性の主張である。

あて人の家自身が、それ〳〵、農村の大家《オホヤケ》であつた。其が次第に、官人《ツカサビト》らしい姿に更《カハ》つて来ても、家庭の生活には、何時《イツ》までたつても、何処か農家らしい様子が、残つて居た。家構へにも、屋敷の広場《ニハ》にも、家の中の雑用具《ザフヨウグ》にも。第一、女たちの生活は、起居《タチヰ》ふるまひなり、服装なりは、優雅に優雅にと変つては行つたが、やはり昔の農家の家内《ヤウチ》の匂ひがつき纏うて離れなかつた。刈り上げの秋になると、夫と離れて暮す年頃に達した夫人などは、よく其家の遠い田荘《ナリドコロ》へ行つて、数日を過して来るやうな習しも、絶えることなく、くり返されて居た。〔『死者の書』初出一九三九年一～三月、初版一九四三年、全集27。圏点原文〕

貴人の家までが「昔の農家」の空気を濃厚に保存していたような、文化的に均質的な「万葉びと」の生活――彼らの生活に身分や階層による分裂はありえない。事実なかったのではなく、あってはならないのだ。「万葉びと」とは「われ〳〵の祖先」の別名だからであり（『口訳万葉集』序文）、その「祖先」はまた「われ〳〵」のあるべき姿を映す鏡にほかならないからである。

　折口の構想は、明治末期の国文学に孕まれた〈民族の固有性〉への志向を増幅したものと見ることができる。文明開化の合言葉が古びつつあったとき、未開と文明の関係を逆転させるような着想の持ち主が現われ、谷間に陥った国文学の本流を尻目に、自らの構想を着々と鍛え上げていったのだった。

彼の学問が一躍脚光を浴びたのは、『古代研究』の出版された昭和初期のことである。折しも出版界は円本ブームなどによる好況下にあり、国文学界もまた、歴史社会学派・文芸学派の二大新潮流と、本流である文献学派とが三つ巴になって空前の活況を呈しており、各種の講座ものや専門雑誌・研究書の刊行が相次いでいた。〈口誦文学《オーラル・リテラチュア》〉の概念が公認されて、日本文学史の上限が漢字・漢学の渡来期から日本民族の黎明期にまで一挙に引き上げられたのもこの時期だった。文学を〈国民の文明の精華〉とする明治以来の了解は、〈民族の精神文化〉という観点に取って代わられ、文学史は「民族性」と「個性」の相互媒介を通して展開すると考えられるようになった。

このとき国文学の本流が「民族文学」の代表格に位置づけたのは、語部《かたりべ》の伝誦に由来すると目された『古事記』『日本書紀』の物語であって、この流れの中心にいた久松潜一は、『万葉集』については「集団的な民謡もあるけれども、多くは個人的に作られたものである」と述べ、「前者〔記・紀・風土記〕を流れて居るものは民族的国家的精神であり、後者〔万葉集〕を流れて居るものは個人的精神であると思ふ」と説いた（「大和時代文学概説」『上代民族文学とその学史』一九三四年、大明堂書店。初出は『日本文学講座』1、一九二六年、新潮社）。

久松の見解が世間にどう受け止められたかは、よく分からない。が、少なくとも全面的には歓迎されなかったと思われる。読書人の脳裏に、〈民族の原郷〉としての万葉像はすでにあまねく浸透していたと見られるからである。

## 三　異端者伊藤左千夫

万葉享受の歴史は数々の名著を生み出したが、意義ある書を一点だけ挙げよと言われれば、私はためらわず斎藤茂吉『万葉秀歌（上・下）』（初版一九三八年、四一刷改版一九六八年、岩波新書）を選ぶ。岩波新書発刊と同時に世に出た同書は、以来、六十年以上にわたって版を重ねつづけている。一九六八年の時点ですでに上巻が四三刷五一万部、下巻も四〇刷四〇万部に達していたというから（下巻付載「改版に際して」）、八九刷を数える現在までの発行部数はおそらく百万を超えているものと思われる。しかも、多くの国語教科書が万葉歌の採否の目安を同書に求めてきたという事情もあるから、間接的な影響力にはそれこそはかり知れないものがある。

その『万葉秀歌』下巻に次の一節がある。

稲《いね》舂《つ》けば皹《かが》る我《あ》が手《て》を今宵《こよひ》もか殿《との》の稚子《わくご》が取《と》りて嘆《なげ》かむ　〔巻十四・三四五九〕東歌

「皹《かが》る」は、皹《ひび》のきれることで、アカガリ、アカギレともいう。「殿の稚子《わくご》」は、地方の国守とか郡守とか豪族とかいう家柄の若者をいうので、歌う者はそれよりも身分の賤《いや》しい農婦として使われている者か、或は村里の娘たちという種類の趣《おもむき》である。一首の意は、稲を舂《つ》いてこんなに皹《ひび》の切れた私の手をば、今夜も殿の若君が取られて、可哀そうだとおっしゃることでしょう、御一しょになる時にお恥しい心持もするという余情がこもっている。内容が斯《か》く稍《やや》戯曲的であるから、いろいろ敷衍《ふえん》して解釈しがちであるが、これも農民のあいだに行われた労働歌の一種で、農婦等がこぞってうたうのに適したものである。それだから「殿の若子《わくご》」も、この「我が手」の主人も、誰《たれ》であってもかまわぬのである。ただこの歌には、身分のいい青年に接近している若い農小婦の純粋なつつましい語気が聞かれるので、それで吾々は感にたえぬ程になるのだが、よく味えばやはり一般民謡の特質に触れるのである。併しこれだけの民謡を生んだのは、まさに世界第一流の民謡国だという証拠《しょうこ》である。〔以下二文略〕

茂吉はこのように、右の一首を「労働歌」として鑑賞する。そして、農婦たちの集合的想像から生まれた歌だから、作者の状況を「いろいろ敷衍して解釈」するのはよくない、とも言う。これが彼の「民謡」解釈の基本的立場であって、同書所収の東歌二六首のうち、防人の歌を除く二四首はすべてこの立場から鑑賞されているし、その他、柿本人麻呂歌集所出の歌々や巻十一・十二所収の作者不明歌なども、大半は「民謡」ないし「民謡的」な歌として扱われている。

ただ、右の「稲舂けば」の歌の場合、茂吉は記述に微妙な留保を加えてもいて、特に傍線部は、個人の体験を歌った作と見ても構わない、と言わんばかりの書きぶりである。私は何年か前まで、茂吉は契沖以来の解釈を尊重し、あえて一歩譲ったのかと思っていた。「賤シキ女ノ、然ルヘキ人ニ思ハレテ、身ヲ知テ恥ラヒテヨメルハアハレナリ」(『万葉代匠記』精撰本、全集6)というのがその解釈だが、どうもそれだけではないらしい。

茂吉が『万葉秀歌』の三年後に書いた文章に「労働歌」というのがある（「童馬山房夜話」二八七、一九四一年三月、全集20）。「稲春けば」の歌と、もう一首、

鳰鳥《にほどり》の葛飾早稲《かづしかわせ》を饗《にへ》すともその愛《かな》しきを外《と》に立てめやも　〔巻十四・三三八六〕

の二首を鑑賞して、伊藤左千夫の思い出に及ぶ。

二つの歌とも、只今では一般化し、通俗化してしまつたけれども、僕が歌を習ひはじめて左千夫先生のところに行き行きしたあたりには、国文学界でも歌壇でも、決してこの歌などに就いて彼此いはぬのであつたのを、左千夫先生がいつの頃からか見附けてゐて、しきりに称揚したものである。

茂吉はまた、そのころ左千夫が、門人など、地方からの訪問者には決まってこの歌の魅力を説いたと言い、それを聞いて自分たちも「万葉集にかういふ歌があるのかといふ風に注意したものである」と回顧する。「何しろ、非常な感動の為方であった」。

語り口は茂吉一流のもので、肝心な点を伏せたままその周辺ばかりを克明に描き出している。というのも、読者は右の二首がとうに「通俗化」した時点に立っているのだから、そしてその「通俗化」には三年前の茂吉自身の著書も大いに関与しているのだから、二首を発見したのは左千夫なの

だと聞かされれば、左千夫も茂吉と同じ解釈に立っていたものと思い込むのが自然な心理だろう。ところがこの思い込みは、次の記述によって脆《もろ》くも覆されてしまう。

左千夫先生の、『稲つけば皹《かが》るあが手を』の歌に対する鑑賞は、これを遠い過去の東国の民謡としてよりも、現時に於ける農民のあひだの可憐な一少女の詠歎として受取り、その少女の体近くに居るがごとくに肉体的に感ぜられたのであつたやうである。

「稲春けば」の歌を「民謡」だなどと、左千夫本人は決して考えていなかったのだ。契沖と同じように、身分違いの恋に悩んだ一人の娘の心境と解して「感動」していた。実際、彼が『野菊の墓』の三年後に書いた短編「新万葉物語」（一九〇九年、全集2）は、貧農の少女が大学出の隣家の次男に淡い思慕を抱く話で、末尾にはご丁寧にも、当の「稲春けば」の歌が付記されているのだ。実は茂吉自身、文中でこの短編の存在を示唆していた。

茂吉が『万葉秀歌』の記述に微妙な留保を交えたのは、左千夫の執心ぶりが念頭を去らなかったためと見て間違いないだろう。『万葉秀歌』についてはそれでいちおう納得がゆくが、もう一つの「労働歌」の方はどうか。左千夫の解釈が自身のとは異なることを承知の上で、あえて左千夫を先覚者として遇し、先生の教示が自分たちの眼を開いたと語ってみせる。しかも、そうやっていったん消去しかけたはずの不協和を、文章の終わり近くになってから不意に露出させ、読者を煙に巻いたまま「ああ喋舌りすぎて予定の頁になつてしまつた」などと投げ出してしまう。これはどういう

**伊藤左千夫と門弟たち**（1909年５月頃，左千夫宅の庭で）
前列左より左千夫，間宮英宗，後列左より斎藤茂吉，山本董湫，土屋文明。

ことなのだろうか。

アララギ派の創立者左千夫が稀代の万葉尊重家だったことは言うまでもない。単なる「尊重家」というよりはむしろ「尊崇家」と呼ぶ方がふさわしいくらいなのだが、その実、彼の万葉観は国民歌集観とは本質的に異なる性質のものだった。彼が師事した子規は明らかに国民歌集観の第一側面に立脚して思考していたし、同じことは長塚節にも当てはまる。左千夫を師と奉じた島木赤彦は第一側面から出発して第二側面へと移行していったし、左千夫の直弟子にあたる茂吉や土屋文明の場合、同様の移行がいっそう速やかに果たされた。左千夫だけがこの流れの外側に立ちつづけたのであり、この限りで言えば、左千夫という人は、実はアララギ派における最大の異端分子だったことになる。

そのことを端的に示す一件がある。明治後期の歌壇に国民文学運動の影響が及んで、和歌／短歌と「俗謡」とを同列に扱う議論が現われたとき、左千夫はこれに激しく反発したのだ。

まずはその一件を概観しよう。

一九〇三（明治三六）年の九月と十月に、左千夫は自身の主宰する『馬酔木《あしび》』に「無一塵庵主人」名の批評文を載せて、当時新派歌人として有力視されていた服部躬治《もとはる》の近作を攻撃し、服部の著書『恋愛詩評釈』（一九〇〇年、明治書院）をも徹底的にこきおろした（「今の所謂新派の歌を排す」『馬酔木』一‐四・五、全集5）。

服部は落合直文門下で、「いかづち会」の同人でもあった。問題の書は、古今の歌謡・和歌――記・紀・万葉の歌、勅撰集・物語・歌合せの和歌、今様、近世の「俗謡」――から恋の歌六十余首を取り上げ、批評したもので、時代やジャンルを越えて広く類想の歌を指摘する点に特色があった。たとえば、「玉敷ける家も何せむ八重葎《やへむぐら》おほへる小家《をや》も妹と居りてば」の万葉歌（巻十一・二八二五）に、「君にあふ夜は埴生の小屋も玉の台《うてな》にまさるもの」（「徳川時代の投節唱歌」）や、「まゝよ田舎がまた住みよかろぬしと一処にくらすなら」（「潮来節」）といった「俗謡」を引き合いに出す。逆に、「様と別れて松原ゆけば松の露やら涙やら」という「肥前地方に行はるゝ田唄」を、「一首、玲瓏《れいろう》として、崑玉《こんぎよく》を見るが如く、一たび、これに触れむほどのもの、誰か、陶然たるゑひごゝちなきを得べき」と絶賛して、万葉の名歌「わがせこを都〔「倭」の誤り〕へやると小夜《さよ》ふけてあかとき露にわがたちぬれし」（巻二・一〇五　大伯皇女）よりもはるかに優ると述べる。比較は類似の指摘に終始し、差異にはほとんど頓着しない（以上、「　」内の引用は服部に拠り、圏点・句読点を略した）。

ここでとりあえず服部の用語法に注意しておこう。彼の言う「俗謡」の範疇には、現在「俗謡」ないし「芸謡」と呼ばれるものだけでなく、「民謡」と呼ばれるものまでが漠然と包摂されている。左に引く左千夫や森田義郎の用語法もこれとほぼ同様であり、引用中の傍線部分からそのことが確かめられる。先回りして言えば、服部や森田は「俗謡」をフォルクスリートの訳語として使用するのだが、左千夫にはそのような意識がない。彼らの衝突も一面ではこの点に関わっている。

さて、服部の縦横無尽な鑑賞態度を、左千夫は「味噌も糞も差別のない、感嘆の仕様、実は是程判らぬ男とは思はなかつた」「万葉の歌も恋愛だ端唄都々逸も恋愛だ、只雅俗といふ差別のあることを忘れてはならぬ」「既に詩といふものゝ根本義を誤つて居る此評釈固《もと》より仔細に評するの価値ないことは云ふまでもない」などと痛罵したのだった。

この批評文が左千夫の手になることは誰の目にも明らかだった。彼の筆鋒《ひつぽう》の鋭さは三年前の鉄幹子規不可並称論事件で証明済みだったから、歌壇の関係者は自身に累が及ぶのを恐れ、多くが沈黙を決め込んだ。(30) そのなかにあって、独り反論を挑んだのが森田だったのである。森田は、左千夫にとっては根岸派の後輩であり、『馬酔木』の創立メンバーの一人でもあったが、前年ごろから左千夫との関係が険悪になっていた。また、国学院出身という点では服部にも縁があり、この当時は同郷の歌人石槫千亦《いしくれちまた》を通じ佐佐木信綱にも接近して、『こゝろの華』の編集を任されていた。

万葉の十、十一、十二の歌若《もし》くは十四、二十の東歌のごとき、古代の衆庶が或は竟宴の席、或は労働の時、放吟し微唱したるものなるべきは世人の普く認むる所、予は以て現代の所謂俗謡也との説に和せんとす。[31] 氏〔左千夫〕は見て以て味噌と糞との差のみに非ずとなさん歟《か》。〔…／…〕智あり識ある文人騒客の詩歌よりも、無智無識の牧童、草苅の徒に太古の趣の僅に残りて多くの詩情的なる行動を見るとなさずや。而して彼等の作る処は俗なる形式によりて俗趣味を歌へるものにして詩に非らずとなすか唉唉《ああ》、一に専らなる人は幸なる哉《かな》。〔／〕氏が前後の論旨より試に帰納すれば、詩の定義は「雅なる形式によりて雅なる内容の表現せられたるもの也」と云ふが如し。狭い哉。詩の領域、如斯《かくのごとく》んば其亡滅は寔《まこと》に迫れりといふべし。〔「雅俗論」『こゝろの華』六-一〇、一九〇三年十月〕。

この森田の文章に煽られた左千夫は、同年十二月の『馬酔木』七号で「俗謡は雅にあらずと云つて予は狭隘の名誉を得たるか」と言い放ち（無一塵「広狭弁」、全集5）、同じ号に実名で「俗謡について」をも掲げて反撃した。

俗謡といふ語義はいふまでもなく通俗なる謡といふことであつて今日では、或種類即端唄都々《はうたどど》逸《いつ》盆唄潮来節とか河東節《かとうぶし》とかいふ様な類の俗歌を総称して云へるので、上古の風俗《ふぞく》歌又は中古の催馬楽《さいばら》などゝは別種の物である、まして万葉の一部を俗謡だなどゝといふのは、沙汰の限りで論ずるに足らぬ、〔…／…〕俗謡が田夫野人にも無造作に解つて又作れる者とすれば其程度の低いは云ふまでもない、試に本歌に就て見よ、多年修養研鑽を経た人々にも、容易に出来ないではないか、無知無識の牧童草刈の作つたものが、智あり識ある文士騒客の詩歌より詩情的だといふ人があるが、予はそんな牧童草刈の作物を拝見したいものだ、〔全集5〕

二人の反目はこれを機に修復不能の状態に陥る。左千夫は結社の他の同人に手を回して森田の追放を画策し、それを察知した森田は自ら『馬酔木』離脱を宣言する。[32] 一件はここに落着を見る。

服部の「俗謡」論について考えてみよう。彼の基本的見地は、和歌も「俗謡」も広い目で見れば同じ抒情詩に属するという点にあった。和歌と「俗謡」とを一応は区別していたのであり、そのことは「万葉を除いての日本の抒情詩は、俗謡の独占するところと言ッても差し支へない」との発言からも裏づけられる（「俗謡の詩味」『こゝろの華』三-四、一九〇〇年四月）。ただ、両者がどういう次元で区別されるのかを明確に認識しなかったために、実際に歌々を批評する段になると類似ばかりを一面的に強調せざるをえなかったのだろう。そこを左千夫に衝かれた。森田の援護も混乱を助長するだけだった。服部の弱点は、つまりは基本的見地の観念性にあった。彼は、歌々と具体的に向き合う体験から自身の見地を鍛え上げたのではなく、あらかじめ仕入れた見地から歌々を眺めていたのである。同じことは森田にもほぼ当てはまるだろう。

では、彼らはどこからそれを仕入れたのか。服部は一九〇一年から投稿雑誌『文庫』の短歌欄選者を務め、その『文庫』では一八九八年ごろから横瀬夜雨らの「俗謡」調田園詩が盛んに発表されていたから、一つの脈はそこに求められるかもしれない。私は、しかし、この『文庫』の動向をも含め、事の発端は『帝国文学』の初期「俗謡」言説にあったろうと思う。

服部も森田も文科大学の出身ではなかったが、『帝国文学』の読者だったことはまず間違いない。服部の属した浅香社一門には、落合直文が一八九八年まで一高教授を勤めた関係で帝大生が少なくなかったし、落合自身、帝国文学会の創立メンバーの一人だった。その浅香社の分派いかづち会も、尾上柴舟、大伴来目雄、菊池駒次の文科大学生を擁し、このうち大伴は一八九七・九八年度の『帝国文学』編集委員を務めたこともあった。一方、森田はと言えば、没後まもない子規の業績をめぐって『帝国文学』記者石川芝峯と論戦したことがあるし（『こゝろの華』六－二～四、一九〇三年二～四月）、『こゝろの華』編集部に『帝国文学』が届けられていたことも容易に推測できる。

これら周辺の事実はともかく、初期「俗謡」論者との論調の酷似こそ、何よりの証拠となるだろう。「俗謡」を抒情詩の一種とする点や、その天真爛漫な表現を称揚する点ばかりでなく、「俗謡」なるものの範疇を突き詰めずに進める逆立ちした論法にしてからが、偶然の符合とはとても考えられない。ちなみに、『恋愛詩評釈』の出版は『帝国文学』創刊から五年めのことで、時に服部は数え二六歳、森田は二三歳だった。官学の権威のもとに振り撒かれていた言説が、その教条性・観念性ゆえに、かえって若き「和歌革新」の徒を惹きつけたのだと思う。

左千夫が反発し、斥けようとしたのは、要するに国民文学運動の余波であり、万葉国民歌集観刷新の最初の兆しというべきものであった。彼はしかも、自身が斥けようとしたものの背景をいっこうに認識していなかった。では、歌々との具体的対話から発想して物を言っていたのかといえば、それも違うと思う。左千夫は左千夫で、ある観念のとりこになっていたからである。一連の文章のなかで、彼は結局、一つのことしか述べていない。和歌（正歌）と「俗謡」との間には厳然たる雅俗のけじめがある、ということがらだ。この雅俗不一論は、左千夫が森田だけでなく、盟友であるはずの長塚節の議論までを曲解する要因となったもので、俗なるものへの忌避感とないまぜになった一種の固定観念にほかならなかった。

長塚節は、この年の『馬酔木』に三編の東歌論を公表して（「万葉集巻の十四」一九〇三年六月、「東歌余談(一)・(二)」同年八・十月、全集4）、東歌を「万葉全体に通じたる短歌構成上の大原則を脱せざる」短歌として分析し、万葉時代の「東人の技倆」には侮りがたいものがあると結論していた。書き出しに《十六の滑稽歌は嘗て亡師の所論載せて「日本」紙上に在り、敢て蛇足を添へざるべし》とあることからも分かるように、これらの論は、生前の子規が短歌／和歌の文学化の具体策として表現領域と用語の拡張を考え、その先蹤として『万葉集』巻十六を顕彰したこと（第二章第四節）を踏まえたもので、俗語・方言の取り込みの可能性を探る点にそもそもの意図があった。節《たかし》はこれ以前に催馬楽体を試作したこともある。

万葉の作者不明歌は「俗謡」でないと言うために、左千夫はこの節の東歌論を援用しようとした。「万葉の東歌防人の歌に就ては長塚君が長々と研究意見を書れた如く、其時代の俗語を盛に取り用てあるに係らず何れの点にも、普通的な所や卑俗な調子を認めることが出来ぬにあらずや」（前掲「俗謡について」）。

東歌を「俗謡」視しない点に限れば、なるほど二人の見解はおおむね一致していた。だが、節自身は、東歌の特色を「方言訛語」の「活動」するさまや、「比類なき樸素の気を帯びてゐる」点に求め、この見地から「吾人の見る方言訛語となすものは当時に於ける東人の通用語たりしなり、日常の言語を以て作為したる短歌の成功したるものが即ち東歌なり」と結論づけたのである。彼の見解に沿って言えば、東歌は「俗語を盛んに取り用てある」からこそ「普通的な所」に富むのであり、またそこに独特の魅力と存在意義があるのでなくてはならない。左千夫の要約ではこの「からこそ」が「に係らず」と、正反対になってしまっている。

用語が「普通的なること」と調子が「卑俗なること」の二点は、左千夫が近世の「俗謡」の実例を吟味して下した判定でもあった。彼はこのようにして客観性を装うのだが、その実、「普通的」なるものは「卑俗」なのだと、初めから決めてかかっていたのである。節の趣旨を曲解してしまったのもそのためだろうし、そもそも、「東人の通用語」の有する粗野な活力という着想自体、左千夫にはまともに通じていなかったらしい。

そればかりではない。雅俗不一論は、実は、左千夫が春園と号したころからの数年来の持論でもあった。

伊藤春園の名が世に出たのは、新聞『日本』への投稿「非新自讃歌論」によってだった（一八九八年二月十日、全集5）。これは三日前の『日本附録週報』所載「新自讃歌」を難じたもので、二日後の十二日の紙面に子規の「歌よみに与ふる書」第一回が現われるのだが、文中、左千夫は「凡《およそ》世の中の万《よろづ》の物事美醜あり雅俗ありそをとり捨ててこそ美術てふ物もいでくめれ　醜くきものいやしげなるものうちまじりなばそは美術てふ物の界にいるべきにあらず」と断じ、小出粲《こいでつばら》の歌句を

「たふとき和歌の調」ならぬ「舟子牛逐等《ふなこうしおひ》がうたふてふ鼻うたの調子」と決めつけて、誌上に反響を巻き起こしたのだった。駿台小隠こと五百木《いおき》瓢亭《ひょうてい》が論戦に応じた。子規も小隠に同調し、最終的には「人々に答ふ」第十一・十二回を左千夫への回答に当てて、七カ条にわたり反駁した。子規が「和歌は長く上等社会にのみ行はれたるが為に腐敗し、俳句は兎角《とかく》下等社会に行はれ易かりしため腐敗せり。吾等は和歌俳句の堂上に行はるゝを望まず、和歌俳句の俗間にて作らるゝを望まず。和歌俳句は長く文学者の間に作られん事を望むなり」と述べて、和歌・俳句の文学化／国民化の構想を明言したのは、実にこのときであった（本書一六一〜六四頁）。

一方、左千夫の主張には、文学と国民とを結節させる発想が認められないばかりか、国民という思想そのものが多分に曖昧な形でしか存在しない。一例を挙げよう。

> 人類の性質に天賦の賢愚利鈍あるを免れざる以上は社会に階級を生ずる是自然の勢ならずんばあらず既に已に社会に階級ある以上は此社会中の一物たる文学豈独り階級あるを免れ得んや〔「日本新聞に寄せて歌の定義を論ず」一八九八年三月七日付草稿、[33] 全集5〕。

左千夫の考えでは、この「階級」に応じたもろもろの文学は「相待て大和民族が精神の営養に供す」べきものではあるものの、それ自体としては「各相混すべからざる」ものである。

左千夫は、雅なるものとしての和歌の「本体」は『万葉集』にあると考えた。それが彼の万葉尊崇の出発点だった。なぜ「本体」と言えるか。「我国に歌なる者ありてより千有余年人麿赤人家持憶良等の歌聖相次て起るに及で詩運隆盛の極に達し〔……〕此時に当りて歌なる者は已に発達し得るだけ発達し成熟し得るだけ成熟して歌てふ一の文学は玆に完全無欠の物となりし」からである。その発達・成熟が果たされたのは、輩出した歌聖が「煉磨砥励」に努めたからであって、その点、「万葉の歌を以て徒に自然の調なり有のまゝの言葉なりなど云ふは詩旨を得解せざる愚人の言」にほかならぬ。(34) すると『古今集』以降の和歌はなぜ「本体」から堕落したのか。それは――堂上の専有物と化したからではなく――「漢土崇拝の思想」「漢詩崇拝の思潮」に毒されたからなのだ(以上、前掲「日本新聞に寄せて歌の定義を論ず」)。

彼の行論は、自身名を挙げる賀茂真淵・八田知紀《はったとものり》ら、近世国学者の言説の寄せ集めの観を呈している。しかも左千夫は、古人の言を独自に折衷したかに見えて、その実、出発点においてすでに国学系の思考法に搦め取られてしまっている。同じような手法を用いても、たとえば国文学者たちの和歌史記述・歌学史記述においては、それら国学者の言は国民という観点から読み換えられてきたし、またその結果、真淵らの万葉称揚は近代における万葉〝発見〟との連続相のもとに捉えられ、まるでそれ自体のうちに国民的価値への志向を孕んでいたかのように描き出されるのが常だった。国文学はそのようにして、国民の学としての国学を後ろ向きに発明してきた。

だが、左千夫の叙述にその種のしたたかさはない。真淵に寄り添って思考するとき、彼は真淵と同様、『万葉集』の作者層などには目もくれない。目のつけようがないのだ。だからこそ「和歌は貴族の如し」などと口走ることにもなった(「小隠子にこたふ」『日本』一八九八年二月二三・二四日、全集5)。

左千夫は、『万葉集』はなぜ尊いのかと問われれば、そこに雅なる調べがあるからだと答える。古代人の純朴な心や歌の格調の高さを言う真淵の説に、八田知紀の調べの説を加味した格好だが、ではその「雅」とは何かという点や、歌はなぜ「雅」でなくてはならぬのかといった点となると、「品格高尚」といった類義語を並べ立てるしかない。尊さの根拠については完全に手詰まりなのである。「国歌革新」の展望という点でも、堕落した和歌を「本体」の水準に復するというイメージしか彼は持ち合わせていないのだが（参照、「続新歌論」『こゝろの華』四‐一一〜五‐一、五‐三、一九〇一年十一月〜〇二年三月、全集5）、これは真淵らが言い古してきたことがらにすぎない。

「歌の定義を論ず」に示された和歌観・万葉観は、このように、子規の革新構想から見ても、当時一般化しつつあった万葉観から見ても、多分に反動的なものにほかならなかった。しかも左千夫は、子規の見識に敬服して根岸短歌会に加入して以後も、持論を容易に捨てようとはしなかった。彼は後に子規との交際を回顧して「僕も初めから正岡君とは手を握つて居た訳ではないのです、寧ろ反対の側にあつたもので時には歌論などもやつたものです、それが漸々とその議論を聴き、技倆を認め、遂に崇敬する事となり此方から降服したと云ふ姿です」（「子規と和歌」一九〇七年九月、全集6）と語るのだが、そしてこれは本人の実感だったに違いないのだが、彼が本当に子規の構想に共鳴していたのであれば、子規の没後にまで雅俗不一論を振り回したりしなかったろうし、まして子規の構想に沿う長塚節の思索を曲解したりもしなかったろう。

左千夫は、本人の実感とはうらはらに、生前の子規に決して「降服」などしていなかったと言わなくてはならない。二人は、和歌／短歌とは何か、自分はこのジャンルに何を求めるかという、基本的問題についてさえ、ついに共通の了解に立つことはなかった。もちろん、左千夫が子規の遺志を継ごうとの意識のもとにアララギ派を打ち建てていったのは事実であり、それは大局的に見て和歌／短歌の国民化につながる事業には違いなかったが、その事業は同時に、盟友たちの相次ぐ離反によって、常に存亡の危機に曝されつづけたのだった。なぜか。万葉への復古を標榜する彼の路線が、他派ばかりか、子規の展望に立つ多くの人々の目にも、途方もない錯誤・逸脱と映ったからではないだろうか。

左千夫が赤彦や茂吉との深刻な対立の渦中で急死したことはよく知られている。彼の困難は、つまりは自身の信条の堅固さ、ないしは度しがたい頑迷さに由来していたと思う。同時にまた、その頑迷さは、一見尋常に見える側の正体をも克明に照らし出してくれているように思う。

茂吉の話に戻ろう。彼の著書『伊藤左千夫』（一九四二年、全集20）に、「俗謡観」と題する一項がある。上述の一件が多少不正確に概観され、こう総括される。

> 左千夫の俗謡論が当時の人々に嘲笑の眼を以て視られたことは、今に推するに難くはない。併し究極に於て左千夫の論の方が確実であつた。

不正確と言ったのは森田義郎の名が記されていないからだが、今は立ち入らない。問題はむしろ、茂吉が左千夫の論に軍配を上げたという、その判定の仕方にある。

すでに指摘したとおり、左千夫の言う「俗謡」は、現在「民謡」と呼ばれるものを外延に含んでいる。「万葉の一部を俗謡だなどゝいふのは、沙汰の限りで論ずるに足らぬ」という彼の言葉は、『万葉集』には端歌・都々逸のたぐいもなければ、盆唄・田唄のたぐいも一切ないという意味であって、これを敷衍すれば、本節の冒頭に挙げた「稲舂《つ》けば」や「鳰鳥《にほどり》の」の歌についても、それらを労働歌扱いするなどとんでもない話だということになる。ところが茂吉は、自身はそのとんでもない考えの持ち主なのに、左千夫の考えを「究極に於て」「確実であつた」と判定するのだ。

　語の意味のずれから説明できる面もあるだろう。私に見落としがなければ、『左千夫全集』全九冊に「民謡」の語例は存在しない。「民謡」の語誌に照らしても、一九一三（大正二）年に死去した左千夫は、この語をかいもく知らなかったか、知っても自己の語彙には取り入れなかったものと考えてよい。一方、茂吉はと言えば、左千夫の死の前年にすでに「民謡《フォルクスリイド》」の語を書き残していて（「短歌の特質についての考察」『アララギ』一九一二年一月、『童馬漫語』所収、一九一九年、全集9）、早くからその概念を了解していたことが分かるし、大正中期以降は『アララギ』の誌面で赤彦や文明らの「民謡」論にもたびたび接していた。彼は「民謡」と「俗謡」とを画然と区別していた公算が高い。「民謡」は端歌や都々逸のたぐいを含まず、「俗謡」は盆唄や田唄のたぐいを含まない、そう了解した上で、茂吉は、『万葉集』に「民謡」つまり盆唄や田唄と同類のものはあるが、「俗謡」つまり端唄や都々逸の同類は存在しない、と判断したのだろう。すると茂吉の万葉理解に自己矛盾はないことになるが、それでも、彼の万葉理解は左千夫のとはやはり食い違っているし、左千夫の万葉理解についての茂吉の理解もまた、左千夫の万葉理解そのものとはずれている。「万葉理解」

という言い方をするのは、この二重のずれが少なくとも東歌や作者不明歌全般に及ぶからで、ひいては万葉歌の文化的基盤の認識に関わり、その意味で各自の万葉観の根幹にも関わるからだ。『万葉集』中に「民謡」の存在を認めたとき、茂吉は事実上、明治後期の「俗謡」論者と同じ側に立って、ただし彼らの見地をいっそう精密にした見地に立って、先師左千夫と対立していたはずなのだ。当面の問題は、結局、茂吉自身がこの対立を正視しようとしなかったのはなぜか、という点に帰着する。

「民謡」という物の見方を知らなかった左千夫は、当然ながら、民謡は尊いという思想をも持ち合わせなかった。盆唄や田唄は彼にとって、卑しむべき「俗謡」ではあっても、民族の魂の声だの民衆の天真の発露だのではありえなかった。そんなものを尊んだり、あまつさえわが『万葉集』と同列に扱ったりする輩の気が知れなかったのだ。左千夫の信奉する万葉の歌々とは、疑いなく古代の貴族文化の所産であり、それゆえ本質的に「雅」なるものであって、しかも同時に、あらゆる種類の日本人が回帰すべき美の原点なのであった。

牛飼が歌咏む時に世の中のあらたしき歌大いに起る　〔全集1〕

この、成立年次未詳の代表作にしても、「大いに起る」べき「あらたしき歌」を、作者は庶民の生活感を汲み上げた歌などとイメージしてはいなかったはずである。「同種同調の言語あり而して始めて、国民の称民族の別顕はる、国益繁栄して国語独り廃滅するの理いづくんかあるべき」と言い放つ彼は、古代貴族の言語がそのまま当代日本の国語であることを信じて疑わない人である（前掲「続新歌論」）。「民族」という語も、「国民」も、左千夫にとっては〃日本人全体〃を、それも「各相混すべからざる」諸階級からなる日本人全体を、漠然とさす類義語にすぎなかった。彼はこの混乱に満ちた〃日本人〃観に立ちながら、「趣味」の豊かさという一点に賭けて『万葉集』を熱烈に奉じた。

万葉集は単に吾国の古代文学とのみ見るべからず、正に吾日本民族の趣味的思想の根源なれば、凡そ人間として必ず其祖先を知らざるべからざるが如く、日本人たるものは、如何なる種類の人と雖も、必ず万葉集を知らざるべからざるなり、況や文学に志あるものに於てをや、一国の人民として自国の文学を知らず、自国思想の根源を知らざるは、其国民たるの資格なきものなり、単に人としての資格をも有せざるなり、吾人の先祖は如何なる詩を有し、如何なる趣味的思想を有したるか、是万葉集を読み万葉を解して始めて知ることを得べきなり」（「万葉通解著言」『馬酔木』一九〇四年二月、全集5）。

左千夫の目にありありと映じていた万葉の世界とは、つまり、民謡もなければ民族／民衆もいない世界だった。それどころか、国民《ネーション》の存在さえおぼつかないような世界なのだった。民謡の見える茂吉、『万葉集』の民族的価値を赤彦や文明とともに信じ込んでいる茂吉にとって、それはもはや想像もつかない世界だったろうし、ましてその世界を先師が信奉していたなどと、彼はとうてい認めるわけにはゆかなかったろう。

茂吉が正視しようとしなかった対立、それは、万葉国民歌集観に背を向けつづけた者と、この観念の精緻な形態を受け入れ、ついには自明視した者との対立だったのである。


改めて茂吉『万葉秀歌』の名著たるゆえんを言おう。

簡にして要を得た評釈が優れていることは言うまでもない。が、いかに優れているとはいえ、六十年以上前の理解がそのまま通用するほど戦後の研究が停滞していたわけではないし、新たな解釈を盛り込んだ類書も続々刊行されている。茂吉の書が長持ちしている理由は、むしろ、「歌そのものが主眼、評釈はその従属」(同書「序」)という記述方針を貫いた点にあると思う。選歌の標準も、高度な芸術性などではなく、「国民全般が万葉集の短歌として是非知って居らねばならぬもの」という点に置かれた。その結果、歌柄があまり高くないはずの「民謡」的な歌々が、人麻呂や憶良や額田王といった有名歌人の作と並んで数多く収録され、愛誦に堪える佳品として位置づけられることになった。同書の刊行は、大正期を通じて大衆化してきた万葉国民歌集観が、〈民族の文化の源泉〉という新たな位相を呈しながら人々の心をますます捉えてゆく過程の、まさしく象徴的な一齣であった。この歴史的名著は、繰り返すが、現在も版を重ねつづけている。

もう一つ注意しておきたい点がある。『万葉秀歌』に選出された万葉歌は計三六五首で、これは『万葉集』全体の約八パーセントに当たるが、長歌は初めから対象外とされていて、そのほかにも、たとえば『万葉集』に一三〇首あまりある七夕の歌は一切収録されていない。そこにはむろん茂吉

**『新万葉集』完成祝**（1938年９月25日，芝紅葉館にて）
前列左より，釈迢空，北原白秋，土岐善麿，川田順，吉植庄亮，松村英一，半田良平，石榑千亦。後列左より，大悟法利雄，前田夕暮，大橋松平，斎藤茂吉，太田水穂，与謝野晶子，山本三生，佐佐木信綱，尾上柴舟，窪田空穂，山本実彦，一人おいて尾山篤二郎，土屋文明。『新万葉集』については「おわりに」参照。

の嗜好が反映しているのだが、同時に、当時のアララギ会員一般の意向も汲み上げられていたらしい。同書が世に出る三年前、一九三五年一月の『アララギ』第二八巻一号に、「万葉集百首選」というのが載っている。主だった会員一〇〇名に茂吉・文明・岡麓《おかふもと》の重鎮を加えた一〇三名が、各自一〇〇首ずつ選出した万葉歌の集計リストで、企画立案者は文明だという（斎藤茂吉編『万葉集研究（上）』所収、一九四〇年、岩波書店）。一〇三点満点で二点以上を得た歌、つまり推奨者が二名以上いた歌は八百首を数えたが、二〇点以上のものは一二七首、五〇点以上のものは四九首にとどまった。このリストと『万葉秀歌』の採歌状況とのあいだには明白な相関があるから、茂吉はこれをもとにして「国民全般が万葉集の短歌として是非知って居らねばならぬもの」を選んだと見てよい。

「万葉集百首選」関係者の残したコメントに

もかなり興味深いものがある。

巻十六の滑稽歌などは殆ど数人が選んだだけであるが、正岡子規の「万葉集巻十六」あたりから見ると非常な変化である。然も我々はただの数人にしろ選者があつたことに奇異を感ずる位にまでなつてゐる。〔柴生《しぼう》田《た》稔「選出所感」、前掲『万葉集研究』所収〕

正岡先生の当時には、此の滑稽の歌などは先生が興味を以て繰返されたので、新しく珍しさを感じたものだが、今では即興といふ程のもので、深く入つて来ないのは、年月の隔りを覚える。〔岡麓「選出所感」、前掲『万葉集研究』所収〕

実際、巻十六の戯笑歌で二点以上を得たのは、

法師らが鬚《ひげ》の剃杭《そりぐひ》馬繋《つな》ぎいたくな引きそ僧《ほふし》は泣かむ　〔三八四六。訓と表記は右の『万葉集研究』による。第五句は原文「僧半甘」。ホフシハニカムと訓じて、「坊さんが歯嚙みして怒る」意に解する説もある〕

の一首にすぎなかった（三点）。

子規の後継者をもって自任する昭和のアララギ歌人たちは、自派の高祖がかつて〝発見〟した

歌々に、もはやほとんど興味をもてなくなっていた。その一方で、本節冒頭の「稲春けば」「鳰鳥の」の二首や、

あしひきの山河《やまがは》の瀬の響《な》るなへに弓月《ゆつき》が岳に雲立ち渡る　〔巻七・一〇八八　柿本人麻呂歌集〕

などを左千夫が発見したという〝事実〟には異様な執着を示すのだった。[35]まさに「非常な変化」と言うほかはない。

茂吉が汲み上げたものはどのように形成されてきたのか。次節以降では、改めて大正期に焦点を当てて、この時期におけるアララギ派の膨張について考えてみよう。

## 四　教育者の聖典——島木赤彦の万葉尊重1

長く昭和天皇の侍従を務めた入江相政《すけまさ》が、「旧制中学在学中の、大正の中頃」の体験を書き残している。記憶に多少曖昧なところもあるようだが、[36]そのまま抜き出してみよう。

あの本を知るちょっと前のこと、上級生の持っている旧制高校の、万葉集の教科書を見る機会があった。目次をめくった所では、恋の歌が見あたらない。「これだからいやんなっちゃう。折角万葉集を教えようというのに、恋の歌をはぶくとは何事であるか」といった。教科書の編

者とか文部省とか、そういうものに対する不満を述べたわけだったが、早速たしなめられた。「相聞というのがすなわち恋歌である。あわてないように」と。〔／〕この程度に無知だったが、しかし、なにか万葉集には「真実」が盛られている、というようなことは承知していたわけで、なにによってそれを知ったかは、今思い出せない。〔入江相政「正述心緒と東歌」、沢瀉久孝『万葉集注釈』付録11、一九六二年、中央公論社〕

入江の父為守《ためもり》は、冷泉《れいぜい》家に生まれて入江家を継いだ人であり、一九一五（大正四）年には御歌所の長に任ぜられている。そういう父の子として、入江本人も幼少時より「家庭教育として歌を詠まされ、また好んで詠みもした」のだったが、それは「古今調のもの」だったため、中学に進んでからも『万葉集』についてはからきし無知な状態であった。ただ、《なにか万葉集には「真実」が盛られている、というようなこと》だけは承知していたため、しばらくして島木赤彦の『万葉集の鑑賞及び其批評』（一九二五年、岩波書店）に出会うとたちまち心酔し、特に、

子持山若楓《かへるで》のもみつまで寝もと吾《わ》は思《も》ふ汝《な》は何《あ》どか思ふ　〔巻十四・三四九四〕
稲舂《つ》けば皹《かか》る我《あ》が手を今宵《こよひ》もか殿の稚子《わくご》が取りて嘆かむ　〔同・三四五九〕
高麗錦《こまにしき》紐解き放《さ》けて寝《ぬ》るが上《へ》に何《あ》どせろとかもあやに愛《かな》しき　〔同・三四六五〕

といった歌々に「強烈な刺激を受けた」という。「万葉に惚れ込んで、一人でも多くの人がこれを

読むことを祈ってやまないのは、こういうことのためなのである」。

入江少年のケースは、人が『万葉集』に接近する際の典型的パターンに収まっていて、国民歌集観の普及が愛読者の拡大を促した事情を――おそらく本人の意図に反して――鮮やかに例証している。しかもこの大正期の中学生は、学校で習う『万葉集』には当初から多くを期待していなかった。教科書にない「恋の歌」にこそ、「真実」は満ち溢れているはずだ――そういう彼の期待に、やがて赤彦の著書が見事に応えたのだった。

当時の日本の社会は、後に「大正教養主義」と呼ばれる独特の空気に包まれていた。「学制」発布から約半世紀を経て、読書人口はますます増大し、中等教育機関への進学率も徐々に上向いてきていた。『万葉集』のテキスト一つをとっても、明治以来の歌学全書版（第一章第三節）ばかりでなく、折口の『口訳万葉集』や、そのほかにも、現在の文庫本より二回りほど小さいポケット版が出回っていた。増加した愛読者たちは、人麻呂の天皇讃歌や赤人の富士の歌ばかりが万葉の世界ではないことを肌で感じながら、当初自分たちを誘い込んだ教科書的理解を乗り越えていったのだが、『万葉集』の魅力は不思議に輝きを増すばかりで、決して薄れることはないのだった。ここにはおよそ人が感動したり、共鳴したりできるもののすべてが詰まっている――そんな極端な感想を抱く人までが現われた。明治ナショナリズムの構築物は、こうして観念としての本質を表面上消し去りながら、その実、人々の感性や美意識の領分にまで食い込んでいったのである。この、国民歌集の大衆化／内面化の過程の中心に位置していたのが、赤彦率いるところのアララギ派であった。

大正期におけるアララギ派の急成長は、文学上の流派の興亡という次元では決して捉えきれない。

事態は一個の社会現象として解明されなくてはならないが、従来そうした見地からの接近はほとんど試みられていない。万葉尊重の方針が広汎な支持を得たことまでは誰もが認めるところなのだが、十数年間の沈滞がなぜこの時期に克服されたのかという点についてさえ、説得力のある説明はまだなされていないと思う。

私の仮説を示そう。戦前の日本では中等教育機関への進学率は決して高くなかったが、それでも、社会に出るまでに万葉国民歌集観の第一側面を公式に授けられた人の総計は、アララギ派の全国制覇がなったという一九一六(大正五)年までには、少なく見積もっても五十万人には達していた勘定になる。(37) 子規や左千夫の時代には存在しなかったこの背景人口こそ、隠れた、しかし最も決定的な条件ではなかったか。

この仮説を検証するには、中心メンバーの活動だけを見ていたのでは十分でない。なるべく多くの関係者について、彼ら一人一人がどういう経歴の持ち主で、どんな動機とルートからこの結社に加入したのか、また作歌という営みにどんな意義を見出していたのか、そして『万葉集』をどう捉えていたのか――こうした諸点を網羅的に調査・分析するのが望ましい。けれども、膨大な作業を要するこの方法は、とても私個人の手には負えそうもない。ここでは次善の方法として、当時結社を代表する立場にあった島木赤彦を典型的ケースと見なし、彼の足跡にそくして考察してゆきたい。以下の記述はいきおい赤彦論の外観を呈することになるが、私の意図がいわゆる作家論にないことは言うまでもない。

私はアララギ派の真の創設者は赤彦だと思っている。左千夫ではなく、赤彦こそが、アララギをアララギたらしめた。この考えは、前節の主張を理解してくれた人にはそれほど奇異な印象を与えないものと思うが、念のためひとことだけ付言しておこう。一八九八年に長野師範を卒業した赤彦は、自身、右に述べた背景人口の最初の数千人に属していた。師範学校で文学史の授業が開始されたのは、彼らの直前の学年からである（第二章第五節）。赤彦の万葉尊重の素地が師範時代に形成されていたということも、以下の記述のなかでおいおい明らかになるだろう。

そこでまず島木赤彦の前半生を概観しておこう。[38]

彼は一八七六（明治九）年十二月に、小学校教員塚原浅茅《あさじ》の四男として、長野県諏訪郡上諏訪町に生まれた。伊藤左千夫より十二歳年少であり、正岡子規・与謝野鉄幹よりはそれぞれ九歳・三歳年少、斎藤茂吉・北原白秋から見るとそれぞれ六歳・九歳年長である。本名は俊彦といい、数え二二歳で最初の結婚をしたときから久保田姓となった。筆名の「島木赤彦」は一九一三（大正二）年から使いだしたもので（三八歳）、投稿時代には「伏龍」と号し、次いで「山百合」、また「柿の村人」「柿人」「柿村舎」などと名乗っていた。

一八九〇年三月に諏訪小学校高等科を卒業、小学校傭教員などを経て、一八九四年四月に長野尋常師範学校（九七年より長野師範学校と改称。以下ともに「長野師範」と略称する）に入学する。同学年に太田水穂がいた。在学中、『文庫』『青年文』などに新体詩を盛んに投稿し、そのため学科の成績は振るわず、卒業が危ぶまれたという。一八九八年三月、つまり子規が「歌よみに与ふる書」を発表した翌月に同校を卒業（二三歳）、地元の小学校教員を歴任しながら詩歌の創作を続ける。

一九〇三年一月に『比牟呂《ひむろ》』を創刊、このころから創作の重点を短歌に移し、根岸短歌会の活動を好意的に論評する。寄贈を受けた左千夫が激励したのを機に、左千夫の門人格となって緊密な交流をもつが、同年六月の『馬酔木』創刊以後も『比牟呂』を拠り所として活動を続ける。一九〇五年三月に太田水穂と共著の詩歌集『山上湖上』(金色舎)を刊行、これを潮に新体詩の創作から遠ざかり、いよいよ短歌に熱を入れる。一九〇八年に『馬酔木』が分裂、『アカネ』に依拠した三井甲之らに対抗して左千夫・蕨真らが十月に『アララギ』を創刊すると、当初『アカネ』にも寄稿していた赤彦は翌一九〇九年三月に『比牟呂』終刊号を出し、同人・門下を引き連れて『アララギ』に合流する(三四歳)。

前後するが、一九〇八年三月には上諏訪小学校訓導を退職し、養鶏業のかたわら作歌に専念しようとしている(39)。が、この生活は一年で挫折し、翌一九〇九年四月には広丘小学校長として復職する。以後、教育界との縁は終生切れることがなかった。

一九一二年六月に諏訪郡視学となり、人事に辣腕をふるう。翌一九一三(大正二)年七月には中村憲吉と共著の歌集『馬鈴薯の花』を刊行(東雲堂)。この七月末に左千夫が急死すると、翌一九一四年四月に単身上京、『アララギ』編集に心血を注ぐ。時に三九歳、郡視学の職を擲ち、妻子を郷里に残して、決然この挙に出たのだった(40)。

月刊『アララギ』は、赤彦のもとで翌一九一五年に初めて毎号が欠かさず刊行される。創刊以来、実に八年めのことだ。しかも、そのさらに翌年、一九一六年には、早くもアララギ派の歌壇制覇が成就してしまう。上京当時たった三百だった発行部数も、三年以内にゆうに千を越えたという(41)。

赤彦は歌人としての天分では茂吉に遠く及ばなかった。それは衆目の一致するところだと思われるが、こと結社の経営手腕にかけては彼の右に出る者はなかったし、門弟の獲得という点でもそれは同様だった。

> 万葉集ヲ勉強シタマヘ歌ノ聖典コノ以外ニナシト深ク信ジテ只々一途ニ万葉集ニ没頭シタマヘコレカラ出発セネバ有難キ歌出来申スマジ〔一九一五年二月二八日付書簡三七三（門弟の田中赤秋、長田林平宛）、全集8〕

**島木赤彦**（1916年，東京小石川の淑徳高等女学校にて）

後述するように、赤彦は左千夫のような単純明快な万葉尊崇家ではなかった。けれども、『万葉集』こそ歌の「聖典」であり、これを一心に勉強すればおのずから歌は上達するのだ、と説いてやまぬ点では、左千夫にも他の誰にも決して引けをとらなかった。愚直とも見える彼の言説は、ある種の人々を辟易させた反面、別の人々にはかえって説得力を発揮して、周囲に集う人の輪がみるみる拡がっていった。

説得されたのはどのような人々か。むろんさまざまのタイプがあったわけだが、特に注目されるのは、教職に就いていた人が相当の割合を占めるという点だ。

このあたりの事情を端的に伝える資料に、赤彦の死後七カ月めに出た『アララギ　島木赤彦追悼号』（一九‐一〇、一九二六年十月）がある。六百ページ近い大冊で、寄せられた追悼文の執筆者は百五十人を越えるが、[42]そこには、歌壇・文壇の関係者と並んで、教育界を通じての縁故者がかなり含まれている。[43]というよりも、それら縁故者は同時にアララギ会員でもある場合が少なくない。藤森省吾、森山汀川、川井静子、両角丑助、土田耕平といった人々がその該当者で、赤彦が直接アララギに引き入れた人々だが、ほかにも今井邦子のように、自身の恩師がアララギ会員だったというケースがある。

十年後の『アララギ　赤彦記念号』（二九‐一〇、一九三六年十月）にも興味深いものがある。『岩波講座国語教育』の予約募集広告が見開き二ページで掲載されているのだが、いわゆる文芸誌の誌面でこの手の広告を目にするのは珍しいように思う。

自身教員歴をもつ赤彦がその人脈を最大限に活用したということはある。当時の地方社会で読書人口のかなりの部分を教員が占めていた、という条件も考慮に入れなくてはならないが、それにしても、アララギ派の主要な人材供給源が教育界にあったことには、まず疑いの余地がないと思われる。私は、赤彦の人格や言動を規定していたのと同じ教育者のエトスが、アララギという結社の性格の少なくとも半面を規定したと思っている。

赤彦個人にそくして言おう。彼は一九一四年の上京以後も三年あまり高等女学校の教壇に立った。一九一七年から二〇年までは、信濃教育会の機関誌『信濃教育』の編輯主任となって、東京と信州とを往復する生活を続けた。晩年の数年間にも、折にふれ『信濃教育』その他に教育関係の論説を発表したし、特に一九二四年の川井訓導事件[44]の際には、事態を憂慮して自ら中央論壇の重鎮十数人と面談し、意見公表を求めた。一九二〇年から最晩年まで続けた童謡の制作と発表にも、教育者としての立場は強く打ち出されていた（畑中圭一『童謡論の系譜』一九九〇年、東京書籍）。

赤彦はこのように、生涯を通じて教育者の顔をもちつづけた[45]。というよりも、歌人／文学者の顔と教育者の顔とを使い分けようとしなかった。彼の教育論にはしばしば『万葉集』や、子規や、鷗外が引き合いに出される。かと思うと、歌論や万葉論がいつの間にか『論語』の話へ流れ、教育論にすり替わってしまう。二つの分野の区別など、本人はなんら意に介していなかったらしい。

前掲『島木赤彦追悼号』に、そのことを裏づける証言が二つばかりある。一つは国語学者、春日政治《まさじ》のもの。この人は長野師範で赤彦の二級後輩に当たり、卒業後久しく交際が途絶えていたが、一九二二年に赤彦が京都・奈良を訪れた際に歓談の機会をもった。赤彦の談話は童謡や児童の読み物にも及び、同時代の文学者に崇敬すべきものの少ないことを痛嘆する一方、真面目さと質実を欠いた教育の現状をも手厳しく批判したという。「お話の一つ一つが皆久保田さんの和歌道と同一精神から出て来るやうに」感じられた、と春日は付言している（「久保田さんの事ども」）。もう一人の証言者は、かつての同僚、守屋喜七で、『信濃教育』の編集にも関係していた人だ。守屋は教員時代の亡友の闊達な授業風景を語った上で、その生涯を「歌の道に入つても猶歌を通して教育家であつた」と総括している（「久保田君の追憶」）。的確な観察だと思う[46]。

教育者赤彦は教育の目的をどこに置いていたか。師範卒業後五年めの一九〇二年に作成された

「玉川村村勢調査」の冒頭に、その答えが明確に示されている（全集9）。

小学校ワ国民養成場デアル。即チ、国民トシテ最、完全ナル人物オ養成スル所デアル。

このとき諏訪郡玉川村小学校の首席訓導だった赤彦は、住民のあいだに旧来の部落への帰属意識が根強く、国家の自治単位としての町村の観念が脆弱であることに気づき、それを小学生のうちに教え込む必要を痛感して、自ら基礎資料をまとめ上げたのだった。(47) 明治国家の作り変えた「村」を子供たちが自身の郷土として意識するよう仕向け、そのことを通して国民としての自覚を持たせようとしたのである。人は教育を受けてはじめて国民となることができる。教育の究極の目的は完全なる国民を養成する点にある――この教育目的観は、すでに触れたとおり、一八九〇年代のナショナリズム昂揚を背景に普及した考えで（一六九頁）、当時の教育者たちに広く共有されていた。長野師範在学当時の赤彦もそれを日夜叩き込まれたことだろうし、彼のもとに集まった多くの教員歌人たちにも同じことが考えられるだろう。

赤彦という人が本質的に教育者だったということ、彼の有した一種のカリスマ性もまさにこの点に起因していたということ、このことはいくら強調してもしすぎることはないと思う。赤彦の歌論・文学論の過半は、教育論、それも国民教育論として読み解くことができるし、むしろそう読まないと意味をなさない場合が多い。

そうした歌論・文学論のうち、彼の足跡を見わたすのに格好の事例として、一九一四（大正三）

年の「和歌の傾向」に注目してみたい。一種の歌壇時評で、全集第四巻に「歌論歌話」の一つとして収録されたものだが、発表誌は『信濃教育』である。この年四月に信州教育界を去ったばかりの赤彦が、六月と十月の同誌にこの文章を寄せた。六月号で「感銘の集中」を説いた彼は、十月号ではこう書き起こしている。

日本人は元来体慾の盛な人種であつた。従つて官能の働きが熾烈であつた。これは記紀や万葉集等によつて、古代日本人の赤裸々な肉体や心の生活を見れば明かに分る事である。それが甚しく制慾的に傾いたのは、支那と同様に儒教と仏教との影響であらうと思ふ。単に和歌につひて考へて見ると、古来の歌集中官能の匂ひの最も強烈に働いて現れてゐるのは、矢張り万葉集であると言はねばなるまい。それから後のものになると万葉集程に強く積極的に現れて居ない。

赤彦は続ける。「日本人が体慾や官能を抑制されて千年来儒教や仏教の鍛錬を受けた」ことは、日本ないし東洋の文明が西洋の文明に後れたことを意味すると同時に、乃木や東郷といった優れた軍人の出た原因でもある。ところが和歌だけは、長く「抑制的鍛錬の弊所ばかりを受けて」歌人たちの玩弄物とされてきたため、真の意味で「鍛錬された有難い渋みある歌」が生まれてこなかった。明治時代がふたたび「体慾時代、官能時代」に入ってきたのは一面では歴史の必然ともいえるし、明星派の流れを汲む北原白秋や前田夕暮の作風が目下脚光を浴びている理由もそこにあるが、「肉体や感覚に直接である」だけでは現代人に深い感動を与えることはできないはずで、今後は「それ等の肉や感覚機を統率する所の強大なる主観」の働きをこそ追求すべきだろう。わが根岸短歌会は、主観を高く持して事象の忠実な写生を重んじる反面、官能方面を軽んじる傾向を免れなかったが、『赤光』に示された茂吉の新風はここに一石を投ずるものと言える。こう述べた上で、赤彦は、夕暮と太田水穂が記紀・万葉の評釈を始めたことに触れて、「古来日本人に流れつつある血液の根源を見極めようとするやうな傾向を多少生じて来たのは面白い現象である」とコメントする。

この文章を書いた当時、赤彦は歌人としても重大な転機を迎えていた。後に『歌道小見』(一九二四年、岩波書店、全集3)にまとめられる求道的作歌信条も、このころ原形が固まりつつあった。赤彦が作歌上の理念として「鍛錬」の説を語ったのもこれが最初であって、しかも彼は、それを個人の嗜好や信条としてではなく、「日本人」の詩歌を建設するという観点から語ったのだった。文中には、感銘の「集中」や主観の「統率」といった、後々まで重要な意味を持たされる語もすでに使用されている。

それのどこが教育論なのか。宗教論ではないのか。なるほど盟友の茂吉でさえ、「赤彦君は何時の頃からか、東洋精神の鍛錬といふことなどを強調し、意識して西洋かぶれを排斥するやうな態度を示すに至つた」といぶかっていたくらいだし(「島木赤彦君(一)」、前掲『島木赤彦追悼号』)、従来の赤彦研究者も「鍛錬」を儒教思想の影響などと説明して済ます向きが多い。そのうえ本人までが「儒教や仏教の鍛錬」と明言し、後には「鍛錬道」と称して「写生道」「万葉道」と並称したという次第だから(『歌道小見』など)、事の本筋はじっさい見えにくい。

赤彦は、しかし、「鍛錬」の語を儒仏の書から仕入れてきたわけではない。まして『万葉集』から学んだのでもない。出所はどこかといえば、当時の教育学書、それも英米系の心理学説に依拠した書物だろう。特定の一冊に限定はできないし、する必要もないが、たとえば次の書などが参考になる。

鍛錬〔別の箇所では「鍛錬」とも表記〕ハ賞罰二様トモニ必ス一時ノ策タルベキ者トス。是レ畢竟単純ナル徳性ヲ形成セシムルニ至ルノ階梯ニ過キザレバ、徳性堅固ニ進ムニ従ヒ漸ク之ヲ減縮ス可キナリ。今ヤ身体ノ苦痛、自由ノ剝脱、以下ニ代フルニ耻辱、責問等ノ如ク稍〻和平ナル罰ヲ以テスベシ。〔……〕褒賞ニ於テモ亦然リ、後ニハ有形ノ贈与ヲ要セズ、只タ称美、言詞、顔色ヲ以テ足レリトスルニ至ルベシ。是ニ於テ勉強、礼譲、以下ノ善良ナル常習ハ外物ニ依頼セス自ラ立ツテ行状ヲ主宰スルニ至ラントス。〔有賀長雄講述『教育適用　心理学』一八八六年、牧野書店〕(48)

教育学の分野で「鍛錬」といえば、このように、児童の自制心や品性を高めるための訓練、つまり英語でいうdisciplineのことだった。赤彦自身、玉川小学校長時代の職員会議用メモにこの意味の用語例を残している。

教師ノ修養完全ナラバ訓練ノ如キハ、自《〔オノヅカ〕》ラ完全ニ施サルベキナリ。只吾人ハ未ダ神ニ遠シ。円満無碍ノ域ニ達セズ。而シテ一方学校ハ一箇ノ集合体ナリ。是レ或ル標的ヲ設ケテ児童品性ノ涵養ト鍛錬トノ努力ヲナス所以也。同ジク標的トイフモ工夫サレタル標的ハ不可ナリ。生レ出デタル標的ナラザル可カラズ。学校―教師―ノ心ノ要求ガ自然ニ生ジ来リタル訓練ノ方針ナラザル可カラズ（「訓練綱要」『長野県諏訪郡玉川村小学校』一九一二年五月、全集7）

「和歌の傾向」には、「鍛錬」以外にも教育学系の心理学の術語が散りばめられている。「集中」はconcentrationの、「体慾」はappetiteの、「官能」はsenseの、「感覚」はsensationの、それぞれ翻訳語として通用していたもの(49)。「肉や感覚機を統率する所の強大なる主観」という、一読しただけでは分かりにくい表現も、「主観」が「自我」「主体」の別訳で、subjectに由来することに気づいてみれば、要するに作者の気構えを言っていたことが判然とする。鍛錬説を編み出した赤彦の思考は、東洋思想どころか、実は英語系の翻訳語群に支えられていたのだ。〝作歌という行為を成立させるサブジェクトが自身に適切なディシプリンを加え、旺盛なアペタイトとセンスの作用を一点にコンセントレートすることに成功したとき、至高の歌境がひらける〞というのが、その思考の筋道だった。

後に茂吉は、赤彦の歌論を「写生と全心の集中（鍛錬）と直接表現とに約めてしまふことが出来る」とした上で、そこにはヴントの「直接経験」という考えが自分や三井甲之や阿部次郎の文を介して流れ込んでいた、と解説するが（「島木赤彦」、前掲『赤彦記念号』）、「鍛錬」を「全心の集中」と同一視するのは、少なくとも赤彦の当初の意図には合わないだろう。齟齬が生じたのは、一つには赤彦自身が後年「鍛錬道」の鼓吹に走ったためだが、一つには、教育学の素養に基づく赤彦の使用語彙が、茂吉の親炙していたドイツ系の心理学の術語と重なりながら、しかし一部にずれを含んでいたためではないだろうか。

あるいはこうも言えるかと思う。二人の歌論は、作歌という行為を生理的反応の過程のように了解する点で基本的に一致していたのだが、「写生」「全心の集中」「直接表現」を実践する主観《サブジェクト》、つまり作歌の主体《サブジェクト》をどう確保するかを問題にした点に、赤彦の教育者らしい着眼があった。その答えが「鍛錬《ディシプリン》」だったのだ。そこには、短歌の国民化を〈国民の歌人化〉によって果たそうとする構想が含まれていたと見られるし、あまたの教員歌人はこの構想に進んで身を投じたのだとも考えられるが、作歌を個人的営易と捉える茂吉はそこに違和を感じていたふしもある。

鍛錬説は、直接には、左千夫最晩年の「叫び」の説に対するアンチテーゼとして提出された。提出に至る経緯を跡づけてみよう。

左に引くのは、赤彦がまだ二五歳の一地方文学青年で、左千夫との接触もなかったころ書いた文章の一節だ。

> 時代と文学とには、常に離る可からざる緊密な関係がある。夫《そ》れは或る時代が文学の先導をなし、或は文学が時代の気運をつくる事があるので、一国の人文は、何時も趣味ある変化を求めて時代の転動を促し、一国の文学は、時代の変動によりて、ここに独特なる光彩を放ち来るのである。文学そのものによりて明かに時代の特徴が読み得らるる理は、この点に存するので、

畢竟今日の歌風が徳川時代の歌風から蟬脱〔蛻〕し初めたと云ふのも、寧ろ人為でなくて自然の大則が然らしむる所である。〔「和歌漫語」『諏訪文学』八・九、一九〇〇年十二月〜〇一年一月、全集4〕

文学は時代とともに進歩するということが述べられている。それ自体はありふれた考えだともいえるが、見逃せないのは、文学を一国の開化の指標とする了解のもとにその考えが語られた点、つまり、赤彦が、同時代に創始された国文学史／日本文学史の枠組みに沿って思考していた点である。こうした思考法の展開するところ、自身の文学活動は祖国の人文の発達に寄与する行為として意味づけられたろうし、赤彦以降の世代に属する歌人／文学者たちは多かれ少なかれそうした意識の持ち主だったと言ってもよいだろう。

ところが、赤彦より十二歳年長の左千夫は、この種の了解や、思考法や、意識をまるで持ち合わせていなかった。彼の復古主義は、文学は進歩するという命題を全否定するところから出発していたのである。

予輩が国歌の革新を欲する、毫も時代などゝ関係を有するものにあらず、世界の交通、社界の文明〔は〕、歌の革新と毫も関係するところあらざるなり、新と云はず旧と云はず、趣味的研究は非を拆〔斥または排〕け良を採るあるのみ、在来の歌、即古今集以下徳川時代に至る歌の多くは文学の定議に協《かな》はず、之を退くる所以なり、独り万葉集は国歌の神髄を得て、趣味津々たるものあり是を採る所以なり、故に予輩の意見は古今集以下より云へば、革新なり、万葉集よりせば復古なり、〔「続新歌論」『こゝろの華』一九〇一年十一月～〇二年三月、全集5。圏点略〕

明治末期に左千夫と赤彦・茂吉らとの対立を表面化させたものも、煎じ詰めれば双方の文学観の差異に帰着すると思われる。

一九一二年の一月と三月に、左千夫は『アララギ』消息欄で同人間の相互模倣に苦言を呈し、あわせて、若い世代の歌境が彼の標準から逸れていることにも不満を表明した（全集7）。この件をめぐって赤彦としばしば文通がなされ、その一部は『アララギ』誌上にも紹介された。

> 新しき情趣は自ら新しき形を求め候《さうらふ》。旧型を脱し来り候。情趣自然の動きが自然に旧型を脱し、新しき形に移るは不可なくして、更に結構の変移と可申也《まうすべきなり》。新しからんがための新しきに非ず、自然に新しき也。如斯《かくのごとき》は不可抗力と存じ候。〔……／〕「アララギ」近来の歌は情緒的より情操的に進み候。単情より情趣に進み候。発作的より瞑想的に進み候。〔柿人「消息」『アララギ』一九一二年三月、左千夫宛二月二十一日付、全集7〕

左千夫はこれに反駁して、「久保田君はアラ、ギの近い傾向は、進歩的歩調を取つて今日に至つた様に云はれて居るが、僕はそれを是認することが出来ないのである」「僕の考は、意識の力や分解能力の発達を以て創作の進歩不進歩を計算するのは全然間違つて居ると思ふのである。感激の強度如何瞑想の深度如何といふ事を吟味して始めて芸術的表現の価値を論ずべきである」と言い、痛切な感情は痛切なままに「単情的に叫ぶ」のが短形式の詩歌にふさわしい行き方なのだと述べて、自己を客観視する「計《はか》ひ」からは決して自然な感情表現は生まれないと強調した。「叫喚的激発的感情は初生的で、沈思的瞑想的感情は後生的であるといふやうな事は、甚だ根拠のない断定である」（「強ひられたる歌論」『アララギ』一九一二年四月、全集7）。

翌々月には、赤彦に同調する茂吉の記事が『アララギ』に載る。「力に満ちた、内性命に直接な叫びの歌は尊い」「けれども吾等はたやすくはこの種の歌を詠み得ない。この種の歌を詠まねばならぬ程の衝迫に会し得ない凡下な淡い生活をしてゐるからである」「児童の全体が声となつて叫ぶ程の力を吾等はもはや失つてゐるのを悲しく思ふ。ただ強ひて叫ばむとして声を張上げる讃美歌のやうな歌は作りたくないのである」（「叫びの歌、その他に対する感想」、初出『アララギ』一九一二年六月、『童馬漫語』所収、一九一九年、全集9）。追いつめられた左千夫は、この月に突如『アララギ』の選歌を休むと宣言し（「おことはり」、全集7）、そのまま「叫び」の説の提唱へと突き進む。年来の雅俗不一論は修正され、歌の理想は曖昧な「雅」から「感情の純表現」へと絞り込まれる。叫びこそ短歌の本領であり、わが『万葉集』は叫びの歌に富むからこそ尊いのだ、と繰り返す彼の筆致には、傲岸と、威圧と、焦燥と、悲痛とが入り混じる（「表現と提供」一九一二年六月、全集7。「叫びと話」一九一二年九月・一三年二月、全集7）。対立——むしろ左千夫の孤立——は膠着したまま一年半を経過し[50]、以後、一九一三年七月の左千夫急死、十月の茂吉『赤光』刊行（東雲堂）、翌一九一四年四月の赤彦上京と続き、同六月・十月の「和歌の傾向」発表に至るのであった。

対立の渦中で、赤彦は左千夫の論難にこう答えていた。

我々は子供の時に力限り泣き、力限り笑つた。今ではあのやうな泣き方や、笑ひ方は出来ない。子供の心の生活が単純に一途であつた頃を思ひ出せば、何の顧慮もなく、何の躊躇もなく、何の束縛もなかつた泣き方や、笑ひ方が今更尊く有難く思はれる。あのやうな純一な泣き方や、笑ひ方が我々の一生に通じて失はれなかつたならば、我々はいつも原始的な神の生活が送られるのであらう。しかし我々は実際に於て、何時迄も左様な単純一途な感情に住してゐる訳に行かない。せち辛い人情の流れに住して、そこに境遇の変転を見、そこに世故の悲惨を嘗めて、単純なる感情は幾多の曲折と幾多の研練を歴ねばならない。〔……／〕その代りに神は我々に別趣なものを与へた。強みのある単情の代りに深みのある情趣を与へた。発作的な感激の代りに瞑想的な感傷を与へた。叫び呼んだ泣き方が涙を呑む泣き方に変つたのである。〔……〕心理学者が情緒と情操とを区分して考へるのも是である。情緒は動的に激しいものである。情操はそれに比べて静的にしみじみしたものである。〔……〕失はれたものは尊いものであつた。併し、与へられたものは更に深く有難いものであると云へる。〔…／…〕我々は決して新しいもののみを認めて、旧いものを認めぬといふのではない。夫〔そ〕れは我々が原始的な、情緒的な感情の生活を追想して尊く思ふのと同じである。只夫れと共に近く発生した生き生きした新しい運動を更に愉快に有難く思ふのである。離れて味ふ歌。叫ばずして沈吟する歌。騒がずして沁〔し〕み入る微動の響き。眼を閉ぢて瞑想さるる動き。強みよりも深みある情趣。斯様な色調を帯びて生れ出て居る新しい芽ざしが今後どのやうな発育を遂げるのであらうか。夫れは只作者の人生に対する真面目なる努力に待つの外はない。〔「漫言」『アララギ』一九一二年四〜六月、全集4〕

この文章にいう「原始的な、情緒的な感情の生活」は、翌々年の「和歌の傾向」にいう「古代日本人の赤裸々な肉体や心の生活」と対応し、明らかに万葉時代の感情生活をさしている。『万葉集』の特徴にかんする限り、赤彦も左千夫も似たような認識に立っていたと言ってよいだろう。その二人が、万葉的な直情の表現が現代に通用するかどうかという点では真っ向から対立して、互いに一歩も譲らないのだった。(51)

左千夫の万葉尊崇には一点の曇りもない。歌は「叫び」を目指すべきである。『万葉集』は「叫び」の歌の宝庫である。ゆえにわれわれは万葉を手本とせねばならぬ、というのだ。一方、赤彦に言わせると、万葉時代の感情生活は現代人にとってはすでに「失はれたもの」であり、われわれはそれを「追想して尊く思ふ」しかないということになる。これは事実上の万葉離れの主張にほかならないし、左千夫の目にもそう映ったに違いない。

一件は、近代短歌史上の事象としてはおそらくこう説明されるだろう。(52)明治末期の歌壇に現われた新傾向、特に、感覚的な表現やデリケートな気分の描写を追求する傾向が、アララギ派の若い世代に影響を及ぼした。その兆しは早く長塚節あたりにも多少現われていたが、茂吉の台頭とともに本格化し、それが赤彦へ飛び火した。

伊藤左千夫氏の晩年から、斎藤君あたりの際立って出現した当時、『アララギ』が急に面目を一新したに就いては、矢張り環境の影響、当時の詩壇、他派としての明星の長所をも度外視するわけにはゆかない。第一、私が『赤光』に対して驚いたのは万葉の古調ではあるに係らず、矢張り自分と同じく現代人としての感覚神経の尖鋭といふ事が主であつた。つまり、私が思つてゐた『アララギ』といふものより、ずつと違つてゐた、自分と全く手が握れる全く共通の或るものを発見したからであつた。〔北原白秋「斎藤茂吉選集序」一九二二年、全集21〕

「現代人としての感覚」と「万葉の古調」とを同居させる作風は、茂吉の『赤光』では独特の効果を生み、白秋が「不可思議な奇異な感覚」〔同右〕に打たれるほどの成功を見たのだが、赤彦の場合には『切火』〔一九一五年、岩波書店〕の破調となって現われ、その苦悶をくぐり抜けたところに、『氷魚』〔一九二〇年、岩波書店〕以下の、哀感を内に湛えた質朴枯淡な歌境がひらかれた——赤彦を歌人と捉える限りでは、こうした説明でいちおう十分だろう。

それにしてもなぜ赤彦は、自身が歌人として進むべき道をいったんは万葉離れに求めながら、万葉尊重の方針そのものは放棄しようとしなかったのだろうか。彼の万葉尊重は、後には、歌人が『万葉集』に親しむことを「歌のお血脈《けちみやく》を身につけてゐるやうなもの」〔前掲『歌道小見』一九二四年〕と形容するほどの、極端な聖典視にまで進む。(53) 他方、万葉離れが一時の気の迷いでなかったことも、その後の歌風の展開が証明している。

子どもらのたはれ言《ごと》こそうれしけれ寂しき時に我は笑ふも　〔『氷魚』一九二〇年刊、全集1〕
わが家の池の底ひに冬久し沈める魚の動くことなし　〔同〕
光さへ身に沁むころとなりにけり時雨にぬれしわが庭の土　〔『太虚集』一九二四年刊、全集1〕
冬菜まくとかき平《な》らしたる土明かしもの幽けきは昼ふけしなり　〔同〕
雨あがる空のいろ寒しわが汽車のあふりの風に靡く高粱《たかきび》　〔同〕
冬枯の芒うちつづく山道に親しくもあるか稀《まれ》に人に遇《あ》ふ　〔『柿蔭集』一九二六年刊、全集1〕
岩あひにたたへ静もる青淀《あをよど》のおもむろにして瀬に移るなり　〔同〕

万葉語を織り混ぜるとはいえ、これら生活詠・自然詠に表現されたものは本質的に近代的な境地であり、外界の事物を凝視する視線に融かし込まれた自意識や、その自意識が感傷に向かおうとしながらも流露を堰かれて内攻した姿であって、つまりは赤彦自身が「叫ばずして沈吟する歌」「騒がずして沁み入る微動の響き」「眼を閉ぢて瞑想さるる動き」「強みよりも深みある情趣」などの語で予告していた歌境そのものである。『万葉集』にこんな歌はない。あるとすれば大伴家持の「春愁三首」(巻十九・四二九〇〜九二)[54] くらいのものだが、赤彦自身はこの三首にあまり高い評価を与えていない。

右の歌境、いわゆる赤彦調は、大正末期にはアララギ派を越えて広く流行し、新聞や総合誌の投稿欄でもほとんど標準的なスタイルの観を呈するまでになる。明星派の流れを汲む人々は、そのと

き一斉に抗議の声を挙げ、形骸化した万葉模倣は『万葉集』の精神に対する冒瀆であると口々に非難する。(55)

私は、赤彦という人の内面では、「進歩」と「伝統」という二つの相反する観念が常にせめぎ合っていたように思う。この葛藤は、国民というそれ自体矛盾した理念をまともに引き受けようとするところから来るもので、そうした態度を貫いた点に、彼の本領と、たぶん困難とがあったと思う。新体詩を捨てて短歌に賭けたのも、(56)『万葉集』を生涯尊重しつづけたのも、彼が文学の問題をどこまでも国民の問題と捉えて、文学は進歩すべきだがそれ以前に国民の伝統に根ざしていなければならぬ、と考えていたからだろう。さもなくは国民のためにならぬというのが、この教育家の基本的な発想ではなかったか。

進歩と伝統にかんする赤彦の見解は、世間によくあるような、両者を単純に並列させてその調和を説く種類のものではなかった。特に大正中期以降は、次のような明確に伝統主義的な考えが打ち出された。

> 元来、人間が真に祖先の伝統を擺脱《はいだつ》することが出来るか否かは人間の本質に対する根本的の問題である。特に日本民族特有の和歌が、日本民族によりて作り出さるる限り、所謂伝統の擺脱が如何ほどの程度に於て考へらるべきかは殆ど推測し得る所である。吾人の考ふる所を以て言へば、人間の最高の活動は「伝統の擺脱」といふ如き外在的目標の下に動かずして、只本質的に真実なる自己の発現のみを目的とすべきである。真実なる自己の発現と其の発達変遷が永久

に亙つて伝統の擺脱であるか、伝統の発達であるかは軽々しく断定すべき所でない。〔「大隈言道の歌」『アララギ』一九一八年十月、全集4〕

赤彦はこのとき、歌を進歩させるために事実上の万葉離れを推進する一方、その進歩をさながら万葉以来の「伝統の発達」として了解していた。ならば万葉尊重を手放す必要はないし、手放すべきでもなかったろう。こうした了解の萌芽は明治末期の彼の思索にもすでに認められるが、思索の総体が当初から伝統主義で塗りつぶされていたわけではない。

具体的に確かめよう。「漫言」の主張には、人間の感情生活の歴史に関わる特徴的な論点が四つばかり認められる（二七三〜七四頁）。個人の発育史と人類の発達史とを類比的に捉える点が一つ、感情の発育／発達過程に「情緒」と「情操」という二段階を設ける点が二つめ、高度な感情表現を促す力を「作者の人生に対する真面目なる努力」に求める点が三つめだ。文中に「心理学者」云々とあることからも察せられるように、これら三点は赤彦が教育学系の心理学説から摂取した論点であり、そこには独自の解釈も加わっている。その解釈に関わって四つめに、「情操」と「情趣」とを混用するという点がある。

便宜上、論点二から見てゆこう。感情（feeling）を情緒（emotion 情動）と情操（sentiment）とに区分する考え方は、当時の教育学・心理学でも通説というわけではなかったらしい。いつごろ日本に移植されたかという点も、私の調べた限りでは今一つはっきりしないのだが、ただ、赤彦自身は長野師範在学中にすでにこの考え方に接していたと見てよさそうだ。

感覚的感応ハ、主我ノ情ノ一種ニシテ、且諸感情ノ基礎ヲナスモノナリ、後章説ク所ノ、高尚ナル情緒、及情操 Emotion and Sentiment ハ、皆感応ヨリ発育セシモノナリ。例令バ、審美ノ情ハ、耳目ノ感応ヨリ生ジ、愛他ノ情ハ、他人ガ、自己ノ体慾ヲ、満足セシムルヨリ生ズルガ如シ。〔…／…〕情緒ノ先ヅ発スルモノハ、主我ノ情ナリ。〔……〕サレドモ、年齢ト共ニ、知性ノ発達スルニ従ヒ、主我ノ情ハ、次第ニ形ヲ変ジテ高尚ニ赴キ、遂ニハ、同情及情操ヲ生ズルニ至ルナリ。〔…／…〕情操ハ、抽象的ノ感情ニシテ、感性中、最高尚ナルモノナリ。故ニ開明人種中ニ非レバ、充分ナル発達ヲ見ザルモノトス。〔高島平三郎『師範学校教科用書　心理綱要』初版一八九三年、第四版一八九七年、普及舎〕

右は尋常師範学校用の教科書で、イギリスの心理学者J・サリーの書に依拠して書かれた[57]（同書凡例）。同書によれば、「情操」は「知性的感情」「審美的感情」「倫理的感情」の三種に区分され、「宗教的感情」もこれらと関係が深く、また審美的感情は衆人の同情《シンパシー》によって快楽を増すがゆえに道徳に関係が深いともいう。「情操」は、このように、もともと〈真善美にわたる高尚な感情〉を意味する総合的な概念で、そこには芸術的な感受性ばかりでなく、知的好奇心や正義感のようなものまでが包摂されていた。現在も時おり耳にする「情操教育」の「情操」なのだ。赤彦の言う「情操」も当然この意味だったろうし、だからこそ論点三のような倫理的言説とも結びついたのだろう。

次に論点一について。個体発生が系統発生を再現するという考えを学説の域に高めたのは、ドイツの動物学者E・H・ヘッケルだという。(58) ただし、これに似た着想はルソーやペスタロッチの教育思想にもすでに含まれていて、十九世紀の教育学者たちはそれを「開化史的段階説」と呼んで広く支持していた。日本では、H・スペンサーの教育書を有賀長雄の訳したものにこの説を踏まえた記述があり（スペンセル原著・有賀長雄訳註『斯氏教育学』一八八六年、三木佐助）、有賀の講述による前掲『教育適用　心理学』（本書二六七頁）はいっそう明確に、「一個人ノ心意発達ノ次第ハ全人種ノ心意開化ノ次第ヲ追フ者ナリ」と記し、この説は「心意発育ニ係ル理論中既ニ学者ノ認メテ以テ確乎動カザルノ真理ナリト為ス所」であるとしている。この有賀『心理学』と右の高島『心理綱要』（傍線部に注意）は、長野師範時代の赤彦の目にも触れた公算が高い。当時教育界を風靡した谷本富《とめり》『科学的教育学講義』あたりにもその可能性はありそうに思う。

所謂歴史的段階説なる者は、何ぞや。一言以て之れを掩《おほ》へば、一個人の発達は人類の発達史を短時間を以て反復経過する者なり。一個人の発達に於ける一段階は人類の発達に於ける一段階と相応す。故に人類発達史の事跡を適宜選択して教科となすときは、能く児竟〔童〕に理解せらるべしとするなり。〔谷本富『科学的教育学講義』一八九五年、六盟館〕

谷本の書には、ヘルバルト(59)の言として「各個人苟も全力を以て現時代の生活弁に努勉に与からんとせば、人類と同一なる発達の主なる段階を通じて生活せざるべからず」との記述も見られる。教育学における感情発達史観が倫理的見地に強く傾斜していた事情が分かる。

ここまで論点一と二を見届けてきたが、すでに論点三をもカバーできたかと思う。三つの論点は互いに支え合っており、どれもが明治後期の教育学界の概念系に出自をもっていた。赤彦が「情緒」から「情操」への感情の発育／発達を主張したり、それを促す力を個々人の「人生」に対する「努力」に求めたりしたのは、何度も繰り返すが、彼が「歌を通して教育家」（守屋喜七）だったからにほかならない。

では、赤彦独自の解釈とはどのようなものか。事は彼の教育思想の根幹に関わってくる。

長野師範を出て十年めの春に、彼は「動物性と人間性」と題する教育論を発表している（『信濃教育』一九〇七年四月、全集7）。児童の粗暴な行動にどう対処すべきかを論じたもので、「感情を情緒と情操とに分てば、情緒は大体に於て動物性にして、情操は人間性であると云ひ得る」「特に児童期に属する小学校時代の被教育者にありては、自然の発達上動物性感情の高潮なる時代である」との認識から出発し、「教育の目的は勿論真善美の高尚なる感情を養成するにある。併し真善美の情は根柢なくして忽焉として養成されるものでない」と切り込む。

> 動物性感情の旺盛なるはやがて人間性感情の旺盛を来すべき階段である。此の間に立つて教育者の執るべき用意は只指導である。抑圧ではない。矯正である。刈除《かいぢょ》ではない。思慮ある助長である。角を矯《た》めぬ修正である。古より偉人の児童期は腕白であつた事を知らば思半に過ぎるだらう。

問題の論点一、二、三が五年前の文章にすべて出揃っていたわけだが、いっそう注目されるのは、赤彦がここで、感情発達史の初期段階を格別重視する立場を打ち出し、その立場から「動物性感情」つまり情緒の尊重を主張していた点だ。この主張は、地元教育界の現状を批判する意図と結びついていた以上、少なくとも当時一般的な考え方でなかったことは間違いないだろう。(60) 子供の感情生活は成人のそれとは異質なのだから、成人の道徳を押しつけて萎縮させてはならない。むしろ本能的素質の涵養に努め、もって将来の大成を期すべきである——彼は自身の教育実践を通してこの考えを練り上げていったのだろうが、師範卒業後最初の赴任先で作成した生徒指導録にすでに次の記述が見られるので、基本的発想はそのころまでに固まっていたとも考えられる。(61)

性格〔／〕級中ノ最長最大ノ児　卒然トシテコレニ臨メバ漠然トシテ愚ナルガ如ケレドモ　ソノ情意共ニ衆ニ超越シテ　小児トシテハ最モ明晰ナル見識ヲ持シ　独処独行敢テ他ノ喧騒キカザル如キハ　ヤ、大人ノ風ヲ備ヘタルモノト云フ可シ〔……〕修身的説話ノ際最モ真面目ニ最モ熱心ナル傾聴者ハ必ズ彼ナリ〔…／…〕彼ハ頻リニ中学ニ行カンヲ希望スレドモ　父コレヲ許サヾル由　ヨシ中学ニ進マズシテ将来実業ニツクモ　必ズ人後ニ落ツルノ属ニハアラザル可キカ〔／〕彼ニ対シ注意ス可キハ　アマリ早ク大人ラシクナラヌ様仕向クルニアラント思フ早ク大人ニシテ仕舞ヒテハ最早発達ノ目途少ケレバナリ〔「生徒経歴簿　高等四学年」一九〇〇年四月、全集9〕

赤彦の見るところ、情緒はそれ自体としては低級な感情であるものの、同時に、情操という高次の感情を根底で支えるものであって、この土台がしっかりしていなければ立派な建物など建ちようがないのだった。子供のころ思うさま笑ったり泣いたりしたことのない者が、成長してからどうしてあくなき探求心や、堅固な正義感や、優れた芸術的趣味や、その他もろもろの豊かな心の持ち主となれよう。情緒こそあらゆる精神活動の源泉であり、人間性の原点でなければならぬ——この思想は、しかも、個々人の発育と人類の発達の双方に、同時に妥当するはずなのだった。ならば、歌に情操を盛ろうとする赤彦の、そしてそのことで祖国の人文発展に寄与しようとする赤彦の、採るべき道は一つだったろう。

国民歌集『万葉集』は、まさにこの脈絡において、どこまでも歌の聖典でなくてはならなかった。万葉以来の伝統とは、万葉めいた歌が詠まれつづけるということではない。むしろ逆に、歌が新しくなればなるほど、ますます『万葉集』の存在が重みを増してくるのだ。歌ばかりではない。社会が進歩し、人々の感情生活が複雑化すればするほど、「万葉びと」の素朴な感情生活に触れることが重要な意味を帯びてくるのである。

論点四がここに関わってくる。明治末期の歌壇に芽生えつつあった新傾向は、茂吉に言わせれば、「ナイイヴな新鮮な感覚とか、デリケエトな官能とか、西人がいつた絹糸のやうな神経とか、feinnervig とか feinsinnig とかいふ語」で表わされるもので、「外象を受容れる見方なり感じ方なり、及びそれに伴う気分」に関わるものだった（前掲「叫びの歌、その他に対する感想」）。赤彦はそれを「情趣」の語で受け止め、同時に「情操」と混用した。混同した、と言ってもよいだろう。なるほど「情操」と「情緒」は異なる。「情趣」もまた、「情緒」のような単純な感情からは区別される。だからといって、「情操」と「情趣」が等しいことにはならない。もしなるとすれば、馬と鹿はともに牛でないという理由で同一視されなくてはならない。

赤彦は、しかし、現にそこを混同した。その結果、彼の目指すべき新たな歌境には倫理的見地のバイアスがかかって、「我々が人生に対する或る真剣な努力が、張れば張るほど沁み沁みとするものは更に其の深さを増して来る」（前掲「漫言」）という了解が成立することになった。これは茂吉の念頭にあったのとは明らかに異なる了解であり、歌壇の新傾向を誤解したものと言ってもよいだろうが、ともあれ、この情操／情趣的境地について赤彦自身が具体的イメージをもっていたことは間違いない。そのイメージは、多くの歌論や実作よりも、むしろこういう発言に露出していると思われる。

ゴーガンの「画家の母」はいい画だね。哀れで気の毒でなつかしい画だね。切ない堪へられない時はあの画を思ひ出してゐる。〔「消息」『アララギ』一九一三年七月、全集7〕

彼の言う「哀れ」「気の毒」が倫理的見地を含むことは、次の文に照らし合わせるといっそうはっきりする。

彼ノ父ハ先年赤痢病ニテ死シ　母常ニ病床ニアレバ　彼ハ毎朝早ク起キテ食事ヲ整ヘ　母ノ前

ニ運ビ自ラモ食シテ弟等ト共ニ学校ニ来ル由ニテ気ノ毒ナリ　故ニソノ種ノ談話ヲナストキハ眼ニ涙ヲ呈ハスコトアリ〔／〕学校ヘモ時々遅来スレドモ　ソレハ許可シテアリ　着実ニシテ相応ノ思慮アル憐レナル善良ナル生徒ナリ〔前掲「生徒経歴簿」一九〇〇年四月〕

ちなみに、この「生徒経歴簿」は高等科四年の男生徒全員の記録だが、逐一記入してある家族構成欄を見ると、いわゆる欠損家庭・貧困家庭がひどくめだつ。二二名中、父のない者が四名、母のない者が一名、母が死んで継母の来た者が一名、養家で暮らしている者が一名あり（冷遇されていたらしい）、そのほかにも、兄弟姉妹が最近死亡したという者や、家庭が貧しく進学を断念した者、縄綯いをして家計を助けている者などがある。まして義務教育にあたる尋常科の児童たちがどういう状態だったかは推測に難くない。

事のついでに付言すれば、この一九〇〇（明治三三）年は、信濃教育会が『子守教育法』（金港堂）を編集出版した年でもあった。山村を多く抱える長野県では、当時、学齢児の就学率が全国平均を下回っていて、特に女子は口減らしのために子守奉公に出される者が多かったため、一八九七年度の時点では、学齢期の女児全体の実に半数近くが未就学者だったという。同書は、そうした子供たちの救済策を全国にさきがけてまとめたもので、県内各地の教員による数年来の取り組みを集約したものだった（信濃教育会『信濃教育会九十年史』一九七七年、信濃毎日新聞社）。

赤彦が「情趣」と「情操」を混用したのは、混同には違いない。が、その混同は、教育者としての実践に培われた筋金入りの混同なのだった。彼が自ら追求し、周囲にも求めた「複雑な辛苦から得た所の悲喜の単純化」(「消息」『アララギ』一九一三年九月、全集7)は、こうして「粛《つつ》ましく寂しい一筋の道」(前掲『歌道小見』一九二四年)を形作るとともに、多くの共鳴者を呼び寄せることになった。

改めて鍛錬説について言おう。赤彦がそれを提唱した最大の意図は、万葉尊重と万葉離れとをつなぐ点にあったと考えてよいだろう。情緒的感情を情操/情趣の水準に引き上げるには鍛錬《ディシプリン》が必要だ、とこの教育者は考えた。万葉時代の人々は単純一途な原始的感情に生きていたので、詠み出でた歌々におのずと緊張した響きが備わったが、複雑化した現代社会に生きるわれわれにとうていその真似はできない。意識的に自己の精神を鍛えるのでなければ、散漫になりがちな感銘を一点に集中することは難しいし、まして成熟した歌境の開拓はおぼつかない――「鍛錬」説は、このように、作歌上の方法論として提出されながらも、本質的には修身の論であり、同時代の国民の精神をいかにして高めるかという議論であって、ありていに言えば、生温い気分を叩き出せという議論であった。

これを裏返せば、人々が文明の毒を知らなかった時代には鍛錬など必要なかったということにもなってくる。

人間界で容易に一心になり得るものは、第一に子供である。〔……〕其の肯定し、否定する前には、何人の力も撥ね返されてしまふ。「泣く子と地頭には勝てぬ」といふのが夫〔そ〕れである。

〔……／〕子供が発達して、大人になればなるほど、一心になるのが面倒になるやうである。知慧が複雑になり、経験が複雑になり、境遇が複雑になるからである。一生「一心」になる経験を持たずして果てる大人も少くはない。その代り、一旦大人が一心になつたら、其の力は大した力である。複雑を綜合し統一した力であるから、「泣く子」の力とは根柢が違ふ。鍛錬された力である。冴え入つた力である。所謂意志の威力である。〔「一心の道」『信濃教育』一九一六年六月、全集7〕

人間は胎児時代から成人時代までに人類の祖先から現代に至るまでの肉体及び精神の進化の順序を通るものとせられてゐる。それであるから幼児時代、少年時代のすべての動作は人類としての原始時代に近い活動である。原始時代に近いところに幼児と少年の生きた活力と生命とがあると共に、成人の指導と鍛錬とが加へらるべき当然の余地が其処にあるのである。この当然の余地がある為に、大人は子供に教へ、示し、導き、褒め、叱ることを当然とし、若《もし》くはさうすることを義務とするのである。この教へ、示し、導き、褒め、叱ることは一面より見れば、原始時代に近いものに現代の文化の断面を示してその向ふ所を定めしめる仕事である。〔「児童自由画展覧会につきて」『信濃教育』一九一九年五月、全集7〕

子供の自発的活動は尊い。けれども彼らはいつまでも子供のままでいられるわけではない。子供の原始的生命を尊重しながらも、そこに適切な鍛錬を加えて、彼らの健全な成長を手助けしなくてはならない。子供と大人の関係についてこう語ったとき、赤彦はそれを「万葉びと」と現代人の関係に重ねていたに違いない。

## 五　伝統の発達——島木赤彦の万葉尊重2

鍛錬説は大正期を通じ徐々に変質してゆく。赤彦は当初、「日本人が体慾や官能を抑制され」たのは「儒教や仏教の鍛錬を受けた」からで、「抑制的鍛錬」には「弊所」もあるとしていたのだが（前掲「和歌の傾向」）、最終的には、

日本などにも太古より鍛錬道があつたと思ひます。何も儒教、仏教からばかり影響を受けたものでありません。儒教、仏教に共通な素質が日本民族にないものならば、それらのものが日本に這入つて成長する訳はありません。〔「万葉集の系統」（講演）一九二三年十月、全集3〕

との見解に到達する。生まれつきの素質として「鍛錬道」があるのなら、その「鍛錬」はディシプリンの意味ではありえない。これでは「全心の集中」と同一視されても仕方がないだろう。

鍛錬説がなぜ変質したかといえば、それは赤彦の万葉観そのものが変容したからだ。先に触れた伝統主義への傾斜もそのことに関わるはずである。変容にはおよそ二つの筋が認められるが、根は一つであって、ともに国民歌集観の第一側面から第二側面への移行として解釈できる。以下、それ

ぞれの筋にそくして追跡してみよう。

一つめの変容は、一九一七年以降の、一連の民謡論に沿って生じた。その結果、以前「失はれたもの」(前掲「漫言」一九一二年)と見なされたはずの「万葉びと」の感情生活は、実は現代まで伝わっているのだということになった。

赤彦は教員時代に保護者との会合の席で「卑猥の俗謡、談話、動作、遊戯は禁制する事」「又それ等に接近せしめぬ事」との注意を与えたことがある。一九〇三(明治三六)年の十二月だから、第三節で取り上げた左千夫の「俗謡」非難事件とほぼ同じころだ(「父兄懇話会」、全集7)。この時点では左千夫の「俗謡」観と似たような認識に立っていたことになるが、一四年後には、一転、次のような見解を公表する。

江戸時代にあつても、民謡は相変らず発達し活動してゐる。盆踊唄、田植歌、米搗《こめつき》歌、馬士《まご》歌等種類は無数であるが、これらの内には尠くも平安朝期から伝はつてゐると思はれるものも活動してゐる。予等は古今集、新古今集の系統を引いた徳川時代の歌人の歌を見るよりも、斯様な種類の中から珠玉を発見する事の方が興味がある。遥に万葉集の心に通ずるものがあるからである。更に大きく考へれば、日本人の血の流れを、濁さるる事なしに、そのまま生き生きと伝へてゐるからである。〔「万葉集古今集小唄」『アララギ』一九一七年三月、全集5〕

文中、彼は、「万葉集の歌は当時民族の歌であつて、古今集の歌は当時官人の歌である」とした上で、「万葉集の正系」を継いだものは「古今集以下の撰集」ではなく、後の「民謡」だったと説く。平安期の風俗歌・神楽歌・催馬楽や文禄慶長期の『隆達小唄《りゅうたつこうた》』（別名『隆達節唱歌』。一五九三〜一六〇五年ごろ）にそれら「民謡」の一部が顔を出しているとも言う。「民謡」を「民族の歌謡」と呼び替えたり、「官人の歌」と対立させたりした点から見て、赤彦がこのとき〈民族／民衆の歌謡〉という概念をつかんでいたことは確実だろう。万葉の歌々を「民族の歌」とする根拠も、天皇から庶民までの作が含まれること以上に、人々が身分や階層を越えて「同じ空気の中に生活し得た一団の民族生活」の所産である点に求められているし、「日本人の血の流れ」という生物学的な物言いでさえ、三年前の「体慾の盛んな人種」（前掲「和歌の傾向」一九一四年）とは異なって、基本的には文化的観点からなされている。

私に見落としがなければ、赤彦が「民族」の語を使用したのもこの「万葉集古今集小唄」が初めてだった。〈民族／民衆〉の思想はこのときから彼の万葉観と世界観の中心に座を占めるようになる。「我々はただ日本民族詩発生の源流に溯つて、そこに常に我々の活くべき真義を捉へてゐればいいのである」（「復古とは何ぞや」『アララギ』一九一七年十一月、全集7）。

「隆達の小唄」（『珊瑚礁』一九一七年三〜七月、全集5）では、隆達小唄を江戸初期の遊里で流行した弄斎節《ろうさいぶし》と比較し、両者の関係を『万葉集』と『古今集』の関係になぞらえる。その後も、本書第一章の冒頭に引いた「万葉集の系統」（一九一九年十月講演、全集3）や、第三章の冒頭に引いた「万葉集一面観」（一九二〇年四月、全集3）、また「民謡の性命」（一九二二年四月、全集5）など、同趣の論調からなる文章をしばしば『アララギ』に掲載する一方、同誌の扉に「山王七社権現船謡」や「佐渡民謡」の歌詞を飾ったり（一九一七年一～七月、一九二二年三月）、読者に「各地民謡」の報告を呼びかけたりする（一九二二年一月、一九二二年五月）。赤彦はこうやって、『万葉集』の具現する民族的／民衆的生命が自分たちに血脈を伝えていることを力説し、また自ら確信しようとする。

赤彦はいつごろ、どのようにして「民謡」概念を受容したのか。詳細は不明と言わざるをえないが、最初のきっかけは北原白秋「俗謡の新味」（『国民文学』一九一五年四月、全集35）に求められるかもしれない。白秋の最初の民謡論だ。

もっともそれ以前にも伏線はあった。『アララギ』誌面には、早く一九一二年一月の茂吉の短文「短歌の特質についての考察」に「民謡《フォルクスリイド》」の語が使用されていて（『童馬漫語』所収、一九一九年、全集9）、赤彦の目にも当然触れたものと思われる。赤彦自身もその翌々年から、「伊豆俚謡考」と題する評釈を『アララギ』に連載している(62)（一九一四年十一月～一五年二月、全集5）。この文章は、ある面では後の民謡論のさきがけともいえるし、「国民性」の根源を探るという意図も多少認められるが、文中には「民謡」の語も、それと関連の深い「民族」「民衆」も使用されておらず、もっぱら「俚謡」で押し通している。その「俚謡」と『万葉集』とを直接結びつけるような主張も展開されていない。思うに、彼がこのとき「俚謡」の評釈を思い立ったのは、同年九月に刊行された文部省『俚謡集』（国定教科書共同販売所）に触発されてのことではなかったろうか。いずれにせよ、この時点ではまだ〈民族／民衆の歌謡〉という物の見方を身につけてはいなかったと推測してよいだろう(63)。

他方、白秋の民謡論は、赤彦の「伊豆俚謡考」連載終了後、二カ月めに発表された。標題には「俗謡」とあるが、文中には「民謡はいふまでもなく多くの民衆の中に生まれたものであつて、自然の発露されたものであつた」「その形式は自由で単純で樸直で、その内容は多く暗示に富んでゐた」「徳川時代になると、民謡は到る所に生まれては歌はれた」などの説明が見られ、「それらの民謡が、独立した一個の芸術品としても、如何に優れた価値を持つてゐるか」が例示・解説されている。書き出しには、

短歌の形式を以て最もよく人間の感情を伝へたものは万葉集である。万葉集はその当時の人々の真の生活の声で、極めて自然に発露した感情の姿をもつてゐる。私等が永い時代を隔てた今日、猶ほ万葉集を読んで感じ得る興味は、その自然の発露、偽らざる人間の声であるといふところに存してゐる。〔／〕この短歌の形式が、下つて平安朝時代に入ると、古今集、新古今集に現はれたやうな人為的な技巧の上に重きを置くの傾向が甚しくなつた。従つて私等の興味の一致は、これらの立派な歌集選集から離れて、当代に生まれた神楽歌や催馬楽、或は今様の謡物に走つて行つた。（北原白秋「俗謡の新味」、全集35）

とあって、赤彦の「万葉集古今集小唄」との符合は偶然とは思えない。当時はアララギ派と他派との交流が盛んな時期でもあり、白秋も『アララギ』にしばしば寄稿を求められ、この年五・七・八月には赤彦の第二歌集『切火』の合評会にも参加したし（八-五・七・八）、翌一九一六年五月には

一一八首もの短歌を寄せ、赤彦宛書簡の掲載にも応じた（九‐五）。『切火』には白秋の影響も囁かれたくらいで、他誌に載った白秋の文章を赤彦が注意して読んでいたと推測することに不都合はない。

民謡を「第二の万葉」とする考えは白秋終生の持論ともなった（『白秋小唄集』初版一九一九年、全集29。『民謡集　日本の笛』初版一九二二年、全集29）。一九二二年には、赤彦がこれに近い考えを書いたことを捉えて、多少見識のある人なら誰でもこう考えるはずだという意味の発言を行なったこともある（「民謡と俳句」『詩と音楽』一九二二年十月、全集18）。

その白秋が民謡に目を向けたのは、上田敏の導きによるところが大きかったろう。

> 詩並びに小唄を通じて、私のやうに上田博士と密接な心の交流を保つた者は外にはゐない。私は博士の芸術論、泰西文芸の紹介及其訳詩等に依て愈《いよいよ》目を開かしていたゞいた一人であるが、私ほど深く博士と詩の上に渾融した者は外に唯一人も無かつた。〔……〕少くとも自ら詩人として立たず、又、自ら詩を創られなかつた博士の所説（理想とまでは言はぬ、あまりに憚りがある）を事実に於て行為の上に進むで行つた者は私であつた。（「上田敏先生と私」『太陽』一九一八年七月、全集35）。

白秋は「俗謡の新味」を発表したのと同じ一九一五年四月に、弟の北原鉄雄と共同で阿蘭陀《おらんだ》書房を設立している。上田敏は森鷗外とともに同社の顧問を引き受けた上、この年十月には同書房から

『小唄』を出版している(64)（全集9）。同書の解説には、民謡や小唄についての上田の持論が簡潔に述べられており、隆達節や弄斎節への言及もある。

上田敏と明治後期国民文学運動との関わりについては第二節に述べた。彼は、運動を机上の空論に終わらせまいとして性急な折衷主義を戒め、国民性／民族性の探究と西洋の達成の摂取・消化とを当面は同時並行的に進めるべきことを主張して、自ら率先実行したのだった。白秋は、自身をその上田の所説の実践者として意識することにおいて、間接的に国民文学運動の後継者の位置に身を置いたことになるだろう。大正後期に民謡の創作に乗り出したのも、その過程で「民謡」概念についての世人の無知をしばしばたしなめたのも（「民謡について」一九二二年十一月、全集18など）、国民詩人を志向した彼が上田の「民謡」理解を堅持していたからだと見てよいと思う。

欧羅巴の文明と云つたところで、個々の民族の精神とか伝統とかの上に基づいて開化されたので、決して一朝一夕に成つたわけではないのです。〔……〕国民性に根ざした土俗を尊重することはその民族の固有の光輝を益々価値づけるものです。借物の文明は結局するところ自分のものである筈は無いのですからね。民族精神の上に充分に自覚があつて、外来の物質的文明なり思想なりを摂取し消化するといふのなら格別ですが、国情も季候も風土も違つた異郷とこの日本とを同じに観《み》同じに為ようといふことは間違つてゐます。〔「民謡についての対話」、北原白秋編『現代民謡選集』一九二六年九月、全集38。原文総ルビ〕

赤彦に戻ろう。大正期は、「民族」「民衆」ということばだけでなく、そこに込められた思想そのものが大衆化していった時代だ。アララギ派の内部にも、折口信夫（釈迢空）のような民族主義的傾向を強くもつ論客が台頭していたし、彼の造語「万葉びと」がアララギ同人の共通語となっていったこともすでに触れた（第二節）。赤彦の思想的転回も、巨視的にはこうした趨勢に沿って生じたと見られるが、とはいえ、彼は時代の空気にただ流されたわけではなかった。たとえば大正後期の教育界・文芸界に現われた童心主義に対しては、最後まで批判的姿勢を崩さなかった[65]。

その点に関わって見逃せないのは、一九一六年八月、つまり白秋「俗謡の新味」と赤彦「万葉集古今集小唄」の中間に、津田左右吉『文学に現はれたる　我が国民思想の研究』（東京洛陽堂）が刊行されていた点だろう。赤彦は一九二〇年に、『万葉集』の民族性を否定する津田の所説を間接的に非難したことがあり[66]、それまでに津田のこの本を読んでいたことは確実である。もし刊行直後に読んでいたのだとすれば、津田の論調への反感が彼を民謡称揚に駆り立てた可能性もある。

ここで津田『我が国民思想の研究』について一言しておこう。主要な史料を文学作品に求めたこの日本通史は、「貴族文学の時代」「武士文学の時代」「平民文学の時代」という時代区分にも表われているように、日本「国民」が内部に多様な階級を抱えていることを前提とした上で、各時代の文学はその時代を領導した階級の思想を反映するとの了解を打ち出していた。この了解のもと、相互に矛盾と対立をはらむそれら諸思想の展開の軌跡を追いながら、総体としての「我が国民思想」の歴史を再構成すること、それが同書の基本的テーマであった。明治期の国文学史／日本文学史が「国民」を一枚岩の全体のように描き出していたのに比べ、津田の採用した枠組みははるかに斬新かつ精緻だったといえるが、その斬新さ・精緻さの支えとなったものこそ、ほかならぬ「民族」概念の導入であった。自然発生的集団としての日本「民族」が、国家形成とともに日本「国民」として統一され、内部に軋轢を抱えながらも今日まで存続してきたという津田の基本認識は、「国民」の全一性という夢を放棄したもののように見えて、実はそれを「民族」に肩代わりさせたものにほかならない。津田は、明治アカデミズムの編み上げた概念系、ないし幻想装置を、きわめて正統なかたちで継承していたと言ってよい。

同書の記述から、赤彦の目を特に引いたと思われる箇所を抜き出してみよう。

> 記紀の長歌は決して民謡から自然に発達したのでも、また実際民間で歌はれたのでも無く、支那文学の知識のあるものが机の上で案出したものである。〔……〕だから是は貴族文学の一現象に過ぎない。長歌ばかりで無く短歌もまた同様である。〔…／…〕けれども短歌などは実際歌はれた民謡を基礎として、それに一定の形式を与へたものであるらしいから、長歌よりも民謡との関係が密接であり、従つて形式の整頓についても民謡から来た分子があるらしい。〔…／…〕ところが、支那の詩賦が摸作せられるやうになると、それに影響せられて歌の形式もまた一層固定して来る。それが即ち万葉の大部分を占めてゐるもので、一句の音数が五と七とに定められ、不自然な人工的形式が整頓したのである。〔…／…〕長歌の行はれずして短歌の行はれたのは偶然でない。其の作者も、技巧を要することが割合に少なく、又た何人の胸裡にも多少の閲歴のある恋が其のおもなる主題であるから、長歌よりは範囲が広い。けれども本

来民間に発達したもので無いから、大体に於いてそれが貴族的・都会的であることは長歌と大差が無い。万葉には防人の歌もあり東歌も見え、其の他の地方人の作もあるが、これらは何れも京都に往復するか、国司などに近づくか、兎も角も都会人と接触して、彼等の作を見まね聞きまねしたものであらう。〔岩波文庫版一九七七年に拠る〕

津田はこのように、古代の日本民族が民謡を有していたことを自明と見なした上で、記・紀・万葉の長歌・短歌は民謡から自然に発達したものでないと考えて、『万葉集』の民族性を否認したのだった。逆に、民謡と『万葉集』とのつながりが肯定されさえすれば、そこから直ちに白秋や赤彦の見解が導かれるのであって、現に彼らはそうしてみせた。双方の対立は、〈民族／民衆〉思想という同一の舞台装置の上で生じた。

言い換えればこうなるだろう。赤彦は、〈民族／民衆の歌〉という民謡概念を受け入れたその瞬間から、『万葉集』と民謡とのつながりを確証しなくてはならなくなった。さもないと、民謡は尊いが『万葉集』は尊くないということになりかねなかった。彼はそれを確証しようとした。確証できるからではなく、確証する必要があったからである。

じっさい赤彦は、民謡の意義をあれほど熱心に称揚しながらも、当の『万葉集』に民謡の実例を認める気にはなかなかなれなかったらしい。たとえば、前掲「民謡の性命」では、「日本民族」が「太古から」培ってきた「民謡のうちで、ある特種の形式を備へたものが長歌短歌となつて、万葉集時代に大きな発達をした」とまでは述べるものの、万葉歌の一部を民謡視することだけは微妙に回避している。そうした議論の存在を熟知していたことは、蔵書中に佐佐木信綱『和歌史の研究』（本書二二二〜二二四頁）があったこと[67]や、『アララギ』の誌面に釈迢空「万葉集私論」（一九一六年九・十・十二月・一九一八年四月）、同「万葉人の生活」（一九二〇年一月）、土屋文明「万葉集中民謡の研究」（一九一七年四月）が現われていたことからも確実なのだ[68]が、自身はそれらとは一線を画しつづけた末に、最晩年の前掲『万葉集の鑑賞及び其批評』（一九二五年）に至って、ようやく東歌中の一部に「民謡的」の語を適用したのだった。

問題の記述は次の一首を評釈した箇所にある（以下、訓は赤彦の依拠したものを掲げ、現行の訓と著しく相違する場合には注記する。ルビ・圏点は適宜略す）。

　あり衣《ぎぬ》のさゑさゑしづみ家の妹に物言《ものい》はず来《き》にて思ひ苦《ぐる》しも　〔巻十四・三四八一〕

赤彦はこの歌を「民謡的」としたものの、表現を吟味した上でそう判断したわけではない。

あり衣のさゐさゐ沈み家の妹に物言はず来て思ひかねつも　〔巻四・五〇三　柿本人麻呂。第一句タマギヌノ（珠衣乃）〕

水鳥の立たむ装束《よそひ》に妹のらに物言《い》はず来《き》にて思ひかねつも　〔巻十四・三五二八〕

水鳥の立ちのいそぎに父母に物《もの》はず来《け》にて今ぞ悔しき　〔巻二十・四三三七　有度部牛麻呂《うどべのうしまろ》〕

こういった類歌の存在に注目し、そこから広汎な伝播を想定して、「伝播の広く且つ久しきは、民謡としての値多きを証するものであつて、これらの東歌も、当時関東地方で民謡的に謡はれたものであるかも知れない」としたまでなのだ。傍線部の言い回しからも、彼の判断が最後まで揺れていたことが分かる(69)。

「民謡」の概念を既成観念として受け入れた赤彦が、民謡とそうでないものとを具体的に選り分けるすべを知らなかったとしても怪しむに足らないだろう。逡巡の理由も基本的にはそこにあったと考えられるが、一方では、万葉の歌々についての全般的な理解の深化が、この歌集に民謡を見出す上で抑制的に作用したという事情も考えられるように思う。

歌々についての理解の深化、と今書いたことが、赤彦の万葉観の変容の二つめの筋に当たる。赤彦は、もともと万葉離れの延長上に求めていたはずの情操／情趣的歌境を、ある時期から当の『万葉集』に次々に見出していった。万葉の世界は、その結果、かつてそう見なされていたような単純明快な情緒的世界ではないことになった。この変化が一つめの筋と相俟って、鍛錬道を太古以来の民族的伝統とする見地をも導いた。

その兆しは一九一四（大正三）年十二月に早くも現れる。アララギ主要同人による「万葉集短歌輪講」が六回めを迎えたときのことだ。

　淡海《あふみ》の海夕波千鳥汝《〔な〕》が鳴けば情《こゝろ》も靡《し》ぬに古《〔いにしへ〕》思ほゆ　（巻三・二六六　柿本人麻呂。第四句

ココロモシノニ（情毛思努尓）

（赤彦曰）近江の荒都を詠んだ歌である。〔…／…〕名詞の各音の響と弖仁波《てには》と如何にしみぐ〵と融合してゐるかが一読して分る。さうして夫《そ》れが波のうねるやうに綿々とうねつて迫らざる一首の調子をつくつてゐる。

当たり前ではないか――と読者は思われるかもしれない。この歌は現に往時をしみじみ追懐した歌なのだし、そのとおりに批評されたまでではないか。だが、考えてもみて欲しい。赤彦はこのとき三九歳で、万葉愛読者としてもすでに二十年近くのキャリアがあった。それでいて、『万葉集』にしみじみした歌があるなどということは、このときまで一度も書いたことがなかったのだ。ほんの数年前まで、彼の万葉享受は国民歌集観の第一側面から一歩も出ておらず、「万葉集は真情そのままを飾らず包まず其儘に歌つてゐる」「真情の前には拘束がない。停滞がない。遠慮がない。大胆な笑い方をしてゐる。大胆な泣き方をしてゐる。大胆な喜び方をしてゐる」（「万葉集に見ゆる新年歌」『長野新聞』一九〇八年一月、全集3）等々、既成のレッテルを喜々として貼り回っていた。「淡海の海」の歌など、当時はおよそ眼中になかったのではないだろうか。それが、歌はしみじみさせなくてはならぬ、と明治末期から思いはじめ、どうすれば会心の作をものにできるかと日々苦悶しつつ、ある日『万葉集』のページを開いてみると、なんと目の前にイメージどおりの歌があったではないか。

見てきたようなことを言う、と苦々しく思われる向きもあるだろうが、私の言いたいのはこういうことである。ある作品を誰かが美しいと感じたとき、その美しさにはたいてい彼または彼女の求めるものが投影されている。逆に、ある作品がどれほど美しかろうと、その美しさが享受者の志向や希求と食い違っていたら、その作品は彼または彼女の琴線には決して触れない。経験されない美は存在しないのと同じことなのだから、ある作品に美を見出した人は、その美の少なくとも半面を、自身の志向や希求に沿って現出させた、つまり創り出したことになる。しかし、当人はたいていの場合そうは感じない。この美は前々からここにあって、誰かが見つけてくれるのを待っていたのだという風に感じる。ましてその作品が古典と呼ばれるものであれば、古典の美には時を越えた新しさがあると感じ、普遍的な造形を成し遂げた古人に親愛の情を抱いたり、彼らへの畏敬の念に打たれたりする。古典の永遠性という観念が人々を捉えるのはそのときである。

赤彦の内面にそうした事態が成立した。しみじみした歌は確かに一首あった以上、まだほかにもあるに違いなかった。そしてそれはあった。

四極山《しはつやま》打越え見れば笠縫の島榜《こ》ぎかくる棚無し小舟《をぶね》　〔巻三・二七二　高市黒人〕

磯の崎こぎ回《た》み行けば近江の海八十《やそ》の湊に鶴《たづ》多《さは》に鳴く　〔同・二七三　同右〕

わが盛《さかり》また変《を》ちめやも殆々《ほとほと》に寧楽《なら》のみやこを見ずかなりなむ　〔同・三三一　大伴旅人〕

浅茅原《あさぢはら》つばらつばらに物思《ものも》へば古りにし郷《さと》し思ほゆるかも　〔同・三三三　同右〕

縄の浦ゆそがひに見ゆる奥《おき》つ島こぎたむ船は釣しすらしも　〔同・三五七　山部赤人。第四句コギミルフネハ（榜廻舟者）〕

塩津山《しほつやま》うち越え行けば我が乗れる馬ぞ躓《つまづ》く家恋ふらしも　〔同・三六五　笠金村〕

むかし見し旧き堤は年ふかみ池の瀲《なぎさ》に水草《みくさ》生ひにけり　〔同・三七八　山部赤人。第一句イニシヘノ〔昔者之〕〕

翌一九一五年の「輪講」のうち、三月から六月の四回に赤彦は参加しなかったが、残る八回で右のような歌々に出会うことができた。「四極山」の歌を彼は、「時間からも場所からも小さく限られた光景をぽつりと捉まへて楽々と歌調に泌み込ませてゐる手並は驚くべきである」と評し、「塩津山」「むかし見し」の二首にもそれぞれ「しみ〴〵」の評語を適用した。「浅茅原」の歌についても、古《こ》泉《いずみ》千《ち》樫《かし》が「身に泌むよい歌である。しみ〴〵と物を思ふと、我がふるさとが一すぢに恋しく悲しく思はれることであるといふのである」と述べたのを受けて「感情をつゝましく抑へてゐる哀れな心から詠み出された歌の心地す」と評する。「わが盛」「縄の浦ゆ」の二首については、それぞれ「調子のしつかり張つた所が盛り過ぎた人の心の冴えと合致してゐる」「少しも細工の痕なき冴え入つた写生である」と述べる。赤彦の言う「冴える」は鍛錬された心の形容だ（以上圏点原文）。

言い遅れたが、アララギ派の内部で写生理論の生命主義的再解釈が推進されたのもこのころで、赤彦は翌年それを「吾人の写生と称するもの、外的事象の描写に非ずして、内的生命唯一真相の捕捉也。表現也」「写生の捉ふる所は、事象にして事象に非ず。事象なりと雖も、心と相触るる事象の中核のみ」と定式化する（「アララギ編輯便」『アララギ』一九一六年三月、全集4）。抽象的な説明だが、要するに、鍛錬された歌境を実現するために主観的表現を極力切り詰め、事物の克明な描写に作者の心境をにじませようというのだ。「冴え入つた写生」の評語にも、そうした実作上の志向が投影されていたと見てよい。

赤彦が「しみじみ」の語に託したものは、再三言うように、「人生に対する或る真剣な努力」に裏打ちされた「複雑な辛苦から得た所の悲喜」が、意図的に抑制されることで生ずる境地である。それは、大まかに括れば哀感とかペーソスとか呼ばれうる境地だが、「努力」の放棄を含意する憂愁や諦念とはあくまで質を異にする。あるべき国民像に合わせて求められた境地だからである。

上記の万葉歌をも赤彦はこの線に沿って理解しており、そこに多少強引なところも見受けられる。たとえば旅人の「わが盛」の歌は、上二句に「わが青春の日々は二度と戻りはしないのだ」という絶望の表現をもつにもかかわらず、「調子のしつかり張つた所」に鍛錬された「心の冴え」がうかがえるのだという。「浅茅原」の歌にしても、大宰府在任中、妻の死やその他の凶事に次々に見舞われた作者は、赤彦に言わせると、溢れそうになる悲嘆を自ら「つゝましく抑へ」ているのであって、悲しみに疲れて望郷の念を募らせているのではない。まして、その郷里にもはや自分を待つ人のいないことを思って暗然と沈み込んでいるのでもない。発端となった人麻呂の「淡海の海」も同様だったろう。明言はされていないが、おそらく赤彦は、しみじみ追懐される「古《いにしへ》」に、作者の実人生の辛苦を読み込んでいたはずだ。[70] 持統天皇とともに宮廷の歴史を支えてきた人々の、共同の感慨を人麻呂が代弁した、というような理解は、彼の採るところではなかったと思う。

私は赤彦の解釈の誤りを指摘しようとしているのではない。唯一の正しい解釈があるとは考えないというのが、本書の基本的立場だ。ここで示そうとしたのは、赤彦は自身があらかじめ求めていた歌境の等価物を『万葉集』中に見出したということにすぎない。

だが本人は決してそうは考えなかった。『万葉集』には自分たちの手本となる歌がいくらでもあるし、それを見落としてきた不明をわれわれは恥じねばならぬ、と考えた。彼の万葉尊重は、この限りでは左千夫の復古主義に舞い戻ったことになるが、そのとき、手本となるべき具体的な歌々は、もはや左千夫の念頭にあったものとはかけ離れてしまっていた。「漫然として万葉集の歌は簡古である素樸である遒勁《しようけい》である全生命の叫びであるなどいふ一般論に安住してゐるべきでない」(「『万葉短歌全集』の跋」一九一五年十月、全集3)。

鍛錬された歌境は万葉時代からあった。ならば、鍛錬道はわが民族の太古以来の伝統でなければならぬ。鍛錬によって歌の高みを目指すわれわれは、そのことを通して同時に伝統の発達に参与するのでなくてはならぬ——万葉尊重にかかわる了解をこのように変更した赤彦は、さらに秀歌の発見・発掘に努め、遂には、およそ短歌に期待しうる最高の境地を具現した歌々に出会う。

小竹《ささ》の葉はみ山もさやにさわげども我は妹思ふ別れ来ぬれば　〔巻二・一三三　柿本人麻呂。第三句サヤゲドモ／ミダルトモ（乱友）〕
足曳《あしびき》の山川の瀬の鳴るなべに弓月が嶽に雲たちわたる　〔巻七・一〇八八　柿本人麻呂歌集〕
淡海の海夕浪千鳥汝が鳴けばこころもしぬに古おもほゆ　〔前掲〕
み吉野の象山《きさやま》のまの木《こ》ぬれには幾許《ここだ》もさわぐ鳥の声かも　〔巻六・九二四　山部赤人〕
烏玉《ぬばたま》の夜のふけぬれば久木生《ひさぎ》ふるきよき河原に千鳥しば鳴く　〔巻六・九二五　同右。第二句ヨ

ノフケユケバ〈夜乃深去者〉

吉野なる夏実の川の川淀《かはよど》に鴨ぞ鳴くなる山かげにして〈巻三・三七五　湯原王〉

一つ松いく世か経ぬる吹く風の音の清《す》めるは年深みかも〈巻六・一〇四二　市原王。第四句コヱノ／オトノキヨキハ〈声之清者〉〉

あかときと夜鴉鳴けどこの山上《をか》の木末《こぬれ》の上はいまだ静けし〈巻七・一二六三〉

アララギ派の歌境と万葉尊重との乖離が前田夕暮に非難されたとき、それへの駁論に赤彦は右の歌々を列挙してみせたのだった。彼は言う。

万葉の歌を原始的であり、素樸であり、端的であるとするはいい。それらの詞を以て、万葉の歌を言ひ尽し得たと思ふは浅い。万葉の精髄は、それらの諸要素を具へながらにして、芸術の至上所に到達してゐる点にある。万葉人のひたすらなる心の集中が、おのづからにして深さと高さの究極を目ざしたのである。〈「山房独語㈥」『アララギ』一九二三年六月、『歌道小見』所収「万葉集諸相」、全集3〉

この「至上所」は「寂寥相」「幽遠相」と命名された。実作上の理想が深化し、精神主義的傾向を強めた結果、『万葉集』におけるそれの等価物が「しみじみ」から「寂寥」「幽遠」へと昇華したのだ。事態の本質は、《万葉の「寂寥相」「幽遠相」は、とりもなおさず赤彦の内部でもとめられていたものである》との、篠弘の指摘に尽くされている(『近代短歌論争史　明治大正編』一九七六年、角川書店)。

万葉の「原始的」「素樸」「端的」な魅力を正面から否定する者は、歌壇にも文壇にも一人もいないと言ってよかった。それどころか、今では中学生でさえ、『万葉集』に「真実」が盛られているという程度のことは心得ているのだった。赤彦はそれを「浅い」と斥けた。そのとき彼の斥けたものは、実をいえば一五年前の彼自身の理解にほかならなかった。

すると彼の万葉理解は時を経て深まったのか。本書の立場からは断じてそのとおりだと答えるべきだろう。『万葉集』に深いものが見えてきたのは事実なのだから、それが幻であれ何であれ、理解は深まったとしなくてはならない。

深まりは、しかし、同時に分裂の深まりをも意味していたのではないだろうか。というのも、「寂寥相」「幽遠相」は、赤彦が民謡の称揚を通して現在につなげようとした「万葉の精神」とはおよそ異質なものだったからだ。「万葉の精髄は、それらの諸要素を具へながらにして、芸術の至上所に到達してゐる点にある」と言うときの「それらの諸要素」、つまり「原始的」「素樸」「端的」な諸要素の、根底に流れる民族の生命力こそ、平安以降の和歌に伝わらず民謡に伝わったと赤彦の目していたものではなかったか。

ところが、「万葉の精髄」は「それらの諸要素」自体にではなく、「芸術の至上所に到達してゐる点」にあると、一方で彼は考える。すると、民謡は万葉の「精神」「生命」を継承したものの、「精髄」は受け継がなかったというわけだろうか。そうかもしれない。が、それにしても、原始的・素樸・端的という諸要素を「具へながらにして」芸術の高みに到達するとは、そもそもどういうことだろう。「鍛錬」が加わるということか。しかし「鍛錬道」は古来の「伝統」である以上、後世にも「万葉の精髄」に匹敵するものが現われてよさそうなものではないか。それとも「精髄」は民謡にも受け継がれたのだろうか。ならば赤彦も白秋のように民謡の創作に乗り出すがよかろう。

赤彦が東歌その他を民謡視することをためらった一因は、このあたりの危うさに求められるだろう。『万葉集』にあまり大量の民謡を認めてしまうと、「精髄」の範囲が狭まってしまい、ひいては自身が『万葉集』を奉ずる根拠が脅かされ、長年短歌一筋に打ち込んできた理由までが崩れかねないということ、それを彼は無意識に怖れていたのではないだろうか。

最後に、赤彦が最終的に到達した見解を見届けておきたい。

前掲『万葉集の鑑賞及び其批評』（一九二五年）では、百数十年間にわたる万葉時代が三期に区分されている。前月に発表された「『万葉集全巻』本に題す」（一九二五年十月、全集3）にも同趣の解説があって、これらによれば、初期（「前期」とも）は舒明天皇より天武天皇までの五十年間、中期は持統文武両天皇の二十年間で、奈良遷都以降の五十年ほどが末期に当たる。現在通用している四期区分との相違は、現在第二期とされる天武朝が初期に配される点と、第三・第四期が一括して末期とされる点だ。

赤彦によれば、各期の歌々はおよそ次のような特徴をもつという（趣意）。

初期――喜怒哀楽といった単純な感情が素樸率直な歌風のもとに一途に集中されており、万葉全体の素質を顕著に代表する。

中期——専門歌人が出現し、原始的素質が芸術としての至上境にまで高められるが、素樸・率直から少しも離れず、真実性を貫く。

末期——芸術志向が推進されて観念的・理知的詠風が現われ、原始的素質から離れはじめるも、まだ堕落しきってはいない。

初期の歌々は「子どもの無邪気な口つきから出る言葉や、地駄々々〔地団駄〕を踏んで鳴き叫ぶ声を聞く如き感じを与へる歌が多」いとも、「句法に繰返しの多きは、子どもの言語に繰返し多きに似、一語々々の響きにも訥々たる幼なさがある」とも言うから、赤彦の念頭に年来の「情緒」の概念があったことは明らかだろう。この情緒的歌境を土台に中期の芸術的/情操的歌境が生成していったというのであり、かつて万葉時代と現代との関係として考えられていたことがらが万葉時代の内部に転嫁された格好である。

三期が発生・成熟・老廃の過程として設定されたのは、分裂しかかった自身の万葉観を、歴史的見地に沿って建て直そうとしてのことだったろう。割り当てられた歌や歌人から見ても、赤彦の年代区分は自身の評価軸に沿って再構成されたものであって、実年代から帰納されたものではない。

初期——東歌といわゆる初期万葉歌の時代

中期——柿本人麻呂と山部赤人の時代

末期——山上憶良と大伴家持の時代

現在の四期区分でいえば、人麻呂は第二期の、赤人と憶良は第三期の、家持は第四期の歌人に当たるし、この点に異論を唱える人はいない。東歌の成立年代には問題があって、第三期と見る通説のほか、第四期に繰り下げる説もあるが、どちらにしても赤彦の区分でいえば末期に該当する。

だが赤彦の考えでは、東歌は万葉全体の「素質」を代表するがゆえに初期に置かれるべきなのであり、また、「み吉野の」「象山の」の作者、赤人は「芸術の至上所に到達」した歌人として人麻呂と同じ中期を代表すべきなのだった。実年代とのずれはもとより承知の上で、「原始的」「素樸」「端的」を初期に配し、「寂寥相」「幽遠相」を中期に割り当てたという次第なのだ。

〔東歌は〕語法の上から見ても余程古いものであらうと思はれる。併し、その中にも自ら新旧の別があらうし、悉くを前期中に収めるの当否如何かと思はれるが、歌の性質から言うても、大体前期中へ入れて説くこと不可ないであらう。〔…／…〕赤人は奈良朝に入つて生存した人であるが、中期に入れて説くを便とする。〔…／…〕憶良は藤原朝期より奈良朝期へかけて活動した人であり、時代に於て家持より早く、赤人と殆ど同時の人であるが、作品は到底赤人の比でない。それゆゑ、小生は赤人を中期に説き、憶良を末期に説かうとしたのである。〔前掲『万葉集の鑑賞及び其批評』〕

理念による再構成は歴史認識の一方法にほかならないから、この手法自体には特に異をはさむ余地はないのかもしれない。が、見逃せないのは、分裂を埋めるための措置がまがりなりにも歴史の体裁をとったために、そこに老廃の過程までが呼び込まれてしまった点だろう。万葉の歌々は、一方では歴史的に限定された存在と捉えられたにもかかわらず、一方では依然伝統の源泉として、つまり歴史を越えた価値として仰がれつづけることになってしまった。分裂は埋まるどころか、ますます深まったと言わなくてはならない。

赤彦の万葉尊重は最後まで矛盾と葛藤に満ちていた。彼は、自身の信奉する伝統が〈創られた伝統〉であることに気づかなかったばかりか、自身がその「伝統」を創り変えようとしていることについてさえ、十分自覚的ではなかった。人は誰しも矛盾や葛藤から自由ではありえないだろうが、この教育者に付きまとっていたそれは、国民という想像を徹底的に生き抜こうとすることに起因する矛盾であり、葛藤であった。まだ存在しない代わりに太古から存在した団体、そういう団体の過去と将来を信じ、その団体の成員の感情生活の向上を自身の使命として引き受け、その使命を運動として展開しようとする道のりが、どうして平坦な道のりでありえたろう。赤彦の、そして赤彦を慕った人々の足跡に、不思議な感動を覚えるのは、たぶん私だけではなかろうと思う。

# おわりに

本編で述べてきたことを振り返るとともに、いくらか補っておこう。

日本が近代国民国家として立ちゆくためには、人々に「国民」という意識を喚起する必要があった。この必要に促されて、過去の諸文献から和文・和漢混淆文の諸作品が選出され、国民の「古典」として認定された。そうした古典群にあって、『万葉集』は当初から至宝の地位を与えられ、やがて広汎な愛着を集めることになった。

『万葉集』を日本の国民歌集とする通念、本書にいう万葉国民歌集観は、およそ二つの側面からなる。

一つは「古代の国民の真実の声があらゆる階層にわたって汲み上げられている」というもので、この側面は明治国家のプロジェクトに沿って構築され、早くから中等教育のカリキュラムに取り込まれるとともに、万葉愛読者急増の主要な原因となった。〝天皇から庶民まで〟の作者層と〝素朴・雄渾・真率〟な歌風という、現在も通用している常套句は、全一体としての国民、それも文明化された国民を創成しようとした知識人たちの願望と使命感が、古代貴族の文化財に投影されることで編み上げられたものである。昭和の戦時翼賛体制下では、この側面に内在する政治性が極端に強調され、忠君愛国の象徴としての万葉像が国を挙げて喧伝された。

『万葉集』が戦後も長く国民歌集としての地位を保ちつづけることができたのは、後退した第一側面に代わって、もう一つの側面が打ち出されたからだ。「貴族の歌々と民衆の歌々が同一の民族的文化基盤に根ざしている」というこの側面は、国民の全一性という想像が新たに民族／民衆の次元で補強されたものであり、明治のアカデミズムによって構築され、大正期を通じて徐々に大衆化し、昭和初期の出版ブームがそこに拍車をかけた。戦後の国語教育もまた、この、もっぱら文化的に表象される万葉像を取り込み、ナショナル・アイデンティティーの再建に利用した。国民歌集『万葉集』は、互いに補い合う二つの側面を使い分けながら時流に対応し、本質的には無傷のまま現在まで生き残ってきたのだった。

全三章からなる本編は、以上の論旨を例証したものである。第二章までで主として第一側面について記し、第三章は主として第二側面の考察に当てた。

第一章では、事態の画期が一八九〇（明治二三）年に求められることを述べた。正岡子規の万葉再発見という通念が筋違いであることを示すために、子規の批評を検討する一方（第二節）、子規の参入以前から近代的テキストが刊行されていた事実を見届けた（第三節）。さらに、将来の「国詩」の創出、およびそれの等価物としての過去の「国詩」の再評価といった動きを概観するとともに、国民歌集の発明がそうした動向の一環をなすことを述べた（第四・五節）。以上には総論としての意味をも与えたつもりである。

第二章では、第一章の検証を兼ねて、まず一八九〇年以前の諸事象を観察した。近代以前に存在した和歌観・万葉観をたどりながら（第一節）、和歌を万人のものとする観念と賀茂真淵らの万葉復古言説が、新体詩の出現を機に近代の言説空間に引き取られ、組み換えられたこと、また西欧のポエトリーの概念も和歌に適用される過程で変形を被ったことを明らかにした（第二節）。次いで、古典の再構築を担うべき主体がどのようにして養成されたかを、官学の制度にそくして跡づけるとともに、〈国民の文学の学〉としての国文学の成立過程を辿り、また明治後期に展開された国民文学運動の意義につき注意を喚起した（第三節）。子規の万葉「再発見」についても、本書の立場から新たな解釈を試みた（第四節）。さらに、明治・大正期の中等教育における『万葉集』の扱いに触れながら、そこに見られる万葉像・万葉言説がほぼ第一側面に終始していたことを述べた（第五節）。

第三章では、国民歌集観が刷新され、大衆化していった過程を追った。第二側面の鍵概念「民謡」がドイツ語「フォルクスリート」の翻訳語として移植されたことを確かめた上で、その背景として、ナショナル・アイデンティティーの根源を〈民族／民衆〉の次元に求める思想が定着しつつあったことと、明治後期国民文学運動がこの動きを推進したことを見届け、国民という想像の破綻が〈民族／民衆〉思想の導入によって繕われた事情を述べるとともに（第一節）、当初は東歌に適用された「民謡」概念が、論証の手続きを欠いたまま短期間に適用対象を拡張していったことを指摘した。こうして確立した第二側面を正面から引き受けて、折口信夫は「万葉びと」という魅惑的な用語を編み出したのだった（第二節）。大衆化の過程については、大正から昭和初期のアララギ派の動向に焦点を当てる流儀で記述した。子規に始まり、長塚節、伊藤左千夫、島木赤彦、斎藤茂吉、土屋文明と続く万葉尊重の流れにあって、左千夫の万葉観のみが反動的な性質を帯びていたことを確認した上で、左千夫没後に実現するアララギ隆盛が国民歌集観の社会的普及に支えられていたことを側面から照らし出し、あわせて茂吉の『万葉秀歌』の歴史的意義に触れた（第三節）。

大正期におけるアララギ派の急成長は、文学上の流派の興隆というよりは一個の社会現象であって、その主力は各地の教員歌人だったと考えられる。明治ナショナリズムの撒いた種を進んで実らせようとした人々が事態を担った。この仮定のもと、彼ら教員歌人の典型として島木赤彦に注目し、その万葉尊重の足どりをやや詳しく分析した。教育者赤彦にとって、『万葉集』は歌の聖典である以上に国民の精神生活全般にわたる聖典であって、この信念は、当時の教育学説に立って思考した彼が、感情発達史の初期段階を重視していたことと分かちがたく結びついていた。豊かな感情を育てるにはまず原始的感情の涵養に努めるべきであり、その上で適切な鍛錬を加えることも必要だ、と彼は当初発想し、『万葉集』をこの見地から、原始的感情の宝庫として信奉したのだった（第四節）。赤彦の万葉観は大正期を通じて変質し、分裂の様相を深める。『万葉集』の民族的価値を確証しようと民謡称揚に走る一方で、自身の作歌上の理想を万葉の歌々に投影して「寂寥」「幽遠」という歌境を見出してゆく。彼の困難な歩みは、この教育者が、国民というそれ自体矛盾に満ちた想像に自ら殉じようとしていたことに起因していた（第五節）。

本編に記したのはおおむね以上のようなことがらである。私の手もとの資料群ではこれで手一杯なのだが、むろん不十分な点も多い。

弱点の一つは、第二側面が大衆化された過程の跡づけが手薄な点だろう。島木赤彦のケースは典型的ではあっても、そこからただちに標準的・平均的な線を推し量るには無理がある。茂吉や文明あたりでさえ、赤彦の熱意にはほだされながらも、ある線以上はついていけないと感じていたらしいから、まして一般のアララギ会員の意識とのあいだには相当の落差を見込まなくてはならないだろう。会員外の愛好者についても、本編には二、三の資料を引いた程度にとどまっている。北原白秋たちの展開した民謡創作運動との絡みについても、言うべきことは多いのだが、記述が異様に膨れ上がりそうだったためほとんど触れずにしまった。ただ、赤彦流の万葉理解に反発した当時の人々の多くが、『万葉集』の民族的価値をむしろ積極的に認めていたということまでは、どうにか例証できているのではないかと思う。

昭和初期についても、本編では主に茂吉の『万葉秀歌』を取り上げたにすぎないのだが、改めて思い合わされるのは、同じ一九三八(昭和一三)年に『新万葉集』が刊行されたことである(全十一冊、改造社)。同書は、当時の主要歌人を審査員・評議員に配しただけでなく、全国の新聞に大々的に広告し、一般の投稿を募った上で編集された(五七頁、二五三頁図)。その刊行は、短歌という同一の詩形が〝天皇から庶民まで〟に共有されていることを、満天下にまのあたりに示す機会となった。出版社と歌壇の共同によって実現されたこの書は、まさに『新万葉集』と命名されるにふさわしいものだった。『万葉集』そのものに似ていたからではなく、国民歌集としての『万葉集』に似ていたからである。一般からの公募という編集手法は、五年後の「愛国百人一首」(二八一頁)でも繰り返されるが、万葉時代にこのような試みがなされなかったことは言うまでもない。

今から二十年ばかり前に『昭和万葉集』（講談社、一九八〇年）が大々的に刊行されたことを記憶している向きも多いだろう。同書に収められた歌々、特に出征兵士の作歌は、折にふれ新聞のコラムなどに取り上げられ、昭和という時代をともに生きた日本人、運命共同体としての日本国民という意識を喚起しつづけた。『昭和万葉集』とは、『万葉集』の昭和版である以上に、『新万葉集』の戦後版にほかならなかったのである。

すると国民歌集『万葉集』には、一八九〇年のほかにもう一つ、一九三八年という画期があったことになりはしないだろうか。戦後現われた諸事象も、その原型はこの年までにほぼ出揃っていたとは見られないだろうか。たとえば万葉旅行などは、早く和辻哲郎や亀井勝一郎や堀辰雄が行なっていたし、カルチャーセンターに似たものも文化講演会などのかたちで始まっていた。近代社会が行き詰まっているとの認識から古代を憧憬するというような心のもちようも、早く折口信夫が抱き、公然と表出していたものにほかならない。個人的な話題で恐縮だが、私が学生のころ読んで多大の感銘を受けた西郷信綱『万葉私記』（初版一九五九年、改版一九七〇年、未来社）にしても、そこに示されていた万葉史観は、人麻呂が両義的に扱われる点を除けば、赤彦の『万葉集の鑑賞及び其批評』のそれに実は意外なほど酷似している。そしてその双方が、ドイツ起源のロマン主義の流れに少なくとも間接的につながっているように思われる。

だが、調べの行き届いていないことがらについて多くを語るべきではないだろう。一九三八年第二画期説には今のところ裏づけがないということを率直に認めておこう。

本編で触れられなかった話題を拾いだせばまだまだきりがないが、一つだけ、以前出講していた短期大学の学生のレポートを紹介しておきたい。本書と同じテーマで行なった授業について各自論評せよ、というのがそのときの課題だった。

〔……〕私は前々から、『源氏物語』やら、『平家物語』、また、『伊勢物語』や『徒然草』などの古典文学作品を学ばねばならないことに大きな疑問を感じていた。確かに、古典を研究し、新たな事実を解明したい人々には、大事なことなのかも知れないが、日本人全員が中学生の時から日本人の義務として古典という読みにくい文章を自分たちのことばに直して読まされなければならない、というのは間違っていると思う。〔／〕この不景気である社会の中で、古典を学ぶことはどう役立っていくのだろうか。少なくとも私は、大学教授になって古典を学生に教えようとは思わないし、社会人になって普段の会話の中に、また仕事上の話の中に古典作品が登場するとも思えない。〔／〕また、『万葉集』の国民歌集観などと言っても、そのように理解している日本の人々はどのくらいの数が存在するのだろうか。〔／〕短大の国文科に在籍している私たちでも、そのような概念をこれまで意識してみたことはなかった。確かに、『万葉集』と言えば、知らない人はいないかも知れない。しかし、その存在を知っていても、「わからない」人の方が多いだろう。歌集であることを知らない人も、おそらくたくさんいると思う。すなわち、『万葉集』の国民歌集観といっても、それはただ研究者によってのみ受け継がれているものであり、世間を動かしている労働者たちにとっては、全くなんの関係もない事実なのである。〔…／…〕古典は今、ほとんどが、国語教育の中に組み込まれているからしょうがなしに読んでいる物として存在している。国民歌集観などというものは、生活の中には存在しないのである。

授業をどこまで正確に理解していたか、疑わしいようなふしぶしもある。が、そうした点に立ち入ることは避けよう。こんなふうに考える人はこのレポートの筆者だけではないはずだという点を確認しておけば、さしあたりは十分だ。この場合、〝最近の若い者は自分の国の文化を大事にしないからけしからん〟というような論調が完全に無効であるということも、本書の記述によってすでに明白になっていると思う。

右のレポートの筆者と同様の考えの持ち主は、最近では文部官僚あたりにも少なくないらしい。高校の国語科の必修単位数を大幅に減らすことはとうに既定の方針だという。国民歌集が第三の画期を迎えつつあることは、どうやら間違いなさそうに思われる。

〔子規、左千夫、赤彦、茂吉の万葉観には〕非常に不合理なところもあります。色々ありますが、一ついへることは、いつも万葉集に対する強い執着、あるいは愛着をもつてゐるといふ事ではないかと思ひます。〔……〕例へば、万葉集の訓につきましても、この人たちに共通なことは、万葉集の歌をいい歌にしようといふことでありませう。〔……〕時によつては分りきつてまちがつてゐるらしい訓でも、執念く一つのよみ方にこだはる。仲々それをすてない。〔……〕そんな事をしないで、正しいよみ方があるんなら、それに従つたらよいのではないかと私らは考へます。もしそれで、その歌がつまらなかつたら、その歌を消せばよい。四千五百首の歌も、だんだん消していつて、四千首になり、二千首になり、五百首になり、しまひに一首もなくなつたら、なくなつたでいいぢやないか。そんな事を何もこだはる事はないと私等は考へますのです。ところが、この人たちは、そんな風によむのが正しければ、そんな下手な歌はおさらばだといふことは出来ないのであります。そこの出来ないところが、この人達の、いつてみればまあ、一つの意義ではないかと私は考へます。〔土屋文明「子規及びその後続者たちの万葉観」初出一九六一年、『万葉集私注』10所収、新装版一九八三年、筑摩書房〕

もう必要ないものなのだろうか。それとも、グローバリゼーションが進行しつつある時代だからこそ、アイデンティティーの根拠がますます重要になるのだろうか。あるいはまた、もっと別の付き合い方を模索すべきなのだろうか。そこの判断は今後の世代にかかっている。私に言えるのは、この国の近代は間違いなくそれを必要としていたし、そこに織りなされたさまざまの事象にも確実に意義があったということだ。百年も長持ちした発明は、発明としてかなり優秀だったに違いないではないか。その歴史的意義を「いつてみればまあ、一つの」というような、素敵に味のあることばで言い表わせないのは、たぶん私の修業がまだ足りないからなのだろう。

# 注

## はじめに

（1）この一首は、翌年四月三十日に、当時の総理大臣小渕恵三の「シカゴ日米協会連合二〇周年記念夕食会」におけるスピーチでも引き合いに出された。引用の趣旨は、長い冬に耐えていた日本国が二十一世紀に向けて再び力強く芽吹こうとしている、という点にあった（当時の総理府広報室のホームページによる）。

（2）南博『日本人論　明治から今日まで』（一九九四年、岩波書店）。なお、杉本良夫、ロス・マオア『日本人論の方程式』（一九九五年、ちくま学芸文庫）をも参照のこと。

（3）ベネディクト・アンダーソン『想像の共同体』（白石隆・白石さや訳、一九八七年、リブロポート）、エリック・ホブズボウム、テレンス・レンジャー編『創られた伝統』（前川啓治・梶原景昭ほか訳、一九九二年、紀伊国屋書店）。

（4）『週刊新潮』一九九九年六月十七日号の「読書雑感」に、本書のもとになった品田「国民歌集としての『万葉集』」（ハルオ・シラネ、鈴木登美編『創造された古典』一九九九年、新曜社）が紹介されている。全体としては好意的に書かれたこの文章は、しかし、《万葉集が「国民文学」という嘘》と題されたように、拙稿の趣旨を〝嘘の暴露〟という次元に矮小化してしまっている。

## 第一章

（1）恋歌のやりとりを「現実の問題」に「向き合」う行為とする独特の捉え方には、赤彦の教育者としての感覚が介在している（第三章第四節）。

（2） 計数は増補版・改訂版を含まない。それら文学史書のうち、約半数を中等教育用の教科書が占め、残りのかなりの部分を、大学の、または後に大学として認可される私立学校の講義録、およびそれを纏めたものが占める。『東書文庫所蔵教科用図書目録』（一九七九年、東京書籍）、東京書籍商組合『明治書籍総目録』（一九八五年、ゆまに書房）、『国立国会図書館蔵書目録　明治期第六編　文学』（一九九四年、国立国会図書館）を参照。

（3） 小泉苳三『近代短歌史　明治篇』（一九五五年、白楊社）。小泉説の主要な根拠は、平安以来の和歌の没落という子規の議論の骨格が末松謙澄『国歌新論』（一八九七年、哲学書院）に先取りされていた点にあるが、この種の議論は賀茂真淵以来のものであり、一八八〇年代の和歌改良論者たちも同趣の主張を繰り返していたから、子規が末松に直接影響されたと見るのは早計だと思う（第二章第二節）。それよりも、「歌よみに与ふる書」における万葉歌の引用態度がかなりあやしげであることを言っておけば十分だろう。一〇回の連載を通じ、子規がなんらかの批評の対象とした短歌は三三首にのぼるが、佳作として称賛したのは源実朝の七首と、その縁で取り上げた『新古今和歌集』の八首で、万葉の歌々ではない。万葉歌の引例は二首にすぎないし、そのうち一首「ものゝふの八十氏河の網代木にいざよふ波のゆくへ知らずも」（巻三・二六四）は駄作としての引用で、しかも句の切れ続きを誤解して批評している。もう一首「あしひきの山鳥の尾のしだり尾の長々し夜を一人かも寝む」（巻十一・二八〇二或本）は『万葉集』では作者不明とされている歌だが、子規は柿本人麻呂の作として挙げたつもりのようで、『小倉百人一首』などに人麻呂作とされているのを鵜呑みにしていたらしい。ほかにも『百人一首』が大伴家持作とする「鵲のわたせる橋におく霜の白きを見れば夜ぞ更けにける」を引いた箇所があるが、これは『万葉集』には載っていない歌である。なお、「直接読んでゐなかつた」とする小泉説には牧野博行『正岡子規と万葉集』（一九八三年、リーベル出版）の修正意見も出されているが、牧野書の挙げる論拠自体が、熟読していなかったことの証明になっている。

（4） 前掲、小泉『近代短歌史　明治篇』（注3）。それ以前の子規の作歌に万葉調が認められるのは、『日本』に拠つた歌人、丸山作楽、福本日南、天田愚庵らの影響だろうという。

(5)『古事記』『日本書紀』に、兄弟や従兄を惨殺した記事が見えるのを言う。
(6) 原文「菜採須児」は現在「菜摘ます児」と訓じられ、「菜を摘んでおられる娘御よ」の意に解されているが、平安時代から江戸時代中期までは「菜摘むすこ」の訓が通用していて、「賤しい娘」の意の「すこ」という語があったのだと考えられていた。現在の訓と解釈は本居宣長の創見に基づく(『万葉集玉の小琴』一七七九年)。
(7) この線からはずれる着眼として、「万葉の歌人は造句の工夫に意を用ゐし故に面白く、後世の歌人は造句を工夫せずして寧ろ古句を襲用するを喜びし故に衰へたり」(巻一・五歌)など、用語の多様性に関わる発言もあるが、これも和歌改良・国詩革新の脈絡で話題になっていたことがらだ(第二章第二節・第四節)。
(8)「洋式活版」ないし「金属活字版」の称を用いるのは、江戸初期の古活字版や江戸後期の近世木活字版と区別するためである。『万葉集』の古活字版には活字無訓本と活字附訓本の二種があり(後者を整版化したものが①(ア)の寛永版本)、木活字版としては『古万葉集』(今村楽・横田美水ら校訂、一八〇三年)があるが、三者とも、技術的制約から大量には印刷されなかった。
(9) ①の版木は一七八八(天明八)年の京都大火の際に焼失したらしい(武田祐吉稿・橋本進吉補「万葉集諸本解説」『校本万葉集』1、新増補版一九七九年、岩波書店)。
(10) 一九〇〇年から根岸短歌会に加わった伊藤左千夫は、一八九六年に同書の予約購入に応じ、一九〇〇年七月に読了している(「伊藤左千夫年譜」、全集8)。左千夫が『万葉集古義』の説を熟知していた様子は、子規の文章にも描かれている(正岡子規「『こやす』といふ動詞」一九〇〇年四月、全集7)。
(11) 大阪の出版社の手がけた⑧は、販路が西日本に著しく偏っていて、関東から東では東京と北海道にしか売捌所がなかった(同書奥付広告)。ただし『万葉集略解』の需要には根強いものがあって、⑧以後もたびたび活版本が出た。一九一〇年の修学堂版、一九一一年の国民文庫版、一九一二年の博文館版、一九二八年の文献書院版、一九三六年の武揚堂版、一九四一年の改造社版などである。近代人の手による『万葉集』の全注釈は、今でこそ十種以上もあるが、井上通泰『万葉集新考』八冊(一九一五~二七年、歌文珍書保存会)以前には存在しなかった。

(12)『万葉考』は一七六八(明和五)年に初印三冊が刊行されたが、全一〇冊(本編六冊、「別記」三冊、「人麻呂集」一冊)が完刻されたのは一八三五(天保六)年ないし一八三九年に下る。それ以前、一八二五(文政八)年以降の数年間に大阪の書肆柏原屋源兵衛らが発行した六冊本は、本編だけのもので、「別記」と「人麻呂集」を欠く。これとは別に、一〇冊本を六冊にまとめた明治の後印本がある。私の目に触れたのは国会図書館所蔵の刊行年不明の一本で、奥付に大阪の書肆前川源七郎の名がある。なお、子規蔵書目録の『万葉考』の項には「黒生版・明和五」とあるが、これは、本編最終冊「万葉集巻六之考」に付された尾張黒生《くろなり》の跋文を刊記と誤認したものかと思われる。

(13)私は本書が『万葉集』にあまり馴染みのない人にも読まれることを期待しているのだが、そうした読者にとっては、一首の万葉歌に訓が何通りも存在する理由が分かりにくいかもしれない。ここで多少解説しておこう。

『万葉集』は平仮名も片仮名もない時代に成立した書物であり、もとは漢字だけで書かれていた。ただし、奈良時代の末ごろ完成したらしいその原本は、早く失われてしまった。現在残っている古写本はどれも平安中期以降のもので、その多くは、漢字で書かれた本文《ほんもん》に添えて、平仮名書きまたは片仮名書きの訓を伝えている。漢字だけで和文を記した『万葉集』の表記法(いわゆる万葉仮名)は、かなもじに慣れた平安以降の読者には難解すぎるので、読み方を別に示すことが早くからなされてきたのだ。本格的な施訓は十世紀半ばの『後撰和歌集』の撰者たちに始まるというが、一部を切り出して仮名に書き直すようなことはそれ以前からなされていたらしい。写本に付される訓は平安後期にも折々に追加・修正がなされたため錯雑となり、鎌倉中期の僧侶、仙覚が『万葉集』の大がかりな本文校定を行なった際に全面的に見直されたが、さらに江戸時代の国学者たちは、仙覚校定本の流れを汲む流布本(先の①)を叩き台として本文・訓・解釈の批判的検討を押し進め、次々に新たな訓を提出したり、逆に新訓を斥けて古い訓を復活させたりした。本論中の⑨③④⑥はそうした研究の代表的成果である。

要するに、『万葉集』の歌の訓は、後世の人々がおのおのの判断で施したもので、それ自体に一定の解釈を含んでいる。一つの歌にいくつもの訓が併存する場合があるのは、いくつもの解釈があるのと同じような現象なのである。むろん、不当な訓は不当な解釈と同様、早晩潰される運命にあるし、じっさい近代以降の諸研究は、本文批判の厳密化と言語把握の精密化によって、過去に行なわれていた訓の相当部分が学問的に成り立たないことを明らかにしてきた。訓の動揺は、しかし、現在も解消されきってはいないし、将来も完全になくなるとは考えにくい。万葉時代の言語資料がきわめて限られていることが大きな理由だが、一面では、施訓という行為自体に解釈という主体的契機が含まれているからでもある（ちなみに私は、ある歌の一句の訓にかんするある研究者の説を批判したばかりに、一面識もないその人から手ひどい人格攻撃を受けたことがある。主体的契機が末端肥大的に膨張すると、時にこの種の珍事が出来する）。

(14)　これと同様の判断が牧野博行『正岡子規と万葉集』（注3）に示されている。ただし、連載二回目に掲げられた中皇命の長歌（巻一・三）にかんするもの。他方、本書や牧野書と対立する判断を示したものに、岡井隆『茂吉と万葉』（一九八五年、短歌研究社）がある。

(15)　子規は「文字語句の解釈」には触れないと言いながらも、一首一首に最低限の語釈を示すことは忘れなかった。雄略の歌についても《籠には「コ」と「カタマ」との両説あり。ふぐしは篦《へら》の如き道具にて土を掘るものとぞ》と記すが、これは、歌学全書版の頭注に「籠毛與美籠母乳代丘〔匠〕記に籠の字を神代紀にかたまとよめるによりてかたまもよみかたまもちとよむへしとあれと猶もとのまゝに三言四言の句と見たる方まさりておほゆ」「布久思は菜などほり取る串をいふ」（傍線原文）とあるのと内容上一致する（本書五五頁図）。似たようなケースはほかにも見受けられる。

(16)　長谷川の言う「日本派」とは、子規の根岸短歌会ではなく、一八八〇年代からの和歌改良論者を中心とする人々をさす。《私が『日本』という新聞を読み出した明治の半ばころに、中学時代に通った国語伝習所の創立者の小中村清矩やその子息の義象（後に池辺姓に変った）や、落合直文や、関根正直、服部文彦その他の国学者によって、「万葉」への復古が叫ばれて、それらの国学者の作歌が、新聞『日本』に時々掲載されたので、私は歌に興味をもつようになったのだが、胸の病で療養生活の間に、その口調をまねた歌を詠むようになって、

〔……〕私が文を書いて、弟がその挿画を描いて、その二人だけが、編集人であり、読者である、写本式の雑誌を作っていたのに、その歌をのせたのだった》（「私の履歴書」一九一五年、『長谷川如是閑選集』7所収、一九七〇年、栗田出版会）。ここには子規は登場しない。年譜によれば、長谷川が東京法学院（現在の中央大学）を病気休学したのは一八九四年から九六年で（『選集』7）、「歌よみに与ふる書」より二年以上早い。

（17）　土屋文明は一九〇七年には木版本『万葉集略解』（と判断されるもの）を二円五〇銭でいったん購入したものの、後に小遣いに困ってこの本を下級生に売り、代わりに歌学全書版『万葉集』三冊を買ったという（前掲「万葉集を読みはじめた頃」）。なお、⑧の洋装活版『万葉集略解』も、価格の面では木版本と大差なかった。初版七冊中、価格表示のある第四・五・六編はそれぞれ三五銭・三〇銭・三五銭だったから、各冊の分量を加味すれば七冊で二円二十銭程度ではなかったかと思われる。しかもこの価格は、文明が『略解』を買ったときより十五年ほど前のものだ。販路の拡大などの事情からか、木版本の価格も以前より下がっていたものらしい。

（18）《私が中学時代に『万葉集』を読み出したころは、佐々木弘綱と信綱の父子の手で、博文館から活字本の『歌学全集〔書〕』が出されて、その活版本の『万葉集』で、私は学生時代に初めて「万葉」にふれたのだった》（前掲、長谷川如是閑「私の履歴書」、注16）。長谷川如是閑「御用詩人柿本人麿」（『短歌研究』二 - 三、一九三三年三月）も参考になる。なお土屋文明については注17を参照のこと。

（19）　もろもろの作品が国民の古典とされていった過程と、その過程に生起した種々の事象、およびそこに孕まれたさまざまの問題については、ハルオ・シラネ、鈴木登美編『創造された古典』（一九九九年、新曜社）が参考になる。

（20）　「その〔源平盛衰記の〕文和文の悲哀なるに漢文の雄壮なるを交へ、流暢精細にして、よみもてゆくに、まのあたり千古の現場を見る心地す。太平記と相並びてともに此類著作の巨擘なり」（前掲、芳賀・立花『国文学読本』、選集2）。前掲『日本文学全書』では、第十六〜十八編に『太平記』が、第十九編に『保元物語』『平治物語』その他が、第二十編に『平家物語』が配された。一方、本居宣長は一七五八（宝暦八）年に松坂の自宅で『源氏物語』を開講して以来、四十年あまりにわたって門弟のために各種の書籍の講義を行なった。

村岡典嗣は、宣長の講義書目を「源氏、万葉を始め、古今集、新古今集を主なものとして、伊勢、土佐日記、枕草紙、百人一首、神代紀、栄華物語、史記、直毘霊、狭衣物語、公事根源、祝詞式等に及んだ」とまとめている（『本居宣長』一九二八年、岩波書店）。歴史書以外はすべて和文のものである。

(21) 上田万年「国語と国家と」（初出一八九五年、『明治文学全集』44所収、一九六八年、筑摩書房）など。なお、イ・ヨンスク『国語という思想』（一九九六年、岩波書店）、長志珠絵『近代日本と国語ナショナリズム』（一九九八年、吉川弘文館）を参照のこと。

(22) 鉄幹は落合直文らの浅香社創立を「何でも二十五年の秋であつたと思ふ」とする。これは翌年一月ないし二月とする現在の通説と若干ずれているが、彼は一八九二（明治二五）年九月に郷里を出奔し、そのまま直文の門を叩いたので、そのときの印象が記憶に干渉したということらしい。直文一門の活動が鉄幹の加入を機に盛り上がりを見せたのは事実らしいから、近代短歌史上最初の結社は実質的にはこのとき成立していたと見なすことも不可能ではない。このあたりの事情は前田透『落合直文』（一九八五年、明治書院）に詳しい。

(23) 現在の東京大学の前身。官立大学として発足した一八七七（明治一〇）年には東京大学と称し、一八八六年の帝国大学令により帝国大学と改称、一八九七年の京都帝国大学設立にともなって東京帝国大学と改称し、戦後の学制改革にともなって一九四七（昭和二二）年より現在の名称となった。京都帝国大学に文科大学が創設されるのは一九〇七年のことである。本書で単に「文科大学」と称する場合、右の帝国大学または東京帝国大学の下部組織をさす。

(24) 井上哲次郎著・中村正直閲『勅語衍義』（一八九一年、敬業社）。天皇制を家族の延長とする議論、いわゆる家族国家論が全面的に展開されている。

(25) 「序詞」については、高山が起草した旨の関係者の証言がある（「帝国文学創刊十周年回想録」『帝国文学』一一‐一、一九〇五年一月）。「中学に文学史を教課とせよ」については状況証拠しかないが、当時高山が『太陽』の文芸欄を担当していたことに加え、論調と文体から見て高山執筆と判断できる。

(26) 井上哲次郎「日本文学の過去及び将来」（『帝国文学』一‐一～三、一八九五年一～三月）、無署名（高山樗

牛か」「何故に叙事詩は出てざるか」・「国民的詩人とは何にぞ」(『太陽』二‐一三、一八九六年七月)、江東生「忘恩の文学界」(『日本人』四一〇、一九〇五年五月)などを参照。

(27) 未詳。「界川」は一時的な変名で、他に見えない。ただし発表誌の性格から推して、執筆者は帝国大学文科大学の関係者だったと考えられる(第二章第三節)。

(28) 本章第一節に引いた「万葉集の系統」は、一九一九年十月の慶応義塾図書館での講演録(『アララギ』一三‐一掲載、一九二〇年一月)をもとに、ここに引いた同題の講演録から一部補ったものだが、その際、「大便をおひりになりましても決して権威を冒瀆致しません」の一文が削除され、代わりに「これを直に比喩にするのは悪いのでありますが」の句が挿入された。「先生」はやはり「天皇」の比喩だったことになる。

(29) 巻十一・十二・十三などに載る一千首近い作者不明歌も庶民の作とされることがあるが、この見解は明治末期に「民謡」概念が導入されてから広まったもので、それ以前には作者不明歌の作者層を問題にする人はほとんどいなかった(第三章第二節)。

## 第二章

(1) 実朝を万葉調歌人とする評価はもともと真淵に端を発するもので、近代では子規やアララギ派の歌人たちによって広められた。七百首を越える実朝の作歌中、一割にも満たぬ事例がことさら注目を集めたのだが、この恣意的評価は、二八歳で横死する彼の晩年の作としてそれら事例を位置づけることにより、辛うじて論理的整合性を保っていた。ところが、一九二九(昭和四)年の『金槐和歌集』定家所伝本の発見により、実朝二二歳の時点ですでにこの歌集が成立していたこと、しかもその時期は定家相伝本『万葉集』を献上された翌月より後ではないということが判明した。後世喧伝された実朝の「万葉調」は、彼の作歌活動の到達点ではなかったのであり、そもそも『万葉集』の原典を熟読玩味した成果でもなかったらしい。

(2) 松村雄二「〈読み人しらず〉論への構想」(『国語と国文学』七三‐一一、一九九六年十一月)もこの点に触れる。

(3) 錦仁『中世和歌の研究』(一九九一年、桜楓社)第一篇第二章、および田中洋己「子どもの詠歌」(『季刊文学』三‐二、一九九二年四月)を参照。

(4) その他、妻の密通の現場を押さえた男が間男と取り交わした歌だの、悪事を暴かれた盗賊が都落ちする際に詠んだ歌だのもあって、そこにも「このごろの人は、〔かかる緊急の折には〕さらに、歌詠まじものを」「さる折にも、昔の人は、歌を詠みければ、このごろの人には、似ざりけるとぞみゆる」との感想が付されている。

(5) 藤原清輔の歌論『袋草紙』(一一五七〜五九年ごろ成立)の一節「希代歌」は、『俊頼髄脳』の当該箇所の影響下に成ったもので、引用歌の約半数が共通し、配列がいっそう整理されている。その「希代歌」では、「幼児歌」と「乞者歌」のあいだに「賤夫歌」二首が挿入されている。前掲の田仲論文(注3)を参照。

(6) 「禁中并公家諸法度」(一六一五年)は、その第一条で、和歌は「綺語」であるがこれを保守せよと規定していた。江戸初期の公家たちは、彼らを拘束したこの法典に痛恨の念を抱きながら、朱子学の性情説などによってこの規定に対抗し、和歌の要諦である「まこと」が治政の道に通じることを強調したのだという(上野洋三「元禄堂上歌論の到達点」『国語国文』四五‐八、一九七六年八月)。「まこと」を中心とする歌論は、秘伝が建前だったにもかかわらず、実際には民間の二条派歌人、有賀長伯の刊行した啓蒙書などに公然と記された(『初学和歌式』一六九六年刊、『和歌八重垣』一七〇〇年刊)。

(7) 西川長夫・松宮秀治編『幕末・明治期の国民国家形成と文化変容』(一九九五年、新曜社)を参照。

(8) 第一章注23に同じ。

(9) この節の本文中に引用する資料は、多く小泉苳三『明治大正短歌資料大成』(一九七五年、鳳出版)第一巻に収録されているが、ここでは可能な限り初出に拠った。

(10) 「泰西の詩」が「今の語」「平常用フル所ノ言語」を常用しているという井上たちの認識は、当時の西洋詩の実態からも多分に乖離していたらしい。榊祐一「『新体詩抄初編』の視線/言説」(『国語国文研究』一〇一、一九九五年十一月)を参照。

(11) 西田直敏『『新体詩抄』研究と資料』(一九九四年、翰林書房)の当該箇所に「ここの程子の説の出所は未詳」とある。同書にはこの先の益軒の説の出所も「未詳」とあるが、こちらは原善編『先哲叢談』前編（一八一六年、『日本哲学思想全書』20所収、一九五七年、平凡社）に載っている。なお、「詅癡符《れいちふ》」とは、拙劣な文章を書いては名文のように吹聴すること。

(12) 越智治雄『近代文学成立期の研究』（一九八四年、岩波書店）、野山嘉正『日本近代詩歌史』（一九八五年、東京大学出版会）を参照。

(13) 前掲の井上哲次郎「漢詩和歌の将来如何」のほか、同「詩歌改良の方針」（『国民之友』一七九・一八一・一八二、一八九三年一・二月）、同「新躰詩論」（『帝国文学』三－一・二、一八九七年一・二月）、外山正一「新体詩及び朗読法」（『帝国文学』二－三・四、一八九六年三・四月）など（第三節）。

(14) 当時一般に通用していた言語、つまり万葉時代の現代語のなかから、優雅な語詞を選択して用いたものであろう、の意。

(15) 竹内節編『新体詩歌』第一～五集（一八八二～八三年）は、『新体詩抄』を大幅に増補したもので、井上・外山・矢田部の作に加え、その影響下になった他の作者の作をも多く収録していた。初版は甲府で刊行されたが、たちまち十数編の海賊版が出回り、しかもその多くは現在の文庫本の半分ほどの袖珍本で、価格も五集分一冊で二十銭前後だった。同書第三集（一八八三年三月識）の末尾には久米幹文の「詠和気公清麻呂歌」が載せられている。形式は万葉の長歌そのままで、「八隅しゝ吾期大王《わごおほきみ》の見《め》したまふ御夢のひまにかき濁る。弓削の川波おほけなく。逆《さか》のほらひてあふぎみる高坐山の高峯をもひたし汚せは」と歌い起こし、「後世《のちのよ》の。鏡にせむと称《ほ》め給ひ。治めたまひて神とさへいはひ奉《まつ》らす事の尊とさ」と結んだ上に、「君こそは水附屍《みづくかばね》と弓削川の逆巻波をたゝ渡りつれ」の反歌一首を添える（引用は有楽堂版一八八六年四月に拠る）。

(16) 萩野のこの文章は、小中村義象「古典学革弊私論」などと合わせて『国学和歌改良論』として刊行された（一八八七年、吉川半七刊）。

(17) 小泉苳三『近代短歌史　明治篇』（一九五五年、白楊社）に先駆的指摘を見る。

(18) じっさい当時この作品が流行したのは、今様の旋律で歌唱されたためらしい。前田透『落合直文』（一九八五年、明治書院）参照。

(19)「長歌にしても決して西洋の雄篇傑作の如く宏大なるものはあらず、……落合直文氏の孝女白菊の歌の如きは蓋し其例外ならん」（前掲「詩歌改良の方針」、注13）。

(20) 二つめの傍線部には二年前の末松謙澄の発言がこだましているように思われる。「日本歌ノ最モ普通ナル者ハ五七文字ノ交錯ニ在ルガ如シ併シ是レトテモ已ニ万葉ノ長歌ニモ変化ヲ示ス為メ短句ヲ交フル所多アリ又後世ノ俗歌ニモ七文字又ハ五文字ヲ三句位聯畳シタルモノ多クアリ事ニヨリテハ五七ニ拘泥セザルモ多シ我歌体ノ復古維新ヲ謀ルニハ随分字数ノ変化ヲ要スルヿモアルベシ」（前掲「歌学論」）。二つの文章は、「俗謡（俗歌・俚謡）」尊重の提唱という点でも符合する。

(21)「龍田川もみぢ乱れて流るめり渡らば錦なかや絶えなむ」（『古今集』秋下・二八三）や「み吉野の山べに咲けるさくら花雪かとのみぞあやまたれける」（同、春上・六〇　紀友則）などを念頭においた記述。

(22)「もののあはれ」論を文学論として理解することの不当性については、百川敬仁『内なる宣長』（一九八七年、東京大学出版会）参照。

(23)『うひ山ぶみ』（一七九八年、岩波文庫『うひ山ふみ・鈴屋答問録』一九三四年）二一〜二二頁を参照。

(24) 芳賀矢一『国学史概論』（一九〇〇年、選集1）、同『日本文献学』（一九〇七年度講、初版一九二八年、選集1）、久松潜一『上代民族文学とその学史』（一九三四年、大明堂）、同『国学　その成立と国文学との関係』（一九四一年、文部省）などを参照。

(25) この節に記す制度上の事実関係は、『東京帝国大学五十年史』（一九三二年、東京帝国大学）上巻による。第一章注23参照。

(26) 本居内遠《うちとお》門の小中村清矩《こなかむらきよのり》、平田鉄胤《かねたね》門の飯田武郷《たけさと》、万葉学者で江戸考証学の流れを汲む木村正辞《まさこと》、備中松山の藩学学頭だった三島毅（中洲）といった人々。異色といえるのは明六社出身の啓蒙思想家、中村正直だろう。中村は「漢文学、支那哲学」の教授だった。

(27)「無形文化財」のような旧式の学者たちの生活を支えるために設置されたとの、穿った見解もある（高木市

之助『国文学五十年』一九六五年、『高木市之助全集』9所収、一九七七年、講談社)。

(28) 必修科目は、設置時の規定では「正史、雑史、法制、故実、辞章、事実考証、作文詠歌、支那法制、支那歴史、漢文、卒業作文」の一一科目だった。教官は、後述する国書課の場合、注26に名の出た小中村・飯田・木村に加え、本居内遠の子の本居豊穎《とよかい》、内遠門の久米幹文、豊穎門の小杉榲邨《おんそん》、足代弘訓《あじろひろくに》門の佐々木弘綱、物集《もずめ》高世《たかよ》の子で平田銕胤にも師事した物集高見《たかみ》など、国学系の学者が顔を揃えていた。学生にも、養父が平田派の国学者だった落合直文や、弘綱の子の信綱のように、国学を家学とする家に育った人が少なくなかった。前掲の佐佐木信綱「古典科時代のおもひで」、および和田英松「古典講習科時代」(『国語と国文学』一一-八、一九三四年八月)を参照のこと。

(29) ただしここにも異色の教官はいた。後に「鉄道唱歌」(一九〇〇年)の作詞者となる大和田建樹《たけき》だ(第三章注23)。「先生は英学にも通じて居られたので、その講義も新しく、私共の興味を随分引いたものでした」(前掲、和田「古典講習科時代」、注28)。

(30) 『東京大学百年史　部局史一』(一九八六年、東京大学出版会)の当該箇所の記述は、『五十年史』(注25)より簡略化されている上に、古典講習科の「卒業生のうちから落合直文らの実力を有する学者が輩出して」云々との、誤った記述を含んでいる(七一四頁)。この記述によれば落合は古典講習科を卒業したことになってしまうが、事実は、在学中に突如兵役を課せられてやむなく中退したのである。私の目に触れた複数の論文に、落合を東京大学の「卒業生」と記したものがあって、それらは『百年史』の記述に依拠したものらしいので、ここにあえて指摘しておきたい。なお、当時大学生の兵役は免除されていたにもかかわらず、なぜ落合にそれが課せられたのかは謎である。同窓の和田英松は、在学中に生じた学内騒擾事件との関連を匂わせるが(前掲「古典講習科時代」、注28)、前田透『落合直文』(注18)は、資料を博捜した末に真相不明としている。

(31) 近代日本における「文学」概念の形成と構造については、鈴木貞美『日本の「文学」概念』(一九九八年、作品社)が詳しい。

(32) 柳父章『翻訳の思想』(初版一九七七年、ちくま学芸文庫版一九九五年)、同『翻訳語成立事情』(一九八二年、岩波新書）を参照。

(33)『近代文学研究叢書26』（一九六四年、昭和女子大学）による。

(34) 風巻景次郎「日本文学研究の方向」（初出一九四七年、『風巻景次郎全集』1所収、一九六九年、桜楓社）。風巻はこの件を昭和初期から繰り返し問題にしていた。

(35) 岡崎義恵が国文学を日本文芸学へと発展的に解消すべきことを唱えたのも、狭義の〈文学〉が研究対象であることを明確化するためだった（『日本文芸学』一九三五年、岩波書店）。長谷川泉『近代日本文学評論史』（一九六六年、有精堂）参照。

(36) 金子の時評は井上論文を「疎大の論文」と一蹴した。ところが、その金子自身が『早稲田文学』の同じ号に「国民文学と世界文学」という論文を寄せていて、文中「国民文学の呼声は到る処に嘖々として、日本新文学建設の緒は、漸く将に開かれんとす」と説き、「真正の国民文学を養成するは、真に世界文学を養成し、以て大文学を成ずる所以なり」「今や千載一遇の盛時、誰れかレツシングに倣うて大日本国民文学の興隆を熱望せざる。嗚呼誰れぞ此の新国民文壇の最前頭に其のペガサスに鞭たん新騒客は」と論じている（筆名は「酉蹊生」だが、表紙には「金子馬治」とある）。

(37) 第一章注27に同じ。

(38) 三好行雄「『帝国文学』」（『文学』二三－五、一九五五年五月）。

(39) 一八九六年六月の『帝国文学』第二巻六号の「雑報」欄に、「和歌漢詩と新躰詩」「和歌の素養」と題する無署名の雑報記事がある。和歌・漢詩から新体詩への移行を「進歩」と捉えて歓迎する一方、新体詩は現状では過渡期の蕪雑さを免れていないとし、それを克服するにはいにしえの歌人の修練、特に思想を精錬陶冶する方法に学ぶ必要があると説く。執筆者は大町か武島だろう。

(40)「擬古派」「朦朧派」の烙印を押された大町たちは、国民文学運動における反主流派だったといえる。彼らと、井上・外山・高山らとの論戦の模様は、赤塚行雄『『新体詩抄』前後』（一九九一年、学芸書林）に詳しい。

(41) 高山は二カ月後に「朦朧派の詩人に与ふ」を書いて批判を続行する（『太陽』三－一九、一八九七年九月）。

(42) 大町はこの翌年の文壇時評に「われは益完全なる国民文学の必用を感ず」と記している（「時文」〔無題〕『文芸倶楽部』四‐一四、一八九八年十一月。圏点略）。彼の言う「国民文学」とは、王朝以来の「国語国文」の伝統に立脚した文学を意味する。

(43) 近代の日本で国民文学の建設が叫ばれたことはおよそ三度ある。この節で述べた明治後期を一度めとすると、二度めは翼賛体制下の一九三〇年代後半で、このときは時局に対応しようとした日本浪曼派が口火を切った。三度めは終戦後の一九五〇年代であり、今度は反米独立の掛け声のもと、左翼系の論客が論議を主導した。三度が三度とも実態は知的エリートによるコップのなかの嵐に終始し、所期の目標である「国民的」文学作品の創出はいっこうに達成されなかった。興味深いのは、この三つの時期が、国文学が活況を呈した時期と完全に一致する点だろう。

(44) かつて真淵や宣長は、『万葉集』を資料として神代以来の清く正しい〝やまとことば〟の復元を目指したが、万葉歌の語彙は、実際には、漢語や俗語との相対関係のもとで二次的に形成されたものである。一見純然たる和語／在来語と見える語のなかにも、漢語、特に詩語の直訳に由来するものが意外に多いことが知られてきている。たとえばツユシモ・アカトキツユ・シラユキは、それぞれ「霜露《さうろ》」「暁露《けうろ》」「白雪《はくせつ》」を直訳したものという（小島憲之『上代日本文学と中国文学』一九六四年、塙書房。佐藤武義「歌語としての万葉語『白雪』について」『文芸研究』七八、一九七五年一月）。万葉語彙の言語的位相については、山口佳紀『古代日本文体史論考』（一九九三年、有精堂）も参考になる。

(45) 子規の巻十六論の偏向については、すでに岡井隆『茂吉と万葉』（一九八五年、短歌研究社）に指摘を見る。ただし本書の理解とは異なる。

(46) 大岡信『私の万葉集』（一九九八年、講談社現代新書）は、巻十六の項に特に多くの紙幅を割き、その「知的な笑いの要素」にきわめて高い評価を与える。すでに「『万葉集』巻十六のこと」（中西進編『万葉集の言葉と心』一九七五年、毎日新聞社）に纏まった記述を見るように、これは著者数十年来の持論でもあって、その狙いは、近代日本に流布した「抒情性を頂点とするピラミッド構成の日本詩歌観」を打ち破る点にあるらしい。

諧謔や余裕の復権を説く著者は、問題の歌々をシュルレアリスムに重ねるところにまで突き進む一方、かつて子規の巻十六論に接したとき「子規を敬愛する気持ちが、以前よりさらに格段に強くなった」とも述懐する。

(47) 松井利彦『正岡子規の研究』（一九七六年、明治書院）、今西幹一『正岡子規の短歌の世界』（一九九〇年、有精堂）など。

(48) 鉄幹のこの文章は、一九〇〇年の夏から冬にかけての、いわゆる鉄幹子規不可並称論事件の渦中で書かれた。根岸短歌会と明星派が初めて公然と争ったこの事件は、伊藤左千夫と阪井久良伎が攻撃をしかけ、鉄幹が激しく応酬したもので、子規自身は前面に出ることを避けたが、互いに「趣味」を異にする両派が競い合うのは有益だと考えていた（「墨汁一滴」『日本』一九〇一年一月二十五日、全集11）。なお、このときの鉄幹の証言について、後に斎藤茂吉は「これは怒つて云つたので」「幾分割引して解する必要がある」とコメントしている（「正岡子規の歌論」初出一九二四年、『正岡子規』所収、一九四三年、全集20）。

(49) 赤彦が左千夫の知遇を得た経緯は、永塚功『伊藤左千夫の研究』（一九九一年、桜楓社）に詳しい。

(50) 土屋文明が『アララギ　赤彦記念号』に寄せた文章のなかに、「この講演は赤彦の歌壇的存在に重きを加へた記念すべきものであつたと聞いて居るが」云々の記述が見られる（「歌道小見に就いて」『アララギ』二九-一〇、一九三六年十月）。

(51) 海後宗臣・仲新・寺崎昌男『教科書でみる　近現代日本の教育』（一九九九年、東京書籍）参照。

(52) これらの学校を中等教育機関として一括するのは、文学史教科書に互換性があって、しかもそれらの多くが「中等教育」と銘打たれていたからだが、あくまで便宜的な括り方にすぎない。教育史の分野では高等普通教育と師範教育は峻別されている。

(53) 高山樗牛が「中学に文学史を教課とせよ」と主張したのは一八九六年のことだった（本書七〇頁）。

(54) 堀江秀雄「女子教育と国文学史と」（『国文学』五四、一九〇三年五月）は、この年三月の文部省訓令第二号への異論。高等女学校の国語科教授要目に国文学史が指定されなかった点を批判して、「国民の文学的自覚心を起させる」ためには中学校並みの扱いが必要だとする。

(55) 鎌倉・室町時代を指す。日本史の時代区分に「中世」を適用することは、当時まだ一般的でなかった。

(56) 以上の記述は、文部省内教育史編纂会『明治以降　教育制度発達史』(初版一九三八年、重版一九六四年、教育資料調査会) 第三〜五巻を下敷きにしており、省令・訓令の引用も同書に拠る。

(57) 井上敏夫編『国語教育史資料2』(一九八一年、東京法令出版)、教科書研究センター編『旧制中等教育国語科教科書内容索引』(一九八四年、ぎょうせい)。前者は一九五七年までの中等教育用国語教科書の実例集で、明治期のものとしては中学校用一一六点、高等女学校用三九点の一覧表があり、代表的な教科書の抜粋もそれぞれ一一点、五点を載せる。後者は、それらの約半数について内容をコード化し、検索しやすくしたもの。

(58) 当時の教科書編集の裏面を暴露した小説に、内田魯庵「教育家」がある。出版社に高い編集料をふっかける一方で、留学を餌に教え子をこき使う学界ボスの様子が活写されている。この作品を含む『社会百面相』が刊行されたのはちょうど一九〇二年で、魯庵はこの前年にも、「破垣」で末松謙澄らしき高官の私生活を暴露して発禁処分を被っていた。岩波文庫版『社会百面相』(一九五三年) には「破垣」も付載されている。

(59) ただし、厩戸皇子 (聖徳太子) 作と称する歌 (巻三・四一五) など、いくつかの歌が依然見落とされている。厩戸は推古天皇の皇太子で、推古は舒明の直前の天皇。

(60) 「愛国百人一首」選定の具体的過程は、桜本富雄『日本文学報国会』(一九九五年、青木書店) に詳しい。

## 第三章

(1) 以上四段落の記述は次の諸文献に負う。ヘルデル『民族詩論』(中野康存訳、一九四五年、桜井書店)、田中健二「初期ヘルダー」(『大阪大学文学部紀要』五、一九五七年三月)、同「ヘルダーの民謡蒐集について」(阪神ドイツ文学会編『ドイツ文学論攷』三、一九六一年十月)、同「後期ヘルダー」(『大阪大学文学部紀要』一〇、一九六三年三月)、J・G・ヘルダー『言語起源論』(大阪大学ドイツ近代文学研究会訳、一九七二年、法政大学出版局)、H・トレヴァー＝ローパー「伝統の捏造」(E・ホブズボウム、T・レンジャー編『創られた伝統』前川啓治・梶原景昭ほか訳、一九九二年、紀伊国屋書店)。

(2) ヘルダーのフォルクスリート称揚に言及した日本で最初の事例は、おそらく末松謙澄「歌楽論」だろう。「ハードル嘗テ英及ビ蘇格蘭《〔スコットランド〕》ノ里謡ヲ集メタル一書ヲ得テ詩ノ基礎ハ全ク俗調ニ在ルヿヲ悟リ是レヨリ鋭意シテ各国ノ民間ニ存在セル歌謡ヲ猟収シ其古意ヲ存シ詩ノ真意ニ叶ヘル者ヲ撰ビ之ヲギュエテニ示セシニギュエテ大ニ感発スル所アリ俗調ニ拠リ換骨脱胎ノ妙思ヲ役シ遂ニ上ニ云フ如キ大家ヲ為セリ」（一八八四年九月～八五年二月、『明治文学全集』79所収、一九七五年、筑摩書房。傍線原文）。ただしこの部分は「アスマス氏」なる人物からの伝聞として記され、人名も英語読みによっている。

(3) 「民謡」の語誌的解説は、町田嘉章・浅野建二編『日本民謡集』（一九六〇年、岩波文庫）、浅野建二編『日本民謡大事典』（一九八三年、雄山閣）、臼田甚五郎監修・須藤豊彦編『日本歌謡辞典』（一九八五年、桜楓社）などに見られる。鷗外の用例はこれら三書の指摘するところだが、初出年を明治二四年とするなど、レファランスに軒並み不備がある。また、後述する『帝国文学』初期の用例などを拾っていないため、翻訳語「民謡」の定着した時期が実際より遅く見積もられている。

(4) 東京大学総合図書館に一括して収められた鷗外旧蔵書中に、その存在を確認できない。断定は避けなくてはならないが、この小文はことによると、現物を見ずに、書評か新刊案内あたりを頼りに書かれたのかもしれない。

(5) 「楽塵・西楽と幸田氏と」（『めさまし草』一八九六年三月、全集23）で西洋音楽史を概観した箇所に、「諸国俗謡」はメロディーを発達させたがハーモニーの法を確立させなかった旨の記述がある。フォルクスリートはここでは「俗謡」と訳され、しかも否定的に価値づけられている。

(6) 『定本上田敏全集』第十巻に《『帝国文学』の「雑報」欄に掲げられたもののうち、上田敏の筆になると考えられるもの》として収める。順当な処置だろう。上田もその一員だった初期の学生編集委員のなかに、西洋音楽の素養において上田を凌ぐ者は見当たらない。同巻所収の一八九四年十二月十二日付平田禿木宛書簡に《実は「帝国文学」の方へも絵画と音楽の月旦をなせと嘱せられ候ひしが、これもためらひ居申候》とあるのも参考になる。

（7）第一章注27に同じ。

（8）これとそっくり同じ文章が、同じ月の『国民之友』第二七四号に出ている（境河生「独逸の俗謡を論ず」）。

（9）『文庫』に拠った横瀬夜雨らが俗謡調の田園詩を創作するのは、これより遅く、一八九八（明治三一）年からのことだった。

（10）『白玉姫』（一九〇五年、金尾文淵堂）および『子守唄』（一九一七年、冨山房）にそうした作を収める。一九〇五年六月の『明星』巳歳第六号に掲載された前者の広告に「詩は調を民謡の精髄に採りて今の所謂言文一致の新躰を詩歌の域に試みしもの」云々とある。

（11）前田林外は、自身が主宰していた月刊文芸誌『白百合』の第四巻一号から六号（終刊号）までを「民謡号」として、すでに前掲「日本民謡概論」を公表していた志田義秀や、同じく文科大学出身の桜井政隆・石倉小三郎といった人々による民謡論を特集するとともに、全国の読者から寄せられた「民謡」の歌詞を毎号数百編ずつ掲げた（一九〇六年十一月～〇七年四月）。それらの歌詞はただちにまとめられ、「民謡」と銘打った日本で最初の刊行物となった（前田林外編『日本民謡全集（正・続）』一九〇七年、本郷書院）。

（12）長志珠絵「国歌と国楽の位相」および竹本裕一「久米邦武と能楽復興」（ともに西川長夫・松宮秀治編『幕末・明治期の国民国家形成と文化変容』一九九五年、新曜社）を参照のこと。長論文は加筆訂正の上、長志珠絵『近代日本と国語ナショナリズム』（一九九八年、吉川弘文館）に収録された。

（13）上田敏の「楽話」にも言及を見る。「明治三十二年の文芸界概評・音楽界」（『帝国文学』六‐一、無署名）、「音楽界」（同六‐五、無署名）参照。

（14）ただし、近世における「歌舞伎、三絃楽の起興」については、「日本の民衆」が「外来の美術に拘束」されずに「俗間に潜むこと数千年なりし民族の旋行」を開花させた結果であるとも述べていた（「旋行」はメロディーの訳語）。この時点では三絃楽の可能性にまだかなりの期待を寄せていたことが分かる。

（15）文科大学出身者以外で明治期に「民謡」の語を用いた人物としては、先に名を挙げた薄田泣菫・前田林外のほか、『白百合』民謡号（注11）に寄稿した花房柳外・野尻抱影・高安月郊・山田沼村らがあり、さらに昇曙夢・与謝野鉄幹・吉野臥城らもいる。昇曙夢「露国の民謡」（『こゝろの華』八‐七、一九〇四年十月）、与謝野寛「賤機」（『明星』未歳‐二、一九〇七年二月）、吉野臥城「民謡詩」（『太陽』一三‐六、一九〇七年五月）。

(16) 藤井乙男「宗教に関する俗諺」（四‐六、一八九八年）、同「動植物にちなめる諺」（五‐二・四〜六・八・一一、六‐一、一八九九〜一九〇〇年）、同「諺の発生及び変遷」（七‐一一・一二、一九〇一年）。藤井以外による諺の論で『帝国文学』に掲載されたものは、武笠三「日本古代の俚諺」（四‐四、一八九八年）、大谷正信「宗教に関する俗諺に就き」（四‐八、一八九八年）、木下子之吉「人事に関する諺」（六‐四、一九〇〇年。投稿）、堀田治郎「院本に見えたる諺」（七‐一一〜五・七〜九、一九〇一年。投稿）、虎石恵実「諺に就いて」（一〇‐八・九、一九〇四年）など。藤井は一八九七年から蒐集に着手していたが、翌年九月に金沢の第四高等学校に着任して武笠の同僚となってからは、互いに作業を分担した時期もあるという（前掲『諺語大辞典』「緒言」）。

(17) 高木敏雄「素尊嵐神論」（五‐一一・一二、一八九九年）、同「羽衣伝説の研究」（六‐三、一九〇〇年）、「浦島伝説の研究」（六‐六）、「日本説話の印度起源に関する疑問」（七‐三、一九〇一年）、「大国主神の神話」（七‐五〜七）、「日本神話学の歴史的概観」（八‐五、一九〇二年）、「日本神話学の建設」（八‐九〜一一、九‐二・五・七、一九〇二〜〇三年）など。「素尊嵐神論」は「素盞嗚尊の神話伝説」（五‐八・九・一一・一二）を書いた姉崎正治（嘲風）との論争をも引き起こした（姉崎正治「言語学派神話学を評して高木君の素神嵐神論に及ぶ」六‐一、高木敏雄「嵐神論不可能説に答へて自己の立脚地を明にす」六‐二）。

(18) 上田敏「羽衣伝説数種」（六‐六、一九〇〇年六月）、岡倉由三郎「琉球に伝はれる羽衣伝説」（六‐七、同七月）、新村出「羽衣伝説拾遺」（六‐八、同八月）。

(19) 総合雑誌『国民之友』は一八八七年二月に、『国民新聞』は一八九〇年二月に創刊された。

(20) 「文明」と「文化」との思想的相剋については、西川長夫『地球時代の民族＝文化理論』（一九九五年、新曜社）が参考になる。

(21) 日本「民族」の具体像が時流に応じて極端な振幅を示してきた点については、小熊英二『単一民族神話の起源』（一九九五年、新曜社）を参照。

(22) 東歌の研究史については、品田「東歌の文学史的位置づけはどのような視野をひらくか」（『国文学』三五‐五、一九九〇年五月）を参照。なお同稿七七頁上段第一三行から一六行の記述は、先行研究を鵜呑みにしたもので、本書の記述に照らしても明白な誤りである。

(23) 「鉄道唱歌」の作詞者としても知られる大和田は、国民文化の形成を民間の側から推進した立役者の一人である。東京大学古典講習科で教鞭をとった経歴をもつが（第二章注29）、帝国文学会と直接の関係はなかった。一八九一年以後、基本的には在野の著述家として活動し、明治後期の二十年あまりの期間に、実に百数十編もの著書・編書を世に出した。守備範囲もきわめて広く、国語辞典、文学史、謡曲評釈、歌集、新体詩集、美文集、詩歌論、作文手引書、地理、紀行、歴史、伝記、軍歌などにわたり、これらを唱歌にしたものも十数編に及ぶ（『近代文学研究叢書』11、一九五九年、昭和女子大学）。その多くが、時代の需要を敏感につかんだ企画として刊行され、類書にさきがけて多数の読者を獲得した。そのため、当代随一のブック・メーカーなどと陰口を叩かれもしたが、当人は、国民生活の基礎となるべき知識と教養の提供という、一貫したテーマを追求していたように思われる。

(24) 同書における「上古」（「上代」とも）の用語法は、原則としては「万葉集以前の時代」と「万葉集の時代」の双方をさすものだが、時に前者のみをさす用法が交じっている。思うに、芳賀が「上古」「中古」の区分を改めたのは同書刊行に近い時点のことで、前年講習を行なった際にはまだ『国文学読本』以来の時代区分に従っていたのではなかろうか。刊行を機に手直しを加えたために、かえって不備が生じたのだと思われる。

(25) この計数は大和田建樹『和文学史』（一八九二年、博文館）からの借用らしい。同書の一節に、「作者の数は　皇族百二十人。官吏三百五十五人。女七十一人。僧尼十三人。平民二人すべて五百六十一人」とある。

(26) 『平家物語』に代表される軍記を最初に「叙事詩」と捉えたのは生田長江である（生田弘治「国民的叙事詩としての平家物語」『帝国文学』一二‐三〜五、一九〇六年三〜五月）。

(27) 『和歌史の研究』では、「庶民詩」は別の角度から見れば「自然詩」であるとされ、これに対立する概念として「芸術詩」の語も使用されている。「自然詩」はNaturpoesieの訳語、「芸術詩」は芳賀の「技術詩」や志田の「技巧詩」と同じKunstpoesieの訳語と見られる。

(28) 石山徹郎の先駆的発言を想起しておきたい。「短歌の行はれる範囲は、近世以後次第に拡大されたとはいへ、一般庶民のこと〔「れ」か〕にたづさはるものはいくらもない有様であつた。短歌が、少くともその享受の面において、全国民的といへるやうになつたのは、最近数十年以来のことである。初等・中等の学校教育においてこれが国語の教材中に取り入れられ、全国民が多かれ少かれ短歌に触れるやうになつてから、その行はれる範囲が飛躍的に拡大されたのである。また、それに伴なつて、短歌発表の機会と機関とが増大し、新聞・雑誌がその機関となるに及んで、短歌の普及度が急速に増加した」。石山は続けて、読者は短歌より小説の方が多いとして、「少くとも享受の関係からは、短歌を特に国民的文学だなどと称することは不当の沙汰である」と述べる一方、短歌作者は小説等の作者より断然多数だが「それでさへ国民全部に対する割合からいへば、いくらでもないであらう」と的確に指摘する（「短歌芸術論」『短歌研究』一一‐四、一九四二年四月）。

(29) 仮託説の嚆矢を一九二五年五月の窪田空穂「雄略天皇の御製歌について」（初出『文学思想研究』、『窪田空穂全集』9所収、一九六五年、角川書店）とする説もあるが（橋本達雄『万葉集私論』（連載第四回）で「第一の院）、折口はこれより早く、一九一八年四月の『アララギ』に寄せた「万葉集私論」（連載第四回）で「第一の泊瀬朝倉ノ宮の歌も、実はもつと、新しいものであらう」と明言し、多くの求婚譚の伝わる雄略が「此歌の作者と推定せられることは、ありさうなことに思はれる」と述べている（全集6）。

(30) この年十月の『明星』の時評に「市井の無頼児が喜ぶ喧嘩腰の暴語はあさまし」「我等は未だ乱酔癲狂の人と争ふのいとまなければ、一に公等の咆哮に任せて其の名誉ある交戦を辞すべし」とある（卯歳‐一〇）。鉄幹子規不可並称論事件については、第二章注48を参照。

(31) 不審。森田が弁護しようとした当の服部は、『万葉集』に「俗謡」があるとまでは述べていない。『恋愛詩評釈』と同じ年の「俗謡の詩味」（『こゝろの華』三‐四、一九〇〇年四月）には「抒情詩の善いやつは、必ず、俗謡の範囲内に在ることは、（無論万葉を除いてのこと）争はれぬ事実である」とわざわざ注記してあるし、万葉の作者不明歌を「俗謡」と比較する「万葉の研究」（『明星』四、一九〇〇年七月）でも、「匹夫匹婦がかりそめの口すさびは、あやしくも、天真を流露して、一味の満足を、吾人が情的要求に与ふることあるにあらずや」云々とは述べるものの、その「匹夫匹婦」たる無名歌人は後世の「俗謡」作者と並称されこそすれ、決して同一視はされない。私の目に触れた資料群に照らしても、当時「世人の普く認むる所」という状況でなかったことは確かであり、森田の発言には多分に誇張が含まれていたと思う。「僕の性癖はコケオドカシの気味がある」とは、当人の自認するところでもあった（「追懐記」『こゝろの華』五‐一一、一九〇二年十一月）。なお、森田は、「雅俗論」の前月に上梓した『評釈　万葉私刪（上）』（一九〇三年九月、大日本歌学会）の一節で、園生羽女《そののいくはのむすめ》の「人みなはいまは長しとたけと言へど君が見し髪乱れたりとも」（巻二・一二四）を「君に別れて松原ゆけば」の「俗謡」と「同一筆法」と評していた。同様の指摘は、同書の下巻にあたる『箋註　万葉私刪（下）』（一九〇六年五月、よみかき屋）にも見られる。

(32) 森田義郎「辱知諸卿に告ぐ」（『こゝろの華』六‐一二、一九〇三年一二月）。文中所引の左千夫書簡は『左千夫全集』第五巻に収める。左千夫書簡二五五〜二六三（同年十月四日〜十一月七日、全集9）参照。

(33) 子規の「人々に答ふ」第十一・十二回は、直接にはこの没書への反論だったことが明らかになっている（『左千夫全集』5「後記」）。

(34) これに対する子規の反論は次のとおり。「万葉の歌は思ふ儘を詠みたるが多きなり。万葉の調の高きは多少練磨の功無きに非ざるも寧ろ当時の人いまだ後世の如き卑き調を知らず、只思ふ儘に詠みたるからに却て調の高きを致しゝならん」（「人々に答ふ（十二）」一八九八年二月二七年、全集7）。

(35) 斎藤茂吉『柿本人麿　評釈篇巻之下』（一九三九年、岩波書店）、同『伊藤左千夫』（本書二四八頁）参照。

(36) 入江はこの文章の別の箇所に、赤彦の著書を読んだのが中学時代だったかのように記しているが、これは明らかに記憶違いである。「あの本」と呼ばれる赤彦の著書は一九二五年十一月の刊行で、入江はその翌年四月に東京帝大国文科に入学している（「入江相政関連年譜」『入江相政日記』1、一九九〇年、朝日新聞社）。

(37) 「私は大体大正五年を以て歌壇の主潮流をアララギが形成したと考ふるものである」（斎藤茂吉「アララギ二

十五巻回顧」『アララギ　二十五周年記念号』二六－一、一九三三年一月。圏点略）。

(38) 赤彦の履歴については、『赤彦全集』第八巻所載の年譜（藤沢古実作成）により、高田浪吉『島木赤彦論』（一九四七年、興風館）、新井章『島木赤彦研究』（一九九七年、短歌新聞社）の記述を加味した。

(39) 当時、師範学校の卒業生は最低十年間は教職に従事する義務があり、この条件を満たした直後の計画的退職だった。牛乳搾取業に従事していた左千夫の影響と見られるが、同窓で卒業後も交流の深かった水穂が同時に退職・上京しているから、彼の行動に刺激された面もあったろう。

(40) 上京前後の模様は久保田夏樹『父赤彦の俤』（一九九六年、信濃毎日新聞社）に詳しい。

(41) 《赤彦君は、『今年じゆうにアララギを千部にして見せる』などといひ、僕は『赤彦何をいつてゐる』といつて笑つたことがあつたが、僕が大正六年に長崎に行つた頃には、とほに千部を越えてゐただらう。赤彦君の上京当時は三百で、翌々月には六百部発行して見たところが、余り返品がないので驚いたことがあつた。その時分の問答である》（斎藤茂吉「島木赤彦君㈠」、前掲『島木赤彦追悼号』）。

(42) 単純には比較できないが、後の『アララギ　斎藤茂吉追悼号』（四六－一〇、一九五三年十月）は二百三十余ページで、追悼文寄稿者は百余人にとどまった。

(43) この三カ月前、一九二六年七月に『信濃教育』第四七七号が追悼特集を組んでいて、「アララギ」掲載の追悼文にもそこから転載されたものがある。

(44) 一九二四年九月五日、文部省視学委員が松本女子師範付属小学校を視察した際、尋常科四年の修身の授業が問題にされた事件。当日授業を担当した川井清一郎訓導は、国定教科書を使用しなかったかどで休職処分とされて退職、首席訓導で赤彦の門弟でもあった伝田精爾もこのとき引責辞職した。大正自由主義教育に対する行政側の弾圧事件の一つである。『信濃教育』四六三（一九二五年五月）、中村一雄『信州近代の教師群像（続）』（一九九五年、東京法令出版）参照。

(45) 赤彦は教師としても豊かな天分をもっていたと、かつての同僚たちは口々に証言する（前掲『島木赤彦追悼号』）。島木赤彦研究会編『島木赤彦の人間像』（一九七九年、笠間書院）参照。

(46) 守屋は後にこの視点から赤彦の生涯を論じている（「教育者としての島木赤彦」『守屋喜七文集』一九五一年、信濃教育会）。
(47) 前掲『島木赤彦の人間像』（注45）参照。
(48) 同書は一八九三年度の長野尋常師範学校教科用書（『長野県教育史』11、一九七六年、長野県教育史刊行会）。赤彦の心理学履修は一八九五年度だが、この年度の教科用書は未詳。
(49) 能勢栄訳『教育応用　根氏心理学』（一八九三年、金港堂）に、これらの語と原語との対応関係が逐一明記されている。同書はフランスの教育学者コンペーレの著書を英語版から重訳したもので、一八九七年度の長野県小学校教員試験用書（前掲『長野県教育史』、注48）。
(50) 「左千夫の天稟《てんぴん》の大きさは、彼の歌作品においてよりもむしろこの間に処した彼の態度のなかに露骨にあらわれているといいえなくもない」（中野重治『斎藤茂吉ノート』初版一九四二年、ちくま学芸文庫版一九九五年）。
(51) 『アララギ』第五巻五号（一九一二年六月号。前掲「叫びの歌、その他に対する感想」の載った号）に、茂吉は「気分」と題する短文を載せて、「気分」「情調」「ステイムムング」「ムード」などの語につき、文芸批評上の慣習と心理学上の用語法を検討している（『童馬漫語』所収、一九一九年、全集9）。
(52) 折口信夫「短歌本質の成立」（一九三九年、全集10）、内藤明「窪田空穂における万葉集研究の出発」（『早稲田人文自然科学研究』五二、一九九七年十月）参照。
(53) 土屋文明は後にこの態度を評して「多分赤彦は万葉集を歌のお釈迦様といふ風に考へてゐたのでせう」と述べた（「子規及びその後続者たちの万葉観」一九六一年、『万葉集私注』10所収、新装版一九八三年、筑摩書房）。
(54) 前掲『万葉集の鑑賞及び其批評』（一九二五年）には、四二九〇歌が選出されておらず、四二九一・九二の二首も論評抜きで掲げられるにとどまる。なお、三首は万葉享受史上、長く埋もれていた作で、大正初期に窪田空穂が再評価してから現在の評価が定まった。橋本達雄『大伴家持作品論攷』（一九八五年、塙書房）、前掲の内藤論文（注52）参照。

(55) いちはやく批判を投げかけたのは萩原朔太郎だった。《人も知る如く万葉集の価値は、実にその純樸なる情熱にある。げに万葉集は「純情叙情詩」の代表的なものである》《即ちそれは主観的情緒主義の高調された芸術である。然るに前に言ふ如く、今日の歌壇は全然その反対にある。そこでは情緒が排斥されて叡智が尊ばれる。至純な熱情は卑しめられて智慧の明徹が悦ばれる。およそすべてに於て、現歌壇ほど万葉集と正反対の立場にあるものはない》《されば現歌壇の万葉集崇拝は、本質的にいつて「お門《かど》ちがひ」の甚だしきものである。彼等は単に万葉の言葉を――あの万葉調や、万葉語や――を模倣して居るにすぎない》（「現歌壇への公開状」『短歌雑誌』一九二二年五月、全集7）。これに刺激されて、前田夕暮その他が同趣の主張を発表し（「歌壇に送る言葉」『東京朝日新聞』一九二三年四月三・五・六日）、夕暮と赤彦のあいだに論争が展開した。論争の模様は篠弘『近代短歌論争史　明治大正編』（一九七六年、角川書店）に詳しい。なお、白秋もそのころから赤彦と公然敵対し、後に「万葉の抒情歌を以つて写生道の幽妙処に達した象徴歌と変へて了つた赤彦流」などのことばを残した（「偶像破壊」『日光』一九二七年十二月、全集21）。

(56) 野山嘉正『日本近代詩歌史』（一九八五年、東京大学出版会）は、赤彦の「詩のわかれ」に短歌を必然化するような方法意識が欠如していたことを指摘し、根岸短歌会への接近自体、同郷同窓の太田水穂が一足先に文壇に頭角を現わしていたことへの、劣等感と対抗意識のなせるわざだったと解釈する。方法意識の欠如は野山の説くとおりだろうが、赤彦は、一八九九年かその翌年の時点で早くも子規の革新事業に注目し、自分も今後は短歌に力を入れるつもりだと周囲に語っていたらしい（森山汀川「初対面の憶ひ出から」、前掲『島木赤彦追悼号』）。短詩形を中軸とする子規の「国詩」構想（第二章第四節）にいちはやく共鳴したのは、赤彦自身が短歌の〝伝統〟に帰依したからだろう。そのとき方法の問題は素通りされてしまったのではないだろうか。

(57) 高島平三郎は、赤彦が三年生だった一八九六年度から長野師範雇講師となった人物で、豊かな学識で生徒を引きつけた（太田水穂『老蘇の森』初版一九五五年、『太田水穂全集』10所収、一九五九年、近藤書店）とも、山師めいた壮語で煙に巻いた（三沢精英「青年時代の彼」、前掲『島木赤彦追悼号』）ともいう。三沢によれば、赤彦は少なくとも一時期この人物をかなり敬慕していたらしい。ただし、彼の心理学履修は一八九五年度で、教科書も高島の書ではなかったようだ。

(58) 城戸幡太郎『心理学問題史』(一九六八年、岩波書店) 参照。

(59) 一八九〇年代に日本の教育界を席巻したヘルバルト派の教育学説は、開化史的段階説を教授法の基本原理として、それに沿ったカリキュラム編成を行なうものだった。たとえば、低学年でまず童話・昔話を教え、漸次神話・歴史に及ぶという具合だが、明治末期にはその教育的効果が疑問視されるようになった。溝渕進馬『教育学講義』(一九〇九年、冨山房) 参照。

(60) アメリカの近代教育を初めて日本に紹介した伊沢修二の著書に、赤彦のと対極的な見解が見られる。「凡ソ人幼時ニ在リテハ感情ノ動ク所ニ従ヒテ其行為ヲ施スヲ常トスルモノナレハ先ツ諸ノ善徳ヲ教ヘテ善ノ快楽ヲ感セシメ且之ヲ実地ニ行フノ機ヲ得セシムヘシ〔……〕下等ノ感情ノ如キハ務メテ其衝動ノ機ヲ妨ケ其侵入ノ途ヲ絶チ以テ旺勢ヲ減殺セサル可ラス」(『教育学』初版一八八二年、改版一八八七年、白梅書屋)。

(61) 赤彦の感情発達史観には樋口勘次郎『統合主義 新教授法』(一八九九年、同文館) の影響が考えられるかもしれない。児童の発達過程に合わせた指導を徹底すべきであると主張する樋口の教育説は、発表されるや《世はこれを称して「活動主義教授法」といひ或は「樋口式教授法」などゝ唱へて、忽ち全国を風靡した》といい (藤原喜代蔵『明治・大正・昭和 教育思想学説人物史』1、一九四二年、東亜政経社)、本能的感情の尊重を説く点が赤彦の持論と酷似している。なお、樋口は長野師範の出身者で、太田水穂の高等小学校での恩師でもあった。

(62) このときの資料提供者は伊豆下田在住の足立鍬太郎という人で、『アララギ』にはこの人自身の詳細な研究も連載された (「伊豆俚謡抄につきて」一九一五年一〜二月、「櫂唄考解」一九一五年十二月〜一六年九月、「伊豆安良里の櫂唄につきて」一九一七年一月)。

(63) 今井邦子の証言によれば、大和田建樹『日本歌謡類聚』(本書二一六〜一八頁) 所収の隆達節の話を彼女が赤彦にしたところ、赤彦が関心を示し、それからまもなくして隆達節の研究が始まったという (「恩師を偲びまつる」、前掲『島木赤彦追悼号』)。大和田書への言及は赤彦の文章にも見られるが、同書には「民謡」の語は使用されていない。

(64)『山家鳥虫歌』(一七七一年刊)と『吉原はやり小歌惣まくり』(初版一六六〇年刊、四版一八一九年刊)を翻刻し、注を付したもの。

(65)前掲「児童自由画展覧会につきて」のほか、『赤彦童謡集』(一九二二年、古今書院)、「文芸と教育」(『信濃教育』一九二三年三~五月、全集7)、「芸術教育の疑点」(『小学校』一九二四年五月、全集7)など。

(66)「古代研究者の或るものは、文字伝来以後の日本文化をすべて輸入文化のうちに取り込めて夫《そ》れに貴族的文化の名を附し、更に夫れを演繹して万葉集に貴族文学の名を冠らせてゐる人がある」(「万葉集一面観」『アララギ』一九二〇年四月、全集3)。同じ号の「万葉集短歌輪講」中の発言にも「津田左右吉氏などは明かに万葉の時鳥《ほととぎす》を支那伝来趣味と説いていたと思ふ」とある(全集3)。

(67)「赤彦蔵書目録　下諏訪町　久保田健次氏蔵」(島木赤彦研究会編『赤彦とアララギの歴史』一九七五年、教育出版センター)。同目録には書名が列挙されているだけで、著者名・出版社・購入年月日などの記載はない。

(68)一九一六年九月より翌年四月の『アララギ』に、折口信夫『口訳万葉集』(文会堂)の広告がほぼ毎月掲載されている。その一節に「民謡集伝説集民族生活最貴の記録としての、万葉集の新面目を発揚する書」とある。

(69)『万葉集の鑑賞及び其批評』には他に一カ所も「民謡」の語が用いられていない。なお、同書は、一九二五年八月に初回分の出た「韻文講座　短歌講義」(『文芸講座』文芸春秋社)を増補したもので、問題の一首とその解説は単行書刊行時に追加された箇所である。

(70)「人麻呂二十四歳にして近江の本居より京に上りし時の歌とするものあれど、小生は歌柄から推して、それより、ずつと後の作であらうと思つてゐる。人麿の父祖は、世々大和に居つたものであるらしいが、近江朝廷の時、人麿の父が一家を挙げて近江へ移つたとも思はれ、人麿の京へ出仕した後も、時々衣暇田暇《えかでんか》等の公暇を得て近江へ帰つたらしく、さういふ時の往復に斯る歌が生れたのだらうと思はれる。恐らく三四十歳の間に出来た作であらう」(前掲『万葉集の鑑賞及び其批評』)。

# あとがき

調べはじめて六年にもなって、ようやく一冊にまとめることができた。われながら仕事ののろさに嫌気がさすが、それだけ丹念にやってきたのだと思ってみたりもする。

「国民歌集の発明・序説」という論文を発表したときには、学界の度胆を抜いてやったような気がしたし、実際そうした反応にあちこちで出会ったので、多少うぬぼれていたところもあるかもしれない。頭の固い老人どもにはとうてい分かるまいというような調子で、わざと手ざわりの荒い言い回しに訴えたり、挑発的な物言いを弄したりしたこともある。既成の枠組みを打ち壊すにはそれが必要だとも思っていたし、子規や鉄幹の闘争的な文章に先蹤を見出してひそかに納得してさえいた。それ以上に、ほとんど独学で始めたこの作業では、出会う資料が未知のものばかりだったことに加え、それらがどれもこれも私のアイデアに味方しているように思え、わくわくするような胸の高鳴りをどうにも抑えがたかったのだ。文献の乏しい古代プロパーの研究を続けていたら、あのような気分はおそらく一生味わえなかったろう。

そうこうしているうちに、国文学／日本文学の分野でも、研究が大きな曲がり角を迎えていることが一般に自覚されるようになってきた。私と問題意識を共有する研究もぽつぽつ現われはじめ、先走った論者は「こんなのはもはや常識だ」などとご託を垂れる。私自身の調べも進めば進むほど、資料が味方してくれることが新鮮に感じられなくなってくる。前に書いたものも幼稚に思えてくる。で、以前のような調子のよい文章が書けなくなって、焦ったり気が滅入ったりする。そういう状態がしばらく続いたあとで、しかし、角が取れればそれだけ円熟に近づくはずではないか、と思い切ったとき、それまでだらだら準備していた三百枚を放棄する決心がついた。それが結果的に幸いした。

国民国家論は一時の流行に終わってはならないだろう。二十世紀は紛れもなく国民国家の世紀だったが、その教訓に学ぶことなしに二十一世紀をまっとうできるはずがない。陸続と現われる論著はまだ氷山の一角だと考えなくてはなるまいし、少なくとも私どもの研究分野は、材料の宝庫であるにもかかわらず、ほとんど手つかずの状態にあると言ってよい。

日本の古典を本書のような視角から扱った単著は、まだ世の中に存在しないはずだ。その意味では、私は自身を開拓者に擬する権利があると思っている。

私はこの本を、『万葉集』やその他の古典に特に関心のない人にも理解されるように書いた。ある種の人々には常識に属することがらでも、なるべく嚙み砕いて説明しておいたつもりである。それに、小難しい理屈は排除して、論旨明快をモットーとした。読者を飽きさせない仕掛けも試みた。仕掛けは索引にもある。

第三章に書いたように、このテーマはもともと狭義の文学研究の枠からは食み出して、社会現象の解明という性質をもっている。実際の記述は文学者の事績の追跡に偏ってしまったが、これは著者の力量の致すところで、いかんともなしがたい。私は、しかし、本書の読者、特に社会学や歴史学や教育学や、その他狭義の文学研究とは異なる分野の素養をもった読者のなかから、この限界を突き抜けるような研究をしてのける人が次々に現われることを期待している。

末筆ながら、新曜社社長・堀江洪氏と編集部の渦岡謙一氏にはたいそうお世話になった。二十世紀中の刊行を目指していたにもかかわらず、果たせなかったのは実に心苦しい。約束をまるで反故にはしなかったということに免じて、どうかご寛恕ねがいたい。

二〇〇〇年十二月

品田悦一

# 再刊のあとがき

新しい年号の典拠を『万葉集』に求めたとの安倍総理の談話から、かつての読者たちが本書を想起し、インターネット上で「品田の本を読め」と話題にしたことが反響を呼んで、またたくまに再刊の運びとなった。摩訶不思議な巡り合わせだが、ともかくも安倍晋三氏に感謝すべきところではあろう。どうもありがとうございます。とはいえ、談話の内容に賛同する気はさらさらありませんから、どうぞお間違えなきように。

〈**再刊の補記**〉

一、本書では明治大正期の事象の追跡に追われ、昭和初期以降の記述が手薄だった。昭和初期・戦中期・終戦直後に関しては、拙著『斎藤茂吉』（二〇一〇年、ミネルヴァ日本評伝選）の第五章・第六章を参照されたい。最近の拙稿「『万葉集』の近代を総括してポスト平成に及ぶ」（『日本文学ジャーナル』五、二〇一八年三月）は現在までを通観している。

二、土屋文明が中学生のとき購入した『万葉集略解』を江戸期の木版本と推定したのは（四五頁）、どうやら誤りらしい。「大阪積善館」刊行の『略解』は、現在、全国の大学図書館では横浜国立大学所蔵の一点しかないのだが、これは洋装活版本である。ただし刊行年は一九一二年で、文明はとうに中学を卒業していた。本人の記憶に混乱があるのだろう。なお、帙は現存しない。
三、「文学史編纂方法に就きて」を変名で執筆した「界川」について、「芳賀と同窓と推測される某人」と記したが（七八頁）、その後、芳賀矢一本人であるとの確証を得た（拙稿「排除と包摂——国学・国文学・芳賀矢一」『国語と国文学』八九—六、二〇一二年六月）。
四、井上哲次郎「新体詩抄序」に引用された「程子」として『二程遺書』を挙げたが（一〇八頁）、直接の出典は『論語集注』であることを後に知った。
五、第二章第三節で取り扱った古典講習科については、藤田大誠氏の労作『近代国学の研究』（二〇〇七年、弘文堂）にも導かれつつ、齋藤希史氏と共同で一次史料を精査し、その成果をブックレットにまとめた（拙稿「国学と国文学——東京大学文学部附属古典講習科の歴史的性格」『近代日本の国学と漢学』二〇一二年、東京大学グローバルCOE「共生のための国際哲学教育研究センター」）。同科設置を促した要因を、明治十四年の政変を機に帝国憲法体制の構築が日程にのぼってきた歴史的脈絡に求めた点、従来の大学史研究に欠けていた見地を提供できたものと自負している。

山田耕筰(1886～1965)　187
山上憶良(660頃～733頃)　179-180,182,246,252,308-309
山部赤人(？～724～736～？)　97,179-180,219-220,245,257,301-302,304,308-309
由阿《ゆあ》(1291～1375～？)　90
雄略天皇〔ワカタケル大王〕(？～478～？)　11,35,37,40-42,53,79,176-178,229,324,340
湯原王(？～733～？)　305
横瀬夜雨(1878～1934)　241,337
与謝野晶子(1878～1942)　225,253
与謝野寛〔鉄幹〕(1873～1935)　34,66,71,164-167,225,239,259,326,334,338,340,347
良寛(1758～1831)　91
和辻哲郎(1889～1960)　175,228,316

## は　行

芳賀矢一(1867〜1927)　32,58,62,69-70,77-78,129,131,133-136,146-147,174,210,219-225,325,330,339-340
萩野由之(1860〜1924)　38,61,105,115-118,131,211
萩原朔太郎(1886〜1942)　344
長谷川如是閑《にょぜかん》(1875〜1969)　57-58,63,324-325
丈部稲麻呂《はせつかべのいなまろ》(？〜755〜？)　182
八田知紀《はったとものり》(1799〜1873)　246-247
服部躬治《もとはる》(1875〜1925)　238-239,241-242,340
樋口勘次郎(1871〜1917)　345
樋口龍峡〔秀雄〕(1875〜1929)　226
久松潜一(1894〜1976)　232,330
常陸娘子《ひたちのおとめ》(？〜719〜？)　81
平賀元義《ひらがもとよし》(1800〜1865)　91
裕仁〔昭和天皇〕(1901〜1989)　80,255
福沢諭吉(1834〜1901)　62
福地桜痴(1841〜1906)　104
藤井乙男《おとお》〔紫影〕(1868〜1945)　204,338
藤岡作太郎(1870〜1910)　29,69-70,76,172
藤森省吾《せいご》(1885〜1945)　262
藤原宇合《うまかい》(694〜737)　82
藤原清輔《きよすけ》(1104〜1177)　328
藤原定家(1162〜1241)　90
藤原俊成(1114〜1204)　90
フローレンツ Florenz, Karl(1865〜1939)　130
ヘルダー Herder, Johann Gottfried (1744〜1803)　188-191,195,210,231,335-336
ヘルバルト Herbart, Johann Friedrich (1776〜1841)　169,280,345
ホブズボウム Hobsbawm, Eric(1917〜)　16,320,335

## ま　行

前田林外《りんがい》(1864〜1946)　200,337
前田夕暮(1883〜1951)　253,265-266,305,344
正岡子規〔竹の里人〕(1867〜1902)　33-38,40-42,51-56,76,91,125,129,134-136,151,155-168,225,237,239,242-245,247-248,254,258-259,263,312-314,318-319,321-325,327,333-334,340-341,343-344,347
増田于信　118,133,135
三上参次(1865〜1939)　25-26,28,32,34,38,62,65,72,74-75,113-114,124,129,131-133,136,159,171,173-174,176,180
三島中洲〔毅〕(1830〜1919)　330
美智子(1934〜　)　12
三井甲之《こうし》(1883〜1953)　260,268
源実朝《みなもとのさねとも》(1192〜1219)　90,321,327
源俊頼《としより》(1055〜1129)　90,93,95-96
睦仁〔明治天皇〕(1852〜1912)　46
物集高見《もずめたかみ》(1847〜1928)　331
本居豊穎《とよかい》(1834〜1913)　331
本居宣長(1730〜1801)　53-54,59,91,97,99,126-127,146,173,322,325-326,330,333
森鷗外(1862〜1922)　59,105,188,191-192,195,293,336
森田義郎《ぎろう》(1878〜1940)　211-212,239-243,248,340-341
守屋喜七(1872〜1946)　263,281,343
森山汀川《ていせん》(1880〜1946)　262,344

## や・ら・わ　行

矢田部良吉(1851〜1899)　104,110

島木赤彦〔久保田俊彦・柿の村人・柿人〕(1876～1926)　22-25,34,79,165-168,185-186,228,237,248-249,251,255-286,288-293,295-310,314-316,318,320,334,341-346
下河辺長流《しもこうべちょうりゅう》(1627～1686)　93
釈迢空《しゃくちょうくう》　57,253,298　→折口信夫
舒明天皇(593～641)　176-177,182,307
新村出《しんむらいずる》(1876～1967)　204,338
末松謙澄《すえまつけんちょう》(1855～1920)　67,105,321,330,335-336
薄田泣菫《すすきだきゅうきん》(1877～1945)　200,337
鈴木弘恭《ひろやす》(1843～1897)　29,133,135
スペンサー Spencer, Herbert(1820～1903)　280
関根正直《まさなお》(1860～1932)　26,29,77,324
仙覚《せんがく》(1203～127?)　90,323

## た　行

高木敏雄(1876～1922)　204-205,338
高島平三郎(1865～1946)　279-280,344-345
高津鍬三郎(1864～1921)　25-26,28,32,34,37-38,62,65,72,74-75,113-114,121-124,129,131-133,136,159,171,173-174,176,180
高山樗牛《ちょぎゅう》〔林次郎〕(1871～1902)　70,138,142,150,194,217,326,332,334
武島羽衣〔又次郎〕(1872～1967)　48,148,196,332
高市黒人《たけちのくろひと》(？～701～702～？)　301
橘曙覧《たちばなのあけみ》(1812～1868)　91
立花銑三郎(1867～1901)　62,133,219,325
橘千蔭《たちばなのちかげ》〔加藤千蔭〕(1735～1808)　44
田中正平(1862～1945)　201
谷本富《とめり》(1867～1946)　169,280
田安宗武《たやすむねたけ》(1715～1771)　91
チェンバレン Chamberlain, Basil Hall(1850～1935)　130
津田左右吉《そうきち》(1873～1961)　175,295-297,346
土井晩翠《つちいばんすい》(1871～1952)　143
土田耕平(1895～1940)　262
土屋文明(1890～1990)　45,59,237,215,253,298,314,319,325,334,343
坪内逍遙(1859～1935)　204-205,208
程子〔程顥《ていこう》／程頤《ていい》〕(1032～1085／1033～1107)　106,108,328
土居光知《こうち》(1886～1979)　175
土岐善麿《ときぜんまろ》(1885～1980)　57,63,165,253
舎人親王《とねりしんのう》(676～735)　153
外山正一《まさかず》(1848～1900)　38-41,67-68,75,104,110-112,114,149,161,329,332

## な　行

永井一孝《ひでのり》〔池谷一孝〕(1868～1958)　172,211
長塚節《たかし》(1879～1915)　34,237,243-244,247,274,314,341
長意吉麻呂《ながのおきまろ》(？～701～702～？)　152-153,155
中野重治(1902～1979)　226,343
中村正直(1832～1891)　326,330
中山晋平(1887～1952)　187
夏目漱石(1867～1916)　137,143
仁徳天皇　10-11,175-178
額田王(？～658～671～？)　14,182,252
野口雨情(1882～1945)　187
能勢栄(1852～1892)　343
信時潔《のぶとききよし》(1887～1965)　181

小渕恵三(1937〜2000)　320
沢瀉久孝《おもだかひさたか》(1890〜1968)　51,256
折口信夫《おりくちしのぶ》〔釈迢空〕(1887〜1953)　50,51,57-58,60,226-231,257,295,313,316,340,343,346

## か　行

界川(？〜1895〜？)　78,111,141,196,199,203,327
貝原益軒(1630〜1714)　107,173
香川景樹《かがわかげき》〔桂園〕(1768〜1843)　91
柿本人麻呂(？〜680〜700〜？)　14,19,39,97,179-180,182,220,234,252,255,257,298,299,303-304,308-309,316,321,323,346
笠金村《かさのかなむら》(？〜716〜733〜？)　302
風巻景次郎(1902〜1960)　137,332
春日政治《まさじ》(1878〜1962)　263
荷田在満《かだのありまろ》(1706〜1751)　97,211
加藤弘之(1836〜1916)　128,194
金子筑水〔馬治〕(1870〜1937)　140,332
鹿持雅澄《かもちまさずみ》(1791〜1858)　47
賀茂真淵《かものまぶち》(1697〜1769)　28,44-45,50,75,82,91,98-103,105,114,119,126-127,146,212,246-247,313,321,327,333
烏丸光栄《からすまるみつひで》(1689〜1748)　98
神田孝平《たかひら》(1830〜1898)　201
北原白秋(1885〜1942)　187,228,253,259,265,275,291-295,297,307,315,344
紀貫之(870頃〜945)　39,69
木村正辞《まさこと》(1827〜1913)　47,330
京極為兼《きょうごくためかね》(1254〜1332)　90
窪田空穂《うつぼ》(1877-1967)　253,340,343
久米幹文《もとふみ》(1828〜1894)　105,115,329,331
桑木厳翼(1874〜1946)　138
契沖《けいちゅう》(1640〜1701)　36-37,47,234,236
ゲーテ Goethe, Johann Wolfgang(1749〜1832)　77,78,114,188,190-192,195,206,336
蕨真《けつしん》(1876〜1922)　260
顕昭《けんしょう》(1130頃〜1209頃)　90
古泉千樫《こいずみちかし》(1886〜1927)　302
小中村清矩《こなかむらきよのり》(1821〜1895)　130,135,324,330-331
小中村義象《よしかた》　61,63,118,133,135,324,329　→池辺義象

## さ　行

西郷信綱(1916〜2008)　17-19,316
西條八十《やそ》(1892〜1970)　187
斎藤志乃(1906〜1987)　9-11,15,175
斎藤茂吉(1882〜1953)　11,14,34,228,233-253,255,259,261,266,268-269,271-272,274-275,283-284,291,314-315,318,324,333-334,341-343
佐伯梅友(1899〜1994)　51
桜井政隆〔天壇〕(1879〜1933)　193,194,337
佐佐木信綱〔佐々木健〕(1872〜1963)　28,50-51,57,60,66,105,116-118,130-131,222,225,239,253,298,325,331
佐々木弘綱(1828〜1891)　50,56,60,105,118,225,325,331
佐々政一《さつさまさかず》〔醒雪〕(1872〜1917)　129,174,196
塩井正男〔雨江〕(1869〜1913)　129,176
志貴皇子(？〜679〜716)　13-14
志田義秀《ぎしゆう》〔素琴〕(1876〜1946)　141,186-187,192-193,210-219,222,337,340
持統天皇(645〜702)　303
柴生田稔《しぼうたみのる》(1904〜1991)　254

# 主要人名索引

## あ　行

青木昌吉(1872～1939)　197,199
アストン Aston, William George(1841～1911)　30,32,125
安倍子祖父《あへのこおおじ》(6??～7??)　153
海犬養岡麻呂《あまのいぬかいのおかまろ》(？～734～？)　180
在原行平《ありわらのゆきひら》(818～893)　39
有賀長伯《あるがちょうはく》(1661～1737)　328
有賀長雄《あるがながお》(1860～1921)　267,280
アンダーソン Anderson, Benedict(1936～　)　16,80,320
飯田武郷《たけさと》(1827～1900)　330
五十嵐力《ちから》(1874～1947)　27
池辺義象《よしかた》〔小中村義象〕(1861～1923)　61,105,118,131,324
伊沢修二(1851～1917)　104,201,345
石山徹郎(1888～1945)　340
市原王(？～733～762～？)　305
伊藤左千夫〔春園〕(1864～1913)　34,50,56,165-166,233,235-251,255,258-261,269-275,289,304,314,318,322,334,341-343
井上哲次郎(1855～1944)　67-70,104,106-111,112-116,118-119,139-150,326,328-329,332
今井邦子〔山田邦子〕(1890～1948)　262,345
今奉部与曾布《いままつりべのよそう》(？～755～？)　181
入江相政《すけまさ》(1905～1985)　255-257,341
巌谷小波《さざなみ》〔季雄〕(1870～1933)　191
上田万年《かずとし》(1867～1937)　62,64,74,129,131-133,198-199,326
上田敏(1874～1916)　68-70,143-144,193-196,200-204,208,231,293-294,336-338
内田魯庵(1868～1929)　335
大海人皇子《おおあまのみこ》〔天武天皇〕(631頃～686)　182
大岡信(1931～2017)　30, 333
太田水穂《みずほ》(1876～1955)　253,259-260,266,342,344-345
大伴旅人《おおとものたびと》(665～731)　301,303
大伴家持《おおとものやかもち》(718～785)　24,179,182,219,245,276,308-309,321,343
大橋乙羽(1869～1901)　217
大橋佐平(1835～1901)　61
大町桂月〔芳衛〕(1869～1925)　129,141,147-150,196,206-209,332-333
大和田建樹《たけき》(1857～1910)　216-218,331,339
岡倉天心(1862～1913)　104
岡倉由三郎(1868～1936)　204,338
岡田正美《まさよし》(1871～1923)　138,196
岡麓《おかふもと》(1877～1951)　253,254
他田舎人大島《おさだのとねりおおしま》(？～755～？)　182
落合直文(1861～1903)　27-28,61,63,65-66,75,81-82,104-105,117-118,124,131,146,164,173,225,238,242,324,326,329-331
尾上柴舟《おのえさいしゅう》〔八郎〕(1876～1957)　226-227,242,253
小野老《おののおゆ》(？～719～737)　179

**著者紹介**

品田悦一（しなだ よしかず）

1959年群馬県生まれ。

東京大学大学院人文科学研究科博士課程（国語国文学）単位取得修了。上代日本文学専攻。

現在、東京大学教授（大学院総合文化研究科）。

主要著書：『斎藤茂吉——あかあかと一本の道とほりたり』（ミネルヴァ日本評伝選、2010年）、『斎藤茂吉 異形の短歌』（新潮選書、2014年）。

編著：『鬼酣房先生かく語りき』（青磁社、2015年）。

共編著：東京大学教養学部国文・漢文学部会編『古典日本語の世界——漢字がつくる日本』（東京大学出版会、2007年）、同『古典日本語の世界二——文字とことばのダイナミクス』（同、2011年）。

新曜社

万葉集の発明 新装版

国民国家と文化装置としての古典

初版第1刷発行 2001年2月15日
新装版第1刷発行 2019年5月10日
新装版第2刷発行 2019年5月20日

著 者 品田悦一

発行者 塩浦 暲

発行所 株式会社 新曜社

〒101-0051 東京都千代田区神田神保町3-9
電 話(03)3264-4973㈹・FAX(03)3239-2958
URL http://www.shin-yo-sha.co.jp/

印刷所 星野精版印刷

製本所 積信堂


ISBN978-4-7885-1634-2 C1090